Für Hanne

1

Atomforschungsreaktor, Geesthacht

Dieses Licht.

Der Mann im weißen Overall stand in der halbdunklen Reaktorhalle und starrte hinab in die Strahlen, die aus dem Wasserbecken in die Höhe stiegen.

Dieses blaue Feuer, dachte er. Glüht so unwirklich wie das Eis eines Gletschers, kalt und heiß.

Um seine Lippen spielte ein leichtes Lächeln.

Schimmert so geheimnisvoll, als käme es aus weiter Ferne, aus einer fremden Galaxie.

Noch einmal hob der Mann den Kopf mit dem Schutzhelm und schaute sich in der stillen Halle um, die mit ihrem gekachelten Bassin wie ein menschenleeres Schwimmbad wirkte. Nur das leise Surren der Lüftung war zu hören, während er die Position des schweren Krans prüfte, der unter der Decke hing. Er kontrollierte die Messinstrumente an den Leitungen, die sich wie ein Labyrinth durch den feuchtwarmen Raum zogen, stützte sich auf das metallene Geländer und beugte sich wieder über das Becken. Fixierte die Wasseroberfläche, die vor Energie vibrierte. Und ließ den Blick nach unten wandern, Meter für Meter an den Steuerstäben entlang, bis seine Augen auf dem strahlenden Reaktorkern ruhten. Eine kleine Ewigkeit lang, andächtig wie in einer Kathedrale. Das machte er jedes Mal, wenn er seine Schicht beendete. Für ihn war das keine Routine, sondern Ritual.

Eigentlich war Hajo Niemann kein Mensch, der einen Hang zur Mystik hatte. Der massige Ingenieur mit dem teigbleichen Gesicht galt als nüchtern bis in die Spitzen seiner kurz geschnittenen Haare. Wie fast immer trug er auch heute eine unauffällig gestreifte Krawatte mit einem sorgfältig gebundenen Knoten zum weißen Hemd, dessen kurze Ärmel der Kittel verbarg. Schon bei seiner Kleidung achtete er sorgfältig darauf, dass alles richtig saß. Schließlich war es sein Job, hier für Ordnung zu sorgen. Die Steuersysteme des Reaktors zu kontrollieren. Die Datenkolonnen der digitalen Systeme zu prüfen und die kleinste Störung aufzuspüren. Das war sein Alltag, seitdem er als Sicherheitschef zur GKSS gekommen war.

Als die »Gesellschaft für Kernenergie in Schiffbau und Schifffahrt« ihm vor acht Jahren die Stelle angeboten hatte, war ihm das wie ein Glückstreffer erschienen. Was gab es Besseres für einen ehrgeizigen Atomingenieur, der einen Posten in Norddeutschland suchte, als das Forschungszentrum vor den Toren Hamburgs? Eine international bekannte Anlage mit zwei Versuchsreaktoren? Noch dazu idyllisch in einem Wald am Elbhang gelegen, die muntere Kleinstadt Geesthacht in der Nähe und drüben am anderen Ufer ein paar Marschdörfer, wo er vielleicht ein hübsches Reetdachhaus fand?

Sicher, bei der Einstellung hatte man ihm gleich gesagt, dass die GKSS nie wieder an jene strahlende Vergangenheit anknüpfen würde, als man dort einen Atomfrachter konstruiert hatte. Vorbei die Zeiten, in denen die »Otto Hahn« mit Kernkraft über die Weltmeere kreuzte. Deren Reaktor war längst ausgebaut, stillgelegt und entsorgt. Aber in der Halle, in der Hajo Niemann stand, war das nukleare Feuer nie erloschen. Jeden Tag konnte er dort in das bläuliche Licht schauen, das aus der Tiefe kam. Unvorstellbar, mit welcher Geschwindigkeit die elektronischen Teilchen durch das Leichtwasser schossen und jenes Leuchten erzeugten, das für ihn die Seele dieser Energie verkörperte. Die Tscherenkow-Strahlung, benannt nach ihrem russischen Erforscher. Sie hatte ihn schon bei seinem ersten Besuch eines Kernkraftwerks fasziniert.

Als wollte er müßige Tagträumereien verscheuchen, wischte sich Niemann den Schweiß von der Stirn und richtete sich auf. Sorgfältig hielt er dabei den Kugelschreiber fest, der in seiner Brusttasche steckte.

Nicht das kleinste Teil durfte ins Bassin fallen, während die Kettenreaktion lief, sonst würde sich der Reaktor binnen eines

Sekundenbruchteils abschalten. Wenn das passierte, wäre es mit dem ruhigen Feierabend vorbei. Noch ein letzter Blick auf die Zeiger der Armaturen, dann verließ er die Brücke über dem Bassin und öffnete die elektrische Tür der Halle. Es war kurz vor achtzehn Uhr, als er hinaustrat, um zur Dekontaminationsschleuse zu gehen.

Während er in seinen roten Plastiküberschuhen durch den neonhellen Gang lief, ärgerte er sich wieder einmal, dass nur noch einer von zwei Versuchsreaktoren in Betrieb war.

Daran waren die Öko-Spinner schuld, die bloß irrationale Ängste schürten. Die grünen Apostel, die mit blindem Eifer gegen die Kernkraft zu Felde zogen, schon jahrzehntelang.

Stille Wut stieg in ihm auf, als er an ihre Kampagnen dachte. Damit hatten sie es tatsächlich geschafft, dass Forschungsgelder von Staat und Industrie zusammengestrichen worden waren. Was zur Stilllegung des zweiten Reaktors bei der GKSS geführt hatte. Und dieser Kreuzzug ging immer weiter. Bis heute gab es Drohungen gegen Ingenieure, die hier arbeiteten. War ihm selbst nicht gerade blanker Hass entgegengeschlagen, als er in einem Dorf auf der anderen Elbseite als Angestellter der Forschungsanlage erkannt worden war?

Niemann bog in einen weiteren Gang und näherte sich der Schleuse. Wenigstens lief der FRG-1 noch, der Reaktor, mit dem nun Materialprüfungen gemacht wurden. Eine neue Dimension der Forschung, bei der die GKSS an der Weltspitze stand. Wenn nur nicht plötzlich, nach Fukushima, die ganze Atomenergie in Frage gestellt würde. Erst hatte man beschlossen, die Laufzeiten der Kernkraftwerke zu verlängern, nun sollten sie wegen der Katastrophe in Japan alle nacheinander abgeschaltet werden – sogar seinem Forschungsreaktor bei der GKSS drohte das Aus. Aber immerhin gab es dann noch beim Rückbau der Meiler und bei der Beseitigung des strahlenden Mülls Arbeit für viele Jahre, im Bergwerk Asse etwa, in Gorleben oder in einem anderen Lager. Vielleicht sogar einen besseren Job?

»Treten Sie näher heran!«

Die digitale Stimme holte ihn aus seinen Gedanken. Sie kam aus einer Box, die einer Duschkabine ähnelte.

Er stellte sich hinein und hob die Arme, damit Sensoren abtasten konnten, ob er Spuren von Strahlung an sich trug.

»Elf, zehn, neun, acht ...«

Die weiblich klingende Stimme zählte die Sekunden, in denen Körper und Kleidung auf Kontamination gescannt wurden. Niemann musste sich um seine Achse drehen. Bei »null« öffnete sich eine automatische Tür.

Erleichtert atmete er auf, als er in den Umkleideraum hinaustreten konnte. In der engen und heißen Kabine hatte er feuchte Hände bekommen. Er streifte rasch den weißen Kittel ab und warf die Überschuhe in eine Tonne. Dann stieg er zwei Treppen hoch und betrat den Leitstand, wo das Kommandozentrum der Atomanlage war.

»Alles im grünen Bereich?«

Der Reaktorfahrer drehte sich kurz um und nickte. Der Mann mit dem wulstigen Nacken saß vor einer Batterie von Schalttafeln und Pulten mit unzähligen Knöpfen und schaute gelangweilt auf die Zahlenkolonnen, die über die Monitore glitten. Neben ihm beobachtete ein Techniker Bildschirme mit farbigen Kurven, ohne dass ein Wort fiel. Nur das Summen der Computer war zu hören; es klang, als wäre ein Insektenschwarm in einem Käfig gefangen.

»Gut.« Niemann nahm das oberste Blatt von einem Dokumentenstapel, warf einen prüfenden Blick darauf und legte es dann neben das Logbuch, in dem der Operator alle Steuerbefehle eintrug. »Das wird unseren Besuch freuen.«

»Welchen Besuch denn?« Der Mann am Schaltpult zog misstrauisch die Stirn in Falten.

»Die hohen Herren, die morgen aus Kiel anreisen. Die Atomaufsicht«, antwortete Niemann mit einem Anflug von Spott in der Stimme. »Kontrolle durch das Ministerium, Punkt zehn Uhr. Weil irgendwelche Grünen behauptet haben, dass die Abluft aus der Halle vor fünf Tagen mit Radioaktivität belastet war.«

»Sollen die Bürokraten doch in den Messdaten wühlen, bis sie schwarz werden.« Der Reaktorfahrer winkte ab und schob seinen Kaugummi in die andere Wange. »Wie hätten wir das übersehen können? Oder womöglich noch vertuschen? Wo wir jetzt jede ausgefallene Glühbirne nach oben melden müssen?«

Niemann gab keine Antwort. Er war es leid, sich über die Vorschriften zu ärgern, die jeden Monat umfangreicher wurden. »Ich mach jetzt mal Schluss. Geh noch 'ne Runde joggen.«

»Wie jeden Dienstag.«

»Ganz genau. Täte dir auch gut.«

»Mir? Willst du mich umbringen?« Der Reaktorfahrer klopfte sich auf seinen kleinen Bauch, als ob er darauf stolz wäre. »Sport ist doch ...«

»... Mord«, fiel ihm Niemann ins Wort, »danke, hab ich schon öfter gehört. Und immer von Leuten, die selbst den Arsch nicht hochkriegen.« Lächelnd hob er die Hand zum Abschied.

An der Pforte wachte ein uniformierter Posten in der Panzerglas-Kabine. Niemann legte sein Dosimeter in einer Halterung ab und hielt seinen Ausweis an das Lesefenster des »Identix«-Automaten. Dann checkte »Touch Lock II« seinen Fingerabdruck. Die Schiebetür glitt auf, und er trat nach draußen auf den Vorplatz, der nach den Anschlägen auf das World Trade Center mit meterhohen Zäunen und Bewegungsmeldern gesichert worden war.

Nachdem er das letzte Drehkreuz passiert hatte, schaute er an dem roten Reaktorschlot hoch in den Himmel. Von Westen her zogen tiefe Wolken im Abendlicht heran.

Perfektes Wetter, um sich den Kopf frei zu laufen.

Er ließ seinen grauen Passat langsam über das weitläufige GKSS-Gelände zu einem Parkplatz vor der Anlage rollen. Dort wartete sie: seine Lieblingsstrecke. Mit einem Ruck löste er die Krawatte, wechselte in den Sportanzug und schnürte die ausgetretenen Schuhe, an denen noch getrockneter Schlamm vom letzten Lauf klebte. Dann setzte er seine Kopfhörer auf.

»We will, we will rock you ...«

Schon bei den ersten Takten tänzelte er wie ein in die Jahre gekommener Boxer. Nur wenige seiner Kollegen wussten, dass er im Stillen Muhammad Ali bewunderte, und kaum einer ahnte, dass er ein heimlicher Fan alter Rocksongs war. Manchmal gebrauchte er sie wie eine Pille, die er zum Feierabend einwarf. Vor allem wenn er auf die Piste ging, ließ er sich gern von harten Gitarrenriffs antreiben. Gierig sog er die Luft in die Lungen, die nach feuchtem Laub und modernden Baumstämmen roch, und tauchte in einen grünen Tunnel ein.

Trommelnde Schritte unter einem Dach aus Buchenblättern und Fichtenzweigen. Keuchender Atem an der ersten Anhöhe, wo ein Dschungel aus Farnen wuchs. Sein Shirt begann am Rücken zu kleben, Schweißperlen rannen ihm von der Stirn in die Augen.

Als er fünfzehn Minuten unterwegs war, schien sein ganzer Körper zu dampfen. Er kam an Erdwällen vorbei, auf denen Büsche und Brennnesseln wuchsen, und passierte metertiefe Krater und bemooste Betonbrocken. Stumme Zeugen gewaltiger Detonationen. Spuren der Dynamitfabrik, die früher hier gestanden hatte und nach dem Krieg in die Luft gejagt worden war. Aber gab es nicht auch Durchgeknallte, die behaupteten, dass hier eine Atomexplosion stattgefunden habe, bei geheimen militärischen Versuchen der GKSS?

Niemann zog das Tempo an. Trampelte wütend Grasbüschel nieder. Zwischen Baumwipfeln erschien der riesige Schornstein des Kernkraftwerks Krümmel, das ein Stück weiter westlich an der Elbe lag.

Er querte die Stromkabel, die hoch über der Piste hingen, und hechelte weiter. Nur noch wenige hundert Meter bis zum Umspannwerk, dem Wendepunkt seiner Strecke. Der Weg schlängelte sich jetzt durch ein Dickicht aus Zweigen und Wurzeln. Wie ein Hürdenläufer musste Niemann darüberspringen. Er fühlte, wie Tannennadeln über sein Gesicht strichen. Sah plötzlich einen Schatten von der Seite kommen. Spürte einen Windhauch. Und dann nichts mehr.

»Weißt du, warum du gerade aufgewacht bist?«

Die Stimme kam von weit her, erst dumpf, dann klarer. Als Niemann die Augen einen Spalt öffnete, sah er die Konturen einer Gestalt, die sich über ihn beugte. Kein Gesicht, nur Löcher in einer schwarzen Sturmmaske.

»Weil ich dir eben einen Zahn ausgeschlagen habe.«

Die Gestalt hielt etwas in der Hand, was er nicht erkennen konnte. Niemann schmeckte Blut im Mund. Seine Zunge spürte eine Lücke im Oberkiefer. Ein rasender Schmerz stach von dort, quälender noch als das Pochen in seinem Schädel. Etwas musste ihn an der Schläfe getroffen haben.

»Was ... ist ... los?« Er konnte kaum sprechen, hörte sich selbst röcheln. Mühsam schluckte er die warme Flüssigkeit hinunter. Er wusste nicht, wie lange er bewusstlos gewesen war. »Was wollen Sie von mir?«, brachte er krächzend hervor.

Zwei weitere Haubenträger tauchten in seinem Blickfeld auf und knieten sich mit ihrem ganzen Gewicht auf seinen Körper. Er konnte seine Arme nicht bewegen. Irgendetwas schnitt in seine Handgelenke. Auch seine Füße schienen gefesselt zu sein.

»Keine Angst, es ist gleich vorbei«, flüsterte einer der Maskierten, »du musst jetzt nur ganz tapfer sein.«

Niemann wollte etwas sagen, aber Finger in weißen Latexhandschuhen drückten ihm einen Klumpen in den Mund, der nach Halmen und Dreck schmeckte.

»Na, wie fühlt es sich an, wenn man ins Gras beißen muss?«, fragte die leise Stimme.

Das Büschel war so dick, dass es seinen ganzen Mund füllte. Er konnte kaum noch atmen. »Nein ...«, versuchte er zu schreien, doch er brachte nur einen würgenden Laut hervor.

Aus dem Gebüsch näherten sich noch mehr Gestalten, und plötzlich bekam er von hinten etwas über den Kopf gezogen. Es wurde schwarz um ihn herum.

Er hörte gluckernde Geräusche rings um sich.

Fühlte, wie seine Kleidung nass wurde.

Witterte einen bekannten Geruch.

War das Benzin, mit dem man ihn übergoss? Das Klicken eines Feuerzeugs? Das Aufflackern von Flammen?

Voller Panik spürte er einen Schwall Hitze, der näher kam. Immer näher.

Dann roch er den Gestank von brennendem Fleisch.

2

Dienstag, Nacht

```
Betreff: fanal 1
Gesendet: 23:07 uhr

aktion nach plan ausgeführt, tatort clean, leiche weitgehend
entsorgt. brand nach circa 40 minuten entdeckt, vermutlich
durch feuerschein oder qualm. polizei um 20:10 uhr am tatort,
körperreste drei stunden später abtransportiert.
im vorfeld allerdings fehler: spaziergänger, 500 m entfernt,
übersehen. müssen in zukunft unbedingt vorsichtiger sein, auf
strengste disziplin achten.
geesthacht war erst der anfang.
```

3

»magazine«, Hamburg

»Fotos, Leute! Wo sind die Mega-Fotos?«

Die aufgekratzte Stimme von Chefredakteur Kai Grosser füllte schon den Konferenzraum, als Jonas Mondrian hineindrängte. Drei Minuten nach zehn. Gerade noch Zeit, einen Platz zu finden in dem Glaskasten mit Panoramablick hoch über der Elbe.

Wie an jedem Mittwoch versammelten sich über hundert Reporter und Bildredakteure im obersten Stockwerk des Neubaus, der wie ein glitzernder Containerstapel in der Hafen-City in die Höhe schoss. Aus der Top-Etage des Media Tower konnte man durch die deckenhohen Scheiben weit über die Speicherstadt mit ihren rotbraunen Kontorhäusern sehen, und durch das transparente Dach ging der Blick in einen vom Wind frei geblasenen tiefblauen Hamburger Himmel. Mondrian drückte sich in einen Designerstuhl in einer der hinteren Reihen.

An dem großen ovalen Tisch in der Mitte saßen die Ressortleiter. Rote Lämpchen leuchteten an ihren Mikrofonen, und zwischen Latte macchiato und Flaschen mit italienischem Tafelwasser wurden Stapel von Bildern über die Mahagoniplatte geschoben, auf der eine ganze Armada von Blackberrys und iPads lag. Begrüßungen flogen quer durch den Raum, gefolgt von spöttischen Sprüchen über die letzte HSV-Niederlage. Von der Frontseite blickte der Chefredakteur im cognacfarbenen Sommeranzug so lange in die Runde und pochte auf seine goldene Armbanduhr, bis Stille eintrat.

»Showtime, Leute. Also, welche Fotos müssen ins nächste Blatt?«

Mondrian fuhr sich durch seine graublonden Strähnen, die noch etwas feucht und ungeordnet waren, und lehnte sich zurück.

Fotos, Fotos, Fotos. Das war das Mantra des »magazine«.

Du kannst eine tolle Story haben. Vergiss sie, wenn du nicht die richtigen Bilder dazu hast.

Das hatte er gleich zu hören bekommen, als er sich vor zwanzig Jahren in Hamburg beworben hatte.

Du musst die Kirche erst mal vollmachen, bevor du predigst.

Diesen Spruch hatte ihm ein Ressortleiter schon während des ersten Mittagessens beim Italiener serviert.

Und der Appetithappen für das Publikum, das hatte Mondrian schnell begriffen, war die »Optik«. Bei allen Besprechungen ging es zuallererst um opulente Fotos, die Leser und Anzeigenkunden ins Blatt ziehen sollten. Doppelseiten mit Eyecatchern, die unter die Haut gingen oder viel Haut zeigten. Hollywood oder Horror. Skandal-Politiker oder Pop-Ikonen. Supermodels oder Motive, die kein Fotograf bisher vor die Kamera bekommen hatte, am besten von der Rückseite des Monds.

Das Heft muss wie ein Erdbeben beginnen – und sich dann langsam steigern.

So lautete das Gesetz der weisen Herausgeberin, die auch nach ihrem Tod auf den Fluren noch respektvoll »die Patriarchin« genannt wurde. Immer wieder hatte sie es mit großer Geste in Konferenzen verkündet. Und dann schallend gelacht.

Mondrians Blick wanderte zu der Monitorwand an der rechten Seite des Raums, über die Übertragungen von BBC, CNN und Al-Dschasira flimmerten. Live-Aufnahmen eines Attentats in Nairobi. Ein zerfetztes Auto, entsetzte Gesichter. Ja, musste er sich selbst eingestehen, es waren Bilder, die Menschen in ihren Bann schlugen; es fiel auch ihm schwer, sich ihrer Magie zu entziehen.

Als er zu schreiben begonnen hatte, war seine schärfste Waffe noch ein gespitzter Bleistift gewesen. Als junger Lokalreporter in Berlin hatte er seine Zeilen oft in einen Notizblock auf den Knien gekritzelt. Damals bestand ein Bericht für ihn noch aus einem Haufen handgemachter Buchstaben, die ohne Bild auskamen. Beim »magazine« dagegen bedeutete es das Todesurteil für einen Text, wenn keine aufregenden Fotos dazu existierten. Die Meldungen hießen hier inzwischen *news*, der Inhalt *content*, die Tipps *service*. Und das »Magazin«, bei dem er beim Wechsel von Berlin nach Hamburg angeheuert hatte, war in einer rauschenden Millenniumsparty umbenannt worden in »magazine«.

Ungeduldig griff Grosser nach den Fotos, die ihm am nächsten lagen, und schob seine Brille in die Stirn, um mit seinen flinken Augen darüberzufliegen.

Ein Mädchen in Kalkutta, mit vier Armen und vier Beinen geboren.

Ein Amoklauf in Atlanta, acht Verletzte und viel Blut.

Der jüngste Piratenüberfall vor Somalia, die Geiseln gefesselt.

Und: sechstausend Nackte auf dem Ätna, malerisch auf ein Lavafeld drapiert.

»Grillgut aus Italien?« Grosser leckte sich über die wulstigen Lippen. »Well done?«

»Nicht wirklich, sondern eine Kunstperformance.« Der Leiter der Bildredaktion, Ohrring und rote Brille, gab sich Mühe, ein Lächeln zu unterdrücken. »Allerdings eher halb gar, finde ich.«

Grosser hatte Mühe, sich von den Fleischbergen zu lösen. Schließlich hob er den großen Kopf mit dem vollen dunklen Haar und sah Tom Cotten, den Leiter des Auslandsressorts, herausfordernd an.

»Was ist mit diesem Krieg im Kongo? Mit den durchgedrehten Kindersoldaten, die dort alles niedermetzeln?«

»Sind wir dran«, sagte Cotten. »Heute Morgen sind zwei Leute von uns mit einer Maschine vom Roten Kreuz vor Ort gelandet …«

»Heute Morgen erst?« Grosser zog unwillig die Stirn in Falten. »Hab ich nicht gestern schon bei n-tv Berichte aus dieser Hölle gesehen?«

Cotten, noch etwas Bräune vom letzten Kalifornienurlaub im jungenhaften Gesicht, wurde eine Spur blasser. »Bisher existieren nur ganz wenige Fotos aus dem Gebiet, in dem um Coltan gekämpft wird, dieses Zeug für Handys. Agenturbilder, nicht gerade geil.«

Er reichte dem Chefredakteur einige Prints, die vor ein paar Minuten aus dem Drucker gekommen waren. »Darauf sehen die schwarzen Kids aus, na ja, wie …«

»… Neger im Tunnel?« Grosser ließ fast keine Gelegenheit aus, diesen Spruch anzubringen, wenn sich dunkelhäutige Menschen auf dunklen Fotos schlecht abzeichneten. Gelächter rundum, obwohl die meisten seinen Lieblingsvergleich längst kannten.

Heute wieder ganz Alphatier, dachte Mondrian, während der Chefredakteur in den Aufnahmen blätterte.

»Unsere Jungs sollen mal sehen, ob sie nicht an so eine Bande von zugedröhnten Killern rankommen. Das könnte ich mir als Aufmacher im nächsten Heft vorstellen. Und was macht die Überschwemmung in Bangladesch?«

»Weggespülte Häuser, überflutete Städte, flüchtende Menschen.« Cotten verzog das Gesicht. »Wieder so ‘ne Katastrophe, die wohl eine Folge des Klimawandels ist.«

»Vorsicht!«, warf Max Dickens ein. »Das ist längst nicht erwiesen.« Der Leiter des Wissenschaftsressorts war dafür bekannt, dass er die Ängste um das Klima für Hysterie hielt.

»Und will man dieses Elend überhaupt noch sehen?«, mischte sich der Artdirector ein. »Nach dem Tsunami in Japan? Die Bilder von da sind doch nicht mehr zu toppen.« Valentin Schubert war kein Freund schwerer Themen. Er fühlte sich eher in der Welt der schönen Künste zu Hause.

»Okay, wir haben da noch eine echt starke Story über unsere Jungs in Afghanistan.« Cotten hatte es geschafft, seine Farbe wiederzugewinnen. »Ein exklusives Stück von einer Bundeswehrpatrouille …«

Mondrian sah, wie Grosser die Augen verdrehte.

»Netter Versuch«, sagte der Chefredakteur. »Aber von dort drucken wir erst wieder was, wenn wir 'ne runde Opferzahl haben.« Erwartungsvoll wandte er sich dem Leiter des Ressorts Deutsche Politik zu.

Cornelius Riesling, hoch aufgeschossen und mit beginnender Glatze, wippte nervös mit den Füßen. Kein Wunder, fand Mondrian. Schließlich war die Runde am Mittwoch die Arena, in der jeder Ressortleiter seine Storys möglichst gut verkaufen musste. Der Beauty-Contest, bei dem jeder zu brillieren versuchte. Besonders der »Dozent«, wie Riesling genannt wurde, weil er eine Attitüde pflegte, als käme er gerade von der Harvard Business School. Jetzt wartete er einen kleinen Moment. Das hatte er auf einem Rhetorikseminar gelernt.

»Mit unserem Hauptstadt-Office beobachten wir die politische Entwicklung in Berlin.« Erneute Pause.

Du nervst, dachte Mondrian.

»Der Streit um die Energiepolitik geht weiter, und dazu haben wir ein exklusives Interview mit dem Vorstand des größten deutschen Stromkonzerns geführt.«

»Was soll der schon sagen?«, fragte Grosser dazwischen. »Dass er sich darüber freut, wenn er seine Atommeiler abschalten muss?«

»Natürlich nicht.« Riesling klang leicht beleidigt. Mit seinem gelben Schlips putzte er seine etwas altertümliche Hornbrille. »Er hat aber gute Argumente auf seiner Seite, wenn er vor dramatischen Fehlentwicklungen warnt. Man muss doch auch mal die wirtschaftliche Seite betrachten …«

Mondrians Blick wanderte zu den grünen Digitalbuchstaben gegenüber, die pausenlos die Börsenkurse von Tokio bis New York vorüberziehen ließen. Die helle Stimme des Kulturchefs hörte er wie aus dem Off.

»Also, wenn mal was Leichtes ins Blatt soll«, sagte der korpulente Mittdreißiger in dezent tuntigem Tonfall, »dann hab ich hier sechs junge Schauspielerinnen, die ihre ersten lesbischen Erfahrungen beichten.« Mit ausgestreckten Armen hielt er sechs Fotos in die Höhe, als wollte er Jagdtrophäen präsentieren.

»Nicht schon wieder!« Das Stöhnen kam aus einer Ecke, in der mehrere Layouterinnen saßen.

»Wieso denn nicht?« Der Chefredakteur richtete sich auf, als wollte er eine Palastrevolte unterdrücken. »Feuchtgebiete haben sich doch immer gut verkauft.«

Übergangslos schaltete er sein George-Clooney-Lächeln an, wie immer wenn er sich zur Leiterin des Lifestyle-Ressorts hinüberneigte.

»Und was tut sich bei Hofe, Madame?«

»Neue Enthüllungen in Schweden, Eure Hoheit!« Vanessa von der Heyde war die Einzige, die es in dieser Runde wagte, den Chefredakteur hochzunehmen. Sie war ein Ex-Model und, wenn man dem hartnäckigen Flurfunk glauben wollte, auch eine »Ex« Grossers. Ihre siebenundvierzig Jahre sah man der brünetten Frau mit dem seidigen Haar nur an wenigen feinen Falten an. Botox hatte sie laut Redaktionsklatsch bisher hartnäckig verschmäht. Mondrian wusste aber wie die ganze Konferenz, dass sie beste Beziehungen zur Kosmetikindustrie pflegte. Kein Wunder, dass im Modeteil des »magazine« so viele Anzeigen für edles Parfüm und teure Cremes gebucht wurden. »Außerdem haben wir die neuesten Peinlichkeiten vom Fürstenhaus in Monaco. Die Paparazzi waren fleißig.«

»Prima. Das drucken wir hinten im Heft. Falls uns die Anwälte nicht mit Schmerzensgelddrohungen bombardieren.« Grosser drehte sich zur anderen Seite des Tisches, wo der Leiter des Ressorts für besondere Einsätze saß. »Und wissen wir schon was über diesen gruseligen Fall in Geesthacht? Diese verkohlte Leiche, die heute früh in den NDR-Nachrichten kam?«

»Da gibt es noch reichlich Rätsel.« Marc Rolfes, Leiter der »Task-Force«, kratzte sich den kahl geschorenen Schädel. Der Mittvierziger im schwarzen Rollkragenpullover sah aus, als trainiere er jeden Tag zwei Stunden an den Kraftmaschinen im Fitnessstudio des Media Tower. In der Redaktion wurde er »Cop«

genannt, weil er für Polizeisachen zuständig war. »Für Blaulicht und Rotlicht«, wie er selbst manchmal spottete, »Kriminalfälle und Kiez.« Meistens war es sein Job, für die »Leiche der Woche« zu sorgen – Grosser wollte am liebsten in jeder Ausgabe einen Bericht über ein spektakuläres Verbrechen.

»Von diesem Menschen in Geesthacht ist wohl nicht viel übrig geblieben. Knochenreste und verkohltes Fleisch. Offenbar ist das Opfer mit einem Brandbeschleuniger übergossen und dann angezündet worden.« Rolfes blätterte in Pressemitteilungen, die am Morgen von der Polizei gekommen waren. »Die Kripo geht davon aus, dass es sich um einen Ingenieur aus einer Atomforschungsanlage handelt. Sein Auto ist in der Nähe gefunden worden, samt Klamotten. Kollegen sagen, dass er joggen war.«

»Politischer Hintergrund?«, fragte Grosser.

»Laut Polizei nicht ausgeschlossen. Es soll immer wieder Anfeindungen gegen die Mitarbeiter der Nuklearanlagen in dieser Gegend gegeben haben, schon wegen des Pannenreaktors in Krümmel. Allerdings nie konkrete Drohungen.«

»Und was ist da draußen mit ihm passiert?«

»Möglicherweise wurde er zuerst bewusstlos geschlagen. Ein Obduzent prüft gerade, ob er noch lebte, als er verbrannt worden ist.«

»Irgendwelche Fotos?«, wollte Grosser wissen.

»Bisher nicht. Die Polizei hat natürlich welche. Und vielleicht hätten wir eine Connection in die Gerichtsmedizin, die uns was beschaffen könnte. Allerdings nicht umsonst.«

»Crime pays.« Grosser setzte ein vieldeutiges Haifischgrinsen auf.

»Merkwürdig ist, dass am Tatort ein Zeichen in einen Baumstamm geritzt wurde. Ein Kreuz vielleicht. Es könnte auch ein Stern oder ein X gewesen sein, das müssen wir noch klären …«

»Sorry.« Die Chefsekretärin im anthrazitfarbenen Jil-Sander-Anzug steckte ihren Kopf zur Tür herein. »Anruf wegen des Toten in Geesthacht. Eine Frau. Sie weiß angeblich, warum der Mann ermordet wurde. Sie bittet um Rückruf. Sofort.«

Rolfes schaute Mondrian an. »Warst du nicht schon mal da draußen, in diesem Forschungszentrum?«

»Bei der GKSS? Ja, ich kümmer mich drum«, sagte Mondrian und stand widerstrebend auf. Er zwängte sich durch die Stuhlreihen zum Ausgang des Konferenzsaals und trat auf den Flur.

Im Treppenhaus wartete er nicht auf den verglasten Lift, der gerade an der Außenfassade des Media Tower hinabrauschte, sondern stieg die Wendeltreppe hinunter und passierte den Showroom, wo man Videoverbindungen zu den »magazine«-Korrespondenten von Peking bis Los Angeles schalten konnte. Im fünfzehnten Stock hörte er eine vertraute Melodie aus dem Raum, der seinem Büro gegenüberlag. Ein Handy, das seinen Besitzer suchte.

»Smoke on the water, fire in the sky ...«

Um diesen Klingelton hatte Mondrian seinen besten Freund im »magazine« immer beneidet. Bruno Wunder, brauner Krauskopf in kaputten Jeans, hatte sein Mobiltelefon mal wieder vergessen, als er in die Konferenz gegangen war. Mondrian lauschte, bis die Deep-Purple-Melodie verstummt war. Dann betrat er sein hellgrau gestrichenes Büro, aus dem er einen schwindelerregenden Blick auf die glitzernde Fassade der Elbphilharmonie hatte, und beugte sich über den Zettel mit der Telefonnummer, den die Sekretärin ihm gegeben hatte. Hamburger Umland, dachte er, während er die Vorwahl eintippte, irgendwo im Osten. Konnte durchaus in der Nähe des Tatorts sein.

»Lassen Sie ein Tonband mitlaufen?«

Kein Name, keine Anrede, keine Begrüßung. Die leise Stimme einer Frau, die seine Nummer auf ihrem Display gesehen haben musste.

»Nein, natürlich nicht«, sagte Mondrian überrascht. Danach hatte ihn noch niemand so schnell gefragt. »Und wenn es so wäre?«

»Es gibt Dinge, die besser unter vier Augen besprochen werden. Ohne Aufzeichnung. Ohne späteren Beweis.« Pause.

Mondrian wusste, dass er nicht drängen, sondern warten musste. Wenn die Frau etwas loswerden wollte, würde sie von allein reden, das hatten ihn seine langen Jahre als Reporter gelehrt. Sekunden verstrichen, in der Leitung war nur ein Rauschen zu hören.

Dann wieder die gedämpfte Stimme. »Wissen Sie, was der Tag X ist?«

»Gorleben. Das Codewort für den Widerstand gegen die Castor-Transporte. Das Symbol für den Kampf gegen die Nuklearindustrie.«

»Für einen ist gestern der Tag X gekommen.« Die Frau flüsterte jetzt fast. »Weil er zu einer Bande von Verbrechern gehört, die eine ganze Region verstrahlt haben.«

»Meinen Sie den Mann, der gestern getötet wurde? Kannten Sie ihn?«

Sie zögerte. »Indirekt.«

»Wissen Sie, was mit ihm passiert ist? Wie er umgekommen ist?« Mondrian hatte beschlossen, einen Schritt nach vorn zu gehen. »Können Sie uns irgendetwas dazu erzählen?«

»Morgen früh. Wann können Sie kommen?«

4

Mittwoch, Nachmittag

Betreff: message
Gesendet: 17:11 uhr

ermittlungen bisher kein problem, polizei tappt laut kontaktmann im dunkeln. aber auch die medien kapieren noch nichts. meldungen überall, doch ohne name des opfers, funktion, hintergrund. bisher checkt niemand die atomconnection.
müssen also aktiv werden. botschaft vorbereiten.
alle müssen begreifen, dass es nicht nur um diesen ingenieur geht, sondern um viel mehr.
wie bisher: alle mails unbedingt verschlüsseln. sicherstellen, dass nur die kommando-ebene zugang erhält.

5

Tespe, Elbmarsch

Die A25 durch die Vier- und Marschlande. Die Brücke vor Geesthacht über die träge dahinströmende Elbe. Nieselregen auf der Windschutzscheibe, als er hinter dem Fluss abbog und am Ufer dem Deich folgte, an sattgrünen Wiesen entlang. Auf dem nassen Asphalt glitt er an Pferdekoppeln vorbei, an sturmzerzausten Obstbäumen und dichten Hecken, die keinen Blick durchließen. Dahinter kauerten geduckte Rotklinkerhäuser mit Reetdächern, die längst vom Moos erobert worden waren.

»Remember when you were young,
you shone like the sun.
Shine on you crazy diamond …«

Mondrian grölte die dritte Zeile des Pink-Floyd-Songs immer laut mit, wenn er allein in seinem Audi unterwegs war.

»Now there's a look in your eyes,
like black holes in the skies.
Shine on you crazy diamond …«

Crazy? Besser ein bisschen verrückt als bloß Mainstream, mittelmäßig, stinknormal wie so vieles da draußen. Aber ein strahlender Diamant? Hatte er nicht viel zu oft diesen verlebten Blick in seinen Augen? Schwarze Löcher im Gedächtnis, wenn ihm Namen nicht einfielen, die ihm so vertraut sein mussten wie sein abgegriffenes Adressbuch? Dass er immer mehr silbergraue Haare an den Schläfen bekam, störte ihn nicht. Aber woher kamen nachts die Schmerzen im Rücken, während Fetzen von Geschichten, an denen er gerade arbeitete, in Endlosschleifen durch seine Träume geisterten, ohne dass er die Stopp-Taste fand?

Manchmal erschrak er, wenn er morgens im Bad einen vorsichtigen Blick in den Spiegel warf. An die senkrechten Falten, die sich neben den Mundwinkeln in das schmale Gesicht gruben, hatte er sich gewöhnt. Ebenso an die dunklen Kerben über den wild wuchernden Augenbrauen. Damit konnte er genauso gut leben wie mit den eingefallenen Wangen, auf denen er sich manchmal einen Fünf-Tage-Bart sprießen ließ. Es störte ihn auch nicht, dass halblange Strähnen über die Ohren hingen, wenn er seinen dunkelblonden Schopf mit nassen Fingern aus der Stirn strich. Aber was war mit den Augen dieses Schlafwandlers, der ihm da gegenüberstand?

Weit weg wirkten sie morgens oft, wässrig und matt. Mussten erst mühsam ankommen in dem neuen Tag. Wenn er halb nackt und mit hängenden Lidern zur Küchennische schlurfte, um heißes Wasser aufzusetzen, konnte es passieren, dass er über einen der Kelims stolperte, die er auf den knarzenden Holzdielen ausgelegt hatte. Außer den bunt gemusterten Nomadenteppichen gab es eigentlich nicht viel, was in seinem Loft hätte im Weg stehen können. In dem riesigen Raum in der Speicherstadt verloren sich neben einem Futonbett bloß ein Stehpult, ein durchgesessenes Ledersofa und eine Musikanlage mit edlen Boxen, State of the Art, zwischen den rauen, weiß getünchten Wänden. Sonst wirkte sein Exil so kahl, als hätte ein Mönch darin Zuflucht gefunden.

Vor fünf Jahren war er in den Backsteinbau am St. Annenufer gezogen. Eigentlich hätte er dort gar nicht wohnen dürfen, weil der Bereich als Gewerbegebiet ausgewiesen war. Die »Kreativen« tummelten sich dort, Werbeagenturen, Modedesigner, Film-Producer, alle möglichen Internetfirmen und auch mal ein Schiffsmakler. Aber nachdem seine Frau mit einem italienischen Galeristen abgehauen war, hatte ihm ein Freund den Raum unter der Hand überlassen. Der brauchte ihn nicht mehr, weil er mit seinem Start-up-Unternehmen nach kurzem Höhenflug abgestürzt war.

Er hatte nur wenige Dinge aus seinem früheren Leben in die neue, spartanische Bleibe mitgenommen: neben seiner verstaubten Rockgitarre und den geliebten Hirtenteppichen mit den mythischen Ornamenten vor allem Masken. Farbige, verrückt angestrichene Schmuckstücke mit grotesken Gesichtszügen von Tempeltänzen auf Bali und Karnevalsumzügen in Bolivien. Kultgegenstände von Hindu-Feiern in Indien und Indianerritualen in Brasilien. Schon auf seinen ersten Fernreisen hatte er den Fimmel entwickelt, solche Preziosen zu sammeln. Jetzt hingen die geheimnisvollen Botschafter aus anderen Welten an rissigen Holzbalken und starrten ihn vorwurfsvoll an, wenn er morgens noch im Halbschlaf zum Herd tappte, um sich mit zittrigen Händen einen extrastarken Orange-Pekoe-Tee zu brühen. Oder zwei. Oder auch drei.

Manchmal brauchte er über eine Stunde und die tägliche Dosis Liegestütze, bis er merkte, dass wieder Blut durch sein Hirn floss und Leben in seinen Körper strömte. Dann wollte er gar nicht wahrhaben, dass er schon vierundfünfzig war, erste Altersflecken auf der Haut, die Raster der Routine im Kopf und auf der Seele ein bisschen viel Blues. Der Typ Jungreporter, der heute so viel galt, online-präsent und cyber-schnell, war er sowieso nie gewesen. Eher ein Grübler, der hinter die Masken schauen und herausfinden wollte, welche Rolle Menschen auf der großen Bühne wirklich spielten. Diesen Drang hatte er in all den Jahren nicht verloren. Und in manchen Momenten kam er sich jetzt noch merkwürdig alterslos vor, fast wie ein Kind, hellwach und voll von der kostbarsten Eigenschaft, die ein Journalist haben konnte: Neugier.

Das Ortsschild von Tespe holte ihn aus seinen Gedanken. Das Haus, das er suchte, lag nicht weit von der Elbe, ein ganzes Stück von der Straße zurückgesetzt. Mondrian fuhr ein paar Meter daran vorbei und parkte am Rand des Dorfs.

Während er auf die rote Kate zuging, sah er, wie sich hinter einem der Sprossenfenster etwas bewegte. Leicht vergilbte Gardinen wurden zur Seite gezogen, dann wieder zusammengeschoben. Ein Hund schoss auf ihn zu und knurrte böse. Das große Tier verfolgte ihn, als er mit weichen Knien zum Eingang lief. Der Kies knirschte zwischen nackten Beeten. Weil er keine Klingel finden konnte, musste er klopfen. Hinter der Tür war nichts zu hören, bis sie plötzlich aufging.

»Haben wir gestern miteinander telefoniert?«, fragte die Frau, die ihm gegenüberstand.

Sie war klein und unscheinbar, das Gesicht ungeschminkt, der Pagenkopf unauffällig. Um die vierzig Jahre mochte sie alt sein, und sie wirkte so zerbrechlich, dass er sich fragte, ob sie an Magersucht litt. Aber ihre Stimme verriet eine Kraft, die nicht zu ihrem ausgemergelten Körper passte.

»Es wurde höchste Zeit, dass endlich etwas passiert.«

Sie gab ihm eine zierliche Hand, während sie ihm in die Augen schaute. Dann ließ sie ihren Blick prüfend an ihm hinuntergleiten, an seinem schwarzen Sakko, dem anthrazitfarbenen Hemd, der dunklen Hose, die nicht mehr die jüngste war. Diese leicht verbeulte Eleganz hatte er längst getragen, bevor sie eine Art Szene-Uniform geworden war. Wie durch eine Laune passten die Farben perfekt in das Haus, in dessen düsteren Flur Mondrian nun geführt wurde. Nur die Fotos, die dort hingen, waren angestrahlt wie in einer Galerie.

»Jan«, sagte die Frau leise und zeigte auf die Bilder eines strohblonden Jungen.

Jan, breites Grinsen, Baseballkappe.

Jan mit Helm und rasanter Sonnenbrille auf einem Rennrad.

Jan, triumphierend, wie er auf einem Podium einen Pokal über dem Kopf schwenkt.

»Er ist nur dreizehn Jahre alt geworden.« Die Stimme der Frau klang jetzt gepresst. »Und er ist nicht gestorben, sondern krepiert.«

Sie wandte sich ab und zündete sich eine Zigarette an. Der Rauch roch nach Menthol.

»Wollen Sie sein Zimmer sehen?«

Mondrian folgte ihr auf einer engen Holztreppe nach oben. Es erstaunte ihn immer wieder, wie schnell Angehörige von Unfalltoten oder Verbrechensopfern einem Reporter ihre Türen öffneten. Und er hatte oft ein beklommenes Gefühl dabei, so einfach in ihre Leben einzudringen. Aber diese Frau wollte offenbar, dass er einen Blick in den Raum ihres gestorbenen Sohns warf.

Sie führte ihn zu einer Kammer unter dem niedrigen Dach, an deren Tür drei Buchstaben aus Sperrholz klebten, »J A N«, mit einer Laubsäge ausgeschnitten und bunt bemalt. Dahinter schien alles so, als wäre es monatelang nicht berührt worden. Ein Bett aus Kiefernholz, auf dem ein einbeiniger Teddy neben einem Fantasybuch lag, noch ein Lesezeichen in der Mitte. Ein Schreibtisch mit aufgeschlagenen Schulheften und eine Playstation. Darüber ein Lance-Armstrong-Poster und gerahmte

Urkunden, die der Junge bei seinen ersten Rennen gewonnen hatte.

»Ich kann das einfach nicht wegräumen.« Die Frau unterdrückte ein Schluchzen. Mondrian schluckte und schwieg.

»Wir sind extra aus Bremen hierher aufs Land rausgezogen, nachdem ich eine Stelle bei einem Tierarzt gefunden hatte. Es war nicht immer leicht für mich als alleinerziehende Mutter, aber ich dachte eine Weile, wir würden hier im Paradies leben. Bis diese Schmerzen bei Jan losgingen. Die Angst. Die unendliche Zeit in Krankenhäusern. Bestrahlungen und Chemo. Knochenmarkstransplantationen. Zuletzt war sein Leben kein Leben mehr, sondern nur noch eine einzige Quälerei.«

»Woran ist er gestorben?«, fragte Mondrian vorsichtig, obwohl er die Antwort längst ahnte.

»Leukämie. Und nicht nur er. Wissen Sie, wie viele Kinder hier im Umkreis an Blutkrebs erkrankt sind? Sechzehn!«

Mondrian nickte. »Die größte Häufung solcher Fälle weltweit. Darüber gibt es mehrere Studien.«

»Und die Leute, die dafür verantwortlich sind, sitzen da drüben.« Die Hand der Frau zitterte, als sie mit dem Zeigefinger aus dem Sprossenfenster Richtung Elbe wies.

Am anderen Ufer, direkt gegenüber, lag das Kernkraftwerk Krümmel wie ein mächtiger Klotz am Elbhang. Die silbern schimmernde Metallhülle spiegelte sich in dem dunkelgrünen Strom.

»Nein, nicht dort.« Die Frau war Mondrians Blick gefolgt. »Krümmel ist nicht der Killer. Das habe ich lange selbst geglaubt. Schon wegen der Pannen, die es da immer wieder gegeben hat. Zum Beispiel den Brand des Transformators.«

Mondrian erinnerte sich daran, wie schwarzer Qualm aus dem Trafo-Haus ausgetreten war. Sogar der Reaktorfahrer hatte sich eine Atemmaske aufsetzen müssen.

»Das war schon schlimm genug«, fuhr die Frau fort, »aber einen viel größeren Störfall hat es bei der GKSS gegeben.« Ungeduldig zeigte sie nach rechts, ein paar hundert Meter stromaufwärts, wo schemenhaft die Gebäudekonturen des Forschungszentrums zu erkennen waren.

»Was meinen Sie mit Störfall?«, fragte Mondrian.

»Wissen Sie das nicht? Am 12. September 1986 sind dort geheime Atomwaffenexperimente gemacht worden. In einem Nebengebäude, das versteckt im Wald lag.« Die Stimme der Frau klang jetzt schriller. »Dabei ist es offenbar zu einer Explosion gekommen. Jedenfalls hat es gebrannt. Drei Zeugen haben noch aus großer Entfernung einen Lichtschein gesehen, grüngelb und ganz fahl. Und danach müssen radioaktive Stoffe ausgetreten sein.«

»Der Verdacht ist nicht neu«, erwiderte Mondrian. Natürlich hatte er von den Behauptungen gehört, die unter Atomgegnern kursierten. »Aber Sie wissen, dass die GKSS das vehement bestreitet. Zwei Expertenkommissionen haben nach Kontaminationen gesucht, ohne wirkliches Ergebnis.«

»Natürlich. Weil Messprotokolle manipuliert wurden. Die Daten hat man unterdrückt, und die sogenannten Fachleute waren gekauft. Haben Sie etwas anderes erwartet? Was hätte es wohl bedeutet, wenn ein solcher nuklearer Störfall in Deutschland bekannt geworden wäre, kurz nach Tschernobyl?«

»Das Aus für die deutsche Atomindustrie, vermute ich.«

»Genau deswegen ist alles vertuscht worden, von Anfang an bis heute. Auch von solchen Kerlen wie diesem Niemann …«

»So hieß der ermordete Ingenieur? Woher wissen Sie das?«

Einen Moment schien sie irritiert, aber dann sagte sie: »Ach, das ist hier längst rum. Bei uns kennt jeder jeden, und alle wissen, dass Niemann in der Nähe wohnte und in dieser Anlage arbeitete, die unsere Kinder verstrahlt hat.«

»Vor über zwanzig Jahren? Damals war er sicher noch gar nicht bei der GKSS.«

»Aber er wurde später zu einem Rädchen in diesem Getriebe, verstehen Sie das nicht? Für uns gehört jeder, der in der Nuklearindustrie arbeitet, zur Atommafia. Die geht bis heute über Leichen, schauen Sie doch bloß, was in Japan passiert ist. Jeder, der da mitmacht, ist schuldig, und für Niemann ist vorgestern der Tag der Abrechnung gekommen.«

»Der Tag X?« Mondrian musste an das Zeichen an dem Baumstamm denken, das die Polizei am Tatort gefunden hatte.

»Auge um Auge, Zahn um Zahn«, sagte sie bloß dunkel.

»Wissen Sie«, fragte er weiter, »wie der Mann umgekommen ist?«

Die Frau schwieg eine Weile, bevor sie antwortete.

»Ich weiß jedenfalls, dass endlich jemand dafür gebüßt hat, dass die ganze Elbmarsch von der GKSS verstrahlt wurde. Und es ist höchste Zeit, dass Sie dieses Verbrechen enthüllen!«

»Haben Sie denn einen Beweis für den Störfall?« Mondrian gab sich Mühe, die Skepsis in seiner Stimme zu unterdrücken.

»Einen Beweis? Millionen. Millimeterkleine Kügelchen, die hier überall in der Erde liegen. Sie wurden damals bei dem Brand durch die Luft gewirbelt und in der ganzen Gegend verteilt. Ein paar Leute von hier, die von den Lügen der Atomlobby genug hatten, haben selbst Bodenproben genommen. Wir haben sie von russischen Wissenschaftlern untersuchen lassen. Deutsche Institute waren dafür ja nicht zu finden ...«

»Ich habe gehört, dass von den Forschern in Minsk angeblich Uran und Plutonium in diesen Teilchen gefunden wurden«, unterbrach sie Mondrian, »aber die Analyse ist umstritten. Kann ich die Untersuchungsprotokolle bekommen?«

»Da muss ich erst die anderen fragen«, sagte die Frau ausweichend.

»Welche anderen? Wer gehört denn zu Ihrer Gruppe?«

»Eltern aus der Elbmarsch, vor allem Mütter. Und ein paar Freunde aus Hamburg, die endlich etwas gegen den Atomstaat tun. Die weitere Aktionen planen ...«

Sie brach ab und schaute zur Seite. Er hatte das Gefühl, dass sie mehr wusste, als sie bisher gesagt hatte.

»Erzählen Sie mir mehr über die Sache«, setzte er nach. »Ich dachte, Sie wissen, wie Niemann umgekommen ist.«

Sie zündete sich eine neue Zigarette an. Ihre Stimme flackerte nervös, als sie sagte: »Später vielleicht. Wenn Sie über das Verbrechen an unseren Kindern berichtet haben.«

Mit einer schroffen Bewegung wandte sie sich zum Ausgang, um ihm zu demonstrieren, dass für sie das Gespräch zu Ende war. »Wir bleiben in Kontakt«, versprach sie vage.

Mondrian atmete durch, als er aus dem Haus trat, in dem der

Tod eines Kindes ein weiteres Leben zerstört hatte. Und nun ein drittes, das des Ingenieurs? Er konnte sich nicht vorstellen, dass diese von Hass und Trauer vergiftete Frau einen Menschen getötet hatte. Als Alleintäterin kam sie wegen ihrer zierlichen Statur jedenfalls kaum in Frage. Aber konnte sie Mittäterin oder Mitwisserin sein? Oder empfand sie bloß auf furchtbare Art Genugtuung am Tod des Manns?

Sein Handy summte. Die Mailbox. Der Cop hatte daraufgesprochen.

»Besser, du kommst gleich mal zurück. Wir haben eben Post gekriegt. So was wie einen Bekennerbrief.«

6

»magazine«, Hamburg

»Bitte gleich in den Showroom.«

Mondrian fuhr mit dem Lift in den sechzehnten Stock. Als die verchromte Tür aufglitt, fiel sein Blick auf das überdimensionale Gemälde von Gerhard Richter, das an der Wand gegenüber dem Fahrstuhl hing. Spötter behaupteten hartnäckig, dass der Verlagschef den grauen Ozean bloß erstanden hatte, um seinen teuren Kunstverstand zu dokumentieren. Mit schnellen Schritten ging Mondrian an den knallbunten Warhols vorbei zum Raum mit den Monitoren, der schon abgedunkelt war.

Im Restlicht erkannte er die Kontur von Chefredakteur Grosser, der sich gerade zu Rolfes hinüberbeugte. Neben dem Cop mit dem blanken Boxerschädel saßen noch andere Kollegen aus seinem Ressort. Während sich Nadja Polanski mit ihrer Frisur beschäftigte, kramte Bruno Wunder in seinen Taschen, um einen Notizblock herauszuholen. Weiter hinten saß ein älterer Rollstuhlfahrer aus der Dokumentation, der im Verlag als Terrorismus-Spezialist galt.

Marc Rolfes zog eine CD aus einem Umschlag und schob sie

in einen der Laptops. »Diese Scheibe haben wir heute mit der Post bekommen, in einem adressierten Umschlag, allerdings ohne Absender«, sagte er in einem Tonfall, der wie immer etwas Sarkastisches hatte, »verständlicherweise, wie man gleich sehen wird.« Mit einem Mausklick öffnete er eine Datei.

Der Beamer warf ein Bild an die Projektionswand. Darauf war eine Art Emblem zu sehen: ein sattgrünes Pflanzenblatt, auf das die Kontur einer Schusswaffe montiert war. Rolfes wies mit einem Leuchtpfeil auf die Waffe und drehte sich zu dem Dokumentar um.

»Kennen wir das Teil?«

»Eine Maschinenpistole, würde ich sagen.« Der Rollstuhlfahrer räusperte sich und rückte seine Brille zurecht. »Wahrscheinlich eine MP 5 von Heckler & Koch. Ähnelt stark der Waffe, die in den siebziger Jahren von der RAF als Symbol in ihren Botschaften verwendet wurde.« Der Dokumentar hauchte die Gläser seiner Brille an und polierte sie mit einem Taschentuch. »Die war damals allerdings auf einen anderen Hintergrund gezeichnet. Auf einen fünfzackigen roten Stern.«

»Aber hier ist kein Stern, sondern dieses Gemüse.« Der Cop fuhr mit dem Leuchtmarker um das gefächerte Blatt.

»Ist das nicht das Kraut, das jemand hier besonders gut kennt?«, fragte Grosser mit breitem Grinsen, während er sich zu Mondrian umdrehte. Er genoss es immer wieder, Anspielungen auf die Zeit zu machen, in der Mondrian mit dem Rucksack durch Indien und Nordthailand gezogen war.

Mondrian hatte es aufgegeben, gegen seinen Ruf als Ex-Hippie zu kämpfen, den er bei Grosser lebenslänglich behalten würde.

»Kein Zweifel, Marihuana«, antwortete er. Es gelang ihm, seine Stimme besonders cool klingen zu lassen. »Meine Lieblingspflanze.«

Leises Gelächter.

Es erstarb, als Rolfes die nächste Datei aufmachte und die Frauen und Männer im Halbdunkel den Text lasen, der an die Wand projiziert war:

THE TIMES THEY ARE CHANGING. UNSERE GEDULD IST ZU ENDE. GESTERN HABEN WIR EIN MITGLIED DER ATOMMAFIA ABGESCHALTET. DER GKSS-MANN MUSSTE INS GRAS BEISSEN, WEIL ER EIN RÄDCHEN IN DER MÖRDERISCHEN NUKLEARMASCHINE WAR. FUKUSHIMA IST ÜBERALL, UND AUCH DIE GKSS HAT MIT IHREN EXPERIMENTEN EINE GANZE REGION VERSEUCHT. SCHLUSS MIT DEM ATOMAREN WAHNSINN! ALLE REAKTOREN VOM NETZ, NICHT IN X JAHREN, SONDERN SOFORT! DIESE AKTION WAR NICHT DIE LETZTE GEGEN DIE KILLER UNSERES PLANETEN. NIEMAND SOLL MEHR RUHIG SCHLAFEN, DER UNSERE ERDE VERSTRAHLT, UNSERE NAHRUNG VERGIFTET UND DIE NATUR ZERSTÖRT. ES GAB GENUG WARNUNGEN. WIR HABEN VON DER RAF GELERNT.
GRÜNE ARMEE FRAKTION
KOMMANDO FERNANDO PEREIRA
HIGH UND FREI

»Na also, Baader und Meinhof lassen grüßen.« Rolfes war der Erste, der die Stille unterbrach. »Der Text ist genauso zynisch und anmaßend wie die Botschaften der Roten Armee Fraktion, aber wenigstens verständlich. Diese RAF-Sprüche waren doch immer gequirlte Scheiße. Dagegen ist das hier ja geradezu straight.«

»Zu geradlinig vielleicht sogar«, warf Mondrian ein, »jedenfalls für Leute, die ein Marihuanablatt als Symbol benutzen. Das sieht doch so aus, als käme es von irgendwelchen Hasch-Rebellen. Cannabis-Konsumenten ticken eigentlich anders …«

»Wie denn? Also, nach deinen persönlichen Erfahrungen?« Grosser konnte es einfach nicht lassen.

»Jedenfalls nicht so rational – und auch nicht so brutal«, sagte Mondrian nachdenklich. Er ignorierte die Anspielung und kratzte sich am stoppligen Kinn. »Kiffer sind vielleicht ein bisschen verrückt, aber normalerweise alles andere als Killer. Dazu sind sie meistens viel zu verplant.«

Der Cop hatte eine weitere Datei angeklickt, auf der eine Landkarte zu sehen war. Sie zeigte das Gelände der GKSS mit den Waldstücken und Wegen im gesamten Bereich zwischen der Elbe und der Bundesstraße auf dem Geestrücken. In der Mitte lief eine gestrichelte Linie, die vor dem Forschungszentrum begann und durch den Forst führte. Rolfes folgte ihr mit seinem Leuchtpfeil bis zu der Stelle, die mit einem »X« markiert war.

»Sieht so aus, als wäre das die Piste unseres Joggers gewesen.«

Er drückte auf eine Taste, und ein Foto erschien. »Und das dürfte er sein.«

Die Aufnahme zeigte einen massigen Mann, der mit einer stark blutenden Kopfwunde am Boden lag, offenbar bewusstlos, Arme und Beine gefesselt.

»Es kommt noch besser«, sagte Rolfes und projizierte weitere Bilder an die Wand. Ein aufgerissener Mund, mit Gras vollgestopft. Verzerrte Gesichtszüge, als würde das Opfer gleich ersticken. Maskierte Gestalten, die Kanister über dem Liegenden entleerten.

»Und jetzt das Finale.«

Ein Körper in einem Feuerball, in lodernde Flammen eingehüllt.

»Mein Gott, das kann man ja gar nicht veröffentlichen«, stöhnte Bruno Wunder.

»Moment mal«, sagte der Cop und schaltete das Deckenlicht ein. »Das müssen wir uns gut überlegen. Natürlich sieht das krass aus, aber ist das nicht einfach die Realität? Wenn wir das nicht bringen, dann tun es eben andere, so ist das Geschäft heute. Die Chance sollten wir uns auf keinen Fall entgehen lassen. Wir können ja das Gesicht des Mannes unkenntlich machen. Wollen wir mit dem Material nicht so schnell wie möglich online gehen?«

»Sofort«, entschied Grosser, »es könnte leicht sein, dass noch andere Medien diese CD bekommen. Wer schreibt dazu eine knackige Meldung fürs Netz?«

»Kein Problem, kann ich machen.«

Noch ehe Mondrian reagieren konnte, hatte Nadja Polanski sich gemeldet. Die schlanke Frau mit dem Sommersprossengesicht und den leuchtend roten Haaren, die gern enge Strenesse-Tops unter ihrem Blazer trug, besaß in der Redaktion einen Ruf als Schnellschreiberin, galt aber auch als härteste Rechercheurin der Task-Force. Mit einer speziellen Mischung aus Charme und Schärfe konnte die Mittdreißigerin Informanten zum Reden bringen, wenn andere längst kapitulierten. Allerdings wurde hinter ihrem Rücken getuschelt, dass sie diese Härte auch gegen Kollegen einsetzte, wenn sie ihnen eine attraktive Story abjagen wollte. Sie verzog ihre kräftig geschminkten Lippen zu einem Lächeln, das ihrem Spitznamen »Piranha« alle Ehre machte, und blickte den Chefredakteur erwartungsvoll an.

Mondrian merkte, wie Ärger in ihm hochschoss. Ehe Bedenken überhaupt diskutiert waren, hatte Grosser sein Okay gegeben. So war dieser Laden, dachte er wieder einmal: Wer am schnellsten zuschnappte, biss die anderen aus dem Weg. Aber er hatte jetzt keine Lust auf Konkurrenzkämpfe. Etwas mürrisch murmelte er im Hinausgehen: »Wir sollten auf keinen Fall alle Fotos und Dateien rausgeben, finde ich, sondern etwas Munition trocken halten. Die Recherche muss doch erst richtig losgehen. Ich klär mal, wer Pereira war.«

Das Notebook in seinem Büro brauchte nur wenige Sekunden, um hochzufahren und ihn mit dem vertrauten Akkord zu begrüßen. Es fragte ihn nach seinem Kennwort.

Er tippte »nirvana66« ein.

Der Desktop füllte sich mit den Icons. Wie immer scrollte er zuerst durch die Mails.

Ein Aufruf von Attac, den »Wahnsinn Biosprit« endgültig zu stoppen.

Ein Manifest von Pro Asyl mit der Warnung, dass Klimawandel und Hunger fünfundzwanzig Millionen Flüchtlinge aus Afrika nach Europa treiben könnten.

Ein Rundbrief der Internationalen Liga für Menschenrechte, die gegen »Big Brother Überwachungsstaat« zu Felde zog, und ein Protest von ».ausgestrahlt«, der zum Kampf gegen weitere Castor-Transporte aufrief.

Post von den üblichen Verdächtigen, sinnierte er, während er die Mails wegdrückte, von allen möglichen Gutmenschen. Und ärgerte sich dann über sich selbst.

Musst du eigentlich so zynisch werden in diesem Job? Ist es nicht klasse, wenn sich jemand noch für eine Sache engagiert, während wir Journalisten so abgeklärt tun, als wären wir die Besserwisser der Welt?

Er machte den Internetbrowser auf und gab »fernando pereira« in die Suchmaschine ein. Zwei Klicks weiter fand er bei Wikipedia:

Fernando Pereira (10. Mai 1950 in Chaves, Portugal; † 10. Juli 1985 in Auckland, Neuseeland) war ein freischaffender niederländischer Fotograf portugiesischer Abstammung und Greenpeace-Aktivist. Er starb bei einem Anschlag des französischen Auslandsgeheimdienstes auf das Greenpeace-Schiff Rainbow Warrior im Hafen von Auckland. Fernando Pereira wurde fünfunddreißig Jahre alt. Er hinterließ zwei Kinder: eine Tochter mit dem Namen Marelle und einen Sohn namens Paul.*

Mondrian schlug das Telefonbuch auf, das ihm seine Tochter Kathy gebastelt und mit Buntstiften bemalt hatte, als sie in die zweite Klasse gegangen war, und wählte eine Nummer.

Das Hauptquartier von Greenpeace lag nur ein Stück elbabwärts.

7

Greenpeace, Hamburg

»Ich habe einen Termin bei dem Anti-Atom-Campaigner.«

»Hi«, sagte die junge Frau am Empfangstresen. Große braune Augen hinter einer feinrandigen schwarzen Brille. Ein helles Lächeln in einem Gesicht mit olivfarbenem Teint, gerahmt von gekräuselten dunklen Locken. Migrationshintergrund, dachte Mondrian, während er die Gazellenfigur in Stretchjeans verstohlen musterte. Namibia oder Äthiopien vielleicht, gemixt mit Ham-

burg-Blankenese. Womöglich veredelt durch Auslandspraktika in San Francisco oder Vancouver. Sieht wie gecastet aus für diesen Job bei einem Verein, dessen Mutterorganisation »international« im Namen führt.

»Können Sie sich einen Moment gedulden, *please*? Martin musste gerade noch mal in ein *meeting*.«

»Mit *open end*?« Mondrian wollte wenigstens ein bisschen mitspielen.

»Oh no.« Wieder diese blitzend weißen Zähne. »Es wird nicht lange dauern. Nur eine kurze Besprechung mit den Leuten von der Werbeagentur. Wegen des nächsten Spendenmailings.« Sie beugte sich zu ihm hinüber und steckte einen Button an sein Sakko, der ihn als »Besucher« auswies.

Mondrian trat ein paar Schritte zurück und blickte sich um. An den Wänden hingen großformatige Fotos von spielenden Orcas im tiefblauen Ozean und von schattigen Urwäldern. Daneben Poster mit schrillen Parolen: gegen den »Klimakiller Kohle«, gegen »Gift im Gen-Mais«, gegen die Überfischung der Weltmeere und die Robbenjagd. Durch die Flure liefen junge Leute in Shirts mit der Parole »Wäre die Welt eine Bank, hättet ihr sie längst gerettet«, dazwischen mischten sich in die Jahre gekommene Aktivisten, die neue Cargohosen trugen. Hinter halb geöffneten Türen waren Gesprächsfetzen in Spanisch und Russisch zu hören. Mondrian stellte sich neben einen Schaukasten, in dem Fair-Trade-Fußbälle und Aschenbecher mit der Aufforderung *»Save the seas«* zum Verkauf angeboten wurden. *Smoke for the water*. Ob das half?

Die Deutschland-Zentrale von Greenpeace lag in einem ehemaligen Speichergebäude in Hamburg-Altona, direkt an der Elbe. Vom Media Tower in der Hafen-City erreichte man es eigentlich leicht mit der Fähre, wenn man an der Kehrwiederspitze einstieg und bis zum Fischmarkt fuhr. Mondrian war schon öfter per Linie hierhergedümpelt, an den Museumsschiffen »Cap San Diego« und »Rickmer Rickmers« vorbei. Aber an diesem Tag hatte er nicht auf eine Fähre warten wollen. Er hatte seinen Audi gestartet und war bis zur Großen Elbstraße gefahren, wo er ihn zwischen einem Black-Metal-Club und einem Designermöbel-Tempel parkte. Am Greenpeace-Speicher gegenüber drückten sich Raucher im Nieselregen unter das Eingangsdach, als er mit dem Lift in den zweiten Stock fuhr, wo das Schild »Atomstromfreie Zone« die Besucher begrüßte. Jetzt schaute er durch ein Fenster hinaus auf eine Wand von Containern, die langsam auf einem Frachter vorbeischwamm.

»Großes Kino, oder?«

Mondrian hatte den fülligen Mann im Jeanshemd nicht gehört, der von hinten herangetreten war. Martin Reitmeyer gab ihm die Hand. »Ich gehe mal vor. In meinem Büro haben wir den besten Logenplatz.«

Sie stiegen ein Stockwerk höher und betraten einen Raum, aus dessen Rundbogenfenstern man quer über die Elbe auf Dock 11 von Blohm + Voss blickte. Unter der niedrigen, von schweren Stahlträgern gestützten Decke drängten sich Kolonnen von Aktenordnern in Naturholzregalen. »Endlager Morsleben« und »Wiederaufarbeitungsanlage La Hague« stand auf den Etiketten, in einer anderen Reihe »Kalkar Plutonium« und »Krümmel«, außerdem gab es einen Ordner mit der Aufschrift »Leukämie«.

»Was weiß Greenpeace über diese Fälle in der Elbmarsch?« Mondrian zeigte auf den Ordner, während im Hintergrund stetig Computertastaturen klapperten. »Hat es da wirklich einen vertuschten Störfall gegeben, der die Kinder krank gemacht hat?«

»Jedenfalls keinen, den man beweisen könnte.« Reitmeyer, Nuklearexperte bei der Umweltorganisation, setzte sich an einen zerkratzten Holztisch und griff sich ein paar Papiere. »Sicher, es gab da immer wieder schwere Pannen«, sagte er, während er in den Unterlagen blätterte. »Haarrisse in Schweißnähten von Rohren …«

»In Krümmel?«

Reitmeyer nickte. »Sie wurden bei der Untersuchung mit Ultraschall gefunden. Dann natürlich das Feuer in der Trafostation. Aber unter uns, wenn man ehrlich ist, muss man zugeben, dass das von manchen Politikern echt hochgespielt wurde. Das war meiner Meinung nach noch weit weg von einem GAU.«

»Und was wissen Sie von einer Explosion in der GKSS?«

»Ach, diese Sache, die 1986 stattgefunden haben soll? Alles bloß Gerüchte. Das sind Behauptungen einer Bürgerinitiative aus der Elbmarsch, wo die Leukämiefälle aufgetreten sind. Nach deren Angaben existieren drei Zeugen, die damals einen Feuerschein gesehen haben wollen. Bloß sind die einfach nicht auffindbar, wenn man selbst mal mit ihnen sprechen will.«

»Und die Krater in der Nähe?«

»Diese Kuhlen sind wohl entstanden, als die Alliierten nach dem Krieg dort Dynamitbunker gesprengt haben.« Reitmeyer deutete auf ein Areal auf einer Landkarte. »Ich bin selbst mal vor Ort gewesen. Früher war dort eine Sprengstofffabrik von Alfred Nobel. Die Senken sind längst zugewachsen. Da stehen ziemlich alte Bäume drin.«

»Es gibt ja Leute, die herausgefunden haben wollen, dass 1986 neben Uran sogar Plutonium ausgetreten ist.«

Der Greenpeace-Mann winkte ab. »Leute vom Öko-Institut haben bei der GKSS schon vor Jahren Berge von Unterlagen gewälzt und jeden Stein umgedreht. Sorry, das sind bisher nur Verschwörungstheorien. Aber warum interessieren Sie sich jetzt überhaupt dafür?«

»Wegen des Ingenieurs, der bei Geesthacht gefunden wurde. Wir haben einen Hinweis, dass der Mord mit den Leukämiefällen zu tun haben könnte.« Mondrian wusste, dass er jetzt ein paar Karten auf den Tisch legen musste, aber es sollten nicht gleich zu viele sein. Während sein Blick über einen Ordner mit dem Titel »AKW und Terror« schweifte, schob er vorsichtig nach: »Wir haben in diesem Zusammenhang ein Dokument mit einem Namen erhalten, den Sie kennen müssten. Fernando Pereira.«

»Pereira? Unser Mann in Auckland?« Der Greenpeace-Physiker zog die Augenbrauen hoch. »Der ist doch längst tot. Ertrunken, als er seine Fotos aus der gesprengten ›Rainbow Warrior‹ retten wollte. Er war damals auf dem Weg zum Mururoa-Atoll, um Menschen zu helfen, die bei den Atombombentests verstrahlt worden waren. Wurde von französischen Agenten ermordet. Was soll sein Name in diesem Zusammenhang?«

»Möglicherweise will ihn jemand rächen?«

»Nach so langer Zeit? Sicher, damals gab es Proteststürme, weil die französische Regierung die Operation gedeckt hat. Sie hat die Agenten sogar zurückgeholt, damit sie in Neuseeland keine Strafe absitzen mussten. Aber heute?«

Mondrian rührte in seinem Fair-Trade-Kaffee. Der braune Rohrzucker wollte sich nicht auflösen.

»Kann es nicht sein«, fragte er langsam, »dass es bei Greenpeace Leute gibt, die es leid sind, nur Transparente an Meiler zu hängen? Die nicht bloß Flyer mit rührenden Robbenbildern verteilen und Spenden einsammeln wollen? Die endlich zu härteren Mitteln greifen wollen, weil sich sonst nicht genug bewegt?«

»Nein, Greenpeace tickt anders.« Reitmeyer lehnte sich unwillig zurück. Ein Schatten von Ärger lief über sein rundliches Gesicht. »Wir haben immer auf Emotionen gesetzt, nicht auf Gewalt. Und die Spenden brauchen wir einfach, um die Kampagnen zu finanzieren, unsere Zentrale, die Lobbyarbeit in Parlamenten, den ganzen Apparat. Nur so sind wir ein ernst zu nehmender Partner für die Politik bei internationalen Konferenzen, ein Player gegen Multis wie Vattenfall oder Exxon. Mit gewalttätigen Aktionen kommt man gegen solche Konzerne nicht an.«

»Sind nicht schon früher Leute bei Greenpeace ausgestiegen, weil ihnen alles zu brav war?« Mondrian erinnerte sich an ein Interview mit einem kanadischen Mitbegründer.

»Ja, das hat es gegeben. Paul Watson zum Beispiel, er hat jetzt seine eigene Truppe, Sea Shepherd. Damit versucht er, japanische Walfangschiffe zu rammen. Nach unserer Meinung ist das reiner Aktionismus, der nichts bringt. Im Gegenteil. Politisch höchst gefährlich. Weil man Gewalt gegen Sachen nicht von Gewalt gegen Menschen trennen kann.«

»Kommt mir irgendwie bekannt vor, dieses Argument. Das wird sonst eher von staatlicher Seite benutzt.« Mondrian schaute aus dem halb geöffneten Fenster. Im Dock gegenüber konnte man den blauen Schein von Schweißgeräten sehen und hören, wie Metallplatten bearbeitet wurden. Heavy-Metal-Sound am Spätnachmittag.

Im Büro trat Stille ein.

»Und Sie kennen niemanden, der sich in letzter Zeit mit Fernando Pereira beschäftigt hat?« Mondrian wusste selbst, dass er im Dunkeln stocherte. Aber er musste es probieren. »Sie haben keine Idee, wie sein Name auf ein Bekennerschreiben zu dem Mord an dem GKSS-Mann kommt?«

»Ein Bekennerschreiben?« Reitmeyer sah Mondrian ungläubig an und schob seine Tasse so heftig von sich, dass der Kaffee überschwappte.

»Und Sie haben auch keine Ahnung, warum sogar das Todeskommando nach ihm benannt ist?«

»Absurd.« Reitmeyers Gesicht war inzwischen rot angelaufen, feine Schweißperlen standen ihm auf der Stirn. »Ich weiß bloß, dass es Greenpeace furchtbar schaden könnte, wenn das bekannt wird. Ist das schon in den Medien?«

»Das dürfte bald so weit sein«, sagte Mondrian und stand auf.

Stumm, als hätte es ihm die Sprache verschlagen, brachte Reitmeyer ihn zum Empfang zurück, wo Mondrian seinen »Besucher«-Button gegen ein weiteres Lächeln mit Migrationshintergrund tauschte.

Auf der Straße vor dem Speicher bauten gerade n-tv und sky NEWS die Masten ihrer Übertragungswagen auf.

Jetzt geht sie wieder los, dachte Mondrian, die Jagd nach dem schnellsten O-Ton. Jeder Sender wollte der Erste sein, der irgendein Originalzitat zu einem Kriminalfall oder einer Katastrophe brachte.

Offenbar hatten schon mehrere die Fährte zu Greenpeace aufgenommen. Vermutlich war die CD mit dem Kommandonamen »Pereira« auch bei anderen Medien eingegangen, oder Nadja Polanskis Meldung war bereits online.

Mondrian stieg über Kabelstränge vor dem Greenpeace-Gebäude und startete sein Auto.

Als er in die St.-Pauli-Hafenstraße einbog, meldete sich das Handy. Noch immer hatte er keine Freisprechanlage in seinem Wagen. Umständlich jonglierte er das Mobiltelefon aus der Jackentasche an sein Ohr.

»Ich glaube, ihr habt etwas, was wir gerne hätten …«

Mondrian hatte Mühe, im Verkehrslärm die Stimme zu erkennen. Und der Mann vom Bundeskriminalamt meldete sich nie mit Namen.

»Verdammt, Daffner, du bist es«, sagte Mondrian, »ich hab mich gerade gefragt, ob dieses Gespräch ein Bußgeld wert ist. Falls deine uniformierten Kollegen mich jetzt erwischen.«

»Das wird meine Dienststelle dann für dich regeln. Ich finde, du solltest morgen früh nach Wiesbaden kommen.«

»Warum?«

»Der Generalbundesanwalt hat ein Verfahren wegen Bildung einer terroristischen Vereinigung eröffnet. Und das BKA mit den Ermittlungen beauftragt ...«

Mondrian musste das Mobiltelefon einen Moment vom Ohr nehmen, als er an einer Polizeistreife vorbeifuhr. Die Beamten starrten ihm hinterher.

»... und vergiss nicht die CD, die ihr bekommen habt.«

8

Donnerstag, Abend

Betreff: countdown 2
Empfangen: 20:18 uhr

greenpeace in deep shit. kann uns nur recht sein. und ein paar fotos von niemann sind im netz. sieht nicht schön aus, muss aber sein. damit die leute begreifen, was auf dem spiel steht. jetzt müssen wir nachsetzen. nächste aktion vorbereiten, noch mal fahrzeiten und fluchtwege abklären. countdown nach plan. befehl zum go zwei stunden vor kollision.

9

Bundeskriminalamt, Wiesbaden

Flug LH 005 aus Hamburg landete mit zwanzig Minuten Verspätung in Frankfurt. Wie so oft bei dieser Frühmaschine, dachte Mondrian, als der Airbus nach einer Warteschleife über dem Vogelsberg zwischen Nebelfetzen zum Sinkflug überging und mit einem Ruck auf der Piste des Rhein-Main-Airports aufsetzte. Er hatte sich wie üblich einen Platz am Fenster geben lassen. So konnte er auch an trüben Tagen wie diesem wenigstens eine Weile in einen blauen Himmel über den Wolken schauen. Nachdem die Maschine an Terminal A angedockt hatte, ging er zwischen Männern mit Businesskoffern, die hektisch ihre iPhones zückten, zum Ausgang. Holte Schlüssel und Papiere eines Mietwagens und fuhr aus dem Parkhaus Richtung Wiesbaden. Auf der A 3, Überholspur, schaltete er das Radio ein.

»I shot the sheriff but, I didn't shoot the deputy ...«

Eric Claptons Blues-Stimme. Sie kam über einen dieser Verkehrssender, die zwischen Rock und Pop sämtliche Staus in Deutschland von Amrum bis zur Zugspitze durchsagten. Schön, diesen Song mal wieder zu hören. Und noch besser, den »Sheriff« mal wieder zu sehen.

Er kannte Thomas Daffner seit fünf Jahren. Zum ersten Mal war er dem Kriminalhauptkommissar des Bundeskriminalamts begegnet, als er einen Bericht über Neonazis in Mecklenburg-Vorpommern schreiben wollte. Damals hatte er einen Hinweis bekommen, dass eine »Kameradschaft« ein ganzes Dorf unter Kontrolle gebracht habe. Die Bewohner würden so terrorisiert, dass sie aufgäben und wegzögen, hatte ihm ein anonymer Anrufer erzählt. Nach ein paar unauffälligen Recherchen im Umfeld war Mondrian offen als Reporter in die »national befreite Zone« marschiert. Anfangs waren ihm Schläge angedroht worden. Aber zwei Tage später posierten ein paar Glatzköpfe sogar mit Emblemen und Springerstiefeln für ein Shooting, weil sie »geil« darauf waren, sich in der Presse zu sehen.

Noch in derselben Nacht hatte Mondrian einen jungen Mitläufer aus der Nachbarschaft in einer Kneipe abgefüllt. Lallend prahlte der Lehrling mit einem geplanten Überfall auf einen linken Buchladen in Rostock. Und noch zwei Klare später zeichnete er auf einem Bierdeckel die Wegkreuzung, wo die Gruppe ihre Waffen in einem Wald vergraben hatte. Mondrian rief beim Bundeskriminalamt an und wurde zu Daffner durchgestellt. Später saß der Kommissar dann mit auf dem Podium, als das BKA den »erfolgreichen Schlag gegen eine kriminelle Vereinigung« bei einer Pressekonferenz verkündete und die beschlagnahmten Karabiner, Schlagringe und Pistolen im Scheinwerferlicht präsentierte.

Die zweite Begegnung war nicht so erfreulich gewesen. Daffner gehörte der »IDKO« an, einer Kommission von Freiwilligen im Bundeskriminalamt. Sie half bei der Identifizierung der Toten, wenn es eine Katastrophe mit zahlreichen Opfern wie das ICE-Unglück von Eschede oder den Concorde-Absturz in Paris gab. Gleich nach dem Tsunami in Südostasien war Daffner mit einer eilig zusammengestellten Truppe nach Thailand geflogen. Mondrian, damals selbst von seiner Redaktion dorthin beordert, hatte ihn an einem Strand bei Phuket getroffen, wo er mit Mundschutz und schweißverklebten Haaren einen Toten nach dem anderen untersuchte. Schwarz angelaufene aufgedunsene Körper oder das, was von ihnen übrig geblieben war. Zwischen zerfetzten Hütten und entwurzelten Palmen hatten sie an einem Abend gemeinsam in einer Strandbar versucht, den stechend süßen Leichengeruch mit Mekhong-Whisky wegzuspülen. Vergeblich. Aber sie boten sich dabei das Du an.

Am Neroberg in Wiesbaden nahm Mondrian den Fuß vom Gas. Nur noch wenige hundert Meter bis zur Pforte des Bundeskriminalamts, das abweisend wie eine Trutzburg auf der Anhöhe lag. Hinter einem mit Videokameras gespickten Doppelzaun erhoben sich Gebäudeblöcke, die aus einer Zeit stammten, in der Waschbeton noch als Zierde gegolten hatte. Von einem der Allerweltsklötze ragte ein Wald von Funkmasten in den dunstgrauen Himmel auf.

Mondrian hielt vor der Schranke und legte an dem Wachhaus

seinen Personalausweis in eine Schublade. Das Papier verschwand hinter einer dunklen Scheibe. Das Formular, das im Gegenzug herauskam, fragte ihn nach Name, Adresse und Funktion.

»Alles schon im Computer.« Mondrian musste sich bücken, um in ein Mikrofon zu sprechen, das viel zu tief angebracht war. »Bin nicht zum ersten Mal hier.«

Das schien die Wachtposten nicht zu interessieren. Nach mehreren Minuten traten zwei Uniformierte heraus und durchsuchten jeden Winkel seiner Tasche. Dann inspizierten sie in aller Ruhe den Kofferraum des Mietwagens. Erst danach durfte er das Auto hinter dem Schlagbaum in einer Parkbucht abstellen.

»Willkommen im Hochsicherheitstrakt.«

Daffner war aus dem Tiefgeschoss gekommen und begrüßte Mondrian mit einem belustigten Seitenblick auf die Männer vom Sicherungsdienst. Er führte ihn zu einem Aufzug, wo Mondrian das Besucherschild, das er laut Anweisung »gut sichtbar tragen« musste, in der Sakkotasche verschwinden ließ. Daffner schmunzelte. Er wusste, dass es Mondrian lieber war, hier nicht gleich als Journalist erkannt zu werden.

Im fünften Stock gingen sie durch endlose Korridore, in denen frühere Amtspräsidenten von gerahmten Schwarz-Weiß-Porträts streng auf die Bediensteten blickten. Immer wieder begegneten sie Kollegen Daffners, die ihm knapp zunickten, ohne dass ein Wort fiel. Die meisten hatten glatte, geschäftige Gesichter und wirkten so zugeknöpft wie ihre gedeckten Konfektionsanzüge. Nur Daffner gönnte sich eine etwas lädierte dunkelrote Jack-Wolfskin-Jacke zu dem altmodischen Schnäuzer, der seine Lippen fast vollständig verbarg.

Als sie seinen Raum betraten, fielen Mondrian sofort wieder die Polizeiwappen an den Wänden auf: Erinnerungen von Einheiten aus aller Welt, die der Spezialist für Spurensicherung ausgebildet hatte. Daneben hing sein großes Kendo-Holzschwert. Die asiatische Kampfkunst war Daffners Leidenschaft, seit Jahren sammelte er Medaillen in Wettkämpfen und verzierte damit sein nüchternes Amtszimmer. Heute stapelten sich Fotos auf seinem überladenen Schreibtisch. Ein Brandherd in einem Waldstück mit ein paar leeren Kanistern. Leichenteile mit verschmorten Fleischresten. Verkohlte Knochenfragmente und ein Aschehaufen, in dem ein rußiger Autoschlüssel lag.

»Das war wohl der Kopfhörer von Hajo Niemann«, sagte Daffner, während er auf ein Bild mit einem geschwärzten Metallbügel wies.

»Weiß man Näheres über den Ingenieur?«

»Bisher nur, dass er unverheiratet war und allein in einem gemieteten Haus auf der anderen Seite der Elbe gelebt hat. Eltern verstorben, ein Bruder in Kanada. Ziemlicher Einzelgänger, sagen die Mitarbeiter, die schon vernommen worden sind.«

Daffner blätterte in Protokollen der örtlichen Kripo und im Bericht des Pathologen, der auch eine DNA-Vergleichsuntersuchung durchgeführt hatte. Dann reichte er Mondrian ein Foto, auf dem große Kerben in einem Baumstamm zu sehen waren, geformt wie ein X.

»Das wurde vier Meter vom Tatort entfernt aufgenommen. Als wollten der oder die Täter damit etwas Besonderes mitteilen.«

»Bloß was? Ich habe gestern eine Frau in der Elbmarsch getroffen, die wirr von einem Tag X geredet hat. Und dann kam diese Scheibe mit der elektronischen Botschaft bei uns an.«

Mondrian holte die CD aus seiner Tasche. Sie war sorgfältig in eine Hülle verpackt worden, nachdem man in der Redaktion Kopien gemacht hatte. Auch den Original-Briefumschlag, ebenfalls in Plastik eingewickelt, schob er über den Schreibtisch. Natürlich wusste er, dass es heikel war, Unterlagen der Redaktion an die Polizei zu geben. Aber beide Seiten spielten gelegentlich in aller Stille Informationen hin und her, wenn es den eigenen Interessen diente. Geben und Nehmen, das war bei den Medien *business as usual*, ob mit Politikern, Anwälten oder Wirtschaftsbossen.

»Deal?«, fragte Mondrian.

Daffner nickte. »Deal.« Vorsichtig nahm er die CD mit der Botschaft der »Grüne Armee Fraktion« in die Hand. »Aber du musst im Hintergrund bleiben, wenn sich gleich die Soko trifft.«

Es waren elf Männer und vier Frauen, die der Sonderkommission angehörten. Sie kamen in einem Besprechungsraum am Ende des Flurs zusammen und verteilten sich um einen langen Tisch in der Mitte, auf dem Plastikbecher mit Kaffeeresten der letzten Nacht stehen geblieben waren. Zwei Männer, die übermüdet aussahen, kauten an Pizzastücken aus einer Alufolie. Ein anderer, dunkle Ringe unter den Augen, hatte sich eine Red-Bull-Dose mitgebracht.

»Also«, sagte Daffner, während er sich neben einem Flipchart aufbaute, »bisher sind mehrere CDs bei verschiedenen Medien eingegangen. Eine davon haben wir hier erfreulicherweise im Original.«

Er hielt die umhüllte Scheibe in die Höhe und schaute demonstrativ zu Mondrian, der hinten in einer Ecke des Raumes stand. Die Köpfe drehten sich kurz zu ihm, ohne dass jemand etwas sagte. Dann wandten sie sich wieder ihrem Vorgesetzten zu.

»Was da drauf ist, werden wir uns nachher minutiös ansehen.« Daffner zog seine Jacke aus und warf sie über eine Stuhllehne. »Aber vorher möchte ich, dass das Ding auf Fingerabdrücke untersucht wird. Selbst wenn in der Redaktion schon mehrere Leute ihre Pfoten darauf hatten.«

Er blickte fragend zu Mondrian. Der nickte.

»Wenn wir Glück haben, finden wir trotzdem noch Prints, die weiterhelfen. Eigentlich ist eine CD ja der perfekte Träger für Fingerspuren. Und die IT-Spezialisten sollen schauen, welche Programme und welche Signaturen darauf verwendet wurden.«

»Wir sollten auch das Fabrikat feststellen und versuchen, den Verkaufsweg zu rekonstruieren«, schlug jemand vor.

»Bei so einer Massenware?«, fragte einer der Pizza-Freunde feixend. »Viel Vergnügen!«

Ein älterer Beamter mit Halbglatze unterbrach das aufkommende Gemurmel. »Möglicherweise hilft uns der Text des Schreibens weiter«, sagte er. »Wir könnten feststellen, ob es Übereinstimmungen mit alten RAF-Erklärungen gibt. Vielleicht existieren Parallelen in der Wortwahl. Oder es mischt sogar ein alter Kader mit.«

»Von der Rote Armee Fraktion?« Ein jüngerer Beamter mit Ohrstecker schüttelte skeptisch den Kopf. »Das sieht mir eher nach 'ner anderen Fraktion aus, dieses Cannabisblatt mit Knarre, das online zu sehen war. Ich werde mal checken, ob so ein Symbol schon auf irgendwelchen Flugblättern aufgetaucht ist. Ich lass das gleich durch den Rechner laufen.«

»In Ordnung«, sagte Daffner. »Und wer kümmert sich um die leeren Kanister, die am Tatort gefunden worden sind?«

Eine der Frauen hob den Arm. »Schon in Arbeit. Sie sind ziemlich verformt, hat mir ein Beamter vor Ort berichtet. Ein Sachverständiger soll klären, welche Flüssigkeit als Brandbeschleuniger eingesetzt worden ist.«

»War das nicht Benzin?«, erkundigte sich der andere Pizza-Mann.

»Das glaube ich eher nicht.« Daffner massierte sich die Schläfen. »Von der Leiche ist so wenig übrig, dass eine extreme Hitze geherrscht haben muss. Das kriegst du mit Biosprit von der Tanke jedenfalls nicht hin.«

»Gibt es eigentlich überhaupt keine Augenzeugen, die irgendetwas mitgekriegt haben?«, fragte ein rundlicher Beamter mit Fistelstimme. »Da muss doch eine Menge Action im Wald gewesen sein.«

»Bisher negativ«, antwortete der Red-Bull-Mann trocken. »Der Tatort liegt offenbar in einem ruhigen Waldstück, das normale Leute wegen der Atomanlagen meiden, und es ging auf den Abend zu. Aber die Kollegen von der Landespolizei grasen noch die Gegend ab.«

»Dann sollten sie auch nach dieser Landkarte schauen, die schon bei ›magazine.de‹ zu sehen war«, entschied Daffner, »die mit dem gestrichelten Joggingpfad. Möglicherweise finden sie ja einen Laden, der kürzlich so eine Karte verkauft hat.«

»Und was ist mit dem Briefumschlag, in dem die CD verschickt wurde?«, fragte eine andere Beamtin mit aufgeklapptem Notizblock. »Ist da was Handschriftliches darauf? Eine Adresse?«

»Das soll sich der Graphologe ansehen.« Daffner hielt den Umschlag ans Licht, um ihn näher zu betrachten. »Die Schrift könnte von einem Filzstift stammen. Und wenn ich das richtig sehe, wurde die Briefmarke in Hamburg abgestempelt. Aber viel wichtiger ist, wer daran geleckt hat. Das verrät uns vielleicht

Dr. Blut. Ich kümmere mich persönlich darum. Also los, nächstes Treffen auf Zuruf.«

Die Stühle polterten, als sich die Beamten erhoben.

Daffner nahm Mondrian ins Schlepptau und führte ihn hinüber ins Gebäude der Kriminaltechnik, wo er früher schon einmal die Wissenschaftler bei ihrer Arbeit beobachtet hatte. Hunderte von Mitarbeitern waren dort an Hightechgeräten im Einsatz, um winzigste an Tatorten gesammelte Spuren zu analysieren. »Wir müssen die stummen Zeugen von Verbrechen zum Sprechen bringen«, hatte ihm der Leiter des Instituts erklärt, »gerade im Kampf gegen die Mafia und gegen Terroristen kriegen Sie doch heute fast keine Aussagen mehr.«

Sie kamen an Labors vorbei, in denen Ballistiker mit Elektronenmikroskopen Geschosshülsen untersuchten; an einem abgedunkelten Raum, in dem Physiker Fingerabdrücke mit Fluoreszenzmitteln zum Leuchten brachten. Nebenan prüften Chemiker Schmauchpartikel von Revolvern; IT-Fachleute schnitten mit einer Ionensäge Chips von beschlagnahmten Handys auf, um die Daten zu rekonstruieren. Daffner klopfte an die Tür des Mannes, der im Amt nur »Dr. Blut« genannt wurde.

Der Biologe war bekannt dafür, dass er aus der Verteilung von roten Spritzern an einem Tatort nicht selten den genauen Ablauf eines Verbrechens lesen konnte. Und er hatte zu den Ersten im BKA gehört, die unverwechselbare DNA-Codes aus diesem Körpersaft gewannen. Inzwischen war seine Technik so verfeinert, dass er Genmuster sogar aus Pflanzen analysierte. Mit einem Baumblatt aus einem Kofferraum hatte er einen Frauenmord in Belgien aufklären können.

Der dickliche grauhaarige Mann im weißen Kittel erwartete sie schon. »Wir werden versuchen, Speichelreste von der Briefmarke zu separieren. Man kann sich nur wundern, wie viele Leute diese Dinger heute noch anlecken.« Er hielt den Umschlag prüfend unter einen Strahler. »Vielleicht haften auch Hautpartikel von den Fingern des Absenders an der Marke. Eigentlich müsste das reichen, um ein wundervolles genetisches Profil zu erstellen.« Vorsichtig spreizte er den Briefumschlag auseinander. »Wenn wir etwas Glück haben, könnten wir auch an der Klebelasche oder drinnen Spuren von demjenigen finden, der damit hantiert hat.« Dr. Blut zog seine Chirurgenhandschuhe aus und legte sie auf einen Leuchttisch. »Falls er oder sie nicht ebenfalls solche Dinger benutzt hat.«

»Geben Sie mir Bescheid, sobald Sie einen Code haben«, sagte Daffner im Hinausgehen, »dann lassen wir ihn durch die Datenbank laufen und gleichen ab, ob er schon gespeichert ist.«

Das Handy des Kommissars klingelte, als sie auf dem Rückweg zu seinem Zimmer waren. Er lauschte einen Moment und blieb dann abrupt stehen. Mondrian sah, wie die Farbe aus seinem Gesicht wich.

»Verstanden. In zehn Minuten.«

Daffner klappte das Handy zu und sah Mondrian in die Augen.

»Anschlag auf einen ICE. Der Zug ist in einem Tunnel bei Fulda entgleist. Tote und Schwerverletzte. Möglicherweise wieder diese Grüne Armee Fraktion.« Er musste Luft holen. »Wir fliegen mit der Tatort-Gruppe.«

Sie bückten sich, als sie zwanzig Minuten später unter den knatternden Rotorblättern hindurch zum Helikopter liefen. Der Hubschrauber war zwischen zwei BKA-Gebäuden gelandet und ließ seine Turbine weiterlaufen. Neben ihnen hasteten Spezialisten der Spurensicherung mit Metallkoffern zum Einstieg.

»Anschnallen!«, brüllte ein Crewmitglied durch den Maschinenlärm, und Mondrian bekam Stöpsel in die Hand gedrückt, um seine Ohren zu schützen. Als er sie hineingestopft hatte, hörte er alles nur noch gedämpft.

Krampfhaft hielt er sich an einer Stange fest, als der Hubschrauber abhob und sich schräg nach oben katapultierte.

Er hatte ein flaues Gefühl im Bauch.

10

ICE-Tunnel, Hessen

Draußen, in der Ferne, die Skyline von Frankfurt. Der Messeturm mit seiner spitzen Haube. Die glitzernden Zwillingstürme der Deutschen Bank und der Koloss der Commerzbank, die wuchtige Antenne protzig in den Himmel gereckt. Wie eine Stehparty stolzer Riesen wirkten die Wolkenkratzer, die hinter der vibrierenden Kunststoffscheibe des Helikopters vorbeizogen. Mondrian merkte erst, wie fest sein Gurt gezurrt war, als die Stadt schon hinter ihnen lag.

Im Hubschrauber war das Dröhnen der Rotoren so betäubend, dass sich die Crew nur über die Kopfhörer in ihren Helmen verständigen konnte. Mondrian beobachtete, wie die Männer aus dem Cockpit peilten, die Instrumente kontrollierten und Kommandos in ihre Mikrofone riefen, aber er konnte nichts verstehen. Die Spezialisten vom Bundeskriminalamt, die neben ihm saßen, schwiegen. Ihre Blicke wirkten nach innen gekehrt, manche hatten die Augen geschlossen. Sie bereiteten sich auf ihren Einsatz vor.

Der Hubschrauber war aus St. Augustin bei Bonn gekommen. Wie bei früheren Sondereinsätzen hatte das BKA einen Eurocopter von der Fliegerstaffel der Bundespolizei angefordert. Jetzt raste die Super Puma mit mehr als dreihundert Stundenkilometern nach Nordosten, Richtung Fulda. Sie folgte der Autobahn von Frankfurt nach Kassel; aus der Luft sahen die Wagen darauf wie Spielzeuge aus, die eine unsichtbare Hand an einer Schnur zog.

Mondrians Blick wurde jäh von dieser merkwürdigen Prozession durch ein Mosaik von Forsten und Feldern gerissen, als der Helikopter abrupt in den Sinkflug ging und sich in eine scharfe Kurve legte. Die Maschine flog einen Halbkreis über Hausdächer, eine Brücke, schien die Baumwipfel fast zu berühren. Mit einem Ruck setzte sie auf einer Wiese auf, der Wind der Rotoren peitschte die Gräser zur Seite. Als die Turbinen zum Stillstand kamen und Mondrian die Stöpsel aus den Ohren zog, erwartete er Stille. Stattdessen erfüllte Sirenengeheul das Tal.

Gleich neben dem Helikopter, wenige Meter von einer Bahntrasse entfernt, stand eine Kolonne von Rettungsfahrzeugen. Mit Martinshorn und Blaulicht rasten Feuerwehrwagen aus allen Richtungen zu einem Platz, der direkt vor dem Eingang eines Bahntunnels lag. Das Areal glich einem Feldlager. Während Sanitäter vom Roten Kreuz Tragen für den Transport von Schwerverletzten bereit machten und Männer vom Technischen Hilfswerk Schneidbrenner auspackten, krächzten hektische Funksprüche aus einem Wagen mit ausgefahrenen Antennen, der als mobile Einsatzzentrale fungierte. Daffner sprach kurz mit einem Polizeiführer, der immer wieder von Anrufen unterbrochen wurde, dann hob er die Hand, um sein BKA-Team um sich zu sammeln.

»Die Lage, soweit bisher bekannt: ICE von Hamburg-Altona nach München, aus dieser Richtung gekommen.« Er zeigte nach Norden, auf eine lange Brücke mit hohen Betonstelzen, die über ein Tal mit einem Bach und einer Mühle führte. »Einfahrt in den Tunnel wohl exakt um vierzehn Uhr sieben, wahrscheinlich über zweihundert Stundenkilometer. Kollision mit unbekanntem Hindernis.«

Er holte tief Luft und verengte die Augen. »Es soll schlimm aussehen da drin. Wir gehen jetzt rein.«

Unter dem Schild »Landrücken-Tunnel, Länge 10779 Meter« streiften sich die BKA-Beamten weiße Overalls über. Auch Mondrian zwängte sich in einen Schutzanzug und schob sich die Kapuze über die Haare. Unter dem Kunststoff fing er sofort an zu schwitzen.

»Cool bleiben, Leute«, mahnte Daffner, während er noch einmal kurz in die Runde schaute. »Unser Job sind nur die Spuren. Alles andere überlassen wir den Rettungskräften. Wir versuchen, an die Spitze zu kommen, um den Triebkopf zu untersuchen. Offenbar ist der Zug nach dem Aufprall noch über einen Kilometer weit in den Berg gerauscht.«

Die BKA-Leute griffen sich die Koffer mit ihrem Gerät und schleppten sie über den Gleisschotter zu dem Tunnel, der in einen steilen Hang gebohrt war. Der halbkreisförmige Eingang sah aus wie ein schwarzes Loch, aus dem rauchige Schwaden drangen. Innen war die finstere Röhre nur schwach durch gelbe Notlampen erleuchtet, und gleich nachdem Mondrian in das Zwielicht eingetaucht war, musste er nach Atem ringen. Nicht nur wegen des aufgewirbelten Staubs, der überall in der Luft lag.

Menschen mit verstörten Blicken wankten ihnen auf unsicheren Beinen entgegen. Augen, starr vor Angst, blickten aus blutverschmierten Gesichtern, die notdürftig verbunden waren. Die meisten dieser unwirklichen Gestalten sahen wie gepudert aus, über und über bedeckt mit einer Schicht aus schmutzigem Grau. Bilder wie beim Anschlag auf das World Trade Center, dachte Mondrian unwillkürlich, als eine gigantische Staublawine durch die Straßenschluchten New Yorks gerollt war. Nur dass hier ein ICE mit unvorstellbarer Wucht durch eine Steinröhre geschrammt und durch ein Schotterbett gepflügt war, nachdem ihn irgendetwas aus den Gleisen katapultiert hatte. Überall lagen zerfetzte Blechteile neben dem Wrack, abgerissene Oberleitungen hingen von der Decke. Sanitäter mit reflektierenden Streifen an den Uniformen führten Passagiere, die nicht ohne Stütze laufen konnten, an den Trümmern vorbei ins Freie. Schwerverletzte wurden mit Infusionsflaschen versorgt und auf Tragen abtransportiert.

Der BKA-Trupp musste sich durch das Chaos vorarbeiten, um die Spitze des Zugs zu erreichen. Die Radsätze mehrerer Waggons waren aus den Schienen gesprungen, die Scheiben gesplittert, die Außenwände verbeult. Einzelne Wagen lagen gekippt und verkeilt auf der Seite, ein Teil des Zugs schien gefaltet wie eine Ziehharmonika.

Ein beißender Gestank nach verschmortem Kunststoff hing in der Luft, während Feuerwehrleute mit Löschgerät und Atemschutz anrückten. Mondrian musste wieder und wieder husten. Er hielt sich ein Taschentuch vor Mund und Nase und arbeitete sich mit Daffners Leuten weiter zur Spitze des Zugs vor. Als sie dort angekommen waren, sahen sie, dass die Nase des Triebkopfs nicht mehr existierte. Sie war zusammengepresst zu einem blechernen Knäuel, ein metallener Klumpen, aus dem ein lebloser Arm hing. Von dort, wo einmal der Zugführer gesessen haben musste, lief ein dünnes rotes Rinnsal in das Gleisbett.

Im gleißenden Licht von Halogenscheinwerfern, die sie auf Stativen aufgebaut hatten, begannen die BKA-Beamten ihre Arbeit. Sie sperrten den Bereich um den Triebkopf mit einem Band ab und fotografierten ihn aus allen Winkeln. Mit Speziallampen suchten sie auf den vordersten Metallteilen nach Anhaftungen, um Spuren des Hindernisses zu finden, auf das der Zug geprallt war. Dann kam die Laserkanone zum Einsatz: Ihr roter Strahl tastete sich Zentimeter um Zentimeter über die Trümmer, um den Schauplatz elektronisch festzuhalten.

»Ziemlich überflüssig hier, das Ding«, flüsterte Daffner, während er sich zu Mondrian umdrehte.

»Wieso?« Mondrian zog die Augenbrauen hoch. Er erinnerte sich genau, wie der Kommissar ihm noch kürzlich von seiner Wunderwaffe vorgeschwärmt hatte. Mit dem rotierenden Scanner, der seine Daten auf einen Laptop schickte, konnten die Kriminalisten nicht nur den Tatort eines Verbrechens, sondern auch eine Unglücksstelle millimetergenau aufzeichnen. Mit einer speziellen Software konnte man später wie in einem Computerspiel darin herumspazieren und bis in den letzten Winkel vorstoßen, um Beweise zu sichern oder den Hergang zu rekonstruieren.

Daffner bückte sich zu einigen Holzsplittern, die sich wie Keile in das zerbeulte Metall der Zugspitze gebohrt hatten. »Ist damit nicht alles klar?«

Schon bald nachdem sie sich in den Tunnel vorgetastet hatten, waren sie auf Teile von Baumstämmen gestoßen. Meterlange Stücke, dicker als Oberschenkel, manche geknickt wie Strohhalme, manche auseinandergebrochen oder bis auf die Fasern zerfetzt. Einige hatten ihre Rinde verloren, als sie im Schotter mitgeschleift worden waren, andere hatten sich ins Gleisbett gebohrt oder lagen kreuz und quer übereinander wie die Reste eines überdimensionalen Mikadohaufens.

»Eine Barriere aus Baumstämmen?« Mondrian kratzte sich die feuchte Stirn und schüttelte den Kopf. »Das reicht, um einen ICE entgleisen zu lassen?«

»Gar nicht so lange her, dass ein paar Schafe das geschafft haben«, erwiderte Daffner. »Genau hier, in diesem Tunnel. Weil ein Schäfer nicht auf seine Tiere aufgepasst hat.«

»Dann muss sich jemand was davon abgeguckt haben.«

»Diesmal waren es jedenfalls keine verirrten Viecher, die das gemacht haben«, sagte Daffner. »Hast du die Stelle mit den hochgebogenen Schienen bemerkt?«

Er gab Mondrian ein Zeichen, ihm zu folgen. Der beeilte sich, ihm auf den Fersen zu bleiben. Sein Mund war trocken von dem übel schmeckenden Staub, den er immer wieder auszuspucken versuchte, und der giftig riechende Qualm machte ihn benommen. Seine Beine waren inzwischen so schwer, dass er im Halbdunkel über Trümmer und Gepäckstücke stolperte, die herrenlos auf dem Boden lagen. Als sie den Tunnelausgang fast erreicht hatten, stoppte Daffner neben einer Gruppe Bahnbeamter. Sie knieten mit Messinstrumenten über einer mit Kreide markierten Stelle, wo die Schienen von den Schwellen gelöst und angehoben waren.

»Wie eine Sprungschanze«, sagte Mondrian. »Wie haben die das hingekriegt?«

»Offenbar mit Keilen, die unter die Schienen getrieben wurden«, sagte einer der Beamten, der die Stimme hinter sich gehört hatte. »Und dann kam wohl ein Haufen von Baumstämmen als Prellbock dazu.«

»Mitten auf einer ICE-Strecke? Wie kann man da so was bauen?«, fragte Mondrian verwundert.

»Genau das will ich jetzt rausfinden.« Daffner drehte sich um und stapfte wild entschlossen dem Ausgang zu.

Mondrian, inzwischen schweißnass am ganzen Körper, konnte ihm nicht so schnell folgen. Er musste erst mal Luft holen, als er wieder im Freien stand. An der Nordseite des Landrückentunnels waren inzwischen schwere Kranwagen der Bahn herangerollt worden, um die demolierten Waggons aus der Röhre zu ziehen, und THW-Männer rückten mit Hydraulikpressen in den Tunnel ein.

Er hörte, wie ein Bundeswehroffizier über Funk Bergepanzer des Heers anforderte. Daneben telefonierten Beamte des Eisenbahnbundesamts hektisch, um Umleitungen für blockierte Intercity-Züge zu organisieren. Neben einer Kolonne von Rettungswagen bauten Sanitäter vom Roten Kreuz ein Feldlazarett auf.

In einem der Zelte gaben Helfer heißen Tee an Evakuierte aus, die mit dem Schrecken davongekommen waren und sich in Decken gehüllt auf provisorische Sitzbänke drückten. Draußen wurden Verletzte, die humpelten oder auf Tragen festgeschnallt waren, zu anderen Stationen geleitet.

»Platzwunden und Knochenbrüche hierher«, hörte Mondrian einen Notarzt kommandieren, der die Einteilung der Verunglückten übernommen hatte. Ein junges Paar mit blutgetränkten Verbänden an den Armen wurde in eine Schlange dirigiert, in der schon andere auf ihre Behandlung warteten. Chirurgen hatten hinter einer Plane einen OP-Tisch aufgebaut und nähten dort große Schnittwunden. Nebenan gaben Schwestern leise stöhnenden Patienten Spritzen mit Schmerzmitteln.

Die schwersten Fälle, rote Triagekarten um den Hals, wurden in einem weiteren Zelt von Anästhesisten für den Abtransport stabilisiert.

In seinem weißen Overall lief Mondrian selbst wie betäubt hin und her. Er begegnete einem alten Mann und einer weißhaarigen Frau, die sich eng umschlungen hielten, als hätten sie Angst, sich zu verlieren. Entdeckte eine weinende Frau, die von ihrem bewusstlosen Kind weggezogen wurde, weil es für eine Notoperation vorbereitet werden musste. Hörte Mütter und Väter mit Panik in der Stimme nach ihren vermissten Kindern rufen und sah, wie Seelsorger und Psychologen wimmernde Erwachsene wortlos in den Arm nahmen und an sich drückten. Und er wunderte sich, wie seltsam unberührt er dabei blieb.

Du bist schon ein komischer Kerl, Jonas Mondrian, grübelte er wieder einmal. Bewegst dich hier unbeteiligt wie ein Roboter, während neben dir Welten einstürzen. Funktionierst wie ein automatischer Rekorder, der anspringt und dann einfach läuft. Schon beim Amoklauf in einer Schule war das so gewesen, als er neben schluchzenden Schülern stoisch seine Notizen gemacht hatte. Oder bei der Bergung erfrorener Alpinisten im Himalaja, die er mit kaltem Kopf verfolgt hatte, Stift und Block in der klammen Hand.

In seiner Branche hieß das »professionelle Distanz«. Vielleicht brauchte man so etwas bei dieser Arbeit, aber Mondrian fand nicht, dass man stolz darauf sein konnte. Und er wusste, dass die weichen Knie noch kommen würden. Stunden oder Tage später. Wie damals nach seinem Einsatz bei einer Massenkarambolage auf einer bayerischen Autobahn mit Dutzenden von Zerfetzten oder nach der Lawinenkatastrophe im verschütteten Galtür: wenn der Schock abebbte und einem inneren Zittern wich. Und manchmal musste der sonst so coole Reporter sogar Tränen unterdrücken. Ja, bei der Beerdigung eines vergewaltigten und ermordeten Mädchens im niedersächsischen Strücklingen hatte er zwischen Hunderten von Trauernden selbst feuchte Augen bekommen. Hinterher hatte er eine Stunde Miles Davis in seinem Auto gehört, »Kind of Blue«.

Verrückte Gefühle. Als müsste sich das Entsetzen bei ihm erst mal durch einen Panzer arbeiten. Als könne er Schmerz und Mitleid erst zulassen, wenn ein innerer Wächter schlief. Vielleicht sollte er mal mit einem Psychologen darüber reden. Endlich mit jemandem darüber sprechen, was da in ihm begraben schien, schon seit Jahren. Aber dazu bist du wohl zu feige, gestand er sich ein. Er fuhr sich durch die Haare an den Schläfen, um die Gedanken zu verscheuchen: Jetzt mach deinen Job, verdammt noch mal.

Entschlossen trat er in ein Zelt, das abseits von den anderen stand und ihm schon vor einer Weile aufgefallen war. Er hatte beobachtet, wie Helfer abgedeckte Körper hineintransportierten, die mit schwarzen Triagekarten gekennzeichnet waren. Dort, vermutete er, musste die Sammelstelle für Tote sein.

»Wie viele bisher?«, fragte er den Sanitäter, nachdem er eine Art Schleuse passiert hatte. Im Halbdunkel stand eine Reihe von Tragen.

»Vierzehn«, sagte der junge Mann mit Pennälergesicht, der an einem Klapptisch Formulare ausfüllte und nur kurz zu Mondrian aufblickte. Er hatte offenbar keinen Zweifel, dass der Mann im weißen Overall vor ihm ein Polizist war.

»Schon identifiziert?« Mondrian versuchte, einen amtlichen Ton in seine Stimme zu legen.

»Die meisten«, antwortete der Sanitäter bereitwillig und gab einen Befehl in seinen Laptop ein. Mit einem Surren kroch eine Liste aus dem Drucker. »Hier sind die Namen und Adressen, soweit bisher bekannt.«

Mondrian nickte nur kurz und verließ mit dem Papier eilig das Zelt, als sein Handy zu summen anfing. Draußen ging er ein Stück zur Seite und drückte die grüne Taste.

»Himmel noch mal, wir versuchen dich seit Stunden zu erreichen.« Marc Rolfes klang genervt. »Wo hast du bloß gesteckt?«

»In einem Funkloch«, sagte Mondrian knapp. Er hatte jetzt keine Lust, sich Vorhaltungen machen zu lassen.

»Was soll das heißen, in einem Funkloch?«, echote Rolfes unwirsch.

»Einen Kilometer tief in einem Tunnel.«

»Etwa dort, wo der Anschlag auf den Zug passiert ist?«

»Genau.« Mondrian machte eine Pause, um das sacken zu lassen. »Ziemlich schlechter Empfang da drinnen«, schickte er dann hinterher.

»Und, wie sieht es da aus?«, fragte Rolfes ungeduldig.

»Schlimmer, als du dir vorstellen kannst.« Mondrian brauchte ein paar Augenblicke, um die richtigen Begriffe in seinem Kopf zusammenzusuchen. »Wie eine Mischung aus Eschede und Nine Eleven. Als wäre in diesem verdammten Tunnel eine Bombe explodiert.«

»Die Nachrichtenagenturen sprechen von über einem Dutzend Toten«, sagte der Cop, »die Namen müssen wir uns schnellstens besorgen.«

»Schon passiert«, sagte Mondrian. »Samt Anschriften.«

»Saubere Arbeit«, kam aus Hamburg zurück, jetzt schon entspannter. »Wie hast du das denn hingekriegt?«

Mondrian räusperte sich. »Das willst du gar nicht wissen.« Er musste innerlich beinahe schmunzeln, als er sich das verdutzte Gesicht seines Ressortleiters vorstellte.

»Okay.« Rolfes lachte kurz auf, dann drängte er: »Also kannst du gleich losziehen zum Witwenschütteln.«

»Du weißt, wie ich das hasse, Marc«, erwiderte Mondrian, und sein Gesicht verfinsterte sich.

»Witwenschütteln«, so wurde in der Branche manchmal der Hausbesuch bei Hinterbliebenen von Verbrechens- und Katastrophenopfern genannt. Der Versuch, den Trauernden ein paar Worte abzuringen, besser noch ein paar Privatfotos aus einer nie wiederkehrenden Zeit.

»Für dieses Spiel hast du doch viel bessere Leute«, sagte Mondrian und dachte an die rothaarige Nadja Polanski. Das war seine diplomatische Form der Weigerung. »Aber ich gebe euch gleich die Daten der Opfer durch.«

Das Zähneknirschen in Hamburg war fast durchs Handy zu hören. »Dann kümmer dich wenigstens um den Kerl, der gleich bei dir einschwebt«, grummelte Rolfes ärgerlich.

»Mister Wichtig?«, fragte Mondrian. Vor ein paar Minuten bereits hatte er das Gerücht gehört, dass der Staatssekretär des Bundesinnenministeriums im Anflug sei.

»Genau der«, bestätigte Rolfes, »der Mann für große Auftritte. Er soll in wenigen Minuten vor dem Tunnel landen, sagt unser Berliner Büro.«

»Wozu? Katastrophentourismus?« Mondrian blickte in den grau melierten Nachmittagshimmel. Von ferne war wieder Hubschraubergeknatter zu hören, das rasch anschwoll.

Er konnte gerade noch verstehen, wie Rolfes sagte: »Angeblich hat er eine neue Botschaft dieser grünen Spinner im Gepäck.«

11

Pressekonferenz, Landrückentunnel

Den Auftritt hätte Roland Emmerich nicht besser inszenieren können.

Zuerst, Breitwand, flog der leuchtend blaue Hubschrauber der Bundespolizei mehrere Runden über die grünen Bergrücken.

Dann, Dolby Surround, stand die Acht-Tonnen-Maschine mit dröhnenden Rotoren minutenlang über dem Feldlager, bis alle Fernsehkameras auf sie gezoomt hatten. Danach setzte der Helikopter mit seinen dreitausendsiebenhundert PS wie in Zeitlupe auf einer extra freigeräumten Asphaltfläche auf. Die Seitentür ging auf.

Ein hagerer Mann in blauschwarzem Anzug, dezente dunkle Krawatte, die gegelten Haare streng nach hinten gestrichen, erschien in der Öffnung. Sprang federnd nach draußen, hob den Arm zur Begrüßung und ging auf den Einsatzleiter zu, der an der Spitze eines uniformierten Empfangskomitees auf ihn wartete. Kein Lächeln, sondern ernstes Gesicht. Händeschütteln. Alle Augen auf den Besuch aus Berlin.

Dr. Frieder Bussung war ein Mann, der die Blicke automatisch auf sich zog. Über eins neunzig groß, mit asketischem Gesicht und drahtiger Figur, wirkte er wie ein austrainierter Marathonläufer. Und mit scheinbar unbegrenzter Energie hatte der Enddreißiger seinen Weg bis in die Spitze des Bundesinnenministeriums gemacht.

Er kam aus Thüringen, und die Tatsache, dass sein Vater hoher SED-Funktionär gewesen war und er selbst in jungen Jahren FDJ-Mitglied, hatte ihm nie geschadet. Ein frühes Theologiestudium in Greifswald hatte er abgebrochen, um an die juristische Fakultät in Marburg zu konvertieren.

Mit exzellentem Abschluss, aber ohne Parteibuch war er in Berlin fast geräuschlos zur rechten Hand des Innenministers aufgestiegen. Seine Karriere galt als so außergewöhnlich, dass gelegentlich Vermutungen umliefen, er habe besondere Verbindungen in Wirtschaft oder Politik.

Untergebene im Ministerium fürchteten seine Arbeitswut, weil er sie noch am späten Abend zum Rapport rief. Die Hauptstadtpresse liebte ihn dafür, dass er an Wochenenden im neonfarbenen Sportdress mit dem Rennrad Kilometer um Kilometer durch den Grunewald fuhr. Das gab bunte Bilder, ganz anders als sonst in der grauen Berliner Republik üblich. Und auch jetzt folgte ihm ein Tross von Journalisten bereitwillig, als er zu einer Platzrunde aufbrach.

Mondrian beobachtete vom Rand des Feldlagers aus, wie Bussung auf das Lazarett zusteuerte. Begleitet von Personenschützern betrat er ein Rotes-Kreuz-Zelt und sprach mit leitenden Ärzten. Beugte sich über Liegen, um ein paar Worte mit verletzten Kindern zu wechseln und ihnen die Hand auf die Schulter zu legen. Ließ sich von Bahnbeamten Streckenpläne und den Einsatz der Kräne erklären, bevor Feuerwehrleute ihn in den Tunnel führten. Dort kniete er kurz nieder, um eine Schiene zu inspizieren, und als er aus dem Halbdunkel wiederauftauchte, hatte er eine dekorative Prise von dunklem Staub auf der Stirn.

Mondrian fragte sich, ob Bussung sich absichtlich so geschminkt hatte, denn kurz danach steuerte der Staatssekretär mit energischen Schritten auf ein kleines Podium zu. Die improvisierte Empore hatten seine Berliner Assistenten aus Metallkisten errichten lassen, ein Stück vor dem Halbrund des Tunnels, ein idealer Hintergrund. Sie winkten ihn eilig heran, die beste Sendezeit nahte. Wirklich perfekt, dachte Mondrian mit einer Mischung aus Staunen und Bewunderung. *Prime time. Breaking news.*

»Meine Damen und Herren.«

Fester Blick über ein Dutzend Mikrofone in die surrenden Fernsehkameras.

»Ich bin beauftragt, allen Betroffenen dieser Katastrophe das tief empfundene Beileid der Bundesregierung auszusprechen. Und ich bin hierhergeschickt worden, um mich an Ort und Stelle über diese unfassbare Tat zu informieren.«

Kein Blinzeln, mochten die Scheinwerfer noch so blenden.

»Inzwischen sind siebzehn Tote und mehr als fünfzig Verletzte zu beklagen, wie mir die Rettungskräfte mitgeteilt haben. Das sind vorläufige Zahlen. Über ein Dutzend Menschen schweben noch in Lebensgefahr. Das Leid der Opfer und Hinterbliebenen verbietet es, über die materiellen Schäden dieses feigen Anschlags zu sprechen. Aber schon jetzt steht fest, dass er mit nie da gewesener Brutalität ausgeführt worden ist.«

Bussung wartete einen Moment und wischte sich über die Stirn, die durch den Staubfleck besonders düster aussah.

»Aber ich bin nicht nur hergekommen, um mir vor Ort selbst

ein Bild vom Ausmaß dieses Verbrechens zu machen. Ich habe Sie auch darüber zu unterrichten, dass ein Bekennerschreiben im Bundesministerium des Inneren eingegangen ist.«

Er zog ein Papier aus seiner Anzugtasche und faltete es auseinander.

»Der Text der E-Mail lautet wie folgt: ›Heute haben wir die Deutsche Bahn angegriffen und einen ICE ausrangiert. Das ist unsere Antwort auf Stuttgart 21 und die wahnsinnige Verkehrspolitik. Die Bahn will Milliarden mit einem Projekt machen, das Bäume abholzt, einen Park vernichtet und eine ganze Stadt den Immobilienhaien vorwirft. Sie fährt mit Atomstrom, und sie transportiert immer noch Atommüll. Die Castor-Behälter rollen weiter über ihre Gleise. Stoppt endlich diese mörderische Technik und alle Megaprojekte! Stoppt alles, was die Natur zerstört! Grüne Armee Fraktion, Kommando S21, Zug um Zug‹.«

Bussung presste die Lippen zusammen und blickte von dem Blatt hoch.

»Wie Sie merken, meine Damen und Herren, fällt es mir schwer, dieses Pamphlet überhaupt wiederzugeben. Der Wortlaut des Schreibens ist an falschen Behauptungen und an menschenverachtendem Zynismus nicht zu überbieten. Auch wenn die Ursachen der ICE-Entgleisung zu dieser Stunde noch nicht endgültig geklärt sind, müssen wir davon ausgehen, dass es sich um einen politisch motivierten Anschlag handelt, der einen ökologischen Hintergrund hat …«

»Aber warum denn gerade auf die Bahn?«, rief eine aufgeregte TV-Journalistin dazwischen, noch bevor Bussungs Pressesprecher das Signal zu Fragen geben konnte. »Die gilt doch gerade als umweltfreundlich!«

»Das müssen Sie die Leute fragen, die dieses Pamphlet geschrieben haben«, antwortete der Staatssekretär, »es gibt ja keinen Zweifel, dass die Bahn besonders umweltschonend fährt, und zum Abtransport von ausgedienten Kernbrennstoffen ist sie vertraglich verpflichtet, in unser aller Interesse …«

»Und was bedeutet der Angriff auf Stuttgart 21 Ihrer Meinung nach?«, unterbrach ein Radioreporter, der sein Aufnahmegerät zwischen die TV-Mikrofone schob.

»Einfach absurd. Hier werden völlig sachfremde Vorwürfe gegen ein Vorhaben erhoben, das von den zuständigen Gremien beschlossen ist. Wie Sie wissen, hat es außerdem ein Schlichtungsverfahren und einen Stresstest gegeben, bei dem alle Interessen berücksichtigt wurden. Das alles beweist bloß, dass wir es mit ideologisch verblendeten Tätern zu tun haben. Es handelt sich offenbar um eine Gruppierung, die unter dem Deckmantel des Umweltschutzes ohne jeden Skrupel Menschen umbringt ...«

»Wie schon den Atomingenieur in Geesthacht?«, rief ein anderer Journalist von hinten. »Gehen Sie von einem Zusammenhang der Attentate aus?«

»Die Bekennerbriefe scheinen jedenfalls von derselben Gruppe zu stammen. Nur dass die heutige Botschaft elektronisch eingegangen ist.«

»Und können Sie den Weg der Mail zurückverfolgen?«, fragte ein Mann, der sich als dpa-Vertreter vorstellte.

»Nun, Sie wissen, wie schwierig das ist. Quasi unmöglich. Das kann über Kontinente gegangen sein. Aber allein die Tatsache, dass diese Selbstbezichtigung an das Bundesinnenministerium geschickt wurde, zeigt mir, dass uns diese Terrorgruppe den Krieg erklärt hat.«

»Rechnen Sie mit weiteren Anschlägen? Wegen der merkwürdigen Formulierung ›Zug um Zug‹ möglicherweise?«

»Das können wir zu dieser Stunde nicht ausschließen. Unsere Sicherheitskräfte sind jedenfalls in erhöhte Alarmbereitschaft versetzt. Ab sofort haben wir die Überwachung der Bahnstrecken und Bahnhöfe verstärkt.«

Bussung schaute noch einmal fest in die Kameras.

»Ich versichere Ihnen, dass wir alles tun werden, um diesen verbrecherischen Irrsinn aufzuklären. Gleich nach Eingang der ersten Meldungen wurden weiträumige Straßensperren um den Landrückentunnel errichtet, leider bisher ohne Ergebnis. Zurzeit durchkämmen mehrere Hundertschaften der Polizei die Umgebung. Und soweit ich gehört habe, verfolgt das Bundeskriminalamt bereits eine heiße Spur.«

Mondrian runzelte die Stirn und blickte suchend um sich. Am

Hang neben dem Tunneleingang, zwischen Lärchen und Birken, entdeckte er Daffner mit einem Teil seines Trupps. Die BKA-Leute stiegen einen steilen Weg hoch, der sich an einem Bach entlangschlängelte und in einen Fichtenforst führte. Mondrian setzte sich eilig in Bewegung und holte sie ein, als sie eine Lichtung erreichten und stehen blieben.

»So einfach war das also, verdammt noch mal!« Daffner kickte mit seinem Stiefel gegen einen herumliegenden Stamm.

Zu Dutzenden lagen gefällte Bäume kreuz und quer am Rand der Lichtung oder sauber geschichtet auf einem Stapel, neben dem Forstarbeiter eine Holzbank zum Picknick gezimmert hatten.

»Selbstbedienung für Terroristen«, Daffner zündete sich mürrisch eine Zigarette an, »freie Auswahl zum Barrikadenbau.«

Die Täter hatten tatsächlich nur zugreifen müssen. Der Duft von frischem Harz und Haufen von Sägespänen um Baumstümpfe verrieten, dass an dieser Stelle kurz zuvor Fichten gefällt worden waren. Und es war auch nicht schwer, Spuren zu entdecken, die von der Lichtung zu einem Hang direkt über dem Tunneleingang führten.

»Von da haben die Arschlöcher wahrscheinlich die Stämme auf die Gleise runtergeworfen«, vermutete Daffner, »und dann in wenigen Minuten im Tunnel ihren Prellbock gebaut.«

Die BKA-Beamten folgten den Spuren in niedergetretenen Gräsern und trafen auf einen Schutzzaun. Der Draht war an einer Stelle durchschnitten und auseinandergebogen. Dahinter konnte man einen Trampelpfad durch das Gebüsch erkennen, immer wieder auch geknickte Zweige.

»Du bleibst brav hinter mir«, sagte Daffner, und Mondrian gab sich Mühe, genau in der Spur seiner Vorderleute zu laufen, um keine Hinweise zu zerstören. Plötzlich sah er, wie der erste Beamte stehen blieb und die Hand hob. Im getrockneten Matsch, gerahmt von braunen Steinen, zeichnete sich der frische Eindruck eines Sportschuhs ab.

»Treffer«, sagte der Kommissar und packte den Atos-Scanner aus.

In der aufziehenden Dämmerung schoss er einen ultrahellen

Lichtstrahl auf das geriffelte Muster, das die Sohle im Waldboden hinterlassen hatte. Zwei Kameras surrten daran entlang, um die Reflexionen aus unterschiedlichen Winkeln zu messen. »Eine feine Sache.« Daffner kontrollierte das dreidimensionale Bild auf dem Laptop. »Damit haben wir schon mal eine eingeschlagene Schädeldecke aufgezeichnet. Und die Bissspuren eines Mörders in einem Apfel. Wenn jetzt irgendwo ein verdächtiger Schuh auftaucht, können wir tausendprozentig sagen, ob er hier am Tatort war.«

»Dann kannst du auch gleich das da einscannen«, sagte eine Beamtin und zeigte auf einen Baum wenige Meter weiter.

Daffner trat näher heran und leuchtete mit seiner Taschenlampe. »Exakt wie in Geesthacht.«

In Kopfhöhe war ein X in die Rinde gekerbt, fünfzehn Zentimeter groß, nicht zu übersehen.

12

Samstag, Morgen

Betreff: opfer
Gesendet: 07:43 uhr

team ohne ausfälle zurück, kontrollen umfahren, bei uns keine verluste. bisher unklar, wie viele im ice auf der strecke geblieben sind.
zu viele opfer? irritationen im umfeld. müssen dringend darüber reden.
positiv: keiner kann mehr wegsehen, 9/11 in deutschland. jeder weiß jetzt, dass es um eine große sache geht.

13

X-tausendmal quer, Wendland

Das erste X tauchte vierundzwanzig Kilometer vor Dannenberg auf. Zwei meterhohe gekreuzte Balken waren an eine Kiefer genagelt, knallgelb, direkt neben der Straße. Dahinter führte die B216 durch einen schattigen Mischwald und dann an sanft gewellten Getreideäckern vorbei; durch das geöffnete Autofenster strömte Luft, die nach Gräsern und Sommer roch.

Drüben, an einer Scheune, wieder das gelbe Zeichen.

Und noch eins, quer über die Fahrbahn gestrichen.

Mondrian kniff die Augen zusammen und setzte die Sonnenbrille auf; die Mittagssonne stand jetzt schon so hoch über dem niedersächsischen Landstrich, dass ihn die hellen Kornfelder blendeten. Wohin er auch schaute, sah er Halme, die der Wind streichelte und wogen ließ wie ein ockerfarbenes Meer.

Kurz vor der Einfahrt zum Dorf Jameln entdeckte er ein weiteres Lattenkreuz. Neben einer grotesk verrenkten grünen Puppe war eine Parade von kaputten Traktorreifen aufgebaut. An dem Schild daneben stand: »Für achtzigtausend Mark Reifen zerstochen – wir machen den Weg frei für den Castor – Ihre Bereitschaftspolizei«. Nicht weit davon an einem Feldschober, mit Totenschädel garniert, die Parole »Atomkraft TÖTET«. Daneben wieder zwei X-Zeichen.

Das Symbol für den Widerstand im Wendland. Für den Kampf gegen den nächsten Castor-Transport, wann auch immer: am Tag X.

Die gekreuzten gelben Balken waren zum Logo einer Bewegung geworden, die seit über dreißig Jahren gegen die Atomenergie und das geplante Endlager in Gorleben zu Felde zog. Hatte nach der Katastrophe in Japan jemand ein Fanal setzen wollen? Ein endgültiges Stoppsignal für alle Nuklearprojekte? Bedeutete das X in den Baumstämmen, dass eine Gruppe von hier hinter den Attentaten stand?

Gleich nach der Rückkehr vom Landrückentunnel hatte Mondrian einen Vertrauten aus dem Dorf Metzingen angerufen, einer Hochburg des Widerstands, den er in einem Protest-Camp kennengelernt hatte. Arne Stöver hatte damals gerade seinen Job als Sozialarbeiter bei einer Drogenberatung verloren, weil er sich weigerte, Unterlagen über Süchtige an die Polizei herauszugeben. Mondrian war mit ihm in Verbindung geblieben: Stöver versorgte ihn mit Neuigkeiten aus Anti-Atomkraft-Gruppen, er selbst gab ihm Einblick in vertrauliche Behördenunterlagen über die absaufende Nukleardeponie Asse. Daraus war keine Freundschaft geworden, aber ein lockeres Du.

Jetzt hatte Mondrian ihn nach Kontakten in der Szene gefragt. Er wollte selbst in der Bewegung recherchieren, deren Symbol neben Leichen und Trümmern gefunden worden war.

»Denkst du etwa, dass jemand von hier etwas damit zu tun hat?« Stövers ungläubiges Staunen war selbst am Telefon zu spüren gewesen.

Mondrian hatte ihm die Kerben in den Bäumen verschwiegen.

Nach einem Moment der Stille hatte Stöver gesagt: »Wenn du wissen willst, wie die Leute jetzt hier ticken, fahr zu Fritz und Maria. Zu ihrem Hof hinter Dannenberg.«

»Fünfzehn Kilometer bis zum Ziel«, zeigte das Navigationsgerät an. Die Straße war frei, aber Mondrian nahm Gas weg. Er wollte es noch eine Weile genießen, durch die Ebene des Wendlands zu gleiten. Man konnte die Nähe der Elbe fast riechen und die Schwere der Erde spüren. Gut, es gab aufregendere Landschaften in Deutschland. Gezackte Gipfel um den Watzmann. Den Schwarzwald mit seinen geheimnisvollen Schluchten. Die bizarren Kreidefelsen auf Rügen, Caspar David Friedrich lässt grüßen. Aber Mondrian sehnte sich jetzt nach ruhigeren Linien. Die stur geraden Feldwege durch braunen Boden, die unaufgeregten Dörfer, das waren Tranquilizer für seine Seele, einen Tag nach dem Beben im ICE-Tunnel. Und selbst die Nachrichten im Radio hörten sich einen Moment so an, als seien sie ganz irreal.

»… Trauer um die Opfer des Anschlags …«

»… noch zahlreiche Verletzte in den Krankenhäusern …«

»… Ermittlungen auf Hochtouren …«

Nur zwei Radfahrer begegneten ihm auf der Strecke. Er bog

auf eine schmale Straße zum Weiler Meuchefitz ein und steuerte auf die wuchtige Kirche zu, deren Friedhof von Mauern aus Feldsteinen umgrenzt war. An einem alten Gasthof hing ein Transparent mit der Aufschrift »Die Sphäre der Politik ist der Wahrheit Grab«. Er fragte nach dem Weg zu Fritz und Maria und folgte der Dorfstraße, an grasenden Schafen vorbei, zu einer Einfahrt mit grobem Pflaster. Als er den Motor ausstellte, hörte er leise John Lennon.

»Imagine there's no heaven, it's easy if you try …«

Das Lied kam aus den offenen Fenstern eines Fachwerkhauses, an dessen Giebel »Anno 1790« stand.

»… no hell below us, above us only sky …«

»Hallo«, sagte eine junge Frau, die aus dem verwitterten Tor getreten war. Sie trug zu ihrer derben Arbeitskluft ein silbernes Kreuz an einer Halskette und lächelte. »Ich bin Maria. Und Sie sind der Typ von der Weltpresse?«

»Hat mich Arne so angekündigt? Und gleich die passende Empfangsmusik bestellt?«

»Ach, wir sind hier gern mal altmodisch«, sagte die Frau mit dem rundlichen Gesicht, die kaum älter als zwanzig sein mochte. Ihre leicht verklebten braunen Haare hatte sie zu einem Knoten zusammengeschlungen. Sie wischte sich die feuchten Finger an einer Schürze voller Flecken ab, ehe sie ihn mit einem kräftigen Händedruck begrüßte. »Ich hab schon als Kind oft die Beatles gehört. Die hab ich mit der Muttermilch mitgekriegt, genau wie die Anti-Atom-Demos. Da hat mich mein Vater immer auf den Schultern hin mitgenommen. Kommen Sie hier entlang!«

Sie führte Mondrian durch eine Tenne in einen Obstgarten, wo mehrere junge Leute im Halbschatten eines Apfelbaums um einen Holztisch saßen. Mondrian schüttelte ihnen die Hand und nahm einen Schluck von dem Holundermost, den Maria ihm hinstellte. Er wollte sie nicht gleich mit Fragen nach Aktionen überfallen, sondern sie erst einmal selbst erzählen lassen, wie sie zum Widerstand gekommen waren, um vielleicht einen Ansatzpunkt zu finden.

»Als ich zum ersten Mal bei einer Demo auf dem Trecker saß,

im Kindersitz, hab ich mir fast noch in die Windeln gemacht«, begann Marias Freund, der Fritz hieß und nur einen dünnen Flaum auf seinem schweißglänzenden Schädel hatte. »Damals hat mein Vater den Schlepper gesteuert. Jetzt ist das meine Sache. Selbst wenn ich dafür die Feldarbeit liegen lasse.«

»Gehörst du zur Bäuerlichen Notgemeinschaft?«

»Ja, genau wie Carsten.« Er schaute seinen Nachbarn zur Rechten an.

Der halslose Hutträger nickte. »Wir sind die Terroristen, die beim letzten großen Protest immer wieder ihre Trecker quer über die Kreuzungen gestellt haben, damit die Bullen mit ihren Mannschaftswagen nicht durchkamen.«

Mondrian hatte selbst beobachtet, wie ein ganzer Pulk von Schleppern nachts die Hauptstraße von Jameln blockiert und die Polizeiführer zur Weißglut getrieben hatte, weil die Fahrzeuge ineinander verkeilt waren und sich nicht mal mit schwerem Gerät wegräumen ließen.

»Das ist natürlich nicht unser einziges Mittel, die Atomtransporte zu blockieren«, sagte ein zartes Mädchen mit langem Zopf, das sich als Birgit vorgestellt hatte. »Manche Leute buddeln Höhlen unter die Fahrbahn, andere ketten sich an Bahngleise und warten, bis die Polizisten Bolzenschneider organisiert haben.«

»Oder es wird massenhaft Schotter unter den Schienen weggeräumt«, sagte ein rothaariger Hüne, »damit der Zug mit dem Scheißdreck gar nicht erst bis Dannenberg fahren kann.«

»Habt ihr beim letzten Mal mitgeschottert?«

An den Mienen konnte er ablesen, dass die Frage nicht gut ankam.

»Okay«, trat er den Rückzug an, »ich weiß, dass die Staatsanwaltschaft ganz scharf darauf war, die Leute zu verfolgen. Aber die Verfahren waren doch ein Schlag ins Wasser.«

»Weil Tausende mitgemacht haben. Nachts, bei Eiseskälte«, sagte Jennifer, die etwas älter war, vielleicht dreißig, und trotz ihrer Gärtnerkutte eher in eine Unibibliothek passte, »genau wie bei der Sitzblockade vor dem Zwischenlager, zu der unsere Gruppe aufgerufen hatte, X-tausendmal quer.«

»Das alles hat letztlich nicht verhindert, dass die Castor-Behälter durchgekommen sind«, sagte Mondrian.

»Aber wir haben die Staatsmacht wenigstens geärgert und unseren Spaß gehabt«, konterte Fritz. »Es gibt tausend Möglichkeiten, denen auf die Nerven zu gehen.«

»Zum Beispiel?«

»Wir haben aus Jux mal einen sogenannten Strahlenschutzwall aus Sandsäcken über die Straße gebaut«, sagte Birgit.

»Und 'ne Geburtstagstorte aus Beton in die Einfahrt des Zwischenlagers gestellt«, erzählte Carsten, »außerdem mit Ballen aus Brennnesselstroh Hütten für die Republik Freies Wendland errichtet.«

»Alles Aktionen, über die in der Presse kaum ein Wort stand.« Aaron warf Mondrian einen vorwurfsvollen Blick zu. »Schon gar nicht in Ihrem Blatt.«

»Weil so was vielleicht doch ein bisschen naiv ist?« Mondrian drehte sich zu dem Jungen, der mit seinen runden Brillengläsern und dem Mittelscheitel eher wie ein braver Gymnasiast aussah. »Klamauk gegen eine Milliardenindustrie?«

»Es war doch gerade der bunte Protest, der bisher ein Endlager hier verhindert hat«, sagte Maria, »dazu gehören alle – Frauen, die altdeutsche Lieder singen, ein paar Alte, die sich ›Graue Zellen‹ nennen und auf der Straße stricken, um die Farbahn zu blockieren, die Clownsarmee, die den Polizisten Küsschen zuwirft ... Auch der Witz kann doch 'ne Waffe sein!«

»Und wenn die Polizisten das alles nicht so komisch finden?« Mondrian war selbst einmal in einem Wald bei Gorleben von knüppelschwingenden Beamten gejagt worden.

»Bleiben wir trotzdem friedlich«, beharrte Jennifer, »auch wenn wir mit Wasserwerfern von der Straße gespült werden. Ziviler Ungehorsam, nichts anderes.«

Alle nickten. »Wir schaden uns selbst, wenn wir diese Linie verlassen. Keine Gewalt gegen Menschen, das war und bleibt Konsens.«

»Und was ist mit Gewalt gegen Sachen?« Mondrian schaute von einem zum anderen. »Mit Sabotage gegen Bahnlinien? Hakenkrallen auf elektrischen Oberleitungen?«

»Nicht unser Ding«, entgegnete Fritz, »wir haben von Kindesbeinen an beigebracht bekommen, dass Aggression und Zerstörungen sinnlos sind.«

»Wäre es nicht denkbar, dass jemand anders aus der Szene so was tut?«

Schulterzucken. Kopfschütteln.

»Obwohl die Atommafia es wirklich verdient hat«, sagte Aaron, gerade noch so laut, dass es zu hören war.

Atommafia. Mondrian schaute Aaron direkt an.

»Gibt es nicht Aktivisten hier«, fragte er, »die mal über härtere Aktionen spinnen? Selbst wenn sie es nicht ernst meinen?«

»Warum wollen Sie das wissen?« Der Junge mit dem Mittelscheitel zog die Stirn immer misstrauischer in Falten. »Warum interessieren Sie sich überhaupt plötzlich für so was wie X-tausendmal quer?«

»Weil bei dem ICE-Anschlag ein X-Zeichen am Tatort gefunden wurde. Ebenso bei dem Mord in Geesthacht.«

Einen Moment herrschte Stille.

»Großer Gott«, stieß Maria hervor, »wo war das denn?«

»An Baumstämmen, X-förmige Kerben«, antwortete Mondrian.

»Und deswegen kommen Sie zu uns? Stellen das ganze Wendland unter Verdacht?« Der bullige Rothaarige stand auf, gefolgt von den anderen.

»Die Menschen hier, die töten doch nicht«, sagte Maria, »die wollen die Schöpfung bewahren! Haben Sie nicht die großen Gebetskreuze am Zwischenlager gesehen?«

Mondrian schüttelte den Kopf. Die kannte er noch nicht. Aber jetzt hatte er ja Gelegenheit dazu. Das Gespräch war vorbei.

Er musste lächeln, als er draußen am Wagen wieder John Lennon hörte.

»Imagine all the people, living life in peace …«

Was für ein schöner Abschiedsgruß von Maria, überlegte er. Sie hätten dich auch achtkantig rausschmeißen können, so taktisch, wie du dich benommen hast.

»You may say I am a dreamer, but I'm not the only one …«

Die Stimme erstarb, als er in den Wagen stieg und die Tür zuschlug. Seine Fahrt dauerte nur wenige Minuten. Die Strecke führte an der uralten St.-Johannes-Kirche in Lüchow vorbei zum Zwischenlager in Gorleben. Neben der gigantischen Betonhalle mit ihren Schutzwällen und Zäunen bog er in eine Waldschneise ein.

Dort standen zwei schlichte Holzkreuze. Eines war 1988 von Wackersdorf hergeschleppt worden, hatte er einmal im Netz gelesen. Es ragte fünf Meter in die Höhe und sah brüchig aus. Jeden Sonntag schickten Gläubige dort ihre »Gorlebener Gebete« himmelwärts.

Vielleicht solltest du mal eine andere Instanz anrufen, wenn du mehr über die mysteriösen Zeichen wissen willst, dachte er.

Er kramte sein Handy aus der Sakkotasche und wählte eine Hamburger Nummer.

»Landesamt für Verfassungsschutz.«

Nach einer Pause wurde er zu Frank Schirra durchgestellt, einem höheren Beamten, den er von einem Hintergrundgespräch über islamistische Terroristen kannte.

»Wir sollten mal wieder über Glaubenskrieger sprechen«, schlug er vor, »aber über andere als neulich. Ich würde gern erfahren, ob es Erkenntnisse über Verbindungen der Grünen Armee Fraktion in die Anti-Atom-Szene gibt.«

»Gern«, antwortete Schirra. »Wenn Sie wollen, gleich morgen. Aber ich sage Ihnen vorab, im Wendland sind Sie auf der falschen Spur.«

Mondrian startete seinen Wagen, um nach Hamburg zurückzufahren. Kurz hinter Dannenberg, in einem dunklen Waldabschnitt, fühlte er sich so müde, dass ihm fast die Augen zufielen. Plötzlich schreckte er hoch.

Ein Reh stand mit reflektierenden Augen im Scheinwerferlicht. Er konnte gerade noch bremsen, bevor es mit einem Satz im Dickicht verschwand.

Aber da gab es noch etwas, das ihn danach nicht mehr losließ. Irgendetwas irritierte ihn an dem, was Schirra gesagt hatte.

Im Wendland sind Sie auf der falschen Spur.

Woher wusste der Verfassungsschützer, wo er gewesen war?

14

Verfassungsschutz, Hamburg

Der Paternoster ächzte und knarrte. Mondrian wartete einen Augenblick, bis eine neue Kabine von unten hochkam. Dann gab er sich einen Ruck und stieg mit einem schnellen Schritt in das jahrzehntealte Ungetüm ein. Die braune Kabine mit dem abgestoßenen Holz zuckelte gemächlich nach oben, und wie immer, wenn er bei der Hamburger Behörde für Inneres war, freute er sich auf diese Zeitreise. Der ehrwürdige Klinkerbau am Johanniswall in der Hamburger Altstadt war eines der wenigen Gebäude, das überhaupt noch solch einen Dinosaurier besaß. Während er sich langsam dem dritten Stock näherte, fragte er sich einen Augenblick, ob er dort überhaupt aussteigen sollte. Oder lieber noch eine Runde weiterruckeln? Über den oberen und unteren Wendepunkt, wie in einem Riesenrad?

Er überfiel ihn manchmal, dieser Impuls, etwas Verspieltes, Verrücktes zu tun. Kirschkerne über einen Tisch spucken. Slalom auf schnurgeraden Radwegen fahren. Kopfstand auf einer Wiese machen. Eine kindische Sehnsucht nach einer unbeschwerten Zeit. Und dieser Ort war wohl der unpassendste Platz für Albereien, den man sich denken konnte. In dem düsteren Gebäude mit den gekachelten Wänden hätte man sich nicht gewundert, wenn die Beamten noch Ärmelschoner getragen und Aktenwagen durch die Flure geschoben hätten. Nicht wirklich überraschend, dachte Mondrian, wenn ihm auf einem der gewienerten Korridore Franz Kafka begegnen würde. Als er im dritten Stock ankam, sprang er im letzten Moment aus dem Paternoster und stand vor einer verschlossenen Tür.

Drei oder vier Minuten dauerte es, bis sie nach einem Klingelzeichen von innen geöffnet wurde. Ein Uniformierter in einem Glaskasten nahm seine Personalien auf und sein Handy in Gewahrsam. Dann führte er ihn durch ein abgeschottetes Treppenhaus zu einem Raum, aus dem eine helle Stimme drang. Schirra telefonierte gerade. Als er Mondrian durch die halb offene Tür bemerkte, legte er auf und winkte ihn hinein.

Frank Schirra war Mitte vierzig und mittelgroß und wirkte anders als die meisten Bediensteten in dieser Behörde, die so unnahbar schienen. Mit seinem gewinnenden Lächeln und der fortschreitenden Glatze sah er Tagesthemen-Moderator Tom Buhrow verblüffend ähnlich; zum cremefarbenen Anzug trug er eine rote Krawatte – möglicherweise ein Tribut an die Partei, auf deren Ticket er bis zum Abteilungsleiter aufgestiegen war. Dass er auch sonst ein Faible für Farben hatte, sah man an einem Kunstwerk hinter seinem hoch beladenen Schreibtisch: ein abstraktes Gemälde in Orange und Blau, das Mondrian bekannt vorkam.

»Marc Rothko?«, fragte er. Die Bilder des Amerikaners hatte er selbst in der Kunsthalle bewundert.

»Ja, bloß nicht Öl auf Leinwand, sondern Druckfarben auf Pappe. Der Staat muss ja sparen«, sagte Schirra mit einem Schuss Ironie. »Immerhin reicht es noch für legale Drogen.« Er goss stark duftenden Kaffee in zwei Tassen. »Kondensmilch, Zucker, Gebäck?«

Mondrian setzte sich und ließ zwei weiße Würfel in den schwarzen Sud purzeln. »Woher wussten Sie eigentlich, dass ich im Wendland war?«

»Schon mal was von einem IMSI-Catcher gehört?« Der Verfassungsschützer konnte einen leisen Triumph in der Stimme nicht verbergen.

Dein Handy, schoss es Mondrian durch den Kopf. Gestern die ganze Zeit eingeschaltet gewesen. Und die Nummer war Schirra bekannt. Die hattest du ihm beim letzten Treffen gegeben, auf eine Visitenkarte gekliert. Natürlich, damit konnte ihn der Verfassungsschutz fast überall im Umkreis von wenigen hundert Metern lokalisieren. Er brauchte nur ein elektronisches Fanggerät einzusetzen, das einen Funkmast simulierte und das Handy veranlasste, automatisch Kontakt dorthin aufzubauen.

»Die IMSI-Technik wird immer feiner«, sagte Schirra zufrieden, »die Catcher passen problemlos in einen Van. Nicht mal die Antenne können Sie entdecken.«

Mondrian versuchte sich zu erinnern, ob er am Vortag verdächtige Lieferwagen in seiner Nähe gesehen hatte. »Und warum hatten Sie mich überhaupt auf Ihrem Radar?«

»Könnte sein, dass Ihr Name in gewissen Telefonaten gefallen ist«, sagte Schirra betont vage und blickte zum Fenster hinaus. »Vor Gericht würde ich selbstverständlich nie zugeben, dass wir im Wendland noch TKÜ geschaltet haben …«

Telekommunikationsüberwachung. Also hörten sie Arne Stöver ab? Fritz und Maria? Anschlüsse bei den Schotterern oder bei X-tausendmal quer?

»Außerdem wissen wir selbstredend, welche Personen in meinungsführenden Medien mit wichtigen Geschichten betraut sind. Besonders wenn es um ein so sicherheitsempfindliches Thema wie terroristische Anschläge geht. Investigative Recherchen hinterlassen immer Spuren, und Hintergrundgespräche sind ja für beide Seiten nützlich, nicht nur für die Presse, wenn Sie verstehen …«

War das eine Anspielung auf die Kontakte, die der Verfassungsschutz vor allem in Berlin zu bestimmten Medien pflegte? Auf die regelmäßigen Treffen, zu denen der Präsident des Bundesamtes handverlesene Journalisten in seine Grunewald-Villa lud? Bei einem Glas guten Rotweins und Käsehäppchen wurden dort Neuigkeiten und Einschätzungen aus der Welt der Nachrichtendienste besprochen, selbstverständlich »unter 3«, wie der Code hieß: strikte Vertraulichkeit. Natürlich gehörte auch ein »magazine«-Kollege zu dieser Runde. Hatte er über Mondrians Recherchen geplaudert und so den Geheimdienst auf seine Fersen gelenkt?

»Meinen Sie die Rotwein-Connection?«, hakte er nach und hob die Augenbrauen.

»Nächste Frage«, sagte Schirra und knipste sein Lächeln an.

Mit einem großen Schluck Kaffee spülte Mondrian seinen aufkommenden Ärger hinunter. »Deshalb bin ich ja hergekommen. Wie radikal ist denn die Szene im Wendland Ihrer Einschätzung nach?«

Schirra richtete sich in seinem Sessel auf und nahm ein Dossier zur Hand. »Wir beobachten die Gruppen natürlich seit Jahren. Die Mitglieder sind nicht alle so harmlos, wie sie sich, sagen wir mal, in einem Obstgarten bei Most präsentieren.«

Er räusperte sich und fuhr dann fort: »Da kommen verschiedene Strömungen zusammen. Echte und Freizeitbauern, alternative Stadtflüchtlinge aus Berlin und Hamburg, Altachtundsechziger und bemühte Christen. Die meisten beschränken sich auf Straßenblockaden. Was ja eigentlich Nötigung ist, wie Sie wissen …«

»Ich weiß bloß, dass die Gerichte das anders sehen«, widersprach Mondrian.

»… wir haben aber auch Kunden, die uns mehr Sorgen machen. Die nachts Bahnschwellen zerstören oder versuchen, über den Zaun ins Zwischenlager zu klettern. Es sieht so aus, als würde gerade eine Gruppe von Gymnasiasten ziemlich abdriften.«

»Darunter einer mit hebräischem Vornamen?«

Schirra drehte eine Lichtbildmappe so um, dass Mondrian die Gesichter sehen konnte. Eines der Porträts zeigte Aaron, den Jungen mit dem Mittelscheitel.

»Und natürlich haben wir in der Region noch weitere Kandidaten auf dem Schirm.«

»Die Anarchisten, die den Dorfgasthof geschmückt haben?« Mondrian erinnerte sich an das Transparent an der Fassade.

»Kein Kommentar«, sagte Schirra humorlos und klappte das Dossier zu. »Eines kann ich Ihnen allerdings raten, wenn Sie in Sachen Grüne Armee Fraktion recherchieren: Vergessen Sie das Wendland. Wir sind überzeugt davon, dass die Anschläge in Geesthacht und im ICE-Tunnel nicht aus dieser Ecke kommen. Keiner dort hat das Kaliber dazu.«

»Was macht Sie so sicher?«

»Wir hätten was mitbekommen. Wir haben die Szene so unter Wind, dass uns im Vorfeld irgendetwas aufgefallen wäre. Konspirative Treffen. Logistische Vorbereitungen. Aber wir haben keine Erkenntnisse in dieser Richtung. Null.«

»Und diese Gruppe in der Elbmarsch?« Mondrian dachte an die Frau in Tespe.

»Dieser Hausfrauenverein?« Der Verfassungsschützer hob abwehrend seine perfekt gepflegten Hände. Mondrian wunderte sich, wie herablassend Schirra über die Mütter der leukämiekranken Kinder sprach. Lag das an speziellen Neigungen? Auf Schirras Schreibtisch standen, leicht verdeckt, Fotos der Christopher-Street-Parade. Auf einem war er selbst zu sehen, einen jüngeren Mann im Arm.

»Natürlich wird diese Bürgerinitiative amtlich nicht beobachtet«, versicherte er augenzwinkernd, »doch aus bestimmten Quellen wissen wir, was dort läuft. Da wurde ein Gutachten bei einem dubiosen russischen Professor bestellt. Und als Berater fungiert ein Strahlenforscher, der immer noch glaubt, dass Barschel ermordet wurde, und davon überzeugt ist, dass die CIA das World Trade Center zum Einsturz gebracht hat. Kein Wunder, dass solche Leute behaupten, es habe Kernwaffenversuche bei der GKSS und eine Nuklearexplosion gegeben.«

»Würde das nicht zu irrationalen Anschlägen passen?«

»Nein, ich schätze, diese neue Generation von Terroristen müssen wir ganz woanders suchen«, sagte Schirra ernst. »Die Bürgerinitiativen in der Elbmarsch und im Wendland in allen Ehren, schließlich geben sie uns Arbeit, aber beide sind für die Attentate mehrere Nummern zu klein. Immerhin reden wir über kaltblütig geplanten vielfachen Mord.«

»Wo würden Sie die Terroristen dann vermuten?«

»Nun«, Schirra senkte leicht die Stimme, »es gibt erste Erkenntnisse, die nach Hamburg führen, dorthin, wo die Szene seit den Hausbesetzungen in der Hafenstraße härter war. Die Gegend um Lüchow-Dannenberg dient manchen nur als Durchlauferhitzer. Das heißere Pflaster ist ganz in unserer Nähe. Dort hat sich nun offenbar etwas völlig Neues zusammengebraut.«

Er blätterte in Papieren auf seinem Schreibtisch und hüstelte. »Sie verstehen natürlich, dass ich Ihnen nichts aus Verschlusssachen mitteilen kann. Aber Sie müssen mich jetzt einen Moment entschuldigen, weil ich einen gewissen Ort aufsuchen muss.« Der Geheimdienstmann erhob sich und verließ fast geräuschlos den Raum.

Sobald sich die Tür hinter ihm geschlossen hatte, drehte Mondrian das oberste Blatt zu sich herum.

»VERTRAULICH«, stand in großen Lettern darauf, darunter: »Landesamt für Verfassungsschutz. Vorgang: sogenannte Grüne Armee Fraktion. Vermerk.«

So schnell er konnte, überflog er den Text. Schon in den ersten Zeilen war von einer nicht näher bezeichneten »Quelle« die Rede. Durch sie sei bekannt geworden, dass sich in Hamburg eine »militante ökologische Gruppierung« gebildet habe. »Äußerungen einzelner Mitglieder lassen vermuten, dass es sich um eine neue Vereinigung handelt, die zu schwersten Straftaten bereit ist.« Nach Angaben der »Quelle« sollten Anlagen und Repräsentanten der Atomwirtschaft angegriffen werden, daneben aber auch andere Ziele. Bei konspirativen Treffen sei wiederholt über »radikale Maßnahmen« und »notwendige Opfer« gesprochen worden, um endlich die Zerstörung der Umwelt zu stoppen. »Abklärungen ergaben, dass Personen aus diesem Kreis bereits bei Widerstandshandlungen gegen die G-8-Konferenz in Heiligendamm in Erscheinung getreten sind.«

Das nächste Blatt, ebenfalls vom Landesamt für Verfassungsschutz, trug den Titel »Umfeldermittlungen«. Darin hieß es, Verbindungen der neuen ökologischen Gruppe zu Mitgliedern der anarchistischen Szene seien »nicht verifiziert, aber wahrscheinlich«. Es gebe Veranstaltungen im linkspolitischen Spektrum, die von Angehörigen beider Gruppierungen besucht würden. »Persönliche Kontakte existieren offenbar insbesondere zu Aktivisten, die der Roten Flora zuzurechnen sind, weiterhin zu marxistischen Antifa-Gruppen. Eine besondere Rolle dürfte nach hiesiger Einschätzung ein ehemaliger Politikprofessor spielen, der als ideologischer Mentor gilt ...«

Mondrian hörte, wie die Tür hinter ihm wieder aufging. Auf einem dritten Blatt konnte er unter »Operative Maßnahmen« noch lesen: »... Zielperson ist eine dreißig bis vierzig Jahre alte Frau, die laut Quelle Anführerin der Gruppe sein soll ...«

Schirra setzte sich wieder, legte die Blätter in die Akte zurück und klappte sie zu.

Mondrian lehnte sich zurück und holte tief Luft. Er war zu nervös, um die Hände ruhig zu halten, und kratzte sich das stoppelige Kinn. Zögernd fragte er: »Und wo hält sich die Gruppe auf? Wer ist diese Frau?«

»Ich weiß überhaupt nicht, wovon Sie sprechen.« Schirra dimmte sein Tom-Buhrow-Lächeln. »Und leider erwartet mich nun ein anderer Termin.«

Er geleitete seinen Besucher zum Paternoster und verabschiedete sich mit einem Handschlag, der Mondrian eine Spur zu lang vorkam. »Mag sein, dass Sie demnächst eine SMS erhalten.«

Mondrian sprang in eine knarzende Kabine, die nach unten fuhr.

Er hörte gerade noch: »Selbstverständlich nicht von mir.«

15

»magazine«, Hamburg

»Moin.« Aus einem krümeligen Mund, zwischen zwei Bissen vom Krabbenbrötchen.

»Moin, moin.« Auch nur schnell ausgespuckt, aber immerhin im Doppelpack.

»Moooiin.« Lang gedehnt. Beim Nachziehen des knalligen Lippenstifts, kein Blick zur Seite, die Augen auf den Spiegel fixiert.

Und bloß kein überflüssiges Wort.

Mondrian hatte sich längst daran gewöhnt: jedes Mal diese maulfaule Begrüßung, wenn er morgens in die Redaktion kam und in offen stehende Türen peilte. Da gab es keinen Satz zu viel, sondern nur diesen hingeworfenen Gruß, *nordisch by nature*, knapp wie das »Plopp« in einer Flensburger Bierreklame, wenn der Drahtverschluss aufspringt. Und von irgendwoher, wohl aus dem Zimmer Bruno Wunders, plärrte manchmal noch Bodenständiges aus nicht mehr ganz taufrischen Lautsprecherboxen. Nicht gerade Hans Albers, aber vielleicht Udo Lindenbergs jüngster Alterssong.

Da war der Empfang heute Morgen unten in der Lobby noch anders gewesen. In der chromgestylten Empfangshalle des Media Tower hatten Teenie-Models, so jung wie überschlank, zu Rhythmen von Lady Gaga für ein Shooting posiert. Und im Fahrstuhl hatte Mondrian mit anhören müssen, wie zwei hochgeschossene Endzwanziger aus der Anzeigenabteilung lautstark mit ihren Kenntnissen von *power sales* und *aggressive marketing* protzten. Aber im fünfzehnten Stock, wo die Task-Force saß, lag alles noch wie in Watte. Dort fühlte man sich um diese Zeit oft wie in einem Ufo im Stand-by-Modus, das erst hochgefahren werden muss.

Mondrian ging zur Pantry, um sich aus dem Automaten Teewasser zu zapfen. Mit den blässlichen Blasen, die sich in der Tasse an der Oberfläche sammelten, erinnerte es ihn an Spülwasser, das seine beste Zeit bereits hinter sich hatte. Im Sekretariat war offenbar wieder einmal die Kaffeemaschine explodiert, wie man aus den Flecken auf dem Teppich schließen konnte. Er griff sich ein paar von den Tageszeitungen, die dort herumlagen, und bemühte sich, seine Tasse unfallfrei zu seinem Zimmer zu balancieren. Als er die Tür mit dem Fuß aufstieß, entdeckte er die Karikatur.

»Good morning, Guru«, stand unter der Zeichnung, die jemand aus einer Zeitung gerissen und unter dem Türspalt durchgeschoben hatte. Darauf war ein langhaariger halb nackter Mann im Lotossitz zu sehen, auf einer »Wolke 7« schwebend, die Augen geschlossen zur Meditation. Mit ungelenken Strichen war ihm ein Lächeln verliehen worden, das wohl so wirken sollte, als wollte er mit der »Atomkraft? Nein danke«-Sonne im Hintergrund um die Wette strahlen. Darunter Grabkreuze an einem Gleisbett.

War das der Anfang einer Kampagne gegen die Kernkraftgegner, die in der letzten Zeit solchen Auftrieb gehabt hatten? Und von wem stammte dieser böse Morgengruß überhaupt?

Mondrian schaltete seinen Computer an, gab nach dem Hochfahren sein Kennwort ein und klickte sich zu den Mails.

Gleich oben Post vom Chefredakteur. »Moin. Ist der Yogi gut bei dir gelandet?«

Grosser also. Statt seines Namens am Schluss ein Smiley.

»Schon wieder im Abflug«, tippte Mondrian ein, knüllte die Karikatur zusammen und schmiss sie in hohem Bogen in den Papierkorb. Nachdem er die letzten Meldungen im Netz überflogen hatte, entschied er, dass es Zeit für ein Gespräch mit Thomas Daffner war.

Drei Versuche brauchte er, bis er im Bundeskriminalamt mit dem Kommissar verbunden wurde. »Du bist ja kaum an die Strippe zu kriegen«, klagte er. »Was macht denn die Soko? Kommt ihr voran?«

»Mensch, hier ist der Teufel los.« Daffners Gereiztheit war sogar mehrere hundert Kilometer weit durch die Leitung zu hören. »Die Kommission ist auf fünfundvierzig Leute aufgestockt worden. Druck vom Generalbundesanwalt in Karlsruhe. Aber eine heiße Spur, die haben wir bisher nicht.«

»Hat nicht der Herr Staatssekretär das Gegenteil verkündet? Schon am ICE-Tunnel?«

»Ach was, nur Medientheater. Wie so was funktioniert, weißt du besser als ich.«

»Und die Kriminaltechnik? Habt ihr am Tunnel weitere Spuren gefunden? Oder irgendwelche Hinweise auf die Mörder von Geesthacht? Zum Beispiel DNA an dem Briefumschlag, den ich dir gegeben habe?«

»*No, Sir,* alles negativ bisher. Wer immer da draußen unterwegs ist, arbeitet clean. Sauber wie ein Profi, der Ahnung von seinem Gewerbe hat. Auch die CD bringt uns nicht weiter, sie hat keinerlei besondere technische Merkmale, und die Selbstbezichtigungen enthalten keine Wortkombinationen, die bisher in unseren Dateien aufgetaucht wären. Es gibt höchstens eine Sache, die dich interessieren könnte.«

»Die wäre?«

»Ein Zeuge ...«, Daffner blätterte offenbar in Papieren, »... ein Waldarbeiter, steht hier, will zur Tatzeit vermummte Gestalten im Bereich des ICE-Tunnels gesehen haben.«

»Vermummte Gestalten? Was soll das heißen?«

»Schwarz maskiert, heißt es hier. Mehr kann ich dir nicht sagen. Wir können den Zeugen auch nicht selbst vernehmen, weil ihm laut Vermerk Vertraulichkeit zugesichert wurde.« Er gab sich keine Mühe, den Ärger in seiner Stimme zu verbergen. »Da hat das Bundesamt für Verfassungsschutz seine Hände drauf.«

Schwarz vermummte Gestalten, überlegte Mondrian, nachdem er aufgelegt hatte.

Der Schwarze Block?

Dieses Bild würde er nicht vergessen. Rostock, ein heiterer Samstagnachmittag. Beim Protestzug gegen den G-8-Gipfel in Heiligendamm war er direkt neben einer Formation von dunkel gekleideten Anarchisten aus halb Europa gelaufen. Als der Zug ein neues Luxushotel passierte, in dem die halbe US-Delegation abgestiegen war, wurden plötzlich Kapuzen über die kurz geschorenen Schädel gezogen, die Gesichter verschwanden halb hinter Tüchern. Dann flogen Steine. Erst einzelne, danach immer mehr. Er hatte noch immer den trockenen Knall im Ohr, mit dem sie auf die Polizeiwagen prallten. Ein Stück weiter splitterten die Scheiben einer Sparkasse, schließlich die Glastüren eines Supermarkts. Die Schäden schienen unbedeutend, die örtlichen Glaser würden sich freuen. Aber Mondrian war erschrocken, wie militärisch die Vermummten auftraten und welcher Hass in den Augen flackerte.

Ein Hass, der nach dem Strahlendesaster in Fukushima, nach dem Gezerre um die deutschen Meiler auch in die Anti-AKW-Bewegung eingezogen war?

Ein Sonnenstrahl strich über die weiße Tastatur, und Mondrian schloss die Augen. Die Bilder der schwarz vermummten Gestalten mischten sich mit Gesichtern, die mit Regenbogenfarben bemalt waren. Bunte Zelte in einem Camp gegen die Castor-Transporte bei Gorleben. Eine Prozession singender Demonstranten durch einen Kiefernwald, unterbrochen von »Keine Gewalt!«-Rufen an Polizeisperren.

»All we are saying is give peace a chance ...«

Und jetzt?

Jetzt schaute er direkt in die Mündung einer Browning. Langsam und lautlos wanderte eine Patrone aus dem Griff der Pistole in ihren Lauf. Ein roter Feuerstrahl, und die Kugel glitt in Ultra-Zeitlupe heraus. Der Schlitten strich nach hinten, die Hülse wurde ausgeworfen, schwebte taumelnd weg, als flöge ein Komet durch den Kosmos. Die nächste Patrone wanderte in den Lauf ...

Mondrian liebte diesen Bildschirmschoner. Er hatte ihn gleich auf seinen Rechner heruntergeladen, nachdem er ihn bei einem bayerischen Schusswaffenexperten entdeckt hatte. Ein Todeswerkzeug als Perpetuum mobile. Läuft weiter und weiter wie das buddhistische Rad des ewigen Lebens, dachte er manchmal. Deine spirituelle Arschtrittmaschine. Bringt dich auf Trab, wenn du mit deinen Gedanken festhängst.

Ein heller Ton ließ ihn hochschrecken. Er meldete den Eingang einer Mail.

»Treffen der Task-Force im Showroom, Update und Einsatzplanung«, hatte Marc Rolfes geschrieben. »Wir legen sofort los.«

Mit raschen Schritten stieg Mondrian in den sechzehnten Stock zu dem Raum mit den Monitoren. Die Tür war bereits geschlossen; ein Schild mit der Aufschrift »Bitte nicht stören – Vernehmung!« hing daran. Bruno Wunder hatte es einmal bei einem Staatsanwalt mitgehen lassen, der ihn besonders hochnäsig abgekanzelt hatte. Mondrian schob es zur Seite und betrat mit einem anderen Nachzügler den Raum, in dem bereits ein Dutzend Redakteure und Reporter durcheinanderredeten.

»Jetzt mal Ruhe!«, rief Rolfes mit einem ungeduldigen Blick in die Runde und wartete, bis alle ihn anschauten. »Eine Blitzkonferenz bei Grosser hat vorhin beschlossen, dass wir sieben oder acht Extraseiten zu dem ICE-Horror machen. Das volle Programm, eine minutiöse Chronik mit vielen Schicksalen …«

»Da gibt es Wahnsinnsfälle«, unterbrach ihn ein aufgeregter Lockenkopf, der gerade von einer Recherche zurückgekommen war, »in Kassel ist eine ganze Gruppe von Studentinnen eingestiegen, die zu einer Ausstellung in München wollten. Die sind alle in den Tod gefahren …«

»… und in Hannover hat ein Bäckermeister seine Frau samt drei Kindern zum Zug gebracht und in die Ferien verabschiedet«, verkündete eine Kollegin ihre Story, »wiedergesehen hat er sie im Leichenschauhaus.«

»Ich habe mit einem jungen Investmentbanker gesprochen, der zwischen Trümmern eingeklemmt lag und miterlebt hat, wie seine Frau verblutete«, meldete sich Bruno Wunder. »Die beiden waren auf Hochzeitsreise.«

»Super«, sagte Rolfes, »aber vergesst nicht, das Grauen muss Gesichter kriegen. Wir brauchen Bilder von den Opfern, die einen richtig angucken. Ja, so wie das …«

Ein junger Bildredakteur hatte einen Monitor eingeschaltet. Darauf war die Bäckersfrau mit ihren Kindern hinter einer Geburtstagstorte zu sehen.

»Wir haben noch vier Teams draußen, die betroffene Familien abklappern und an der Haustür klingeln«, fuhr Rolfes fort, »die klassische Methode. Auch wenn nicht jeder das mag«, Seitenblick auf Mondrian, »aber die Zeiten sind längst vorbei, in denen nur die Boulevardpresse so was gemacht hat.«

»Eben«, sagte Mondrian, »deswegen trifft man draußen auch immer öfter auf verbrannte Erde. Kein Wunder, wenn die Leute Journalisten hassen, die in Vorgärten steigen und mit ihren Kameras bis in die Schlafzimmer zoomen.«

»Zum Glück gibt's ja inzwischen was Hübscheres.« Der pausbäckige Bildredakteur klickte eine ganze Galerie von Mädchenbildern an. Er ließ sie so schnell über die Monitore ziehen, dass man kaum folgen konnte.

»Wo kommen die alle her?«, fragte Mondrian.

»Aus dem Netz. Internetrecherche nennt sich das, eine Erfindung aus diesem Jahrtausend.« Er grinste Mondrian an und klickte weiter. »Facebook, studiVZ, schülerVZ, Myspace. Schon mal gehört? Da liegt alles rum, was man sich als Redakteur nur wünschen kann. Jugendfotos, Urlaubsfotos, Freundinnen und Freunde, Liebesgedichte und andere Peinlichkeiten ...«

»Und der Datenschutz?«, unterbrach ihn Mondrian. »Eine Erfindung aus dem vorigen Jahrtausend. Schon mal gehört?«

»Den kannst du vergessen, wenn die Kids ihre Abi-Noten und die Fotos vom anschließenden Komasaufen selbst reinstellen«, sagte der Cop entschieden. »Wer sind die beiden?«, wollte er wissen, als Bilder von zwei Männern mittleren Alters in Businessanzügen auftauchten.

»Manager einer Düsseldorfer Rüstungsfirma, die im Großraumwagen umgekommen sind«, erklärte ein Wirtschaftsredakteur aus der hintersten Reihe. »Angeblich mit brisanten Unterlagen über ein Waffengeschäft mit Israel unterwegs.«

»Komischer Zufall.« Rolfes knetete unbewusst seine Finger. »Könnte es sein, dass der Anschlag in Wirklichkeit denen gegolten hat?«

»Das läuft hier auch schon als Gerücht um«, meldete der Korrespondent, der aus Karlsruhe zugeschaltet war, »beim Generalbundesanwalt wird diese Möglichkeit nicht mehr ausgeschlossen, hat mir seine Sprecherin versichert.«

»Und was sagen deine Verbindungen in Wiesbaden?«, wandte sich Rolfes an Mondrian. »Was weiß das BKA inzwischen über diese Grüne Armee Fraktion?«

»Noch kein Durchbruch bei den Ermittlungen.« Mondrian zog bedauernd die Schultern hoch. »Die Kriminaltechnik arbeitet auf Hochtouren, nur gibt es bisher keine wirkliche Spur. Aber ich habe eine andere Quelle, von der ich eine wichtige Info erwarte, und zwar ziemlich bald.«

»Von wem denn?«, preschte die Pausbacke vor.

»Informantenschutz«, erwiderte Mondrian, »noch so eine altmodische Erfindung.« Im Aufstehen sagte er zu Rolfes: »Wenn ich weiter bin, gebe ich dir Bescheid.«

Als er wieder in seinem Büro war, kontrollierte er sein Handy. Das nahm er nie in Konferenzen mit, weil er es hasste, wenn sich dort alle Köpfe nach einem Klingelton umdrehten oder wenn ein Kollege nach dem Vibrationsalarm aus dem Raum stürzte, als wäre der liebe Gott höchstpersönlich am Apparat.

Im Posteingang eine neue Nachricht von einer unbekannten Nummer. Der Text bestand nur aus drei Worten: »One World Kongress«.

Aber es gab eine Anlage. Als Mondrian sie öffnete, erschien ein Foto auf dem Display, leicht unscharf, offenbar mit einem Teleobjektiv aus einiger Distanz geschossen. Darauf schaute ihn eine Frau mit einem markanten schmalen Gesicht an, lange dunkle Locken, rotes T-Shirt mit der Aufschrift »Abschalten!«. Im Hintergrund war ein Haus mit einem Graffito zu erkennen. Eine geballte Faust.

16

Montag, Nachmittag

Betreff: aussteiger
Gesendet: 16:41 uhr

will jemand aussteigen? ice-aktion auch bei uns umstritten. musste aber jedem klar sein, dass die zahl der opfer unbestimmt sein wird. die eskalation hielten alle für nötig, wenn wir unsere ziele erreichen wollen. das war doch vorher konsens.
dürfen uns jetzt auf keinen fall beirren lassen. dieser kampf ist uns aufgezwungen worden, und es gibt kein zurück mehr. jetzt rausgehen nutzt niemandem, dann wären alle opfer sinnlos gewesen.
nach vorn schauen, zur nächsten aktion.

17

OneWorld-Kongress, Hamburg

Schon von Weitem war der riesige Ballon über dem Campus zu sehen. »Du hast nur einen Planeten«, verkündete die Aufschrift auf der blauen Kugel, die an einer langen Leine mitten über dem Van-Melle-Park schwebte. Am Audimax der Universität, quer über der Glasfassade, hing eine große Stoffplane mit der Aufschrift »OneWorld-Kongress«, und durch die Eingänge strömten die Besucher in das überfüllte Foyer. Gestalten mit Schutzanzug und Atemmaske rollten scheppernde Fässer durch die Menge, auf die das schwarz-gelbe Warnzeichen für Radioaktivität gemalt war. Dazwischen, auf Stelzen, weiß geschminkte Männer in Frack und Zylinder. Sie schleuderten Papiere mit Euro- und Dollarzeichen über die Köpfe, »Lizenz für nukleare Verseuchung« war darauf zu lesen, »Coupon für Luftverschmutzung« und »Genussschein für die Überfischung der Meere«. Auf der Rückseite: »Wann wird das Kasino endlich dichtgemacht?«

Mondrian blieb einen Moment im Gedränge stehen, um sich zu orientieren. Dann kämpfte er sich durch das Getümmel zu dem Stand, an dem er sich anmelden musste. Während er in der Schlange wartete, musterte er die Transparente, die rundum an Wänden und Treppenaufgängen hingen.

»Eine andere Welt ist möglich.« – Die alte Attac-Parole, untermalt von einem »Wir sind Helden«-Song.

»Menschen vor Profite – alle Atommeiler abschalten – jetzt und sofort!« – Der Slogan eines Bündnisses von Kernkraftgegnern.

»Schluss mit dem Wachstumswahn!« – Der Protest junger Aktivisten, die Stofffetzen mit »Klimalügen« beschriftet und zu einem Seil verknotet hatten, das durch die ganze Eingangshalle lief.

»Hallo«, sagte ein Rasta-Kopf am Anmeldestand und wiederholte im Stimmengewirr seine Frage: »Brauchst du auch einen Schlafplatz?«

Mondrian schob die Liste, in die er sich eintragen konnte, dankend zu ihm zurück.

Zwischen Rucksackträgern und WLAN-Junkies, die mit aufgeklapptem Laptop ihre letzten Mails checkten, schlängelte er sich zu den Stellwänden mit den handgeschriebenen Zetteln. Dort reckten sich die Köpfe um das Programm, das sich minütlich änderte. »Das Märchen vom Atomausstieg« hieß einer der Workshops, »Wie schaffen wir die Energiewende?«, fragte ein anderer. Seminare über »Teller statt Tank«, »Hunger im Überfluss« und »Globale Gerechtigkeit« wurden angeboten, Gesprächsrunden über »Gentrifizierung« und die »Stadt für alle!« – insgesamt mehr als fünfzig Veranstaltungen.

Als Mondrian an Plakaten für Solarstrom aus der Wüste vorbei in das Auditorium Maximum eintrat, war die Auftaktdiskussion schon im Gang.

Über tausend Menschen füllten an diesem Nachmittag den

Hörsaal, Besucher ohne Sitzplatz kauerten auf Gängen und Stufen. Auf die Leinwand über dem Podium war eine Weltkugel mit einer glimmenden Zündschnur projiziert. Darunter saßen die angekündigten Redner: Bianca Jagger, die Lippen kirschrot, mit Grüßen vom »World Future Council« in London; Frank Bsirske, der Frontmann der Gewerkschaft ver.di; daneben die indische Bauern-Aktivistin Vandana Shiva im bunten Sari und ein ergrauter deutscher Ex-Minister, im zweiten politischen Leben Attac-Fan. Und Ullrich Brandtner, emeritierter Professor der Freien Universität Berlin. Beifall brandete auf, als der über achtzig Jahre alte Politologe mit dem schlohweißen Haar ans Rednerpult trat.

»Genossinnen und Genossen«, sagte Brandtner mit einer Stimme, die so brüchig war, dass man sie selbst durch die Lautsprecher schwer verstehen konnte, »es galt lange als unmodern, diese Anrede zu benutzen. Aber wie schon unser Freund Bob Dylan gesungen hat, *the times they are changing*. Selbst Brecht würde inzwischen fragen: Was ist der Einbruch in eine Bank gegen die Gründung einer Bad Bank?«

Brandtner wartete, bis sich das Gejohle gelegt hatte.

»Den Heuschrecken und Finanzhaien der letzten Wachstumsblase bleibt ein Verdienst. Sie haben uns gezeigt, wohin Gier und Größenwahn führen. Jetzt sind die westlichen Staaten so tief im Dispo wie die maroden Atommüllfässer in der absaufenden Asse.«

Erneutes Gelächter, das er mit einer Handbewegung unterbrach.

»Die Situation ist leider ernst, todernst. Denn zu der ökonomischen Krise, deren wirkliche Kosten noch gar nicht bekannt sind, kommt die ökologische. Der fossile Kapitalismus verbraucht in einem Jahr mehr Kohle, Öl und Gas, als die Natur in Jahrmillionen produziert hat. Und damit verheizen wir unsere Atmosphäre. Niemand kann mehr die schockierende Erkenntnis des Weltklimarats ignorieren: Wir fahren die Erde mit unserer ausbeuterischen Wirtschaftsweise gegen die Wand. Wir haben einen historischen Moment erreicht!«

Einen historischen Moment. Die Worte hallten in Mondrians

Kopf nach und weckten eine ferne Erinnerung. Hatte er diesen Begriff nicht früher oft von seinem Bruder gehört? Wenn Bennie von jener Versammlung in Berlin geschwärmt hatte, als die APO-Studenten die Welt aus den Angeln heben wollten?

»Stell dir einen brechend vollen Saal vor«, hatte Bennie gesagt, der acht Jahre älter war und 1968 in der Mauerstadt studiert hatte, »ein fünfzackiger Stern an der Frontseite, rhythmisches Klatschen und Ho-Chi-Minh-Sprechchöre. Zu Tausenden waren wir damals zum Vietnam-Kongress in der TU gekommen, um gegen die Unterdrückung eines Dritte-Welt-Landes durch die Supermacht USA zu protestieren. Wir skandierten ›Ein, zwei, viele Vietnam!‹. Wir wollten ›die Verhältnisse zum Tanzen bringen‹, wie man damals sagte. Und als Rudi Dutschke dann mit seinem heiseren Stakkato auf die Leute einhämmerte und von einem historischen Moment sprach, brannte wirklich die Luft.«

Wenn Mondrian jetzt über die Menge schaute, war von solcher Euphorie nichts zu spüren. Nach den ersten Lachern nun viele erstarrte Mienen. Gelichtete Schädel und faltige Züge, in denen Erfahrungen und Enttäuschungen wie Jahresringe eingegraben waren. Ein paar Frauen hatten ihr Strickzeug herausgeholt, als säßen sie auf einem früheren Grünen-Parteitag. Ältere Herren trugen kleine Sticker mit DDR-Devotionalien. Aber es gab auch Jüngere, deren Augen an Brandtners Lippen hingen, als wäre er ein Wiedergänger des APO-Philosophen Herbert Marcuse. Mondrian war sich sicher, dass Brandtner der Mann im Hintergrund war, der in Schirras Papieren auftauchte. Bloß, wo war die Frau von dem Handy-Bild?

So gut er konnte, scannte er die Reihen bis hoch zur Empore. Kein Treffer, auch nicht nach Minuten. Als der christliche Ex-Minister mit dem schwäbischen Dialekt zu reden begann, verließ er wie viele andere den Saal. An einem Stand mit Produkten aus Nicaragua ergatterte er einen Plastikbecher mit Kaffee. Wie sollte er die Frau ohne Namen in diesem Gedränge finden? In einem Chaos von Kolloquien, Panels und Kursen, die gleichzeitig in mehreren Gebäuden stattfanden? Zwischen unzähligen handgekritzelten Hinweisschildern und Fotos mit einem Eisbären, der ihn ratlos von einer schmelzenden Scholle aus ansah?

Ohne bestimmtes Ziel zog er zum fünfzehnstöckigen Philosophenturm und passierte einen Hörsaal, in dem ein Theologe über »Leben auf Pump« sprach und den überhöhten Naturverbrauch geißelte. Blickte drei Räume weiter Farbigen mit rot-grün-gelben Caps über die Schulter, die an einem Workshop mit dem Titel »no border – no nation – no deportation« teilnahmen. An einer veganen Imbissbude bekam er ein Flugblatt mit der Einladung zur »Tierrechts-Soliparty« in die Hand gedrückt.

Er trat nach draußen, lauschte einen Moment einem Mann, der auf einem Didgeridoo spielte, und ging hinüber in die Hochschule für Wirtschaft und Politik. Dort, neben dem »Café Knallhart«, fand das Forum »Green New Deal« statt. Die Diskussion »Kann Technik das Klima retten?« lief bereits, als er durch die halb geöffnete Saaltür blickte. Und plötzlich, hinter Besuchern, die noch in den Raum drängten, sah er sie.

Sie saß auf dem Podium hinter einem Tisch mit Mikrofon, den schmalen Kopf in eine Hand gestützt, die Beine übereinandergeschlagen; »Dr. Ricarda Walde«, stand auf ihrem Namensschild. Die jadegrünen Augen waren das Erste, was Mondrian an ihr auffiel. Schwarze Locken umrahmten hohe Wangenknochen, was ihrem Gesicht etwas Indianisches gab. Zwischen fünfunddreißig und vierzig Jahre mochte sie alt sein, nicht besonders groß, aber die Statur einer Athletin. Und die Kampfeslust einer Amazone, dachte er, als sie den Mann neben ihr auf dem Podium unterbrach.

»Das sind doch Luftschlösser, die Sie uns hier verkaufen wollen«, rief sie, nachdem ein Vattenfall-Manager für die Speicherung von Klimagasen unter der Erde geworben hatte.

»Das ist eine Unverschämtheit, nichts als *greenwashing*«, ging sie dazwischen, als ein BP-Direktor den Namen seines Konzerns mit *beyond petroleum* übersetzte und einen raschen Übergang vom Erdöl auf neue Energien versprach.

»Hören Sie doch auf, der Atomindustrie grüne Mäntelchen umzuhängen«, hielt sie einem Beamten aus dem Umweltministerium entgegen, »erst haben Sie die Kernkraft als Brückentechnologie für das Klima hochgejubelt, jetzt wollen Sie angeblich alle Atommeiler stilllegen. Aber wann? Warum nicht sofort? Mit jedem Tag, den diese Strahlenschleudern weiterlaufen, wächst der Berg von nuklearem Müll, der die Erde für Millionen Jahre vergiftet. Wir brauchen keine grün gefärbten Worte, sondern Taten!«

Sie raffte ihre Unterlagen zusammen. »Und ich habe keine Lust mehr, hier als Alibi-Frau zu sitzen, während Sie eine PR-Show für die Energiewirtschaft abziehen.«

Als sie aufstand und vom Podium stieg, flogen Farbbeutel. Sie schossen, begleitet von einem Pfeifkonzert, aus den Zuschauerreihen und klatschten gegen die Männer hinter den Mikrofonen, auf deren Anzügen dunkelgrüne Kleckse explodierten. Die Werfer stürmten, Schals vor die Gesichter gezogen, aus dem Saal.

Mondrian folgte ihnen, nachdem er die Frau im Tumult aus den Augen verloren hatte. Er sah von hinten, wie sie die Tücher wieder wegsteckten und sich draußen wie selbstverständlich zwischen die anderen Besucher mischten. Im Foyer verschwanden sie in einem Pulk von jungen Leuten an einem Klapptisch, über dem das Schild »Schwarzmarkt« hing.

»Der kommende Aufstand« war eines der Bücher, die man dort kaufen konnte – die Flugschrift eines »Unsichtbaren Komitees« aus Frankreich, die nicht weniger als eine nahende Apokalypse versprach. Daneben der Band »Autonome in Bewegung«, auf dem Cover ein Sturmmaskenträger, der im Einkaufswagen eines Supermarkts lümmelte und die gespreizten Finger zum Victory-Zeichen hob. Die Broschüre der »Roten Hilfe« gab Tipps zur Aussageverweigerung bei der Polizei, und auf einem Papierbogen mit aufgedrucktem Bundeswehr-Bulli stand als Gebrauchsanleitung: »1. Ausschneiden, 2. Zusammenkleben, 3. Anzünden«. Mondrian blätterte in einer Bakunin-Biografie und fragte sich, ob das Plakat gegen »S 21« nur zufällig neben dem Stand hing.

Als er sich umschaute, entdeckte er Ricarda Walde. Sie stand nicht weit entfernt im Gedränge, in ein Gespräch mit Ullrich Brandtner vertieft. Beide lachten und gestikulierten, umringt von Jugendlichen, die sie wie Groupies belagerten. Mondrian verfolgte, wie sie zu einer kubanischen Band hinüberzogen, die im

Foyer zu spielen begann. Er wartete die erste Pause ab. Dann sprach er sie an.

»Von diesem Magazin in Hamburg?« Sie verzog ihre ungeschminkten Lippen. Er merkte sofort, dass sie auf Distanz ging. »Mit Ihnen reden? Warum sollte ich mir das antun?«, fragte sie abweisend.

»Warum nicht?«, entgegnete er so gewinnend wie möglich.

»Weil Sie zu den Medien gehören, die bloß den Konsum anheizen. Voll mit Anzeigen für PS-Schleudern und überflüssigen Luxuskram. Aber keine Zeile über das, was wirklich wichtig ist.«

»Eine radikale Umweltpolitik, meinen Sie? Sie könnten ja mal probieren, Ihre Botschaft bei uns zu verbreiten. Dann müssten Sie allerdings mit uns sprechen«, warb er mit einem Lächeln, das etwas dünn geriet.

»Damit Sie mir dann die Worte im Mund umdrehen?«

Bevor er widersprechen konnte, kehrte sie ihm den Rücken zu. Und ließ ihn einfach stehen.

Mondrian war so verblüfft, dass ihm Röte ins Gesicht schoss. Er kaufte sich erst mal eine Flasche Bier, um sich herunterzukühlen.

»Get up, stand up, stand up for your rights!«

Jemand hatte Bob Marley als Pausenfüller aufgelegt. Spontan fingen grauhaarige Veteranen der Umweltbewegung an zu tanzen – oder das zu machen, was sie dafür hielten, denn es glich eher einem rhythmischen Zappeln.

Ziemliche Zicke, dachte Mondrian und ärgerte sich noch mehr, als er auch Ricarda Waldes schwarzen Schopf im Takt wippen sah.

»Get up, stand up, don't give up the fight!«

Mit einem neuen Anlauf trat er noch einmal auf sie zu, entschlossen, sich nicht wieder abwimmeln zu lassen.

»Es gibt noch einen Grund, warum Sie mit mir sprechen sollten.«

Etwas näher als nötig hielt er ihr das Foto auf dem Handy-Display vor die Nase. »Ich habe nämlich schon etwas von Ihnen. Was wir ja mal drucken könnten.«

»Na und? Ist das jetzt eine Drohung?«, fragte sie und hob dann leicht verunsichert die Augenbrauen. »Woher haben Sie das Foto überhaupt?«

»Von einem freien Fotografen. Aber keine Sorge, das ist nur ein Testschuss. Wir suchen seit einer Weile neue Köpfe aus der Umweltbewegung, die wir bei uns im Blatt vorstellen wollen«, log er.

»Und warum gerade mich?«

»Weil ich von Ihnen interessante Statements im Netz gelesen habe.« Hoffentlich lag er richtig mit seiner Vermutung, aber sonst wäre sie sicher nicht auf das Podium geladen worden.

Funktionierte der Bluff?

Sie zögerte einen Moment und schien noch immer misstrauisch. »Warten Sie.«

Mit einigen Jugendlichen aus ihrem Anhang ging sie außer Hörweite und redete auf sie ein. Dann kam sie wieder und sagte: »Wir testen mal, woran wir mit Ihnen sind. Kommen Sie mit.«

Immerhin ein Anfang, dachte er und folgte ihr, als sie mit ihren Groupies im Schlepptau aus dem HWP-Gebäude trat, in dem inzwischen die Gespräche mit der Musik zu einem lärmenden Klangbrei verschmolzen. Es war Abend geworden, und in der Dunkelheit steuerten sie auf einen Parkplatz hinter dem Audimax zu. Mondrian wurde von drei Jugendlichen in schwarzen Kapuzenpullis zu einem Kombi dirigiert, der schräg gegenüber dem Rechtshaus stand. Aus dem halb erleuchteten Gebäude kamen immer noch ein paar übereifrige Jurastudenten.

»Spießer«, zischte einer von Ricarda Waldes Begleitern mit Bubi-Stimme und kicherte dann hell, als sie im Auto saßen. »Legal, illegal, scheißegal, das kennst du doch, oder?«

Mondrian, auf dem Beifahrersitz, wurde plötzlich schwarz vor Augen. Von hinten hatte ihm jemand ein Tuch über den Kopf geworfen. Es wurde festgezogen und verknotet.

Er hörte, wie der Motor ansprang.

18

Kommune, Hamburg

Finsternis.

Undurchdringliche Schwärze und die Geräusche eines Wagens, der in der abendlichen Stadt unterwegs war.

Anfangs versuchte Mondrian noch, die Strecke im Kopf zu verfolgen. Gestartet waren sie in der Schlüterstraße, dann wohl in die Rothenbaumchaussee gebogen. Er merkte sich, wenn sie länger geradeaus fuhren. Er wurde nach vorn gezogen, wenn das Auto stoppte, vielleicht an einer roten Ampel, und gegen die Rücklehne gepresst, sobald der Fahrer wieder Gas gab. Er spürte, wie er zur Seite gedrückt wurde, wenn der Wagen in eine Kurve ging. Eigentlich kannte er die Straßen Hamburgs ziemlich gut, aber er hatte das Gefühl, dass sie absichtlich Haken schlugen. Nach der fünften oder sechsten Richtungsänderung begann er, unsicher zu werden. Waren sie, wie er anfangs gedacht hatte, nach Norden gefahren? Richtung Stadtpark oder um die Alster? Oder waren sie unterwegs nach Süden, vielleicht nach Wilhelmsburg?

Das Tuch vor seinen Augen war so stramm gezogen, dass er einen harten Knoten am Hinterkopf spürte. Durch den festen Stoff konnte er nicht mal den Schimmer vorbeifliegender Lichter sehen. Nach einer Weile hatte er komplett die Orientierung verloren. Der Geruch muffiger Kleidung stieg ihm in die Nase und mischte sich mit Dieselgestank, der aus einer maroden Spritleitung stammen mochte. Er musste aufkommenden Schwindel bekämpfen, als sie wieder durch scharfe Kurven fuhren, legte den Kopf in den Nacken und stützte sich so gut wie möglich ab.

Okay, spiel es mit, dieses Spiel, dachte er. Blind Date mit Kapuzenmenschen. Wo brachten sie ihn hin?

Er beschloss, nicht zu fragen. Sollten sie erst mal die Regeln bestimmen. Sich sicher fühlen, damit sie aus der Deckung kamen und sich vielleicht irgendwelche Fährten auftaten, die ihm weiterhalfen. Im Augenblick konnte er nur versuchen, Geräusche von draußen aufzuschnappen. Vielleicht das Rattern einer S-Bahn auf einer Brücke. Oder den pfeifenden Widerhall der Autoreifen in einem Tunnel oder Schiffshörner im Hafen. Stattdessen war plötzlich das Klicken eines Feuerzeugs neben seinem Kopf zu hören. Dann füllten Schwaden von Zigarettenqualm das Wageninnere. Und plötzlich auch die schmutzigen Riffs einer Gitarre, ein Schlagzeug wie ein Presslufthammer, Fetzen einer brüllenden Stimme.

»... gewöhn dich daran, an den Weltuntergang ... auch du bist dann dran, beim Weltuntergang ...«

Punkrock, laut wie in einer Maschinenhalle, bis zur Schmerzgrenze aufgedrehte Boxen.

»Was ist denn das für eine Foltercombo?«, fragte er in einem Moment, in dem die Band Atem holen musste.

»Die Terrorgruppe«, sagte die helle Bubi-Stimme und lachte. »Die heißen echt so. Nicht dein Ding, Alter? Wir haben auch Musik, die du kennen müsstest.«

Ein anderer Song, diesmal leiser.

»Der lange Weg, der vor uns liegt, führt Schritt für Schritt ins Paradies ...«

Ja, daran erinnerte er sich: Ton Steine Scherben, 1.-Mai-Umzüge in Berlin-Kreuzberg. »Schon besser. Wo habt ihr denn diesen Oldie runtergeladen?«

»Entspann dich«, sagte die Bubi-Stimme, ohne auf seine Frage einzugehen. »Wir sind bald da.«

Sie bogen um eine Ecke, und unvermittelt ratterten die Reifen über Kopfsteinpflaster. Das dumpfe Hallen setzte so abrupt ein, als wären sie unter eine Brücke gefahren, begleitet vom Rumpeln einer S-Bahn und vom Schleifen ihrer Räder an den Gleisen. Wenige hundert Meter weiter war es plötzlich still. Der Wagen hatte angehalten, die Türen klappten auf.

Als jemand leise »Clean!« sagte, fühlte Mondrian, wie kräftige Hände seine Arme packten und ihn aus dem Wagen zogen. Sie führten ihn in ein Gebäude, dirigierten ihn mehrere Stockwerke weit Treppenstufen hoch, bis die Geräusche auf einmal gedämpft klangen, wie in einer Wohnung. Sie drückten ihn auf einen Stuhl oder Hocker, und die Binde wurde abgenommen.

Mondrian rieb sich die Augen und schaute sich um. Ein weiß

getünchtes Zimmer, das von einer nackten Glühbirne an der Stuckdecke erleuchtet wurde. An einer Wand ihm direkt gegenüber hing ein großes Poster mit einem entschlossen blickenden Che Guevara und der Aufforderung »Seien wir realistisch, versuchen wir das Unmögliche«. Daneben ein Plakat mit dem Emblem der Roten Armee Fraktion und dem zerbombten Mercedes des Deutsche-Bank-Chefs Alfred Herrhausen, garniert mit dem Spruch »Wir hatten oft mehr als klammheimliche Freude«.

Auf eine andere Wand hatte jemand mit wilden Linien etwas gesprüht, was wohl eine sinkende Arche Noah sein sollte. Sie war gerahmt von einsturzgefährdeten Regalen, die mit Papierbergen überladen und mit einem Sammelsurium von Stickern beklebt waren: gegen Regenwaldrodung, gegen Biopiraterie, gegen Abschiebungsknäste und vor allem gegen Atomkraft. Von einem riesigen Transparent lachte die gelbe Nein-danke-Sonne mit der Aufschrift »Sofort!«. Ein Fenster wurde durch ein schwarzes Rollo mit St.-Pauli-Totenkopf so blickdicht verschlossen, dass der Raum wie eine Zelle wirkte. Mondrian saß in der Mitte, wie auf dem heißen Stuhl einer Therapiegruppe. Neun Augenpaare, darunter ein jadegrünes, starrten ihn an.

»Also, was sollte diese Blinde-Kuh-Nummer?«, fragte er mit gespielter Lockerheit.

»Keinen Spaß gehabt? Wir wollen erst mal 'ne Runde in Ruhe mit Ihnen reden.« Die Antwort kam von einem kantigen Glatzkopf, der einen blauschwarzen Stern auf den Schädel tätowiert hatte. »Und Sie müssen nicht gleich wissen, wo Sie uns wiederfinden können.«

»Wir wissen ja noch gar nicht, wie Sie ticken.« Eine Frau mit Springerstiefeln fuhr sich über ihre stoppeligen Haare, die auf der einen Seite des Kopfes rot, auf der anderen grün gefärbt waren. »Sie könnten immerhin von den Bullen sein.«

»Ist das nicht ein bisschen viel Paranoia?«, wandte Mondrian ein.

»Nee, Alter, pure Lebenserfahrung«, sagte die Bubi-Stimme. Sie gehörte zu einem nervösen Bleichgesicht mit einer Armada an Ohrringen. »Wir haben schon die krassesten Erfahrungen mit der sogenannten Presse gemacht.«

»Wobei denn?«, fragte Mondrian.

»Bei Demos zum Beispiel. Da haben sich Zivilbullen als Fotoreporter ausgegeben und uns geknipst bis zum Abwinken.« Der Glatzkopf mit dem Stern kratzte sich an einer verschorften Stirnwunde. »Auf solche Sauereien haben wir keinen Bock mehr. Schließlich haben ein paar von uns schon in U-Haft gesessen, wegen gar nichts. Bloß weil wir in Heiligendamm am G-8-Zaun rumspaziert sind. Oder weil wir leer stehende Häuser besetzt haben.«

»Und jetzt steht seit Tagen schon wieder so 'n Lieferwagen vor der Tür, der nach Bullen stinkt«, warf ein Riese ein, der mehr als hundert Kilo wiegen mochte und einen Beagle auf seinem Schoß kraulte. Er saß vor einem offenbar geklauten Verkehrsschild: Unter das »STOP« war »eating animals« gekliert.

»Worüber schreiben Sie überhaupt?«, fragte ein blondes Mädchen, porzellanene Haut, blaues Stirnband.

»Kriminalfälle. Terrorismus. Manchmal auch Umweltskandale.« Mondrian hatte keine Lust, eine Best-of-Liste seiner Reportagen herunterzuspulen.

Doch das blonde Mädchen ließ nicht locker. »Zum Beispiel?«

»Na schön.« Vielleicht sollte er wenigstens einen Fall schildern, als eine Art vertrauensbildende Maßnahme. »Ich habe mal geholfen, einen Giftmüllschieber aus dem Verkehr zu ziehen.«

Er erzählte, wie er vor Jahren einen Prozess gegen einen Frankfurter Unternehmer beobachtet hatte, dem vorgeworfen worden war, mit Arsen und Blei belastete Böden durch Bestechung auf öffentlichen Deponien entsorgt zu haben. Die Anklage stand von Anfang an auf wackligen Beinen, und er hatte mit wachsender Wut verfolgt, wie der gewichtige Rolex-Träger den unerfahrenen Staatsanwalt auflaufen ließ. In den Verhandlungspausen feixte der Selfmade-Millionär mit seinen prominenten Anwälten und Damen aus dem Milieu, die im Zuschauerraum die Show genossen. Der Prozess endete damit, dass der Angeklagte freigesprochen wurde und eine Haftentschädigung erhielt. Mondrian, zu der Überzeugung gekommen, dass die Vorwürfe stimmten und noch mehr dahintersteckte, beschloss, auf eigene Faust zu recherchieren.

Als »internationaler Unternehmensberater« nahm er einige Wochen später Kontakt zu dem Mann auf, um ihm »saubere Lösungen« beim Müllgeschäft anzubieten. In feinem Zwirn deutete er an, dass er Giftstoffe »südlich der Alpen« günstiger entsorgen könne als in Deutschland. – »Bei Berlusconi?«, hatte der Mann lachend gefragt. Mondrian bestätigte »vertraulich«, dass er in ständigem Kontakt mit einer sizilianischen Familie sei.

Der Unternehmer ließ durchblicken, dass er bereits Partner in Kalabrien habe, war aber gierig genug, Angebote und Preise zu vergleichen. Mondrian bat einen italienischen Freund, ihn als »Anwalt aus Palermo« zum gemeinsamen Geschäftsessen zu begleiten.

Bei einem langen Abend mit viel Grappa ließ der Müllhändler immer offener heraus, wie die 'Ndrangheta seine ultragiftigen Stoffe mit schrottreifen Schiffen im Meer versenkte. Zwei Wochen später erschien im »magazine« eine Geschichte über die »Kalabrische Connection«.

»Er ist einen Tag nach Erscheinen ins Ausland abgehauen«, schloss er.

»Cool. Hatten Sie keine Angst, dass jemand mit einer geladenen Lupara hinter Ihnen herschleicht?«, fragte die Blonde.

»Na ja, schon ein bisschen. Ich bin kein Held.« Mondrian rang sich ein Lächeln ab, obwohl ihm damals öfter mehr als mulmig zumute gewesen war. »Aber Polizeischutz wollte ich nicht haben. Und falls jemand von euch immer noch glaubt, ich sei selbst Bulle, kann er meine Berichte ja mal googeln.«

Er schaute auf die beiden Computer, die neben den Anti-Atomkraft-Stickern im Stand-by surrten.

»Und warum wollen Sie gerade über mich schreiben?«, fragte Ricarda Walde, die bisher geschwiegen hatte. »Warum nicht über Bianca Jagger? Die war doch auch beim Kongress. Die Medien stürzen sich doch sonst mit Vorliebe auf die Promis.«

»Eben deshalb. Außerdem sieht sie immer so aus, als käme sie gerade von einer Benefiz-Gala. Sie wirkt einfach nicht authentisch.«

»Und dieser Gewerkschaftsboss?«, hakte ein ausgemergelter Mann mit dünnem Zopf und gelben Zähnen ein.

»Frank Bsirske? Auch nicht gerade ein grüner Hoffnungsträger.«

»Was ist mit Vandana Shiva? Die kämpft doch seit Urzeiten für die indischen Bauern und ihre Graswurzel-Revolution.« Das kam von der Pummeligen mit den rot und grün gefärbten Stoppelhaaren.

»Tolle Frau. Bloß leider interessiert sich bei uns fast niemand dafür, was in Indien los ist. Die Leute hier haben andere Sorgen. Angst vor der nächsten Wirtschaftskrise, vor Arbeitslosigkeit, vor Hartz IV ...«

»Wann kapieren die Medien endlich«, fuhr Ricarda Walde auf, »dass das alles zusammenhängt? Dass der Raubtierkapitalismus uns gemeinsam ruiniert? Bloß trifft der Klimawandel zuerst die Ärmsten in den Entwicklungsländern. Und wir glauben, wir seien fein raus, und erhöhen mit unserem Geld die Deiche.« Ihre Stimme wurde schärfer. »Dabei ist es unser Lebensstil, der die Erde umbringt. Konsum bis zum Koma, fette Autos, Billigflüge, von Medien wie Ihrem Magazin gehypt ...«

»Moment mal«, unterbrach Mondrian und blickte in die Runde, »fahrt ihr nicht auch Auto? Sogar eine Karre, die Sprit verliert?« Er wandte sich wieder Ricarda Walde zu. »Und fliegen Sie nicht manchmal auch zu Kongressen?«

Sie antwortete nicht sofort.

»Und warum kopieren gerade Milliarden Asiaten unsere Lebensweise«, setzte er nach, »wenn die so furchtbar ist?«

»Aber das macht doch alles nur noch schlimmer«, sagte die Blonde empört, »dass die jetzt auch noch solche Stinker fahren.«

»Und immer mehr Energie für ihre blöden Klimaanlagen verbrauchen.« Schweißtröpfchen auf der Stirn des Mädchens mit den rot-grünen Haaren.

»Und für eure verdammte Fleischesserei Wald ohne Ende roden, um dort Futtermais und Soja anzubauen.« Der feiste Riese knackte mit den Zähnen eine Erdnuss und warf die Schalen auf den Kokosteppich, auf dem sich bereits ein beachtlicher Haufen türmte.

»Es ist doch obszön«, Ricarda Walde fasste sich mit beiden Händen an die Schläfen, »wie wir mit unseren Luxusbedürfnissen das Klimachaos anheizen. Aber die Politiker halten Sonntagsreden …«

»Weil sie wiedergewählt werden wollen, das funktioniert nun mal nicht mit Verzichtparolen«, wandte Mondrian ein.

»… und daran seid auch ihr von der Presse schuld. Ihr verschweigt den Leuten, was wirklich auf sie zukommt, und beschäftigt euch lieber mit Fressen, Ficken, Fernsehen.«

Sie holte tief Luft und nahm einen großen Schluck aus ihrer Teetasse.

»Schon wahr, Umweltthemen sind in den Redaktionen nicht mehr so sexy«, gab Mondrian zu, »wir sind gebrannte Kinder, was Katastrophenjournalismus angeht. Erinnert sich noch jemand an das Waldsterben? An die Voraussage, dass im Jahr 2000 in Deutschland nur noch Baumskelette stehen? Falscher Alarm, genau wie die wiederholten Warnungen vor einem Super-GAU in einem deutschen Kernkraftwerk …«

»Hey, Mann, reicht dir das Desaster in Japan etwa nicht?«, unterbrach ihn der rot-grüne Stoppelkopf böse.

»Und willst du so was wie die katastrophalen Waldbrände in Russland und die Überschwemmungen in Australien ignorieren?«, fragte ein schwarzhaariges Mädchen mit großer Brille, die ihr unscheinbares Gesicht mit zwei Piercing-Ringen aufgepeppt hatte.

»Schon kapiert. Es gibt ja auch Leute, die Alarm schlagen«, argumentierte Mondrian, »Al Gore etwa …«

»Und Bono? Und Bob Geldorf? Meinst du diese Wichser?« Der Gelbzahnige leckte ein Zigarettenpapier an. »Die machen doch nur Reklame für sich selbst.«

»Aber sogar Hollywood-Promis versuchen ja schon, grün zu leben. Julia Roberts zum Beispiel, Leonardo DiCaprio, George Clooney, alles bekennende *Lohas* …«

»*Lifestyle of Health and Sustainability*? Dass ich nicht lache«, ätzte der käsige Bubi, »dieses Modeding ist doch so was von elitär, das können sich nur Reiche leisten, die mit ihrem Hybrid-Wagen protzen wollen.«

»Und was ist mit Greenpeace oder Robin Wood? Oder anderen Organisationen wie dem World Wildlife Fund?«

»Ach, vergiss es. Denen geht es vor allem um Spenden und um ihr eigenes Image.« Der Junge mit den Ohrringen verzog verächtlich die spärlich behaarte Oberlippe. »Das sind Geldmaschinen geworden, die vom Ruhm vergangener Tage zehren.«

»Immerhin machen sie Lobbyarbeit bei großen Konferenzen …«

»Genau, Sprüche. Und für dieses Palaver haben wir keine Zeit mehr«, unterbrach Ricarda Walde, »endlose Tagungen wie in Kopenhagen und Cancún, bei denen nichts anderes herauskommt als unverbindliches Gewäsch.«

Mit einer heftigen Bewegung stand sie auf. »Wir verhalten uns einfach schizophren«, stieß sie erregt hervor, »wir wissen, dass wir alle im Treibhaus sitzen, aber wir verdrängen das. Die Wissenschaftler vom Weltklimarat beschwören uns seit Jahren, dass die Emissionen runtermüssen. Und was passiert? Sie gehen immer weiter nach oben. Und am schlimmsten ist, dass nicht mal nach Fukushima alle AKW sofort abgeschaltet werden. Damit sitzen wir noch Jahre auf tickenden Zeitbomben, die Leute werden bloß eingelullt mit dem Versprechen auf einen schrittweisen Ausstieg. Sie müssen endlich aufwachen! Und wenn es sein muss, durch ein Fanal!«

»So eines?«, frage Mondrian ruhig und zeigte auf Zeitungsberichte über die GAF-Attentate, die er in einem Regal entdeckt hatte, drapiert wie Trophäen.

»Wundern Sie sich etwa über solche Anschläge?« Ricarda Walde schoss einen wütenden Blick auf ihn ab. »Sie sollten sich eher fragen, warum so was nicht schon früher passiert ist.«

»Mit klammheimlicher Freude?« Er schaute auf das RAF-Plakat mit dem zerbombten Mercedes.

Es dauerte einen Moment, bis der Glatzkopf antwortete. »Die haben wenigstens für ihre Überzeugungen gekämpft.« Seine Stimme hatte plötzlich einen eisigen Ton, der nicht nach einer Einladung zur weiteren Diskussion klang.

Mondrian blickte die anderen an. Auch sie sahen aus, als hätten sie gerade ihre Visiere heruntergeklappt.

In die Stille hinein öffnete sich die Zimmertür. Zwei junge

Männer in Shirts mit der Aufschrift »Fight Back«, Baseball-Caps in den Nacken geschoben, schauten herein und musterten Mondrian misstrauisch. Bis auf die unterschiedliche Länge ihrer Lenin-Bärte sahen sie fast identisch aus.

»Kommt jemand mit rüber in den Bunker?«, fragte der eine. »Da spielt 'ne neue Ska-Punk-Truppe.«

Das Signal zum Aufbruch.

»Okay«, sagte der Junge mit den Ohrringen zu Mondrian und zog das schwarze Tuch hervor, »dann wollen wir mal wieder. Geisterbahn reloaded.«

Diesmal wurden ihm die Augen nicht so stramm verbunden. Er hatte das Gefühl, dass es die Blonde mit dem Stirnband war, die den Knoten an seinem Kopf festzog und ihn mit sanftem Griff aus dem Raum führte.

»Reden wir noch mal?«, fragte Mondrian in die Richtung, in der er Ricarda Walde vermutete.

»Abwarten und Tee trinken.« Ihre Stimme, noch immer geladen. Mürrisch sagte sie zu jemandem, dass das Teepaket leer sei und ein neues aus dem Laden zwei Straßen weiter besorgt werden müsse.

»Eine Zusage hört sich anders an«, drängte Mondrian.

»Sind Sie immer so nervig?«

Erst als er wieder in dem stinkenden Diesel saß, fiel ihm ein, dass er Ricarda Walde nicht mal seine Telefonnummer gegeben hatte. Und keine von ihr bekommen hatte. Aber da rollte der Wagen schon, bretterte wieder über das Kopfsteinpflaster, unter der halligen Brücke hindurch, und in den Spritgeruch mischte sich der schwere, süße Duft eines Joints.

»High und frei, Alter«, sagte die Bubi-Stimme und kicherte. »Willst du auch mal ziehen?«

19

Mittwoch, Vormittag

Betreff: reporter
Gesendet: 8:19 uhr

vorsicht, neuer spieler auf dem feld, reporter vom magazine.
nicht ungefährlich, kann aber auch unsere chance sein.
wenn er unsere message rüberbringt und nach unseren regeln funktioniert.
erst mal checken und beobachten, wie er sich verhält. zur not schalten wir ihn wieder ab.

20

Schanzenviertel, Hamburg

High und frei.

Über dem Campus schwebte wieder der Fesselballon. In der nächtlichen Lichtglocke über der Stadt sah er aus wie ein riesiger Joint. Aber wenn man näher kam, glich er eher einem rot-weißen ICE-Waggon, der senkrecht in einem schwarzen Loch stecken geblieben war.

Darunter stand Schirra. Er lächelte eitel und zielte mit seiner überdimensionalen Browning nach oben. Und plötzlich ballerte er los, bamm, bamm, bamm, und der Ballon zerfetzte, bamm, bamm, bamm, und als er auf der Straße neben Maria aufprallte, verwandelte er sich in einen zerbombten Mercedes, bamm, bamm, bamm …

Das Geräusch des Reiseweckers verstummte, als Mondrian endlich die Stopp-Taste getroffen hatte. Drei vergebliche Versuche, erst der vierte Hieb saß. Er schlug die Bettdecke zurück, manövrierte sich vom Futon in eine halbwegs aufrechte Stellung und trottete zum Bad. Wieder mal leicht durch den Wind, dachte er, aber diesmal wusste er wenigstens, warum.

Nachdem der Bubi im Stinkediesel ihn wieder am Van-Melle-Park abgesetzt hatte, war er auf dem Rückweg zum Loft noch im Portugiesenviertel am Hafen gestrandet. In einer Taverne hatte er einen Schluck Vinho Verde nehmen wollen, dann aber die ganze Flasche geleert. Reminiszenz an alte Tage mit Christin, an einen Frühling an der Südwestspitze Europas, in dem er seine spätere Frau kennengelernt hatte. Damals hatten sie die Tage mit langen Wanderungen an den Stränden Portugals verbracht, salzverkrustet und sonnenverbrannt, und abends immer eine Flasche von dem jungen, eiskalten Weißwein getrunken, der seine perlende Säure mit einer verführerischen Süße auf der Zunge verschmelzen ließ. So lange her, aber manchmal versuchte Mondrian, dieser Zeit nachzuschmecken. Sie war vergangen, verloschen, ohne dass er die Zeichen erkannt hätte. Nach Jahren wattiger Gemütlichkeit mit Villenetage und Vernissagen war Christin mit diesem Möchtegern-Künstler verduftet. Sicher, er sah fast so gut aus wie Luca Toni, musste sich Mondrian beim dritten Glas Vinho Verde eingestehen. Aber war er nicht in Wirklichkeit nur ein affiger Gigolo, der jeden Auftritt zu einer Operette machte?, fragte er sich beim vierten. Und was, sinnierte er mal wieder, als er am Boden der Flasche angekommen war, hatte sie bloß bei diesem Kerl gesucht?

Langsam ließ Mondrian den Duschstrahl über die Kopfhaut prickeln und wartete, bis die Schatten der Nacht weggespült waren.

»Die Spur der Terroristen führt nach Hamburg«, meldeten die Kurznachrichten im Radio. Also war einiges offenbar auch an andere Journalisten durchgesickert. Doch es gab keine Einzelheiten dazu, auch nicht im Internet. War er noch allein auf der Fährte von Ricarda Walde? Aber wo konnte er sie finden samt ihren Groupies und dem monströsen RAF-Plakat?

Unmöglich, die nächtliche Fahrtstrecke zu der Wohnung zu rekonstruieren. Doch irgendwann während der gestrigen Aktion, sagte ihm ein vages Gefühl, hatte es so etwas wie einen Hinweis gegeben. Ein Detail, das zu ihr führen konnte. Ein verräterisches

Wort, nur nebenher gefallen. Er durchsuchte seine Erinnerung, durchstreifte das Alphabet von A bis Z, hörte in sich hinein wie so häufig, wenn ihm der Name eines Ortes oder Schauspielers nicht einfiel. Nichts. Aber da war etwas anderes. Fremdländisches.

Ein Duft.

Der herbe Geruch von Mate.

Das Kräuteraroma, das aufsteigt, wenn der südamerikanische Tee aufgegossen wird. Vielleicht hatte er ihn auch nur bemerkt, weil Ricarda Walde immer wieder ihr kürbisförmiges Trinkgefäß mit heißem Wasser aufgegossen und daraus mit einem Metallrohr getrunken hatte. Und zum Schluss zu jemandem gesagt hatte, dass der Tee ausgegangen sei und ein neues Paket geholt werden müsse.

»Von dem Laden zwei Straßen weiter.« Aber wo kaufte man in Hamburg diesen südamerikanischen Stoff? Er suchte im Internet, stieß auf Versandhändler und kam nicht weiter. Nach einem Augenblick wusste er, wen er fragen konnte.

»Hallo, Kathy.«

»Hi, Paps.«

»Du musst mir helfen, Töchterchen.«

»Dachte ich mir schon. Sonst rufst du ja nicht an.«

War da wieder diese Kühle in ihrer Stimme, mühsam kontrolliert? Seitdem sie vor zwei Jahren ins Karolinenviertel gezogen war und Ethnologie studierte, kam der Vorwurf immer wieder, dass er sich so selten meldete. Manchmal klagte sie in Anspielungen, manchmal ganz offen, er hätte nur »diesen blöden Job« im Kopf. Eine Behauptung, die er für unfair hielt, aber nur zu gut kannte. Von Christin. Auch sie hatte das zu ihm gesagt. Und er hatte nicht hingehört.

Der Schlusspunkt war seine Reise zum Ende der Welt gewesen. Um das Leben von Wissenschaftlern am Limit zu beschreiben, hatte er vier dunkle Monate in einer Forschungsstation in der Arktis überwintert. Als er zurückkam, war auch seine eigene Wohnung wie vereist, unbewohnt und erstarrt unter einer feinen Schicht von Staub. Erst in diesem Moment war ihm schlagartig klar geworden, was er vorher nicht hatte wahrhaben wollen:

Während seiner Trips durch die Welt hatte sich auch seine Frau still von zu Hause entfernt. Später fragte er sich oft, warum sie nicht manchmal protestiert hatte, geweint, vor Wut mit Geschirr geworfen. Er wusste, dass er die Antwort auch bei sich suchen musste. Dennoch blieb es ein großes Rätsel für ihn nach all den Jahren, wie sie einfach lautlos verschwunden war. Die Kinder hatte sie gleich mitgenommen, Katharina und Robert, damals fünfzehn und dreizehn Jahre alt.

Vielleicht war es ein Fehler gewesen, sich danach umso mehr in die Arbeit zu vergraben, um den Schmerz zu betäuben. Als ein Freund ihm zu einem Besuch bei einem Psychologen riet, hatte er den Zettel mit dem Namen nach ein paar Wochen weggeworfen, als könnte er damit einen Schlussstrich ziehen. Und, schlimmer noch, er hatte die Treffen mit den Kindern immer sporadischer werden lassen, um die Wunden nicht ständig neu aufzureißen, ihre und seine. Es hatte nicht funktioniert. Kathys kühler Ton traf ihn wieder wie ein Stich.

»Hast du einen Moment Zeit?«, fragte er mit belegter Stimme. »Kann ich mal rumkommen bei dir?«

Zwanzig Minuten später stand er vor ihrer winzigen Wohnung im Karolinenviertel, Ofenheizung, dritter Stock.

Sie nahmen sich so fest in die Arme, dass sie nicht bemerken konnte, wie er den Kloß im Hals herunterschluckte. Wieder einmal fand er, dass seine Tochter ungewöhnlich blass aussah, aber versuchte, ein cooles Gesicht aufzusetzen.

»Du bist doch viel unterwegs in der Latino-Szene«, sagte er schnell, um sie auf vertrautes Terrain zu leiten. Katharina war als Austauschschülerin in Uruguay gewesen und kannte sich auch in der lateinamerikanischen Gemeinde in Hamburg aus. »Wo kann man hier Mate kaufen? Ein Paket, meine ich.«

»Ich denke, du magst das Zeug nicht«, sagte sie, während sie die Espressomaschine in der kleinen Küche anwarf. »Vor Urzeiten hast du mal dran genippt und es fast wieder ausgespuckt.«

»Soll auch nicht für mich sein, sondern ein Geschenk.«

»Hast du 'ne neue Freundin?« Katharina drehte den schmalen Kopf mit dem glatten schwarzen Haar um und sah ihn misstrauisch an.

»Eher 'ne neue Feindin«, antwortete er. Er dachte daran, wie Ricarda Walde ihm die kalte Schulter gezeigt hatte, und musste lächeln. »Ich will sie vergiften. Nur weiß ich noch nicht, wie ich zu ihr komme.«

Kathrina zog ihre dünnen, gezupften Brauen hoch, erwiderte aber nichts.

»Also, wo würdest du auf die Suche gehen, wenn du Mate kaufen willst?«

»Machst du einen Witz? Das Kraut gibt es inzwischen in ganz vielen Läden. Da gibt es einige Shops, die in Frage kommen.« Die Espressomaschine zischte und spuckte ihre braune Brühe aus.

»Ich suche aber einen bestimmten. Wahrscheinlich in der Nähe eines Bunkers, in dem Musik gespielt wird.«

»Meinst du den auf dem Heiligengeistfeld? Dann würde ich es mal im Schanzenviertel probieren. Da kenne ich einen Supermercado, einen Spanier, der auch eine Menge Sachen aus Südamerika hat.«

Schanzenviertel? Das wäre möglich, überlegte Mondrian, während er einen süßen Schluck Espresso nahm und die Fahrt mit verbundenen Augen innerlich noch einmal abspulte.

Kathy gab ihm einen Zettel mit der Adresse, und sie redeten noch eine Weile. Die Befangenheit blieb mit am Küchentisch sitzen.

»Du kannst dich auch sonst mal melden. Falls du ausnahmsweise mal nicht auf Recherche bist.«

Mit dem Versprechen, sich zu bessern, verabschiedete er sich.

Der Laden lag am Fleischgroßmarkt, schräg unter dem Fernsehturm. Mondrian stellte seinen Wagen auf den Schanzenhöfen neben einem Musikkindergarten und einer Werkstattgalerie ab. Als er das Geschäft betrat, stellte er fest, dass es fast eine Halle war. In langen Regalen stapelten sich erdbraune Töpferwaren, in den Kühltruhen lagen Riesentüten mit Gambas, Sepia-Spießen und Calamares, daneben standen Hundertschaften von plastikumhüllten Vino-Tinto-Flaschen. Und Kisten mit Vinho Verde. Und auch Mate-Pakete, gleich mehrere Sorten.

Mondrian griff sich eine schwarz-rote Tüte, zahlte und trat mit den getrockneten Blättern bewaffnet vor den Laden. Hier irgendwo in der Nähe konnte die Ricarda-Walde-Gang wohnen, wenn er Glück hatte. »Zwei Straßen weiter«, hatte sie gesagt.

Er hatte eine Idee, wonach er suchen musste.

Eine Fassade, auf die eine Faust gesprüht war.

Das Bild, das Schirra ihm auf sein Handy geschickt hatte, sah wie ein Observationsfoto aus. Geschossen, als die Zielperson aus ihrem Eingang trat.

Zwischen Szene-Gängern, die mit Headset und Kinderwagen Restaurantstühle und Hundehaufen umkurvten, ließ er sich durch die engen Straßen treiben, um die Häuser zu mustern. Die »Schanze« war in den letzten Jahren zu einem ganz besonderen Schmelztiegel geworden. Nicht nur die Hochburg von Alternativen und Aussteigern, sondern Magnet für die neue Bionade-Bourgeoisie. Lässig gekleidete Werber drängten sich an Bettlern mit Blechtasse vorbei, ohne ihnen auch nur einen Blick zu schenken. Studentinnen mit coolen Sonnenbrillen balancierten ihren *coffee to go* an kettenbehangenen Altrockern entlang, die fast so räudig wie ihre bejahrten Hunde aussahen. Bhagwan-Jünger, in Ehren und roten Klamotten ergraut, passierten das »Jesus-Center«, neben dem Drogensüchtige abhingen, und an den Ständen mit Vinylplatten suchten Musikjunkies nach dem besonderen Kick, während man an der »Volxküche« veganes Essen bekam.

Gemächlich flanierte Mondrian an »Oma's Apotheke« vorbei, wo Tequila und Meterbier zum Trinkertarif angeboten wurden, blickte in die Schaufenster von Modegeschäften, die »Fräuleinwunder« oder »Sternschnuppe« hießen, roch die Düfte arabischer, italienischer, vietnamesischer Speisen. Und nach einem Blick in den Hof einer alten Piano-Fabrik fand er sich vor der »Roten Flora« wieder, dem von Aktivisten besetzten Kulturzentrum, das für ihn wie eine von Plakaten zusammengehaltene Ruine mit einem Berg von Schlafsäcken davor aussah.

Gegenüber kam er nicht an der Reihe von Restaurants vorbei, ohne einen »Galão« zu schlürfen, den portugiesischen Milchkaffee, der hier eindeutig am angesagtesten war. Schließlich stieß er bis zu einem St.-Pauli-Fanshop vor, wo es Totenköpfe ohne Ende gab, auf Shirts und Gläsern, auf Latschen und Aschenbechern, sogar auf Unterhosen. Ohne besondere Absicht machte er kehrt und ging wieder unter der Bahnbrücke durch, die über das Schulterblatt führte. Da hörte er es. Direkt neben ihm. Das prasselnde Geräusch, das schlagartig einsetzt, wenn Autoreifen auf Kopfsteinpflaster treffen und ihr Hall noch durch eine Unterführung verstärkt wird. Er schloss die Augen und erkannte das Rattern wieder, das jetzt noch durch das metallische Singen von Bahnrädern in einer Gleiskurve untermalt wurde. Genau das hatte er bei der Nachtfahrt gehört, das Tuch um den Kopf, kurz vor dem Ziel.

Langsam, dachte er, wird das Blinde-Kuh-Spiel heiß.

Er trat aus der Unterführung und ging auf dem Schulterblatt zur nächsten Ecke. Schwenkte in eine Straße, wo ihn ein Tattoo-Shop empfing und ein Stück weiter die Wandparole »Beleave in your dream«. Spähte die Häuser entlang, an denen Poster mit gezeichneten Videokameras und der Warnung »Stop control!« klebten. Genau das richtige Biotop für eine grüne Untergrundgruppe, dachte er, während er eine bröckelnde Fassade hinter sich ließ. Noch ein paar Schritte weiter, und er entdeckte die Faust.

Sie war an einen etwa hundert Jahre alten fünfstöckigen Altbau gesprüht. Die dunklen Linien, wild gezackt, prangten direkt neben dem Portal des mit Simsen und Absätzen verzierten Gebäudes, auf dessen ausgeblichener Fassade sich neben der Faust noch Comicfiguren und maskierte »Gangsta«-Gestalten tummelten. Auf einem Balkon wuchs eine Wiese von Sonnenblumen, auf einem anderen ein Kräuterbeet, von einem dritten hing die Anti-Atom-Fahne. Im obersten Stock, hinter einem Fenster, ein schwarzes Tuch. Gekreuzte Schwerter mit Totenkopf.

Langsam ließ Mondrian seinen Blick noch einmal von unten nach oben wandern. Er erinnerte sich, dass er in der Nacht viele Treppenstufen hochgestiegen war, bevor ihm die Augenbinde abgenommen worden war. Ja, das konnte passen. Und auch die Strecke auf der Straße kam hin, vom Wagen zum Eingang. Schräg gegenüber, am anderen Bürgersteig, stand ein Telekom-Servicewagen. Er stellte sich daneben, holte sein Handy hervor und verglich das Foto auf dem Display mit der Fassade. Kein Zweifel, es war das Graffito, und das Bild musste ungefähr aus der Position des parkenden Vans geschossen worden sein.

Hinter dem Steuer saß ein Mann mit Kopfhörern, der rhythmisch auf das Lenkrad klopfte. Mondrian fragte sich einen Moment, welche Musik er wohl hörte. Und dann, was er selbst jetzt tun sollte. Beobachten, wer hier ein und aus ging? Klingelschilder und Briefkästen studieren?

Nein, er hatte keine Lust, vor dem Haus auf der Lauer zu liegen, bis andere Journalisten aufkreuzten. Vorsichtig öffnete er das schwere Portal, dessen Schloss defekt war, und betrat den Hausflur, in dem Stuckengel über zerbeulte Briefkästen mit Parolen gegen Werbung und staatliche Kontrolle wachten. Er stieg die abgetretenen Linoleumstufen hoch und passierte mehrere Eingänge mit Aufklebern von Wohngemeinschaften. An der Tür im obersten Stock, die zu der Wohnung mit der St.-Pauli-Fahne gehören musste, haftete ein Schild mit dem Namen »Mily Tanz«.

Er lauschte kurz und drückte die Klingel. Kein Laut von innen. Als er den Türklopfer aus Messing gegen das Holz schlug, gab es einen dumpfen Hall. Die Tür öffnete sich einen Spalt, und im unbeleuchteten Flur, kaum erkennbar, stand ein Mann mit krausem Bart und halbdunklem Teint, in einen weiten Umhang gehüllt. Er zog seine Augenbrauen hoch, ohne etwas zu sagen.

Mondrian verstand das als Frage. »Ich möchte Ricarda Walde sprechen.«

»Wen sprechen? Gypsy?« Der Akzent hörte sich arabisch oder nordafrikanisch an.

»Wer ist da?«, mischte sich eine helle Stimme aus dem Hintergrund ein, die Mondrian sofort wiedererkannte. Bubi kam mit verschlafenem Gesicht zur Tür und blinzelte Mondrian an. »Ach, du bist es, Alter. Wie hast du's denn geschafft, uns zu finden?«

Er wartete nicht auf eine Antwort. Offenbar wollte er sich möglichst schnell wieder hinlegen und sagte: »Moment mal, ich hol sie.«

Mondrian trat eine Weile von einem Fuß auf den anderen, dann stand Ricarda Walde in der Tür, in ihren Augen ein Ausdruck, den er nicht deuten konnte. Es konnte Überraschung sein, ein Anflug von Ärger, aber auch etwas anderes.

»Ich hab Ihnen was mitgebracht«, sagte er und reichte ihr das Teepaket. »Können wir noch mal reden? Richtig, meine ich?«

»Wieso? Haben Sie bisher falsch geredet?« Spöttisch verzogene Lippen.

Er ließ sich nicht aus der Spur bringen. »Draußen diesmal, auf neutralem Terrain?«

Sie wog den Mate in den Händen. »Ist das jetzt ein Angebot, das ich nicht ablehnen kann?«

»Genau. Auch wenn es bitter ist.« Er versuchte es mit einem Lächeln.

Sie schien mit sich zu kämpfen, dann nickte sie zögernd. »Na gut, in einer Stunde, in einem dieser Lokale gegenüber der Flora. Wissen Sie, wo?«

»Finde ich schon«, sagte er, »ich bin ja von der Fraktion Recherche.«

Sie stutzte kurz und schloss die Tür.

Der Telekom-Wagen stand noch auf der Straße, aber ohne den Musikliebhaber hinter dem Steuer. Der Fahrersitz war jetzt leer. Als Mondrian vorbeiging, öffnete sich für einen Augenblick die Hecktür. Durch den Spalt sah er zwei Männer, die mit Kopfhörern vor Konsolen hockten und auf eine Tastatur einhämmerten. Sobald sie ihn bemerkten, zogen sie die Tür hastig zu.

Mondrian wählte Schirras Nummer.

»Ja?« Kein Name, aber seine Stimme, unverkennbar.

»Kleiner Tipp«, sagte Mondrian, »da steht so ein komischer Telekom-Wagen in der Schanze. So auffällig, dass selbst Leute wie ich stutzig werden. Den würde ich abziehen, ehe was passiert.«

»Ich weiß wieder mal nicht, wovon Sie sprechen, Herr Mondrian.«

»Ich schätze, dass da bald was draufgesprüht sein könnte. IMSI-Catcher oder so was.«

Er stellte sich vor, wie das Tom-Buhrow-Lächeln gerade auf einen polaren Wert gefror.

21

Schulterblatt, Hamburg

»Warum Gypsy?«

»Warum nicht?« Ricarda Walde setzte einen finsteren Blick auf und schob ihre Lockenmähne noch ein Stück weiter in das schmale Gesicht mit den hohen Wangenknochen. »Sehe ich denn nicht aus wie eine Zigeunerin? Dunkel, verschlagen, gefährlich?«

Sie saßen in einem der Lokale gegenüber der Roten Flora. Am späten Nachmittag drängten immer mehr Gäste zu den Tischen, die auf dem breiten Bürgersteig des Schulterblatts wie auf einer südländischen Piazza standen. Mondrian hatte zwei Plätze vor einem Restaurant am Rand erobert und gewartet, bis Ricarda Walde die Straße heruntergeschlendert kam, chilifarbener Poncho, schwarze, eng anliegende Hose. Jetzt hielten sie einen der letzten Flecken besetzt, den die schrägen Sonnenstrahlen über die Hausdächer hinweg noch erreichten. Ricarda Walde streifte ihre Sandalen aus geflochtenen Lederriemen ab, um ihre nackten Füße auf dem erhitzten Pflaster zu wärmen.

Mondrian konnte ihr künstlich verzogenes Gesicht nicht lesen. Er fragte sich, welche Maske sie gerade aufgesetzt hatte. Das Einzige, was er wirklich wusste, war, dass er sie zum Reden bringen musste, wenn er mehr über sie und die Gruppe erfahren wollte. Er entschloss sich, ihre Komödie mitzuspielen.

»Wie eine Zigeunerin?«, wiederholte er und schob die Sonnenbrille hoch in die Stirn. »Stimmt, ziemlich verwegen sehen Sie schon aus. Aber eher lateinamerikanisch.« Ihr Gesicht hatte ihn schon bei der ersten Begegnung an die mexikanische Schauspielerin Salma Hayek erinnert.

»Nicht schlecht. Halber Treffer.« Sie beugte sich zur Seite, damit die Kellnerin ein Glas mit Trinkhalm vor sie stellen konnte. »Das haben Sie bloß geraten, weil ich dieses Zeug bestellt habe.«

Sie nahm einen langen Schluck von der Virgin Caipirinha aus Limetten, braunem Zucker und Ginger Ale.

»Und ich dachte, Sie würden Cuba Libre nehmen«, frotzelte Mondrian, das Che-Poster im Sinn.

»*No, señor*, kein Alkohol um diese Zeit. Aber Sie haben schon recht. Ich habe tatsächlich südamerikanische Wurzeln.«

Sie verstummte und fragte dann nur noch halb spöttisch: »Interessiert Sie das, Herr Reporter?«

Er nickte.

Sie lehnte sich in dem geflochtenen Stuhl zurück und wurde ernst. »Mein Vater war Chilene, Gewerkschaftsführer unter Allende. Nach dem Putsch ist er nach Deutschland geflohen.«

In knappen Worten erzählte sie, wie ihr Vater in den sechziger Jahren für den Wahlsieg des sozialistischen Präsidenten gekämpft hatte. Wie er nach dem Militärputsch verhaftet und gefoltert worden war, bis ihm die Flucht aus einem berüchtigten Polizeigefängnis in Santiago gelang. Durch ein Netz ausländischer Unterstützer war er über Madrid nach Bremen gekommen, wo er Asyl erhielt und an der Universität neue Freunde und eine Stelle in der Bibliothek fand.

»Aber er ist dann nach wenigen Jahren gestorben, an den Spätfolgen der Haft.« Sie blickte einen Moment zur Seite. Ihre Hände zitterten leicht, als sie Tabak aus einem Beutel zu zupfen und eine Zigarette zu drehen begann.

Mondrian nippte an seinem doppelten Espresso und wartete, bis sie sich die Zigarette angezündet hatte. Dann sagte er: »Ihr Vater, das sind also Ihre roten Gene. Und die grünen?«

»Meine Mutter, meinen Sie? Die war Ozeanografin. Sie arbeitete an einem Institut für Meeresforschung in Bremerhaven. Dort haben sich meine Eltern bei einem Stadtteilfest kennengelernt. Meine Mutter hat mich schon als Kind immer ans Wasser mitgeschleppt, um Muscheln und kleines Viehzeug zu sammeln. Stundenlang hab ich Krebse im Schlick beobachtet und den Zugvögeln am Himmel nachgeschaut.«

Sie hob den Kopf und sah in den Himmel, wo sich die Wolkenschlieren orange zu färben begannen.

»Dann war es also Ihre Mutter, die Sie grün angefixt hat?«, fragte er, um sie am Reden zu halten.

»*Claro*, und natürlich wollte ich dann ebenfalls Ozeanforscherin werden. Deshalb habe ich Bio studiert, in Kiel. Doch dann bekam ich keine Stelle am Meer, sondern nur weit weg von der Küste. Einen echt perversen Job.«

Er sah sie fragend an.

»Ach, ich war so blöd, mich von einem kommerziellen Aquarium anheuern zu lassen. Tropenfische betreuen, die Tiere in den Schaubecken versorgen. Den Besuchern wird für ihr Geld ja die heile Wasserwelt vorgegaukelt. Aber glauben Sie mir, hinter den Kulissen sieht es anders aus.«

»Stimmt es, dass schon jede Menge Fische beim Transport nach Europa sterben?«

Sie nickte. »Und die übrig gebliebenen sind so empfindlich, dass viele über Nacht in den Becken krepieren. Manche fressen sich gegenseitig, andere vertragen das künstlich gesalzene Wasser nicht und schwimmen irgendwann Kiel oben. Ich hab die Leichen morgens eingesammelt, bevor die ersten Leute kamen.«

»Wie lange hält man so was durch?«

»Zwei Jahre, dann habe ich den Job geschmissen. Danach hab ich eine Weile auf einem Frachter malocht und bin anschließend Sporttaucherin geworden. Jetzt begleite ich öfter Forschungsexpeditionen, manchmal auch ein Filmteam. Oder ich arbeite als Ausbilderin in einer *diving school.* Haben Sie mal getaucht?«

»Ja, ein paar Meter. Bis es richtig finster wurde.« Mondrian dachte mit Schrecken an einen Anfängerkurs auf den Balearen zurück, bei dem ihm unter Wasser die Maske verrutscht und der Sauerstoff weggeblieben war. »Bin gerade noch japsend nach oben gekommen. Nicht wirklich meine Welt.«

»Schade für Sie. Sie wühlen wohl lieber in trockenen Papierbergen?«

Mit einem spöttischen Grinsen nahm sie wieder einen Schluck von ihrer Caipirinha und leckte sich Zuckerkrümel von den Lippen.

»Sind die auch von Ihrer Mutter? Diese Angelina-Jolie-Teile?«

Er konnte nicht anders, er musste ihre Lippen einfach anstarren. Für einen Moment fürchtete er, sie würde explodieren. Aber sie brach in Lachen aus.

»Keine Ahnung, bestimmt nicht von meinem Vater. Von dem hab ich die Hakennase«, erwiderte sie feixend. Sie wirkte jetzt wie verwandelt, längst nicht mehr so misstrauisch wie beim One-World-Kongress. »Aber jetzt sind Sie mal dran, ein paar Geheimnisse zu verraten, Herr Reporter. Warum sind Sie eigentlich nichts Vernünftiges geworden, sondern Journalist?«

Mondrian strich sein blaues Leinenhemd glatt und nippte erneut an seinem Espresso.

»Warum nicht?« Er beschloss, ihr kleines Gypsy-Spiel zu kopieren, und zog seine Stirn absichtlich in Falten, als würde er gerade über einem schwierigen Text brüten. »Sehe ich etwa nicht aus wie ein Journalist? Nachdenklich, verantwortungsvoll, seriös?«

»Was? Mit Ihrer wilden Tolle«, zog sie ihn auf, »die Sie von Frank Schätzing geklaut haben?«

»Vom ›Schwarm‹? Dem Schwarm aller Frauen?«

»Mein Gott«, sagte sie mit einem Blick zum Nebentisch, wo ein junges Paar aufmerksam lauschte, »wenn man uns zuhört, könnte man denken, dass wir gerade Figuren für einen Film entwerfen.«

Mondrian, plötzlich ernst, strich seine silbergrauen Strähnen nach hinten. »Ich kann Ihnen schon verraten, warum ich Journalist geworden bin. Auch ich habe eine Leidenschaft. Nicht für die Natur wie Sie, sondern ich suche nach der Wahrheit. Ich will die Geschichte hinter einer Geschichte aufspüren. Und ich würde jetzt gern wissen: Warum plötzlich diese grüne Terrorgruppe? Warum diese Anschläge, diese Gewalt?«

»Vielleicht weil die Zeit reif dafür ist.« Sie setzte ihr Glas ab und schaute ihn direkt an. »Eigentlich sollten Sie besser wissen als ich, dass gewaltlose Proteste nichts bringen. Latsch-Demos mit Singsang und Blümchentransparenten werden doch nur belächelt. Die werden gar nicht wahrgenommen, wenn nicht irgendwas passiert. Zum Beispiel Steine fliegen. War das nicht eine Erfahrung, die Sie selbst gemacht haben, als die Studentenbewegung begann?«

»Nein, dafür war ich damals zu jung. 1968 hatte ich ja fast noch Eierschalen hinter den Ohren. Aber mein älterer Bruder war da mitten drin und hat oft davon erzählt. Wir haben zu dieser Zeit beide in Berlin gelebt …«

»War er an der Uni?«

»Ja, und ich noch Schüler. Aber auch ich hab mitgekriegt, wie schnell die Zeitungen über die Forderungen der Demonstranten berichteten, nachdem ein paar Wackersteine geschmissen worden waren. ›Berliner Argumente‹ hat man die Pflastersteine bald genannt. Schon verrückt, die Botschaften der Bewegung wurden umso ernster genommen, je mehr zersplitterte Scheiben und verletzte Polizisten es gab. Die Erfahrung war, so zynisch das klingt: Gewalt funktioniert.«

Sie blies eine Rauchwolke in die Luft und sagte vage: »Vielleicht gibt es jetzt ein paar Leute, die sich an diese Lektion erinnern.«

»Dann müssten sie allerdings auch wissen, dass die Gewalt keine Einbahnstraße geblieben ist. Die Polizisten haben die Steine irgendwann zurückgeschmissen. Und damals ging das los, dass sie wie Ritter gepanzert wurden und Wasserwerfer bekamen, deren Strahlen richtige Geschosse waren. Der Staat hat ja aufgerüstet, Schlag auf Schlag, und die Gesetze verschärft.«

»Kein Wunder, dass sich militante Gruppen gebildet haben.«

»Sicher nicht, das hat sich gegenseitig hochgeschaukelt. Aber die Gewalt hat auch die Szene selbst verändert. Das habe ich später erlebt, als ich als Gymnasiast dort rumvagabundiert bin. Manche Leute sind auf den Geschmack der Macht gekommen, die von einem Stein in der Hand ausgeht. Andere fanden es sogar richtig cool, mit einem Leben als Guerillero im Untergrund zu kokettieren. ›Gefühl und Härte‹, das war damals so ein Slogan, der in Kreuzberg an den Hauswänden stand …«

»Den kann man heute wieder in manchen Vierteln finden«, warf Ricarda Walde ein.

»… übrig geblieben ist allerdings, glaube ich, mehr Härte als Gefühl. Je brutaler der Staat, desto radikaler die Szene. Anfangs hat Fritz Teufel mit den Umherschweifenden Haschrebellen auf der Straße getanzt, das war noch witzig. Später gehörte er zur Bewegung 2. Juni, die eiskalt einen hohen Richter umlegte. Das Ganze wurde doch eine Spirale der Gewalt, bis wir die RAF hatten. Die Hinrichtung von Schleyer, die Erschießung von Ponto, die Ermordung von Buback. Und die klammheimliche Freude darüber, die noch heute in Ihrer Wohnung hängt.«

»Haben Sie die denn nie gespürt?«

Mondrian wich ihrem Blick aus und schaute quer über die Straße. »Doch, ein bisschen schon, wenn ich ehrlich bin. Wie viele damals, die links waren oder sich dafür hielten. Später bin ich darüber selbst erschrocken. Allein die kalte Sprache der Kommandoerklärungen, genau wie heute bei den Bekennerbriefen der Grünen Armee Fraktion.«

Sie setzte an, etwas zu sagen, hielt dann aber inne, als er fortfuhr.

»Ich war noch sehr jung damals, und natürlich haben wir alle von einer besseren Welt geträumt.«

»Was ist aus Ihrem Bruder geworden?«

»Bennie? Hat damals sein Studium geschmissen und ist nach Nicaragua gefahren, zu einer Arbeitsbrigade bei den Campesinos. Ist nie wieder zurückgekommen ...«

»Wieso?«

»Verschollen.«

Sie sah, wie er schluckte, und schwieg, bis seine Züge wieder zur Ruhe gekommen waren.

Dann sagte sie: »Und was haben Sie für die bessere Welt getan? Sind Sie bei Demos in der ersten Reihe marschiert? Haben Sie flammende Reden gehalten? Nächtelang Flugblätter gedruckt?«

»Nein, so romantisch war ich nicht.« Er fuhr sich über die Bartstoppeln. »Natürlich hab ich damals bei allen möglichen Aktionen mitgemacht, erst als Pennäler, später als Student. Aber ich wollte nie derjenige sein, der vorn steht, im Rampenlicht. Schon in der Schule habe ich mich niemals in die erste Reihe gesetzt. Lieber nach hinten, wo die ganze Arena vor mir lag. Vielleicht bin ich deswegen Reporter geworden, weil ich gern beobachte. Ich wollte nie Täter sein, sondern Chronist.«

»Also bloß nicht einmischen? Immer schön raushalten? Ist es das, was Sie meinen?« In ihrer Stimme keimte Angriffslust auf. »Aber Sie mischen sich doch auch als Journalist ein. Sie wählen

Ihren Stoff aus. Sie bringen das, was Sie für wichtig halten. Auf eine Art, die Ihrem Chefredakteur und Ihrem Blatt passt. Das Ganze umgeben von teurer Werbung. Und Sie selbst sind ein Rad in diesem Getriebe, das prima funktioniert.«

»Ja, klar, ich funktioniere prima«, wiederholte er gereizt, während seine Adern an den Schläfen anschwollen, »und falls Sie das auch noch wissen wollen, einen Stein habe ich nur ein einziges Mal geworfen. Und gesehen, wie ein Polizist umfiel, als er ihn am Kopf traf. Der Rettungswagen fuhr mit Blaulicht ab, und am nächsten Tag stand in der Zeitung, dass ein Beamter mit einer schweren Verletzung in eine Klinik eingeliefert worden sei. Ich hab mich nie getraut nachzuforschen, was aus ihm geworden ist.«

Er nippte an seiner Tasse, die längst leer war.

»Ach, das hört sich alles so furchtbar vernünftig an.« Ricarda Walde schaute in die Dämmerung, die sich in die Straßenschlucht senkte. »Vielleicht sind manchmal eben Opfer nötig, wenn es um einen Traum geht. Um eine große Sache …«

»Wie groß? Und wie viele Opfer?«, unterbrach er sie ungeduldig. »Die RAF hat vierunddreißig Menschen getötet. Die Grüne Armee Fraktion ist schon bei mindestens achtzehn angekommen. Wie viele Leichen kann man in Kauf nehmen, wenn man die Welt retten will?«

»Und wie viele Menschen krepieren durch die Atomstrahlung?«, hielt sie dagegen. »Wie viele werden bei dem ökologischen Holocaust sterben, der längst im Gang ist? Bei den kommenden Klimakriegen, wenn in Afrika oder in Asien um die letzten Ackerflächen gekämpft wird?« Ihre Stimme schwoll an wie die Zornesfalten auf ihrer Stirn. »Reden wir über Tausende? Zehntausende? Millionen? Mein Gott, da muss doch endlich was passieren, was die Leute aufschreien lässt!«

»Terroranschläge? Noch mehr Attentate?« Mondrian schaute ihr direkt in die Augen.

Ihr Blick hielt seinem mühelos stand. »Wenn die Welt am Abgrund steht, hat jeder ein Recht auf Widerstand«, sagte sie ohne eine Spur von Zweifel in der Stimme. »Die kommenden Generationen, das schwöre ich Ihnen, werden uns einmal vorwerfen, dass wir nicht radikal genug waren.«

Sie drücke ihre Zigarette aus, etwas heftiger als nötig. »Aber was geht hier eigentlich ab? Soll das ein Verhör werden?« Sie presste die Lippen zu einem Strich zusammen, dann lehnte sie sich zurück und sagte nichts mehr.

So lange, dass es ihm endlos vorkam.

Er betrachtete die Flamme der Kerze, die inzwischen vor ihnen auf dem Tisch in einem roten Glas brannte. Die Sonne war untergegangen, die Straße lag im Halbdunkel. Aus den Restaurants fiel ein schwacher Lichtschein in die Gesichter der Gäste, die draußen auf dem Bürgersteig ausharrten, obwohl die Abendkühle bereits zu spüren war. Durch die Scheiben konnte man in die Lokale schauen; aus den geöffneten Türen drang Gelächter von den gut besetzten Tischen, gemischt mit Musikfetzen.

»Wollen Sie trotzdem noch einen Drink?«, fragte er, als er das Schweigen nicht mehr aushielt, und winkte die Kellnerin heran.

Sie bestellte eine Mexican Colada mit Tequila, er einen Zombie.

»Eigentlich mag ich es manchmal, wenn sich zwei Leute gegenübersitzen und nichts reden«, sagte er und gab sich Mühe, zu lächeln. »Aber nicht unbedingt jetzt.«

Als die Cocktails vor ihnen standen, suchten beide den Blickkontakt. Und während sie die ersten Schlucke nahmen, kam es ihm vor, als würden sie einen Waffenstillstand testen.

»Also, wollen wir jetzt den Abend ruinieren und uns weiter belauern?«, hörte er sie fragen. »Ich will mir das jedenfalls nicht antun. Wenn Sie Lust haben, kommen Sie mit, ein bisschen Krach hören.«

Nachdem sie die Drinks geleert und gezahlt hatten, brauchten sie fünfzehn Minuten, bis sie an Lounges mit Plüschsesseln und Falafelbuden vorbei zu dem Musikclub am Heiligengeistfeld gelaufen waren. Im Vorraum baumelten Fußballtrikots aus aller Welt von der Decke, daneben entdeckte Mondrian das Straßenschild einer »Keith-Richards-Allee«, aber als sie einen Stempel auf den Handrücken gedrückt bekommen hatten und sich in den Hauptraum quetschten, sahen sie in der Schwärze fast überhaupt nichts mehr.

Bis plötzlich eine ganze Batterie von Scheinwerfern aufflammte. Sie tauchten einen DJ, der ein Shirt mit fluoreszierenden Schmetterlingen trug, in rotierende Lichtkegel. Mit großen Kopfhörern stand er hinter einem Mischpult, bediente mit sparsamen Bewegungen die Regler und jagte pulsierende Rhythmen aus den Boxen, deren Bässe den Boden erbeben ließen.

Ricarda Walde stand direkt vor Mondrian, ihre Locken im Gegenlicht der tanzenden Strahler, aber es war aussichtslos, auch nur ein paar Worte auszutauschen. Die Klangkaskaden wummerten so gewaltig, dass er das Gefühl bekam, sein Gehirn würde von den Schallwellen vibrieren. Er wehrte sich nicht dagegen. Gut so, dachte er, vielleicht spült das den Kopf frei für ein paar klare Gedanken.

Wer war diese Frau? Auf diese Frage hatte er noch längst keine Antwort. Ein Gutmensch, der mit Gewalt nur kokettierte? Oder eine Menschenretterin auf einem wahnwitzigen Kreuzzug? Eine Schauspielerin, die tödliche Entschlossenheit hinter ihrer schönen Fassade verbarg?

Als er ihre Kontur im Lichtgewitter betrachtete, verschwand sie plötzlich mit einem Typen, den er schon am Abend vorher in der WG gesehen hatte. Mondrian zwängte sich durch das Gedränge an den Tresen, um sich ein Bier zu organisieren. Gedankenverloren starrte er nach ein paar Schlucken auf die Flasche, die mit dem Beat auf dem Tisch zitterte. Dann spürte er, wie sich eine Hand auf seine Schulter legte.

»Nicht so schüchtern«, rief ihm Ricarda Walde ins Ohr und zog ihn zur Tanzfläche, wo nur dunkle Schemen zu erkennen waren.

Anfangs wollte er sich sträuben, doch dann gab er den Widerstand auf und tauchte mit ihr ein in die zuckenden Schatten. Die ersten Bewegungen fühlten sich linkisch an, die Glieder wie eingerostet. Doch dann ließ er sich von den Bässen treiben, von den Trance-Klängen einlullen, von Ricarda Waldes Gesten führen. Fast sah es so aus, als probierte sie, ihn wie eine Marionette an unsichtbaren Fäden zu ziehen. Erst als sich der Schweiß der Tänzer endgültig mit dem Trockeneisnebel mischte und der DJ das Tempo wechselte, hielt sie inne und flüchtete nach draußen. Im Schein einer Laterne zündete sie sich eine Zigarette an und inhalierte tief. Mondrian beobachtete, wie sich ihre Brüste unter dem feuchten T-Shirt hoben und sich die Spitzen abzeichneten.

»Haben Reporter auch Vornamen?«, fragte sie, während sie sich feine Schweißperlen von der Stirn strich.

»Jonas«, sagte er ein bisschen außer Atem, nicht nur wegen des Tanzens.

»Okay, Jonas, morgen machen wir eine Aktion. Wenn du willst, kannst du mitkommen. Treffen um acht, vor unserem Haus.«

Sie legte ihm einen Finger auf den Mund, um ihm zu bedeuten, dass er nichts weiter fragen sollte.

Seine Lippen schmeckten nach Salz.

22

Gentechnik-Versuchsfeld, Müritz

Der Telekom-Wagen war nicht mehr da. Trotzdem hatte Mondrian das Gefühl, dass er beobachtet wurde, als er seinen Audi langsam vor das Haus mit der Graffito-Faust rollen ließ und in eine Parklücke zwängte. Er blieb sitzen und spielte am Navi herum, als ob er etwas eingeben wollte. Aus den Augenwinkeln musterte er gleichzeitig die Straßenschlucht.

Zwanzig Meter vor ihm lehnte ein Mann an einer Laterne, der in ein Handygespräch vertieft war. Oder wenigstens so tat. Im Gebäude gegenüber verschwand ein Gesicht hinter der Gardine, als er zu einem Fenster hochblickte. Zwei Häuser weiter drückte sich jemand in einen Hauseingang, halb verdeckt von einer aufgeschlagenen Zeitung. War das die Frau vom Nebentisch gestern? Oder fing er an, Gespenster zu sehen?

Erste Regentropfen perlten auf die Frontscheibe. Das Wetter war umgeschlagen. Dunkelviolette Wolkenberge schleppten nasse Fahnen hinter sich her.

Es fing gerade an, loszuprasseln, als ein Dutzend Gestalten

aus dem Kommunehaus herausgerannt kamen, Kapuzen über den Köpfen. Der schmale Junge vorn erspähte ihn im Audi und riss eine Tür auf.

»Könnte heiter werden heute«, rief er mit seiner Bubi-Stimme und warf Plastikjacken in den Wagen, »aber wir haben dir Klamotten mitgebracht. Übrigens, ich bin Speedy.«

Er fläzte sich auf die Rückbank und deutete auf den Ausgemergelten mit dem Zopf, der sich neben ihm ins Polster sinken ließ. »Und der Herr hier ist Gandhi.«

Vorn stieg Ricarda Walde ein, in einen blauen Regenumhang gehüllt, und zeigte auf den verbeulten Diesel, in den sich weitere Gestalten schoben. Der Rest, darunter die Blonde, der rotgrüne Stoppelkopf und der massige Riese, drängte in einen ausgemusterten Kleinlaster der Nationalen Volksarmee, der ein Stück weiter parkte. Die Auspuffe begannen, Rußwolken auszuspucken.

»Also los«, sagte Ricarda Walde, »wir fahren ihnen nach.«

Mondrian blieb dicht hinter dem Diesel. Erst schob sich die kleine Kolonne von Ampel zu Ampel durch den Morgenverkehr, dann kamen sie besser voran, als sie die Ausfallstraßen erreichten. Keiner sagte etwas, bis sich Speedy plötzlich von hinten meldete: »Ey, bevor's richtig losgeht, die Handys aus.«

Mondrian drückte auf die rote Taste und sah, wie das Display erlosch. Aber als er sein Gerät wegstecken wollte, nahm Speedy es ihm mit einer raschen Bewegung aus der Hand. Ehe er protestieren konnte, öffnete der Junge das Gehäuse und zog den Akku heraus.

»Richtig aus, meine ich. Weißt du nicht, was die Bullen mit so 'nem Ding anstellen können?«

»Klar. Die Position catchen. Aber wohl kaum, wenn es keinen Saft hat.«

»Da wäre ich mir nicht so sicher. Zum Beispiel können die dir 'ne stille SMS schicken. Bemerkst du überhaupt nicht, nicht mal wenn du das Ding wieder anmachst. Damit haben sie Verbindungsdaten und später deinen Standort. Richtig clean bist du bloß, wenn kein Strom mehr drin ist. Oder du machst das Kartenspiel.«

»Das Kartenspiel?«

»Ja, Mann, so nennt das ein Kumpel von mir, der ein bisschen mit Pillen dealt. Der wechselt einfach dauernd die Prepaidkarten aus, manchmal auch noch die Geräte. Damit bringst du die Schnüffler zur Verzweiflung.«

Im Rückspiegel sah Mondrian, wie sich der zappelige Junge etwas Weißes in den Mund schob und dann die Hand hob.

»Da kommt mir 'ne Idee. Halt mal eben!«

Mondrian stoppte, Speedy sprang aus dem Wagen und schaute von allen Seiten darunter, bis er einen kleinen dunklen Kasten in der Hand hielt. Den warf er in hohem Bogen in die nächsten Büsche.

»Scheiße, Mann, ein Peilsender!«, fluchte er, während er wieder einstieg.

Mondrian gab wieder Gas und versuchte, die anderen einzuholen. »Was für ein Ding?«

»Ein abgefuckter Sender! Sauber mit einem Magneten unten am Metallrahmen befestigt. Seit wann hattest du den denn am Arsch?«

»Keine Ahnung«, antwortete Mondrian irritiert.

»Oder arbeitest du doch mit den Bullen zusammen?«

»Schwachsinn«, sagte er. Dann musste er an Schirra denken. Darüber wollte er lieber nicht reden. »Woher kennst du solchen Krempel überhaupt?«, fragte er Speedy, um ihn abzulenken.

»Speedy ist unser Schlaukopf, wenn es um Technik geht«, erklärte Ricarda Walde. »Den kannst du auch mitten in der Nacht wecken, wenn dein Computer abstürzt. Er ist ein richtiger Nerd, lebt nur von *bits and bytes*. Kein Wunder, dass er so blass aussieht wie ein Bildschirm.«

»Ach Quatsch! Das kommt von diesen blöden Glimmstängeln.« Ärgerlich wedelte Speedy den beißenden Qualm weg, der neben ihm aufstieg. Gandhi hatte sich eine indische Beedie-Zigarette angezündet.

»Und ich dachte, du siehst so krank aus, weil du bei deinen Computer-Ballerspielen immer verlierst«, konterte Gandhi kichernd.

»Höchste Zeit, dass wir ins Grüne kommen.« Ricarda öffnete das Wagenfenster auf ihrer Seite ein Stück weit, um frische Luft hereinzulassen. »Ich hab schon richtig Appetit auf Kartoffelbrei.«

Während sie auf der Autobahn Richtung Rostock fuhren, erklärte sie, dass sie zu einem besonderen Feld unterwegs seien. »Mit gentechnisch veränderten Kartoffeln. Dort lässt ein Chemie-Multi eine neue Sorte anbauen. Die Pflanzen sind im Labor entwickelt. Jetzt werden sie im Freien ausprobiert.«

»Was ist so schlimm daran, wenn es nur ein Test ist?«, fragte Mondrian.

»Sicher, das hört sich harmlos an«, erwiderte sie, »aber niemand weiß, ob sich die manipulierten Gene nicht ausbreiten. Sie könnten auf andere Pflanzen überspringen, sogar auf Tiere.«

»Und diesen Wichsern von der Industrie geht es nicht mal um Nahrungsmittel«, schimpfte Speedy, »die wollen damit Klebstoffe und Papier produzieren.«

»Die gleiche Scheiße wie beim Biosprit«, kam es von hinten aus einer Qualmwolke, »Rohstoffe für Maschinen, statt dass die Leute was zu fressen kriegen.«

Ricarda knackte einen Schokoriegel und schob auch Mondrian ein Stück in den Mund. »Findest du es etwa nicht pervers, dass Forscher die Erbanlagen der Natur manipulieren?«

Immerhin hatte sie das Du aus der letzten Nacht nicht wieder einkassiert. Zufrieden ließ er die Schokolade auf der Zunge zerfließen.

»... mhm ...«

»Aber zum Glück gibt es Leute, die zurückschießen.«

»Zurückschießen?« Mondrian blinzelte durch die Windschutzscheibe, während er durch Pfützen auf der Fahrbahn pflügte. Der Scheibenwischer schaffte es kaum, die Wassermassen zur Seite zu schieben, die der frühere NVA-Laster vor ihm in die Höhe warf.

»Ja, irgendjemand hat bei Nacht und Nebel mit einer Schleuder Biokartoffeln zwischen die künstlichen Knollen katapultiert. Die sollten dort auskeimen und den Test verderben. Ich weiß nicht, ob das geklappt hat. Das sehen wir uns lieber mal aus der Nähe an.«

Als sie sich der Ausfahrt an der Müritz näherten, bremste Mondrian ab und folgte den beiden anderen Wagen zur Bundesstraße Richtung Röbel. Ein paar hundert Meter weiter bog der Konvoi auf eine schmale, unmarkierte Straße, die sich in leichten Kurven durch das hügelige Land zog. Fast im Schritttempo kreuzten sie zugewachsene Bahnschienen und passierten einen vierstöckigen Klinkerbau mit der verblassten Aufschrift »VEG Saatzucht«. Dann schwenkten sie auf einen von Holunderbüschen gesäumten Feldweg und rollten zwischen Weizen- und Maisfeldern auf eine leichte Anhöhe zu. Auf der Kuppe hatten sie ihr Ziel erreicht.

»Versuchsfläche«, stand auf einem großen Schild, das dort in die Erde gerammt war.

Aus einem welligen, gefurchten Acker sprossen sattgrüne Kartoffelpflanzen, frische Regentropfen in den Blättern, die Reihen Hunderte von Metern lang. Sie sahen völlig normal aus, so normal, dass das Feld gar nicht aufgefallen wäre, wenn es nicht ein mannshoher Zaun umschlossen hätte und ein Schild warnen würde: »Betreten verboten. Experiment mit gentechnisch veränderten Kartoffeln, die nicht als Lebensmittel oder Futtermittel zugelassen sind. Eine Entnahme durch Unbefugte ist nicht gestattet.«

»Dann wollen wir das Problem mal an der Wurzel packen«, sagte Ricarda und stieg aus. Die anderen waren schon angetreten, mit Harken, mit Spaten, mit Bolzenschneidern. In kaum einer Minute klaffte im Maschendraht ein weites Loch.

Während ein motorisierter Wachdienst aus der Ferne heranraste, kletterten die Kapuzenträger seelenruhig durch die Öffnung. So routiniert, als hätten sie das schon Dutzende Male gemacht, begannen sie, die Pflanzen am Kraut aus dem schweren Boden zu reißen oder mit ihren Geräten herauszuhebeln. Hunderte von Knollen lagen schon herum, als der Wagen des Sicherheitsdienstes endlich ankam.

Zwei Wachmänner, mit Gummiknüppeln bewaffnet, sprangen heraus und stürzten auf die Gruppe zu. Aber sie hatten keine Chance. Drei Feldbesetzer, die sich mit Schals vermummt hatten, zogen Baseballkeulen unter ihren Jacken hervor. Mit raschen Schlägen hieben sie den Wachleuten die Knüppel aus den Händen, ehe sie ihnen die Beine wegkickten. Dann drückten sie den Männern Kartoffelknollen in die Münder und banden sie an einen Zaunpfahl. Ein Funkgerät, das noch in ihrem Auto piepste, flog in den Matsch.

Mondrian hatte den kurzen Kampf beobachtet, ohne sich zu rühren. Jetzt kletterte er als Letzter durch den Zaun.

»Na, willst du dir nicht die Hände schmutzig machen?«, rief Ricarda ihm zu. Sie wühlte wie die anderen in der Erde, die Arme braun vor Dreck bis zu den Ellbogen.

Die Aufforderung war überdeutlich.

Er wusste, dass er nicht länger ausweichen konnte.

Er bückte sich, und nach einem kräftigen Ruck hatte er ein grünes Büschel in der Hand.

Dein Ticket für weitere Recherchen in dieser Truppe, dachte er. Sonst könntest du auf der Stelle kehrtmachen und würdest kein Wort mehr von ihnen erfahren. Und während er noch seine Skrupel niederkämpfte, verfolgte er verwundert, wie den anderen das Wühlen in der weichen Erde immer mehr Spaß machte.

Sturzbäche von Regen hatten das Versuchsfeld stellenweise in eine dunkle Brühe verwandelt, in der nun grüne Einlagen schwammen. Der Stoppelkopf patschte darin herum wie ein Kind in der Buddelkiste. Speedy bewarf Gandhi mit kleinen Knollen. Zwei Typen, die Zwillinge mit den Lenin-Bärten, marschierten wie bei einer Revolutionsparade im Stechschritt durch den Matsch, dass er hoch aufspritzte. Und irgendwann rollte sich der kahlköpfige Tätowierte mit dem blonden Stirnband-Mädchen im Schlamm.

Bis plötzlich Sirenen zu hören waren. Sie kamen von der nahen Autobahn, die fast parallel zu dem Feldweg verlief. Vielleicht noch fünfzehn Minuten, wenn die Polizei dieselbe Strecke wie sie zum Versuchfeld fuhr. Alle sprinteten zurück zu den Autos. Mondrian nahm aus den Augenwinkeln wahr, wie Speedy eine Farbdose zog und an ein Umspannhäuschen trat. »Wer Gentechnik pflanzt, wird Widerstand ernten«, sprühte er auf den Putz, darunter: »GAF«.

Einer der Lenin-Bärte entriss ihm die Dose und überdeckte die drei Buchstaben mit einem farbigen Klecks.

Gleichzeitig hatte sich einer der anderen einen Kanister aus dem Kleinlaster gegriffen und den Inhalt unter dem »Versuchsfläche«-Schild ausgekippt. Flammen loderten hoch und verbreiteten sich auch am Boden, als alle wieder in die Autos gesprungen waren und die Motoren starteten.

Mondrian schlingerte mit seinem Wagen über den Feldweg und trat das Gaspedal durch, als er eine geteerte Straße erreichte. Er wollte auf keinen Fall von der Polizei gestoppt werden, drei dreckverkrustete Insassen im Wagen, zwei gefesselte Wachleute neben einem zerstörten Feld.

Die Sirenen wurden leiser und verstummten ganz, nachdem er eine Autobahnauffahrt erreicht hatte. Er machte sein Handy wieder klar, weil er wusste, dass der Cop längst nach ihm fahnden würde.

Er hatte sich nicht getäuscht, wie ihm die erste Nummer auf der Anruferliste zeigte.

Mondrian meldete sich.

»Warst du wieder mal in einem Funkloch?« Die Stimme aus Hamburg war im Verkehrslärm kaum zu verstehen.

»Nein. Diesmal im Grünen.«

»Während wir uns hier den Hintern für die Story aufreißen?« Pause. Er musste offenbar erst schlucken. Dann fragte er: »Und was hast du dort gemacht?«

»Hausfriedensbruch. Sachbeschädigung. Ich habe ein Feld besetzt. So heißt das wohl.« Seitenblick auf Ricarda, die lächelte.

»Sag mal, bist du auf Droge?«, bellte Rolfes. »Ich hoffe, du weißt, was du tust.«

»Ja, das hoffe ich auch«, erwiderte Mondrian leise. So leise, dass es in den Fahrtgeräuschen unterging.

23

Kommune, Schanzenviertel

Siegesgeheul.

Die schlammverkrusteten Stiefel trampelten die Treppe hoch. Gleich hinter der Wohnungstür flogen sie in eine Ecke, wo schon ein Berg von Sportschuhen lag.

»Shit, hier ist ja mehr Dreck, als die Polizei erlaubt.« Die moppelige Frau mit den rot-grünen Haaren wäre fast über eine Mülltüte gestolpert. Kopfschüttelnd musterte sie die dicken Erdbrocken, die um den Schuhhaufen verteilt lagen.

Keine Antwort, sondern ein Wettrennen zum Bad. »Du siehst ja auch wie so 'n Schmuddelkind aus«, sagte sie zu Mondrian, als sie dessen verschmierte Finger bemerkte, und grinste. »Hi, ich bin übrigens Edda. Willkommen im Club!«

Mit kräftigen Griffen streifte sie ihre Springerstiefel ab und ließ sie auf den Boden plumpsen. Auf miefenden Wollsocken führte sie ihn an dem Zimmer mit dem Che-Plakat vorbei durch einen langen Flur, der mit einem grellbunten Regenbogen bemalt war, in einen großen Eckraum mit einem niedrigen Tisch. Darum herum standen Sessel, die aussahen, als seien sie vor längerer Zeit beim Sperrmüll erbeutet worden. Der Boden war mit einem ausgeblichenen Sisalteppich bedeckt.

Mondrian ließ sich neben dem Glatzkopf in einen zerknautschten Sitzsack sinken. Der Mann mit dem tätowierten Schädel hatte Kopfhörer über die Ohren geschoben und bewegte rhythmisch einen Kaugummi zwischen den Kiefern. Während Speedy eine ganze Flasche Mineralwasser in sich hineingluckern ließ, fluchte Edda in der Küche herum, weil sie keinen Möhrensaft fand. Dann kreuzte das blonde Mädchen auf, diesmal ohne Stirnband und ohne jede Scheu, splitternackt durch den Raum zu laufen. Sie hatte als Erste die Dusche erobert und suchte jetzt nach irgendetwas, was sie irgendwo in einem Wäschehaufen vermutete. Als sie ein weites Trägershirt herausgekramt und übergestreift hatte, hockte sie sich mit einem Joghurt neben Mondrian und reichte ihm einen Becher Kaffee.

»Na, gehörst du jetzt auch zur *family*?«

Er kratzte verklebten Zucker in einer Tüte zusammen, die sie auf den Boden gestellt hatte, und rührte ihn in den Kaffee. »Wie lange bist du schon dabei?«, fragte er.

»Ein paar Monate erst.« Sie gab sich keine Mühe, ihren skandinavischen Akzent zu verbergen. Im Gegenteil, er hatte den Eindruck, dass sie stolz darauf war. »Angel«, wie sie von den anderen genannt wurde, erzählte, sie sei einundzwanzig, aus Kopenhagen, Tochter einer geschiedenen Schauspielerin. Vor zwei Jahren, nach Abbruch der Schule, sei sie in Grönland gewesen, für ein Hotel-Praktikum in einer Lodge. »Dort hab ich gesehen, wie die Gletscher schmelzen. Große Flächen, so riesig. Wirklich ein Schock.«

»Und wie bist du hierhergekommen, zur *Familie*?«

»Daran ist der schuld.« Sie zeigte auf den Kahlschädel, der fragend die Stirn in Falten zog und seinen Kopfhörer abnahm.

»Karsten hat mich bei einem Klimacamp getroffen, in Hamburg. Kennst du so was? Da gab es eine Aktion gegen das neue Kohlekraftwerk in Moorburg. Mit ein paar hundert Leuten haben wir den Bauplatz gestürmt. Ein Mann vom Werkschutz, so ein brutaler Typ, hat mich vom Kran gezerrt. Da hat Karsten ihn k.o. gehauen.«

Der muskulöse Mann nickte zufrieden. Erst jetzt sah Mondrian, dass auch seine Unterarme tätowiert waren, mit einem Batman und einem zerbrochenen Hakenkreuz.

»Danach sind wir zurück ins Zeltlager«, sagte sie, »und haben noch mehr lustige Aktionen gemacht.«

»Zum Beispiel?«

»Atommüllfässer in die S-Bahn gebracht. Spazieren gefahren. Keine echten natürlich, leere Tonnen.«

»Dafür ohne Ticket«, mischte sich Karsten ein. »Und später haben ein paar Leute mit einem falschen Feueralarm einen VIP-Empfang von Vattenfall gesprengt.«

»Natürlich wart ihr auch beim letzten Castor-Transport?«

»Logo, alle hier«, sagte der Glatzkopf, »nicht nur zum Schottern. Als die Scheißdinger zum Schluss vorbeikamen, haben wir ›The Final Castor‹ gebrüllt. Nach dem Song ›The Final Countdown‹. Kennst du den?«

»Klar. Von Europe, dieser schwedischen Rockgruppe«, antwortete Mondrian und wandte sich wieder Angel zu. »Und was willst du jetzt machen?«

»Ach, irgendwas Positives. Was Spaß macht. Vielleicht was mit vögeln.«

»Mit Vögeln?«

»Ja. Siehst du?« Sie zeigte auf ihr Shirt mit einem stilisierten Baum, auf dem »f f f« stand.

»Das bedeutet ›fuck for forest‹. So eine Non-Profit-Organisation, die mit Pornoaufnahmen Regenwaldprojekte in Costa Rica unterstützt. Gegründet in Norwegen oder Schweden, ich weiß nicht genau, jetzt sind die in Berlin. Vielleicht mache ich da mit.«

»Im Ernst?«

»*Why not?* Die stellen Filme von Freiwilligen ins Netz, die man für fünfzehn Dollar im Monat anschauen kann. Damit werden neue Bäume gepflanzt. Ist doch geil, oder?«

»*Bullshit!* Das glaubst du auch noch?« Die Adern an Karstens Schläfen schwollen bedrohlich an.

»Das sagen sie auf ihrer Website.« Angel schaute ihn böse an. »Ist jedenfalls besser, als wenn man noch Geld bezahlen muss.«

»Was für Geld?«, fragte Mondrian, während er den Mann neben sich anschaute.

Karsten kratzte sich am Schädel. »Ach, ich habe mir ein paar Strafbefehle gefangen. Aber die zahle ich sowieso nicht, weil der Staat das bloß für so 'nen Schwachsinn wie S21 verballert.«

»Und wofür die Strafbefehle?«

»Alles Mögliche. Wir haben mal Champagnerpullen in 'nem Supermarkt enteignet, Böller in den Garten von einem Politiker-Arsch geschmissen, Bundeswehr-Bullis abgefackelt …«

»Ich dachte, ihr kämpft für die Umwelt. Was hat das mit Öko zu tun?«

»Kapierst du das nicht, Mann?«, mischte sich einer der Lenin-Bärte ein. »Das ist doch gerade das Neue, dass sich jetzt ganz verschiedene Leute zusammentun. Das müsst ihr von der Presse doch mal schnallen. Heute gibt es das nicht mehr: hier die lieben Grünen, dort die bösen Linken und Militanten. Heute geht was zusammen, von dem selbst die Bullen keine Ahnung haben. Anarchisten organisieren mit Dritte-Welt-Kids ‘n Punkkonzert gegen die Hungerkrise. Amnesty-Leute verhindern mit Antifaschisten ‘ne Abschiebung …«

»Oder Rüstungsgegner marschieren mit Klima-Aktivisten in die Frankfurter Börse, um dort die Geschäfte ein bisschen zu stören, bossmäßig gekleidet.« Das kam von dem anderen Zwilling. »Jeder macht halt das, worauf er Bock hat.«

»Hört sich eher nach Event-Hopping an«, sagte Mondrian.

»Und wenn schon? Warum sollen nicht unterschiedliche Leute gemeinsame Aktionen durchziehen?«, konterte der erste Lenin. »Sieh dich bloß mal um, wer hier sitzt. Speedy kommt vom Chaos Computer Club und möchte die Welt mit dem Internet retten. Deswegen hackt er gern mal die Rechner von Energieriesen.«

»Natürlich nur, um billigere Tarife einzuprogrammieren«, feixte der Junge mit den Ohrringen.

»Und Edda macht mit anderen zusammen Guerilla-Gardening …«

»Was für ein Ding?« Mondrian drehte sich zu dem Stoppelkopf um.

»Wir besetzen leer stehende Grundstücke«, erklärte die Rot-Grüne, »um dort Gemüse anzubauen. Für die eigene Küche.«

»Ich selbst halte mich eher an die klassischen Rezepte.« Lenin 1 wies auf eine Phalanx blauer Marx-Bände aus volkseigener DDR-Produktion, die wie eine Ehrenformation in einem Regal aufgereiht waren, nicht weit vom »Baader-Meinhof-Komplex« und den Selbstbekenntnissen des RAF-Manns Karl-Heinz Dellwo mit dem Titel »Das Projektil sind wir«.

Mondrian ließ seinen Blick weiter über die Buchrücken wandern. Er entdeckte Schriften über Anarchismus, die Weisheiten von Mao und Anleitungen zur Meditation. Neben Readern über Atomkraft fielen ihm unten im Regal Broschüren auf, die teilweise aufgeblättert waren und so aussahen, als wären sie erst vor Kurzem aus der Hand gelegt worden. Über die Niedrigstrahlung von Kernkraftwerken, über Gorleben, das Endlager Asse. Auch über die GKSS in Geesthacht und die Leukämiefälle in der Elbmarsch.

Zu gern hätte er sie sich näher angesehen, aber davor war eindeutig Sperrgebiet. Fünf Beagles hatten das Territorium vor dem Regal besetzt und schnappten nach jedem, der ihnen zu nahe kam. »Noch ein bisschen nervös«, erklärte Alex, der füllige Riese mit den sanften Augen, um dessen Beine sie lagerten, »die haben gerade erst Asyl bei mir bekommen. Gibt noch mehr davon. Willste mal sehen?«

In vorsichtigem Abstand folgte Mondrian ihm in ein Zimmer, das wie ein Tierheim aussah und auch so roch. Auf wenigen Quadratmetern balgten sich Hunde und Katzen, an eine Wand waren Fotos von Tierversuchen mit Stromstößen gepinnt. »Deswegen bin ich Tierbefreier geworden, ich hole möglichst viele Viecher aus den Laboren«, sagte Alex. »Es ist doch pervers, was Menschen anderen Kreaturen antun. Auch den Tieren, die sie fressen. Das halbe Münsterland, das ist doch heute ein Guantánamo für Schweine.«

»Wollt ihr trotzdem was essen?«, unterbrach ihn die Schwarzhaarige mit der Brille, die in der Tür stand. Lara, wenn Mondrian ihren Namen richtig in Erinnerung hatte.

»Frisst du etwa auch Fleisch?«, fragte Alex, während sie Lara in die Küche folgten.

»Ich? Ich brauche alle vier Wochen unbedingt eine Currywurst, richtig scharf. Hinterher bereue ich das sofort wieder.« Mondrian setzte sich mit den anderen an einen ramponierten Tisch, auf dem ein Topf mit undefinierbarem Inhalt dampfte. »Außerdem bin ich Klimasünder, Vielflieger und jemand, der bei der Mülltrennung manchmal ein bisschen pfuscht.«

»Und? Gar kein schlechtes Gewissen?« Speedy war schwer zu verstehen, weil er geräuschvoll von der Suppe schlürfte.

»Doch. Genauso wie du, nehme ich an. Alle deine Computer laufen auf Stand-by, hab ich gesehen. Aber ich versuche, mich zu bessern. Ab und zu zahle ich bei Flugreisen einen Ablass an Atmosfair.«

»Diese Prämie, mit der Projekte in der Dritten Welt finanziert werden? Biogas-Kocher in Indien zum Beispiel, die sie mit Kuhdung betreiben?«

»Da wird aus Scheiße Gold gemacht«, stellte Edda fest, während sie auf etwas herumkaute. »Hier kassieren ein paar Moralisten ab, aber niemand weiß, wie viel von dem Geld dort unten überhaupt ankommt. Das Einzige, was wirklich zählt, ist Verzicht.«

»Na prima«, erwiderte Mondrian, »fröhlich verzichten. Pullover stricken, Rad fahren, die selbst gezogenen Möhren aus dem eigenen Balkonkasten verzehren. Ist es das, wovon Gutmenschen träumen?«

»Und wenn schon, dann müssten wir auch nicht zurück auf die Bäume«, mischte sich Ricarda ein. Sie war gerade aus dem Bad gekommen, die Haare noch nass, die Fingernägel dunkel lackiert, ihr einziges Zugeständnis an die Kosmetikindustrie. »Manchmal ist weniger mehr.«

Sie musterte Mondrian mit einem provozierenden Blick. »Oder bist du so ein Träumer, der glaubt, die Technik würde alle unsere Probleme lösen? Wie diese Forscher in den USA, die das Klima retten wollen, indem sie riesige Spiegel ins Weltall schießen, um die Sonnenstrahlen abzuhalten und den Himmel zu verdunkeln?«

Ihre Augen funkelten, als sie tief Luft holte. »Als hätte die Erde ein Thermostat, das man einfach runterdrehen könnte.«

»Und für so einen Mega-Scheiß wollen die auch noch Milliarden ausgeben«, sagte Speedy, »genau wie für ihre ›Star Wars‹. Da macht unser Gandhi seinen Sternenkrieg billiger.«

Mondrian zog fragend eine Augenbraue hoch, weil er nicht wusste, warum die anderen lachten.

Speedy wandte sich dem Zopfträger zu. »Willst du dem Alien aus der fremden Galaxie nicht mal zeigen, wie du gegen die Bösen kämpfst?«

Der dürre Mann mit den gelblichen Zähnen stand schweigend auf und führte Mondrian in den hinteren Teil der Wohnung. In einer Ecke seines abgedunkelten Raums stand eine indische Götterfigur mit acht Armen, umgeben von blinkenden Leuchtschlangen und verloschenen Räucherstäbchen. Darüber war von Wand zu Wand eine Kette gespannt, an der abgebrochene Mercedes-Sterne baumelten. So viele, dass Mondrian gar nicht den Versuch machte, sie zu zählen.

»Schon länger Daimler-Fan?«

»Seitdem ich aus Indien zurück bin«, kicherte Gandhi. »Dort hab ich endlich begriffen, dass wir hier die falschen Götter anbeten. Blechkarossen. Deswegen zerkratze ich jetzt gern mal fette neue Kisten.«

Er zog ein Spritzbesteck aus einem Beutel und begann, über einer Kerze weißes Pulver in einem Löffel aufzukochen.

»Jetzt bin ich endlich bei Menschen gelandet, die für die Schöpfung kämpfen, mit allen Mitteln. Und ich will auch mal was Sinnvolles tun.« Seine Stimme war ganz leise geworden. »Ich werde bald eine Bombe in einem Autosalon zünden.«

»Eine Bombe?«

»Na ja, 'ne Rauchbombe. Ich bin aus Prinzip gegen Gewalt. Die meisten hier finden es allerdings Asche, wenn man keine harten Aktionen mitmacht. Die wollen noch ganz andere Sachen machen.«

»Was denn?«

Ausweichend schaute er zur Seite. »Vielleicht was in Gorleben. Jedenfalls sprechen sie darüber, seit ein paar Wochen ...«

»Und was soll da passieren?«

»Keine Ahnung.« Gandhi kicherte wieder und zog das Heroin auf eine Spritze. »Frag Gypsy.«

Er wandte sich ab und konzentrierte sich mit jeder Faser seines verschorften Körpers darauf, die Nadel in eine Vene an der Leiste zu drücken. Er war nicht mehr ansprechbar, als er sich den Schuss gesetzt hatte und die Augen schloss.

Mondrian ließ ihn allein, um wieder zu den anderen zu gehen. Im Flur kam er an einem Zimmer vorbei, in dessen halb offener Tür er einen Gebetsteppich und Bücher mit arabischen Schriftzeichen entdeckte. Der Lärm von Bongos zog ihn schließlich zurück ins Eckzimmer.

Karsten und Alex versuchten, jeweils lauter als der andere auf die Trommeln einzuschlagen, wobei sie zwischendurch eine Absinthflasche um die Wette leerten. Die pummelige Edda stampfte ihren eigenen Rhythmus, daneben drehte sich Angel, die Arme weit ausgebreitet, wie ein Sufi-Tänzer im Kreis. Speedy beamte zuckende Videobilder an eine Wand, indem er auf eine Tastatur einhackte, während die verschreckten Beagles in einer Ecke kauerten, so weit wie möglich in Deckung. Ricarda verließ fluchtartig den Raum.

Mondrian folgte ihr in den Korridor, aber er bekam nur noch mit, wie sie mit den Zwillingen in der gegenüberliegenden Wohnung verschwand und die Tür zuklappte. Gleichzeitig nahm er aus den Augenwinkeln wahr, wie jemand die Treppe zum Dachboden hochstieg. Die Stufen knarrten, er hörte oben dumpfe Schritte. Ein Scharnier quietschte, dann wurde es still.

Leise folgte er, bis er im Dachgeschoss vor einer Brettertür ankam. Ein schwacher Lichtschein aus einem Spalt über den Dielen. Langsam, Zentimeter für Zentimeter, drückte Mondrian die unverschlossene Tür auf. Er tappte in eine Art Verschlag, wie eine Schleuse, mit dicken Decken verhängt, um Licht und Schall abzuschirmen. Als er sie zur Seite schob, stand er in einem gleißend hellen Gewächshaus aus silbernen Folien mit einem üppigen Cannabis-Wald.

Über einen Meter hoch ragten die sattgrünen Stauden aus Blumenkästen. Die Blütenstände schossen bis dicht unter die Wärmelampen, die von der Decke hingen; Lüfter ließen einen hauchfeinen Wind durch die Stauden streichen, leicht modrig, tropenschwül. Ein Netz von Schläuchen und Pumpen versorgte die Erde mit Wasser und Dünger. Ein stetes Tropfen war zu hören, in das sich wie von ferne das Dröhnen der Bongos mischte. Irgendwo hier musste die Gestalt verschwunden sein.

Vorsichtig drang Mondrian in das Grün ein, schob sich durch ein meterlanges Spalier von Pflanzen, drückte die gefiederten Blätter zur Seite. Und dann sah er ihn, in einen Winkel geduckt: den Bärtigen mit arabischem Aussehen, den er schon mehrmals bemerkt hatte, aber immer nur im Hintergrund.

»Gehörst du auch zur Kommune?«, fragte Mondrian verblüfft.

»Ja. Ich bin Youssef.« Fast tonlos, nur ein Flüstern.

»Keine Sorge, Youssef, ich bin nicht vom Rauschgiftdezernat. Und Gypsy hat mir längst verraten, dass euer Stoff von hier kommt«, log Mondrian. »Und du, wo kommst du her?«

Ein scheues Lächeln glitt über das dunkle Gesicht, als er »Marokko« sagte. Stockend erzählte er, dass er vor einem Jahr mit einem Fischerboot nach Spanien übergesetzt sei. In Deutschland hätte er Elektrotechnik studieren wollen, aber keine Aufenthaltserlaubnis erhalten.

»Keine Papiere, da bin ich untergetaucht. Hab in einem Lokal gearbeitet, schwarz. Hab dort im Keller geschlafen, bis Gypsy kam. Hat mir Asyl gegeben, in ihrer Wohnung hier.«

Langsam richtete er sich auf, und mit Fingern voller Feingespür, als wäre er ein geschulter Gärtner, zupfte er überflüssige Triebe von den Marihuana-Pflanzen.

»Jetzt ist das hier meine Arbeit. Mein Garten.« Feierlich, als stünde er in einer Moschee, erklärte er: »Ein Paradies, das Allah uns geschenkt hat.«

»Und wen versorgt ihr mit Allahs Geschenk? Die halbe Stadt?«

»Nur für den Hausgebrauch, hat Gypsy gesagt.« Youssef verzog die Lippen zu einem leichten Grinsen und fing an, Blütentrauben zu ernten. Nach einer Weile klaubte er getrocknete Blätter aus einem Glas, drehte einen Joint und zündete ihn an.

»Gute Sorte. Riechst du das?«, fragte er, als der süßliche Rauch in Spiralen aufstieg. Der harzige Qualm begann das Gewächshaus zu füllen.

Mondrian spürte, wie ihn ein leichter Schwindel erfasste. Je länger er sich in dieser seltsamen Kommune aufhielt, desto mehr fühlte er sich wie in einem Irrgarten. Im Hanfnebel verschwammen die Figuren um Gypsy zu Vexierbildern, die sich ständig veränderten, je nachdem aus welcher Perspektive man sie betrachtete. Manchmal schienen sie perfekt in Schirras Geheimdienstvermerke zu passen, dann wieder wirkten sie bloß wie durchgeknallte Desperados. Nur ein Gedanke erschien ihm immer klarer. Etwas war seltsam mit diesem Drogengarten.

Von einer früheren Recherche wusste er, dass die Polizei gern und erfolgreich Jagd auf solche Pflanzungen machte. Es gab dafür eine spezielle Rasterfahndung. Computer verglichen Datenberge, um Wohnhäuser herauszufiltern, die ungewöhnlich viel Strom verbrauchten, dazu verdächtig viel Wasser. Damit konnten die Fahnder Plantagen dieser Größe ziemlich leicht aufspüren. Warum ließen sie gerade Youssefs »Paradies« in Ruhe?

Plötzlich spürte er eine Berührung an der Schulter. Er drehte sich um und sah Ricarda vor sich.

»Was macht denn der Enthüllungsjournalist hier oben?« Ihre grünen Augen, leicht spöttisch, ganz nah.

Ohne jedes weitere Wort nahm sie seine Hand und führte ihn nach unten in die Wohnung, die jetzt still dalag. Auf leisen Sohlen, als müssten sie sich wie ein heimliches Liebespaar bewegen, lotste sie ihn in ihr abseits gelegenes Zimmer. Der Schein einer Kerze fiel auf ein Bett mit indianischen Tüchern, die schon zurückgeschlagen waren. Mit der Entschlossenheit einer Frau, die sich nimmt, was sie will, legte sie ihre Arme um ihn und zog ihn an sich. Dann schloss sie die Augen, tastete mit ihren Lippen nach seinen, und als sich die Münder fanden, ließ sie ihre Zunge wandern, als erobere sie einen neuen Kontinent.

Irgendwann spürte er, wie sie sein Hemd öffnete und mit ihren Fingern über seine Brust fuhr. Sie streifte sich ihr Shirt über den Kopf, die lange Mähne glitt wie ein Wasserfall über die bloßen Schultern. Mit einem Atemhauch löschte sie die Kerze, und in der Schwärze erkundete er ihren warmen Körper, ihre Berge und Täler, ihre Landschaften, die nach Meer und Algen dufteten. Und irgendwann versank er in einem Kosmos, der für ihn schon verloren gewesen schien.

Später, als er sich ruhelos hin und her drehte, hörte er gleichmäßige Atemzüge dicht neben sich.

Er fragte sich, ob er gerade mit einer Mörderin geschlafen hatte.

24

Freitag, Morgen

```
Betreff: countdown 3
Gesendet: 7:53 uhr

alles unter kontrolle, reporter embedded. gibt sich mühe,
interessante nacht. testen, ob er nützlich für uns ist.
weitere infos über zielobjekt sammeln und vorbereitungen
für nächste operation treffen. countdown für nummer 3 wie
festgelegt.
```

25

Friedhof Ohlsdorf, Hamburg

Ein leeres Bett. Nur noch eine warme Stelle, als er vorsichtig neben sich tastete und die Augen aufschlug. Aus dem Nebenraum war die Tastatur eines Computers zu hören. Dann konnte er durch die offen stehende Tür sehen, wie Ricarda einen Umhang abstreifte und nackt zum Bad ging.

»Was hast du heute vor?«, rief er ihr halbwach nach.

»Eine Überraschung«, sagte sie, als sie in Shirt und Hose zurückkam und einen dampfenden Mate neben das Bett stellte. »Letzte Nacht, das war nur das Vorspiel.«

»Und was ist das Nachspiel?« Er blickte sie neugierig an.

»Komm einfach mit, dann wirst du es erleben.« Sie sah unverschämt gut aus, fand er, aber sie lächelte nicht, als sie ihm einen flüchtigen Kuss gab. Irgendetwas in ihrem Blick hatte sich verändert, und sie wirkte unruhig, während sie auf die Uhr schaute.

Um kurz nach halb zehn kam ein Anruf, den sie nur mit einem »Okay« quittierte.

Dann fuhren sie in seinem Wagen los. Sie dirigierte ihn nach

Nordosten, zum Friedhof in Ohlsdorf. Nachdem sie das riesige Areal einmal halb umrundet hatten, ließ sie ihn an der Rückseite vor einem Nebeneingang halten, am Ende einer Stichstraße im Schutz einer Hecke. Sie war ganz in Schwarz gehüllt und griff die rote Rose, die sie unterwegs besorgt hatte.

»Was ist los? Willst du nicht darüber reden?«, fragte Mondrian, der ahnte, dass sie zu einer Trauerfeier aufbrach.

»Später«, sagte sie, als sie ausstieg. »Warte hier. Ich bin bald zurück.«

Warten. Wie er das hasste. Weil man zu viel Zeit hatte, sich Fragen zu stellen, auf die man keine Antworten fand. Warum hatte er mit dieser Frau geschlafen, die er kaum kannte? Nur aus Lust? Oder wollte er mit dem Feuer spielen? Und weshalb ließ er sich breitschlagen, sie hierherzufahren, wenn sie ihm nicht einmal sagte, was sie vorhatte? Wie lange sollte er hier stehen vor diesem düsteren Tor, durch das jetzt eine ganze Prozession mit Kränzen und Grabgebinden lief?

Aus einer Kapelle wehte das Geläut einer Glocke herüber, doch durch die dichten Büsche und Bäume konnte Mondrian nicht erkennen, was auf dem Friedhof vor sich ging. Er lehnte sich seufzend zurück und malte sich aus, wie er zu Hause auf einem Kelim lag, weit weg von Ricarda und ihren Rätseln, seine Gitarre im Anschlag, um ein paar Riffs in die Saiten zu hauen. Als Jugendlicher hatte er mal in einer Rockband gespielt, viel zu schlecht, um von einer Karriere als Musiker zu träumen. Dafür gab es andere Götter, Hendrix zu Beispiel, Clapton oder Keith Richards. Er griff nach der CD mit Stones-Klassikern, schob die Scheibe in den Player, gab Saft auf die Boxen und schloss die Augen.

»You're not the only one
with mixed emotions
you're not the only ship
adrift on this ocean.«

Hinten flog eine Tür auf. Ein Mann tauchte in den Wagen und duckte sich sofort, während Ricarda auf der anderen Seite hineinsprang.

»Los! Schnell weg hier!«, keuchte sie.

Ohne zu überlegen, startete Mondrian den Wagen und beschleunigte. Nach mehreren Kurven hatte er eine Hauptstraße erreicht. Im Rückspiegel sah er, wie der Mann langsam hochkam. Mondrian fragte sich einen Moment, ob er im Kino war. Hinten saß Johnny Depp. Oder wenigstens dessen Klon. Die gleichen langen Haare, der gleiche Schnäuzer, der gleiche listige Blick wie Captain Jack Sparrow. Er legte den Arm um Ricarda, als ob sie eine alte Eroberung von ihm wäre, und gab ihr einen heftigen Kuss.

»Darf ich vorstellen, das ist Jean-Claude, ein guter Freund«, sagte sie, immer noch etwas atemlos.

»Bonjour«, sagte der Mann und fragte dann Ricarda: »Und wer ist der da vorn?«

»Jonas, ein Journalist von einem Magazin aus Hamburg.«

»Was? Einer von der Schweinepresse?« Unverkennbar französischer Akzent, und auch der verächtliche Ton war nicht zu überhören.

»Ich kann auch anhalten«, sagte Mondrian scharf und stieg auf die Bremse. Der Wagen stoppte abrupt. Mit einem wütenden Blick drehte er sich zu Ricarda um. »Sag mal, was ist das denn für eine Nummer? Was läuft hier eigentlich?«

»Merci beaucoup«, sagte Jean-Claude, stieß die Tür auf und zog Ricarda hinter sich her. Nach wenigen Metern waren sie auf einem Bürgersteig im Gedränge verschwunden.

Mondrian blieb perplex zurück. Holte tief Luft. Zog die Stirn in Falten, als er langsam wieder losfuhr, ohne zu wissen, wo er jetzt eigentlich hinwollte. Seine Gedanken überschlugen sich, bis er nach einer Weile wie mechanisch das Radio einschaltete und Kurznachrichten erwischte.

»... ist in Hamburg ein Häftling bei einer Ausführung gewaltsam befreit worden. Dabei wurde ein Justizbeamter schwer verletzt. Der Beamte hatte den Häftling aus der Vollzugsanstalt Fuhlsbüttel zu einer Bestattung auf dem Ohlsdorfer Friedhof begleitet. Er wurde offenbar mit einem Messer niedergestochen, dessen Herkunft zurzeit noch unklar ist. Der Beamte schwebt nach ersten Berichten in Lebensgefahr, der Häftling konnte mit Begleitern flüchten. Die Polizei sucht nach einem hellen Mittelklassewagen, der vor dem Friedhof geparkt haben soll ...«

Mondrians Magen krampfte sich zusammen. Er ließ den Audi an den Straßenrand rollen und nahm fast gar nicht wahr, wie der Vorderreifen gegen die Bordsteinkante krachte. Er musste an die Luft. Ein paar Schritte in den Park gegenüber. Er wählte Bruno Wunders Redaktionsnummer.

»Sag mal, weißt du was Näheres über die Gefangenenbefreiung in Hamburg?«

»Nee. Wieso?«

Mondrian gab keine Antwort.

»Ich horch mal. Ich melde mich gleich.«

Nach zehn Minuten kam der Rückruf: »Also, der Häftling ist Franzose, dreiunddreißig Jahre alt, heißt Jean-Claude Chevalier. Jetzt wird nach ihm gefahndet. Er soll zu irgendeiner Anarchistengruppe gehören, kam im Zusammenhang mit den G-8-Protesten nach Deutschland, saß in Santa Fu wegen versuchten Mordes. Hat wohl mal bei Hamburg einen Brandsatz in das geparkte Auto eines Baulöwen geschmissen. Nur dass zufällig dessen Frau noch drinsaß.«

»Und wie kam er aus dem Knast nach Ohlsdorf?«

»Er hatte eine Ausführung, weil ein befreundeter Knacki dort beerdigt wurde.«

»Und der Beamte, der ihn begleitet hat?«

»Noch unklar, ob er durchkommt. Jedenfalls soll der Gefangene jemanden gehabt haben, der ihm geholfen hat. Aber weshalb interessiert dich das alles überhaupt?«

Wenn du wüsstest, Bruno. »Ach, das erzähl ich dir später.« Oder auch nicht. Aber wenigstens sollte er Daffner verständigen.

Er wählte die BKA-Nummer, aber nach dem ersten Signalton drückte er die rote Taste.

Das flaue Gefühl in ihm stieg hoch, bis seine Stirn brannte. Kein Zweifel, er hatte eine Grenze überschritten. War dabei gewesen, als ein Straftäter gewaltsam befreit wurde.

Warum nur hatte er sich auf dieses abgekartete Spiel eingelassen?

Hatte Ricarda bloß mit ihm geschlafen, um ihn zu benutzen?

Damit sie einen Idioten hatte, der das Fluchtauto fuhr?

Die Reifen quietschten, als er Gas gab, um sie zu suchen und zur Rede zu stellen.

26

Schanzenviertel, Hamburg

Klopfen. Keine Reaktion von innen. Und auch zwei Stunden später war kein Lebenszeichen zu hören, als er in einem zweiten Anlauf wieder vor der Wohnung der Kommune stand.

Er legte sein Ohr leise an die Tür.

Als wäre drinnen alles auf stumm geschaltet.

Draußen schwirrte die Luft vom Sound des Szene-Viertels.

Unschlüssig mischte sich Mondrian unter die Flaneure, die in der Nachmittagssonne über das Schulterblatt spazierten, Musik im Ohr oder Gelächter auf den Lippen. Er wusste nicht, was er als Nächstes tun sollte. Schließlich ließ er sich auf den Stuhl eines Lokals auf dem »Galão-Strich« sinken, wie Insider die Straße inzwischen nannten, aber diesmal schmeckte sogar der helle portugiesische Kaffee leicht abgestanden. Mürrisch musterte er das Leben, das an ihm vorbeizog, und suchte den Strom der Passanten nach den Gesichtern der Kommune ab, so aussichtslos ihm das auch vorkam.

Wohin waren sie verschwunden?

Wer hatte mitgemacht bei der Befreiung des Franzosen?

Und lag Ricarda jetzt gerade mit diesem Depp im Bett?

Irritiert bemerkte Mondrian, wie sich ein giftiger Stich in seine Wut mischte. Eifersucht. Er konnte nicht anders, er fragte sich immer wieder, ob sie jetzt gerade mit ihrem früheren Lover zusammen war. Und nachdem er eine ganze Weile auf dem harten Sitz hin und her gerutscht war, kippte er entschlossen den letzten Schluck aus der Tasse hinunter. Noch ein Versuch, noch einmal zu ihrer Wohnung.

Es dämmerte bereits, als er sich wieder auf den Weg machte. Als er in ihre Straße einbog, sah er eine Silhouette, die ihm bekannt vorkam. Aus dem Hauseingang schlurfte eine leicht gebeugte Gestalt mit schlohweißem Haar. Das Gesicht konnte Mondrian aus der Ferne nicht erkennen, aber er war sich sicher, dass es sich um Ullrich Brandtner handelte, den Professor vom Kongress. Vielleicht war er gerade von der Kommune gekommen oder aus der Wohnung gegenüber. Hatte mit Leuten dort gesprochen oder gestritten. Mondrian meinte, ein Kopfschütteln zu erkennen, als ein Lichtschein auf das weiße Haupt fiel.

Für einen Moment überlegte er, ob er den greisen Politologen ansprechen und ihm ein paar Fragen stellen sollte. Immerhin hatte der Vermerk des Verfassungsschutzes ihn als »Mentor« der Gruppe um Ricarda Walde eingestuft. Welchen Einfluss hatte der ehemalige Professor, als Marxist bekannt, in der militanten Szene? Lieferte er die ideologische Rechtfertigung für die Morde? Oder sogar mehr, Ideen für Anschläge vielleicht?

Doch es war zu spät, als Mondrian ihn mit schnellen Schritten einzuholen versuchte. Brandtner stieg gerade in einen dunklen Wagen, schlug die Tür zu und brauste aus seiner Parklücke heraus. Mondrian lief zu seinem eigenen Auto zurück, das in einer Verbotszone stand, riss den Strafzettel unter dem Scheibenwischer weg und nahm die Verfolgung auf.

Die roten Rücklichter waren schon um die nächste Ecke verschwunden, aber Mondrian entdeckte sie wieder, als er selbst um die Kurve bog und beschleunigte. Er schlängelte sich um Autos, die in zweiter Reihe hielten, und achtete darauf, dass ihn andere Autos abschirmten, während er aufholte. An einer roten Ampel am Gorch-Fock-Wall kam er schräg hinter Brandtners Wagen zum Stehen. Ein grüner Jaguar, wie er unter der Straßenbeleuchtung feststellte, älteres Modell, nicht unbedingt das, was man bei einem Sozialisten erwartete.

Die grüne Karosse glitt die Esplanade entlang und passierte die Lombardsbrücke über die Alster, um weiter Richtung Stadtmitte zu steuern. Als Mondrian sich schon fragte, wie lange er im Windschatten seines Vordermanns bleiben konnte, ohne aufzufallen, bog Brandtner in den Johanniswall ein, parkte seinen Wagen und verschwand im Gebäude der Innenbehörde. Auf Schirras Etage brannten noch Lichter. Was hatte Brandtner dort zu tun?

Zwischen hupenden Wagen klemmte sich Mondrian in eine Parklücke, um die Tür im Auge zu behalten. Ein paar Schauertropfen perlten auf die warme Motorhaube, und die Innenscheiben fingen an zu beschlagen. Er wischte den feuchten Film weg und beobachtete, wie die Fenster in dem Bau gegenüber nach und nach dunkel wurden. Es dauerte eine kleine Ewigkeit, bis der Professor schließlich herauskam und wieder in seinen Wagen stieg. Dafür war er umso schneller, als er bei Gelb auf den Steintorwall bog.

Mondrian schoss bei Rot auf die Kreuzung. Aus den Augenwinkeln sah er Autoscheinwerfer von der Seite heranrasen. Er bremste scharf, kam knapp vor dem anderen Wagen zu stehen, setzte zurück und umkurvte ihn über den Bürgersteig. Zwei Passanten sprangen zur Seite und schrien hinter ihm her, doch er sah nur nach vorn. Suchte im Strom der Fahrzeuge nach den roten Jaguar-Augen. Er hatte sie verloren.

Fluchend trommelte er aufs Lenkrad. Entschied sich dann, wenigstens in die Richtung zu fahren, in der Brandtner verschwunden war. Doch nirgendwo sichtete er den Jaguar wieder, und er begriff, dass er so nicht weiterkam. Jetzt gab es nur noch eine Möglichkeit. Er rollte an die Seite und rief die Auskunft an. Eine Frauenstimme nannte ihm Brandtners Festnetzanschluss und fragte dann unfreundlich, ob sie ihn verbinden sollte.

Er wählte die Nummer lieber selbst.

Nimm schon ab, dachte er. Keine Sprachbox. Der Rufton lief immer weiter.

»Ja?« Endlich seine Stimme. Brüchig und matt, nicht mehr der flammende Redner aus dem Audimax.

»Wir kennen uns«, sagte Mondrian, »aus der Ferne. Ich bin der Reporter, der Ricarda beim Kongress angesprochen hat …«

»Der Kerl, der mich eben verfolgt hat? Denken Sie, ich würde so was nicht mitkriegen?«

Mondrian ließ sich seine Verblüffung nicht anmerken. »Ich würde Ihnen gern ein paar Fragen stellen …«

»Kein Interesse«, unterbrach ihn Brandtner schroff.

»Könnte aber wichtig sein«, gab Mondrian zurück, »auch für Sie. Zum Beispiel müssten wir über den Termin reden, den Sie gerade hinter sich haben.«

»Welchen Termin?«

»Ihren Besuch beim Verfassungsschutz.«

Schweigen. Mondrian konnte förmlich spüren, wie Brandtner mit sich kämpfte.

»Also gut«, sagte die Greisenstimme schließlich müde, »kommen Sie vorbei. In einer Stunde.« Er nannte ihm eine Adresse in Eppendorf.

Es war schon kurz vor Mitternacht, als Mondrian langsam an dem vierstöckigen Haus vorbeifuhr und parkte. Das Gebäude aus der Gründerzeit war fast vollkommen dunkel, nur im zweiten Stock brannte Licht. Das musste Brandtners Wohnung sein. Mondrian drückte den Knopf auf der Klingeltafel aus Messing. Keine Antwort aus der Sprechanlage, auch kein Summton vom Öffner. Doch das Portal ließ sich aufdrücken, und Mondrian trat in den Hausflur. Im Dunkel ertönte ein Klicken, die Zeituhr der Beleuchtung sprang an. Der dicke Teppich auf den Treppenstufen schluckte seine Schritte. Umso lauter knarrte die Wohnungstür, die nur angelehnt war.

»Hallo«, rief er vorsichtig in die Wohnung, »Herr Brandtner?«

Nur der dumpfe Ton eines Fernsehgeräts aus der Nachbarwohnung.

Mondrian machte ein paar Schritte in die Diele, blickte in ein Zimmer voller Bücher.

»Herr Brandtner?«

Er ging ein Stück weiter, langsam, peilte um eine Ecke.

Ullrich Brandtner lag gekrümmt auf dem Marmorboden, über dem Kopf eine Plastiktüte, um den Hals eine zugezogene und verknotete Schnur. Die Augen starrten durch den milchigen Kunststoff ins Leere. Der Mund war grotesk aufgerissen vom Versuch, nach Luft zu schnappen. Ein qualvoller Tod.

Neben dem leblosen Körper surrte ein Computer auf einem

Schreibtisch mit einer Rosa-Luxemburg-Büste. Im Drucker entdeckte Mondrian ein Blatt mit einer einzigen Zeile.

»Ich schäme mich für das, was ich getan habe. U.B.«

Keine Kampfspuren. Keine umgerissenen Stühle, zerbrochenen Gläser oder Blutspritzer. Alles sah so aus, als hätte Brandtner seinem Leben selbst ein Ende gesetzt.

Schnell schoss Mondrian mit seinem Handy ein Foto des Toten und brannte sich das Bild des Schauplatzes ins Gedächtnis, so gut er konnte. Er rührte nichts an und achtete peinlich darauf, keine Spuren zu hinterlassen. Denn natürlich würde es Ermittlungen geben, wie bei jedem unnatürlichen Todesfall.

Ein Tag, der schwarz begonnen und noch schwärzer geendet hatte, grübelte er, als er aus dem Haus schlich.

Hatte er den Professor durch seinen Anruf so unter Druck gesetzt, dass er keinen Ausweg mehr wusste? Weil aufzufliegen drohte, dass er mit dem Geheimdienst kooperierte? Oder hatten die Kapuzenträger seinen Verrat, seine Verbindung zum Verfassungsschutz, entdeckt, ihm das Lebenslicht ausgeblasen und einen Selbstmord vorgetäuscht?

Auch nach drei Gläsern Vinho Verde und ein paar Fados aus dem Player lief Mondrian in seinem Loft noch unruhig hin und her. Er kam der Antwort nicht näher. Die Fragen hämmerten bloß umso dumpfer durch sein Hirn.

27

Samstag, Morgen

Betreff: professor
Empfangen: 03:01 uhr

brandtner erledigt. keine besonderen probleme, stille version. wird nichts mehr über den hintergrund erzählen. polizei in wohnung, prüft suizid.

aktion 3 auf keinen fall stoppen. der kampf ist an einem kritischen punkt. die zukunft von atom ist noch längst nicht entschieden. druck erhöhen.

28

Dorfstraße, Gorleben

Der schrille Ton zerrte ihn aus dem Niemandsland. Es hatte keinen Zweck, auf den Wecker einzuhauen. Das Geräusch kam von woanders, von seinem Handy, das ein paar Meter entfernt lag. Er hatte vergessen, es auszuschalten, als er endlich auf den Futon gesunken war. Leider.

»Hello, this is your wake-up call!« Eine vertraute Stimme, unangenehm wach und so nah, als käme sie aus einer Hotelrezeption zwei Stockwerke tiefer.

Mondrian schluckte einen pelzigen Geschmack hinunter. »Hört sich nicht gerade wie ein netter Weckruf an«, brummte er und rieb sich die Augen. »Eher wie der große böse Rolf.«

Er wusste genau, dass Marc Rolfes sich immer ärgerte, wenn jemand mit seinem Namen spielte. Warum hatte er ihn auch so früh angerufen, nachdem er endlich in einen traumlosen Schlaf gedriftet war?

»Hier ist ja auch nicht die Tussi vom Empfang, sondern dein Ressortleiter«, schnarrte der Cop, »und bei mir ist es jetzt Viertel vor neun!«

»Mhm.«

»Schon Nachrichten gehört oder ins Netz geschaut?« Rolfes wartete gar nicht erst auf die Antwort. »Deine grünen Freunde haben wieder zugeschlagen.«

»Meine grünen Freunde?« Mondrian wurde langsam wach.

»Die Truppe aus der Schanze, von der du erzählt hast. Ein neuer Anschlag, wie es aussieht.«

»Und wo?«

»Los jetzt, komm endlich in die Gänge. *Breaking news* auf allen Kanälen.« Der Chef der Task-Force wurde immer unwirscher. »Du brauchst nicht erst in die Redaktion zu kommen. Beweg deinen Arsch schnellstens dahin, wo's brennt.«

Es dauerte nur wenige Sekunden, bis das iPad zum Leben erwacht und n-tv zu sehen war. Mit einem Schlag verstand er, warum Rolfes so nervös war. Ein Foto zeigte eine Dorfstraße, die mit rot-weißem Band abgesperrt war. Davor Polizisten, die Schaulustige in Schach hielten. Darunter stand die Textzeile:

»Gorleben: Tochter eines Atommanagers gekidnappt«.

Einen Augenblick später erschien ein Nachrichtensprecher auf dem Bildschirm. »Hier die jüngsten Meldungen vom neuen Attentat der Grünen Armee Fraktion. Heute früh zwischen sieben und acht Uhr wurde im niedersächsischen Gorleben ein sechzehnjähriges Mädchen auf offener Straße entführt. Augenzeugen beobachteten, wie es unweit des Hauses seiner Eltern in einen Lieferwagen gezerrt wurde. Das Fahrzeug fuhr danach mit hoher Geschwindigkeit davon. Die Polizei hat den Tatort inzwischen abgesperrt, eine sofort eingeleitete Ringfahndung blieb bisher erfolglos. Bei der Entführten soll es sich um die Tochter eines leitenden Angestellten des nahen Erkundungsbergwerks handeln, das als Atomendlager vorgesehen ist. Offenbar war das Opfer auf dem Weg zu einem Reitstall. Inzwischen ist im Internet eine Erklärung aufgetaucht, in der sich die sogenannte Grüne Armee Fraktion zu der Tat bekennt …«

Mondrian stellte den Ton leiser und fuhr sein Powerbook hoch. Nach wenigen Klicks hatte er die Botschaft in einem anarchistischen Portal gefunden. Das Logo mit der Maschinenpistole vor dem Hanfblatt, dazu diesmal das geflügelte schwarz-gelbe Zeichen, das vor radioaktiver Strahlung warnte. Und in großen schwarzen Lettern:

NIEMAND IST SICHER, DER UNSER LAND UNSICHER MACHT. HEUTE MORGEN HABEN WIR DIE TOCHTER EINES ATOMMANAGERS IN EIN ZWISCHENLAGER TRANSPORTIERT. VON DER ATOMMAFIA HÄNGT ES AB, OB SIE IN EIN ENDLAGER ÜBERFÜHRT WIRD. KEINE WEITERE ERKUN-

DUNG DES SALZSTOCKS IN GORLEBEN! NIE WIEDER CASTOR-TRANSPORTE! SCHLUSS MIT DER LÜGE VOM ATOMAUSSTIEG, ALLE AKW ABSCHALTEN, ENDGÜLTIG UND SOFORT!
GRÜNE ARMEE FRAKTION
KOMMANDO FINAL COUNTDOWN

»Final countdown«? Hatte er nicht vorgestern erst mit der blonden Angel über diesen Song gesprochen?

Und über »Final Castor«?

War das nicht die Version gewesen, die die Leute aus der Kommune voller Wut gebrüllt hatten, als der letzte Behältertransport an ihnen vorbeigezogen war?

Nach ein paar Händen kalten Wassers im Gesicht war Mondrian auf der Autobahn Richtung Hannover. Am Maschener Kreuz nahm er den Abzweig nach Lüneburg, und auch dort ging er bloß kurz auf hundert Stundenkilometer runter, exakt an der Stelle, von der er wusste, dass dort eine Radarfalle stand. Als er auf die Bundesstraße nach Dannenberg bog und beschleunigte, nahm er sein Handy vom Nebensitz und wählte, die Augen nur halb auf der Fahrbahn, die Nummer von Bruno Wunder.

»Moin, Bruno. Schnell, ehe die Verbindung wieder weg ist ...«

»Wo bist du denn?«

»Im Tiefflug über Norddeutschland.«

»Und da kannst du telefonieren, aus der Maschine?«

»Ja, jedenfalls so lange, bis ich wieder in einem Funkloch lande. Gibt hier nicht übertrieben viele Handymasten an der Straße. Dafür umso mehr Blitzer. Sag mal eben, habt ihr Neues über das gekidnappte Mädchen?«

»Mal sehen«, antwortete Wunder und suchte irgendetwas, »gerade lief eine frische Meldung über den Ticker. Der Wagen der Entführer ist gefunden, in einem Waldweg wenige Kilometer vom Tatort. Natürlich leer ...«

Ein Rauschen. Die Verbindung drohte abzubrechen. Aber hinter der nächsten Anhöhe war Bruno Wunder wieder zu hören.

»... müssen in ein anderes Auto umgestiegen sein ... sind immer noch auf der Flucht ...«

Mondrian musste scharf ausscheren, weil ein Lastwagen vor ihm bremste. Sein Wagen geriet ins Schlingern.

»Hat dir das die Sprache verschlagen?«, fragte Wunder.

»Nicht wirklich.« Ein wütender Blick zum Fahrer des Lkw, der stur geradeaus schaute. »Ich hätte bloß fast eine Wildsau gerammt.«

»Du hast ja so was von Glück, dass du draußen bist. Hier im Laden ist Ausnahmezustand. Fast alle aus dem Ressort sind noch auf der Piste wegen des ICE-Horrors, und die Übrigen rennen hektisch durcheinander. Was machst du in Gorleben?«

»Keine Ahnung. Kann ja mal probieren, an die Eltern des Mädchens ranzukommen. Bin bestimmt der erste Journalist, der dort klingelt. Danke jedenfalls, Bruno. Leg dich wieder hin.«

Einen Moment dachte Mondrian neidisch an die Liege aus schwarzem Leder, die Wunder irgendwann bei Nacht und Nebel in sein Büro geschmuggelt hatte und jetzt gelegentlich für ein Nickerchen hinter geschlossener Tür nutzte. Seine aufkommende Müdigkeit verflog, als er bei Grippel die Elbe ereichte und die letzten Kilometer schnurgerade durch den Wald auf Gorleben zuraste.

Die Hauptstraße des lang gezogenen Dorfs mit seinen geduckten Klinkerhäusern lag so wenig belebt und träge da wie immer. Doch hinter dem Abzweig nach Lüchow, der zum eingezäunten Zwischenlager mit seinen riesigen Hallen führte, sah er den Pulk.

Vor einem schmucken Landhaus mit glänzenden Ziegeln drängten sich Neugierige, die von Polizisten an einer Absperrung zurückgehalten wurden. Kreuz und quer waren die Wagen von Fernsehstationen und Radiosendern auf dem Bürgersteig abgestellt. Mondrian musste wenden und parkte seinen Audi neben dem alten Fachwerkbau, den die Atomwirtschaft zu einem teuren Infozentrum ausgebaut hatte. Nicht nur Gelder, sondern auch Angestellte des nahen Nuklearkomplexes hatten die Gemeinde erobert, dachte er, während er neu gebaute Häuser musterte. Er schob sich durch die Menschentraube, die auf ein umgestürztes Fahrrad am Straßenrand hinter der Absperrung starrte, und verfolgte, wie Beamte des Bundeskriminalamts danebenknieten und mit Pinzetten Spuren sicherten.

Schnell entdeckte er auch Daffner und machte sich durch einen Wink bemerkbar.

»Die üblichen Verdächtigen«, sagte der Kommissar, während er Mondrian mit einer Kippe unter dem Schnäuzer begrüßte.

»Mit den üblichen Fragen«, bestätigte Mondrian und musterte die Journalisten rundum, die ihre Mikrofone und Aufnahmegeräte in Stellung brachten.

»Und der üblichen Antwort«, grummelte Daffner. »Dass wir noch keine Spuren haben. Offiziell jedenfalls.«

»Gar nichts?«

»Vergiss es. Ein paar Lacksplitter, die von dem Lieferwagen abgesprungen sein könnten, als er das Fahrrad des Mädchens gerammt hat. Kinder wollen das beobachtet haben. – Angeblich war das Mädchen sonnabends um diese Zeit immer unterwegs zu ihrem Pferd im Reitstall. Aber das alles hilft uns auch nicht wirklich weiter, weil die Entführer längst in eine andere Karre umgestiegen sind …«

Er kratzte sich am Hals und zog Mondrian ein ganzes Stück weg von den anderen.

»… höchstens eine Sache, die du dir mal ansehen könntest.«

Während er eine Wolke aus Zigarettenqualm zurückließ, führte er Mondrian zu einem abseits geparkten Einsatzwagen, in dem zwei Beamte an Laptops arbeiteten und Funksprüche entgegennahmen. Auf dem Tisch in der Mitte lag eine Plastiktüte mit einer Spritze. An der Nadel klebte noch Blut.

»Die haben wir im Fluchtfahrzeug gefunden. Fällt dir dazu was ein?«

»Und ob.« Mondrian musste sofort an Gandhi denken. »So eine Pumpe hab ich gerade erst gesehen.«

»Bei dieser WG in Hamburg, hinter der du her bist?«

»Woher weißt du denn das?«

»Ich habe läuten hören, was du so treibst«, sagte Daffner, »deswegen frage ich dich ja. Traust du denen solche Aktionen zu?«

»Frag mich was Leichteres«, antwortete Mondrian langsam. »Manchmal ja. Da scheint alles zu passen, perfekt sogar, wie

Puzzlestücke. Aber dann bin ich mir wieder unsicher, ob so ein chaotischer Haufen von Träumern und Drogensüchtigen dazu überhaupt fähig ist …«

»Sie könnten die Kleine mit Heroin für die Flucht narkotisiert haben.«

»Ich weiß nicht, ob ein Altjunkie wie Gandhi so was wuppen würde.«

»Hier ist noch mehr von dem Stoff.« Ein Ermittler, der ihr Gespräch mitgehört hatte, drehte seinen Laptop zu ihnen. »Das habe ich gerade auf einer linksradikalen Plattform gefunden.«

Ein Mädchen mit wirren braunen Haaren, vielleicht in einem Schuppen oder einer Scheune. Sie war an einen Balken gefesselt, die Arme zur Seite gebogen, die Handgelenke durch Stricke eingeschnitten, die Beine gespreizt. Die Augen schauten blicklos ins Leere; um ihren Hals hing ein Schild, das den nackten Oberkörper nur notdürftig bedeckte:

GEFANGENE DER GRÜNEN ARMEE FRAKTION. TAG 1

Aus dem Off traten Vermummte an sie heran, die ihr eine Binde um die Augen legten. Dann zoomte die Kamera auf Hände mit Chirurgenhandschuhen, die eine Spritze bereit machten. Ein Schwenk nach oben, zum Hals des Mädchens. Auf der hellen Haut richteten sich die winzigen Haare auf. Mit einem Ruck fuhr die Nadel hinein, schob sich tiefer und tiefer, suchte eine Vene, fand sie. Ganz langsam wurde die bräunliche Flüssigkeit aus dem Kolben gedrückt. Als die Nadel wieder herauskam, lief ein Blutstropfen aus dem frischen Einstich und kullerte hinunter, zwischen die Ansätze der kleinen Brüste, bis er unter dem Schild verschwand. Die letzten Zeilen darauf lauteten:

GORLEBEN SOLL LEBEN,
DANN WIRD AUCH ANNA-LENA LEBEN.

Ein leises Schluchzen des Mädchens, kaum hörbar, dann wurde der Bildschirm schwarz.

»Diese Schweine«, zischte Daffner. »Das dürfen die Eltern auf keinen Fall sehen. Sagt drüben Bescheid, dass sie von allen Geräten ferngehalten werden sollen.«

Einer seiner Mitarbeiter lief zu dem Haus, das von Gaffern und Reportern umlagert wurde. Aber es war offenbar zu spät. Möglicherweise hatten die Eltern selbst im Internet nach einer Botschaft der Kidnapper gesucht, oder ein TV-Sender hatte das Material sofort in seine News übernommen.

Ein untersetzter Mann in den späten Vierzigern, rote Flecken im Gesicht, das schüttere Haar ungeordnet, und eine Frau mit verweinten Augen traten in den Halbkreis von Mikrofonen und Kameras, der an ihrem Gartenzaun aufgebaut war.

»Als Eltern von Anna-Lena«, sagte der Mann mit stockender Stimme, »als Vater und Mutter von Anna-Lena ... appellieren wir an die Entführer ... Geben Sie uns unser Kind wieder! Beenden Sie diesen grausamen Wahnsinn! Lassen Sie unsere Tochter nicht leiden für etwas, für das sie in keiner Weise verantwortlich ist ... Wir können über alle Fragen sprechen ... Auch über finanzielle Forderungen verhandeln ... Aber es ist ein Gebot der Menschlichkeit, sich nicht an einem unschuldigen Mädchen zu vergreifen. Nehmen Sie mich stattdessen als Geisel, oder ...«

»Tun Sie ihr nichts zuleide, bitte!«, stieß die Frau hervor, ehe ihre Stimme versagte und sie das Gesicht in den Händen vergrub.

Ein Schrei auf der Straße. Am Rand des Pulks entstand ein Gerangel, Polizisten zerrten einen knochigen Mann zur Seite, der wild um sich schlug und etwas von »Öko-Fotze« rief.

Als die Menge zurückwich, sah Mondrian eine Frau auf dem Pflaster liegen. Er kannte sie. Maria. War sie von ihrem Hof hergekommen, weil sie von der Entführung gehört hatte und sich selbst ein Bild machen wollte? Sie bewegte sich nicht, blutete heftig aus einem Ohr und aus der Nase, als hätte sie einen Faustschlag ins Gesicht bekommen und wäre auf den Bordstein gestürzt. Offenbar war sie bewusstlos, ein Arm lag leblos über dem »X-tausendmal quer«-Sticker, der sie als Atomgegnerin auswies.

»Verdammt, das fehlt uns gerade noch, dass die Leute jetzt ausflippen und Selbstjustiz üben«, fluchte Daffner, während sich ein Krankenwagen mit Blaulicht seinen Weg zu der Verletzten bahnte. »Wenn wir diese Arschlöcher von der GAF nicht bald festnehmen, wird demnächst im ganzen Land Jagd auf Ökos gemacht!«

Sie beobachteten, wie Maria in den Rettungswagen geschoben und der Schläger abgeführt wurde. Daffners Handy klingelte; er entfernte sich ein paar Schritte, damit er unbelauscht sprechen konnte.

Mondrian verfolgte, wie er immer wieder gegen einen Laternenpfahl trat und wild gestikulierte. Dann nickte Daffner ein paarmal heftig, als könnte man das am anderen Ende der Verbindung sehen.

Als er zurückkam, hatte sich etwas in seinem Gesicht verändert. Seine Züge waren härter geworden. Erst schwieg er, aber Mondrian wusste, dass noch etwas kommen würde, als er in die Ferne schaute.

»Morgen früh ist Aufschlag. Fünf Uhr. In Hamburg«, sagte er schließlich. »Die Adresse kennst du ja.«

Das Wetter war umgeschlagen. Ein paar Regentropfen fielen auf Mondrians Stirn.

Sie fühlten sich an wie die Vorboten eines Gewittersturms.

29

Samstag, Nacht

```
Betreff: zwischenlager
Gesendet: 22:17 uhr

mädchen sicher unter verschluss. narkose überdosiert, aber
nicht letal. versorgung sichergestellt. bald entscheidung
nötig, was mit ihr an tag 2 passieren soll.
```

30

Kommune, Schanzenviertel

Die Gesichter waren von Sturmhauben verdeckt. Die Visiere der Helme heruntergezogen. Die dunklen Gestalten bloß Schemen in der Straßenschlucht.

Aber die Nacht war nicht mehr so schwarz, dass man die Männer und Frauen in den Kampfmonturen nicht hätte ausmachen können, die mit ihren automatischen Waffen an den Häuserwänden entlangschlichen, immer auf der Suche nach Deckung. Fast geräuschlos waren sie aus den abgedunkelten Mannschaftswagen gestiegen, mit schusssicheren Westen gepanzert. Jetzt huschten sie von Eingang zu Eingang, bis sie das Haus mit dem Graffito erreichten. Dort hob der Einsatzleiter den Arm zu einem Stopp.

Mit leisem Kommando schickte er das erste Team an die Rückseite des Gebäudes, um eine Flucht durch Hintertüren zu vereiteln. Eine zweite Gruppe dirigierte er über ein benachbartes Grundstück in den Innenhof. Den Sturmtrupp zur massiven Vordertür führte er selbst an. Kaum ein Laut war zu hören, als ein Spezialist das Schloss öffnete. Im dunklen Treppenhaus tastete sich der Trupp bis zum vierten Stock hoch. Vor der Wohnung, an der »Mily Tanz« stand, sammelte er sich, bis über ein Funkgerät die vereinbarten Signale kamen. Alle Abteilungen, auch die Präzisionsschützen auf dem Dach gegenüber, waren auf Position.

»Großer Schlüssel«, befahl der Einsatzleiter flüsternd und zeigte auf eine eiserne Ramme. »Go!«

Mit einem dumpfen Knall krachte der Rammbock gegen die Wohnungstür. Das Holz splitterte, das Schloss gab nach, die Tür flog nach innen. Mit gezogenen Pistolen stürmten die SEK-Polizisten in den lichtlosen Flur. Die Strahler an den automatischen Waffen tanzten über Wände und Decken, als sie in die Zimmer eindrangen und Blendgranaten zündeten.

»Polizei! Keine Bewegung!« Mit ihren schweren Stiefeln traten sie alles zur Seite, was ihnen im Weg stand. In Sekunden verwandelte sich die Wohnung in ein Schlachtfeld.

Speedy, im ersten Zimmer, war so überrascht, dass er augenblicklich im Liegen überwältigt werden konnte. Ein Zwei-Meter-Mann warf sich auf ihn und kniete sich auf seine Arme, sodass er sich nicht mehr rühren konnte.

Karsten, der ein Zimmer weiter lag, versuchte sich zu wehren. Richtete sich auf und holte zu einem Faustschlag aus. Doch er konnte nur noch nach Luft schnappen, als er im selben Moment einen Tritt in den Magen und einen Waffenknauf gegen den Schädel bekam. Sein Kopf schien zu explodieren. Von den Blutspritzern wurde sogar Angel neben ihm getroffen. Ungläubig und stumm hob sie die Hände. Eine Beamtin riss sie so heftig an den Haaren von der Matratze hoch, dass sie vor Schmerz schrie.

Nebenan flogen Blumentöpfe gegen die Wände. »Ihr Faschisten-Schweine!«, brüllte Edda. Einen Moment später war sie mit einem Knebel zum Schweigen gebracht.

Auch Gandhi erntete nur ein kurzes Gelächter, als er mit dünner Stimme »Peace!« rief und sich in den Lotossitz retten wollte. Sein halber Altar ging zu Bruch, als zwei Spezialpolizisten seine Götterfiguren samt Räucherstäbchen zur Seite kickten und ihn gegen die Wand pressten. Die Arme auf den Rücken gebunden, wurde er ins Mittelzimmer geschoben, wo schon Youssef und Lara in Handfesseln neben einem umgestürzten Bücherregal lagen.

Aus Alex' Raum drang wütendes Knurren und Bellen, vermischt mit den Geräuschen von Tritten und Schlägen.

»Die Waffen weg!«, schrie er immer wieder in Panik. Dann krachte ein gedämpfter Schuss.

»Scheißköter«, schimpfte eine männliche Stimme. Alex brach in ein hohes Winseln aus. Mit Tränen in den Augen wurde er zu den anderen Gefesselten gestoßen, während beißender Pulverdampf durch die Wohnung zog.

Nicht einmal fünf Minuten waren vergangen, als der Einsatzleiter die Zentrale rief. »Zielpersonen sicher«, sagte er in das Headset seines Funkgeräts. »Wir kommen jetzt raus.«

Mit routinierten Griffen wurden die Festgenommenen aufgerichtet und nebeneinander an eine Wand gestellt. Jeder bekam eine blickdichte Haube über den Kopf gestülpt.

»Ey, was soll das, ihr Fucker?«, rief Speedy, die Bubi-Stimme halb erstickt.

Die Beamten packten die Gefesselten an den Armen und schoben sie von Absatz zu Absatz die Treppe hinunter. Wenn jemand ins Straucheln geriet, rissen sie ihn wieder hoch und zerrten ihn vorwärts. Draußen fuhren Gefangenentransporter mit Blaulicht vor, von Polizisten mit Maschinenpistolen geschützt.

Speedy war der Letzte, der aus der Wohnung der Kommune geführt wurde. Er versuchte, sich gegen die Trümmer des Türrahmens zu stemmen, aber zwei Riesen in Kampfmontur hoben ihn an den gefesselten Armen einfach in die Luft und schleiften ihn Stufe für Stufe bis auf die Straße. Wie in einem spastischen Anfall schüttelte er seinen Kopf so ruckartig, dass die Haube herunterrutschte. Ehe die Beamten sie wieder über sein Gesicht zerren konnten, hatte er Mondrian entdeckt, der nur drei Schritte entfernt von ihm zwischen Polizisten stand, um den Einsatz zu beobachten.

»Fick dich, Alter, hast du uns doch verraten!«, stieß Speedy hervor und schoss einen hasserfüllten Blick auf Mondrian ab. Dann spuckte er ihm ins Gesicht.

Sekundenbruchteile später traf ihn ein Faustschlag auf der Brust.

In aller Frühe war Mondrian von seinem Loft in der Speicherstadt zum Schanzenviertel gefahren, voll betankt mit Kaffee. Gegen halb fünf Uhr waren plötzlich alle Laternen in der Straße der Kommunewohnung erloschen, dann hatte sich sein Mobiltelefon verabschiedet. Ein untrügliches Zeichen, dass bald etwas passieren würde. Die Polizei hatte die Funknetze in der Nähe abschalten lassen, damit niemand eine Warnung weitergab.

Doch die Mannschaftswagen konnten sich nicht unbemerkt nähern, obwohl sie ohne Scheinwerfer fuhren. Mondrian hatte das leise Brummen der Motoren gehört und sich in einem Hauseingang schräg gegenüber dem Graffito versteckt. Beobachtete, wie die bewaffneten Teams heranschlichen. Sah, wie Schatten mit Maschinenpistolen in den Hof und in das Haus vordrangen.

Minuten später waren dumpfe Geräusche und Schreie zu hören gewesen, hinter den Fenstern im vierten Stock flackerte Licht auf.

Unter den misstrauischen Blicken der Beamten, die um das Haus postiert waren, hatte er sich dem Eingang genähert. Eigentlich fürchtete er, dass er gleich wieder zurückgeschickt werden würde, obwohl er seinen Presseausweis vorweisen konnte. Aber inzwischen rückten auch andere Journalisten an, vor allem Fotoreporter mit umgehängten Kameras. Offenbar waren sie gezielt informiert worden, damit es Bilder von der Razzia gab.

Sie hatten nicht lange warten müssen. Im ersten Morgenlicht wurden die Festgenommenen durch ein Spalier von Uniformierten geführt, als würden Verurteilte zur Hinrichtungsstätte geleitet. Wagen mit vergitterten Fenstern standen mit laufenden Motoren bereit, um sie im Schutz einer Motorrad-Eskorte abzutransportieren. Die SEK-Beamten packten fest zu, als sie die vermummten Gefesselten vor sich herstießen.

Im Blitzlichtgewitter erkannte Mondrian die massige Gestalt von Alex. Die zarte Figur von Angel. Eddas Springerstiefel und eine spindeldürre Gestalt, die Gandhi sein musste. Der runde Schädel von Karsten zeichnete sich unter einer Haube mit einem Blutfleck ab, unter einer anderen lugte der Bart des Marokkaners hervor. Zuletzt kam ein hampelnder Junge, dem die Vermummung vom Gesicht glitt.

Mondrian konnte nicht schnell genug reagieren, als Speedy mit seiner Spucke auf ihn zielte. Der Fausthieb schoss wie ein Reflex aus ihm, ehe ihn ein Arm nach hinten zog.

»Treffer?«, fragte eine Stimme, die er sofort wiedererkannte. Schirra.

Bevor Mondrian sich umdrehte, wischte er sich mit dem Ärmel den Rotz vom Gesicht.

»Volltreffer«, brummte er säuerlich.

»Was hat der Junge denn gegen Sie?« Der Verfassungsschützer reichte ihm zur Begrüßung seine weiche Hand, wie üblich mit einem charmanten Lächeln.

»Wahrscheinlich denkt er, ich hätte für Sie gearbeitet.«

»Wie kommt er denn darauf?« Ein verwunderter Ton in der Stimme, der Mondrian scheinheilig vorkam.

»Das wissen Sie vermutlich besser als ich. Es waren doch Ihre Leute, die mir den Peilsender unter den Wagen geklebt haben«, gab er brüsk zurück.

»Ach, Sie meinen dieses Ortungsmodul? Alles nur zu Ihrem Schutz, mein Bester. Wir wussten ja nicht, was diese grüne Bande mit Ihnen anstellt.«

»Sind Sie sich denn sicher, dass Sie die Richtigen haben?« Mondrian deutete mit dem Kopf auf die abfahrenden Gefangenentransporter.

»Sie zweifeln daran? Nach allem, was Sie bei diesen Leuten gehört haben?«

Woher, verdammt, wusste Schirra, was er in der Wohnung mit Speedy und Konsorten besprochen hatte?, schoss es Mondrian durch den Kopf.

Der Verfassungsschützer fixierte ihn sekundenlang mit einem ausdruckslosen Blick. »Der Dienst macht keine Fehler.«

Er trat ein paar Schritte nach hinten und sprach leise mit einem Mann mittleren Alters in Zivil, der aus einem schwarzen Wagen mit Bundeskennzeichen gestiegen war. Dann kehrte er zu Mondrian zurück.

»Kommen Sie heute um vierzehn Uhr zum Innenministerium in Berlin. Ich erwarte Sie im Foyer am Springbrunnen. Dort werden Sie mehr erfahren.«

Vielleicht auch, wo Ricarda Walde war?

In der Kolonne der Festgenommenen hatte Mondrian sie nicht entdeckt. Ein merkwürdiges Gefühl keimte in ihm auf, nicht nur Verwunderung, sondern auch ein Anflug von Erleichterung, der ihn irritierte.

War die Frau, die er in den Armen gehalten hatte, dem SEK entwischt?

31

Bundesinnenministerium, Berlin

Das glitzernde Gebäude wirkte stolz und unnahbar. Wie ein gigantisches U aus Glas und poliertem Stein lag es an einem Spreebogen mitten in Berlin. Die spiegelnden Scheiben verwehrten jeden Blick ins Innere, die dreizehnstöckige Fassade wurde von Videokameras überwacht. Wie Adler hockten sie auf dem Dach und strichen mit ihren Augen über die glänzende Außenhaut bis zu den gerundeten Enden. Draußen vor der Zufahrt, auf der lärmenden Straße Alt-Moabit, drängten sich billige Telefonshops, Schnapsgeschäfte und Reiseläden mit Ramschangeboten, als kämpften sie in einem verfallenden Vorstadtviertel ums Überleben. Doch sobald man durch einen kühn geschwungenen Metallbogen in einen großen Hof gebogen war, wurde man von einer unwirklichen Stille empfangen. Die Rasenkanten waren wie mit dem Lineal gezogen, die Rosenbüsche makellos, und unter schwarz-rot-goldenen Bundesflaggen bewachten uniformierte Bundespolizisten den Palast der Macht.

Mondrian war absichtlich zu früh gekommen. Er wusste, dass er die schlechte Angewohnheit hatte, alles auf die letzte Minute zu planen. Diesmal wollte er das Gelände erkunden, ohne gehetzt zu sein. Er parkte in der Tiefgarage und ging durch die Grünanlage zur Spree, auf der Polizeiboote patrouillierten. Durch die Sonnenbrille peilte er hoch zum obersten Stock, wo der Minister sein Büro mit Blick über den Tiergarten bis zum Reichstag hatte. Er steuerte den von Palmen gesäumten Brunnen im Foyer an, um dort auf Schirra zu warten. Doch der lächelnde Geheimdienst-Mann war schon da.

»Haben Sie vorhin die Bundespressekonferenz verfolgt? Die Statements des Generalbundesanwalts und des Ministers?« Schirra schien immer noch begeistert.

Mondrian nickte. »So einen Kampf um Plätze hab ich selten erlebt.«

»Dann werden Sie die geschlossene Gesellschaft umso mehr

schätzen, an der Sie hier teilnehmen können. Außer Ihnen sind nur drei Journalisten dabei.«

»Hofberichterstatter des Ministeriums?« Mondrians Spitze ließ sich kaum überhören.

»Warten Sie's ab«, entgegnete Schirra unbeirrt, »jedenfalls Leute, die das Vertrauen von Dr. Bussung haben. Der Staatssekretär leitet die Sitzung.«

»Was ist das für eine Runde?«

»Eine Sondersitzung des GTAZ. Sagt Ihnen das was?«

»Ist das nicht diese hochgeheime Superbehörde?«, fragte Mondrian spöttisch. Natürlich wusste er, dass das »Gemeinsame Terrorismus-Abwehr-Zentrum« das Herz der Terrorbekämpfung in Deutschland war, zusammengesetzt aus Vertretern von vierzig Sicherheitsbehörden. Aber üblicherweise trafen sie sich in einem abgeschotteten Gebäude in Berlin-Treptow.

»Heute will Bussung die Spezialisten mal hier im Haus haben.« Schirra führte Mondrian zu einem Aufzug. »Und er fängt immer pünktlich an.«

Geräuschlos glitt der Lift in den zehnten Stock. Nachdem sich die Tür geöffnet hatte, mischten sie sich in eine Phalanx von Beamten, die in einen neonhellen Raum mit Großbildschirmen strömten. Die meisten trugen gedeckte Anzüge, die wie eine Uniform anmuteten. Viele waren so außergewöhnlich unauffällig, dass man meinen konnte, sie wollten sich unsichtbar machen. Die wenigen Frauen wetteiferten mit ihnen, indem sie graue Kostüme trugen oder gleich einen Hosenanzug. Angehörige der Geheimdienste waren dabei, ein Dutzend Polizeibehörden, Abgesandte von Interpol und Europol, dazu Mitarbeiter des Militärischen Abschirmdienstes und des Zollkriminalamts. Das Kopfende des lang gezogenen Tisches, auf dem eine Batterie von Bildschirmen stand, war für Spitzenbeamte aus dem Innenministerium und eine Bundesanwältin aus Karlsruhe reserviert.

Schirra führte Mondrian an das entgegengesetzte Ende des Tisches, das für die ausgewählten Medienvertreter bestimmt war. Dort saß bereits der Analyst einer Wochenzeitung, ein selbstgefälliger Mittvierziger mit aufgeschwemmtem Gesicht, der seit

Langem beste Beziehungen zum Innenministerium pflegte. Daneben reckte ein junger schlaksiger Fernsehmann seine dynamische Tolle in die Höhe. Sein glattes Gesicht war Mondrian von glatten Interviews mit Regierungspolitikern vertraut. Er selbst wurde zu einem Stuhl neben der Reporterin eines Boulevardblattes dirigiert. Sie trug eine durchscheinende lila Bluse und eine Menge nackter Haut darunter und stellte sich flüsternd als Julia Stürmlinger vor. Schräg gegenüber entdeckte Mondrian Daffner, der kurz aufsah. Im selben Moment kam der Staatssekretär in den Raum.

»Willkommen in unserem Raumschiff Enterprise«, sagte Bussung, als er vor einer Wand mit Weltkarten und Uhren mit den Angaben verschiedener Zeitzonen Platz genommen hatte. »Wie Sie alle wissen, hat der Terrorismus eine neue Dimension erreicht. Erst der ermordete Atomingenieur. Dann der ICE. Und nun das entführte Mädchen. Aber ich kann Sie mit einer guten Nachricht überraschen.«

Er nickte dem Vertreter des Landeskriminalamts Niedersachsen zu, einem hochgeschossenen knochigen Mann.

»In diesen Minuten ist das Mädchen wieder frei«, sagte der hagere Beamte, während er ein Papier zur Seite legte. »Nach einem anonymen Hinweis haben wir das Opfer in einer verlassenen Scheune bei Lüchow aufgefunden. Es ist dort offenbar von den Tätern ausgesetzt worden, wahrscheinlich noch in der Nacht nach der Entführung.«

»Gesundheitszustand?«, fragte der Staatssekretär.

»Immer noch unter Drogen, vermutlich traumatisiert.«

»Umso wichtiger, dass heute Morgen Festnahmen erfolgt sind. Es wurde höchste Zeit für einen wirksamen Schlag gegen diese ideologischen Gewaltverbrechen, die auf den ganzen Staat zielen. Ich habe Sie heute hierhergebeten, damit wir alle auf den neuesten Stand kommen, was die Grüne Armee Fraktion angeht. Und Sie werden einige Gesichter sehen, die nicht allen vertraut sind. Vertreter der Presse.«

Bussung nickte zum anderen Ende des Tisches. »Ich denke, dass der Zeitpunkt gekommen ist, um ausgewählte Medien in die besonderen Aufgaben einzubeziehen, die vor uns liegen.«

Er machte eine kleine Pause und blickte die Journalisten der Reihe nach an.

»Sie werden jetzt Dinge hören, die auf der Bundespressekonferenz vorhin nicht bekanntgegeben wurden. Schließlich entscheidet grundsätzlich der Generalbundesanwalt darüber, welche Informationen über die Ermittlungen preisgegeben werden. Er ist der Herr des Verfahrens, formell jedenfalls ...«

»Das muss auch so bleiben«, warf die Bundesanwältin aus Karlsruhe entschieden ein.

»... und außerdem gibt es die Unschuldsvermutung. Selbst für Terroristen, solange sie nicht verurteilt sind.«

»Leider«, kam es leise murrend aus einer Ecke.

»Aber hier werden wir jetzt Klartext reden. Und selbstverständlich erwarten wir von den Medienvertretern, dass keine sicherheitsrelevanten Informationen veröffentlicht werden, ohne dass Sie sich mit uns abstimmen.«

Die Presseleute nickten. Außer Mondrian.

»Und dass wir Ihre Manuskripte lesen können, bevor sie in Druck gehen. Nur zur Vermeidung sachlicher Fehler natürlich.«

Der korpulente Analyst nickte wieder. »Wie wir das immer gehandhabt haben.« Verblüfft bemerkte Mondrian, dass sich die anderen erneut anschlossen.

»Dann zur aktuellen Lage«, sagte Bussung zufrieden und wandte sich der Delegation des BKA zu. »Wie weit sind die Ermittlungen gegen die GAF?«

Ein kantiger silberhaariger Abteilungsleiter des Bundeskriminalamts blätterte in seinen Unterlagen und richtete sich dann auf. »Wir haben heute Morgen nach dem Zugriff in Hamburg Spuren in dem Zielobjekt gesichert. Beziehungsweise das, was davon übrig war.«

Hochgezogene Augenbrauen.

»Nicht zum ersten Mal erleben wir, dass nach einem SEK-Einsatz die Feinarbeit für unser Tatort-Team etwas erschwert ist.« Er räusperte sich. »Um es vorsichtig auszudrücken.«

»Sollen wir Terroristen etwa mit Samthandschuhen festnehmen?«, fragte der SEK-Leiter.

»Es macht uns die Arbeit jedenfalls nicht leichter, wenn wir

Mikrospuren in einem Trümmerhaufen suchen müssen«, entgegnete der Abteilungsleiter süffisant. »Ein beteiligter Beamter wird Ihnen jetzt erklären, was noch zu holen war.«

»Nicht viel«, sagte Daffner und zog sein Mikrofon näher. »Wir haben Erdbrocken gefunden. Gleich hinter der Eingangstür des durchsuchten Objekts, neben einem Schuhhaufen. Vorläufige biochemische Analysen sprechen dafür, dass ein Teil des Materials vom Tatort in Geesthacht stammen könnte.«

»Möglicherweise lässt sich das durch DNA von getrockneten Blättern bestätigen, die darin enthalten sind«, ergänzte Daffners Nebenmann.

»Dann die Fußspuren. Wie manche von Ihnen wissen, wurden am ICE-Tunnel Abdrücke von Sportschuhen asserviert. Im Flur der Wohnung haben wir heute Morgen Schuhe entdeckt, die offenbar dazu passen.«

»Na also«, raunte ein Verfassungsschützer.

»Sie sind auf dem Weg in die Kriminaltechnik in Wiesbaden. Wir erwarten noch heute das Ergebnis des Scan-Abgleichs.« Daffner blätterte in seinen Notizen. »Punkt drei ist die Grünanlage auf dem Dachboden. Ganz oben im Haus befindet sich eine bemerkenswerte Marihuana-Plantage. Dankenswerterweise ist sie von den Einsatzkräften heute früh nicht abgeerntet worden …«

Selbst der SEK-Leiter musste schmunzeln.

»… und sie erinnert natürlich sofort an das Emblem, das die GAF verwendet, das Hanfblatt mit der Waffe. Und noch ein bemerkenswerter Fund. In einem der Zimmer befand sich eine kürzlich verwendete Spritze, deren Blutanhaftungen auf keinen Fall von dem festgenommenen Junkie stammen. Erste Anzeichen sprechen dafür, dass sie für eine Injektion bei dem entführten Mädchen verwendet wurde, genau wie die Spritze im zurückgelassenen Fluchtwagen.«

»Sollte sich das im Labor erhärten lassen«, schaltete sich der BKA-Abteilungsleiter ein, »noch ein hervorragendes Indiz.«

»Was ist mit Fingerabdrücken?«, fragte ihn einer der Ministerialbeamten.

»Fehlanzeige, fürchte ich. Natürlich wurden die Festgenommenen erkennungsdienstlich behandelt. Wir haben ihre Prints durch unsere Dateien laufen lassen und auch ein paar Treffer erzielt. Aber nur kleinere Delikte, Sachbeschädigung und Widerstand gegen die Staatsgewalt bei Demonstrationen etwa. Vielleicht gibt es Fingerspuren auf dem Schild, das dem Mädchen umgehängt wurde. Aber bisher haben diese Täter nie so plumpe Fehler gemacht.«

»Lässt sich das Video im Internet auswerten«, hakte der Ministerialbeamte nach, »auch wenn darauf keine Gesichter zu sehen sind?«

»Immerhin ein paar Gestalten mit Kapuzen«, erwiderte der silberhaarige BKA-Mann, »vielleicht hilft uns das weiter. Wir haben gerade eine neue Software bekommen, die Größe, Umrisse und charakteristische Bewegungen von Personen auf Filmen analysiert und mit anderen Aufnahmen vergleicht, etwa mit den Videos, die heute bei der ED-Behandlung der Festgenommenen entstanden sind. Eine prima Sache. Wir können die Figuren drehen und wenden und die Perspektive wechseln …«

»… bis das Ergebnis stimmt?«, fragte die Bundesanwältin und erntete Gelächter.

Der Abteilungsleiter ignorierte es. »Die Auswertung dürfte allerdings noch dauern. Ebenso die linguistische Untersuchung der GAF-Botschaften. Umso wichtiger wäre es für uns, zu wissen, welche Erkenntnisse andere Dienststellen über die Verhafteten haben.«

Auffordernd schaute er zur Riege der Geheimdienstleute, die ihm genau gegenübersaß. Ihre Krawatten waren keinen Millimeter gelockert, dabei stand inzwischen eine dicke, schweißgeladene Luft im Raum.

»Natürlich haben wir gewisse Vorfeldermittlungen durchgeführt«, sagte ein Direktor des Bundesamts für Verfassungsschutz zögernd, ein Mann von undefinierbarem Alter, der Mondrian mit seinen runden Brillengläsern auf der schmalen Nase an einen Vogel erinnerte. Umständlich rückte er das klobige Gestell zurecht. »Unsere Spezialisten erstellen seit einigen Monaten persönliche Profile der Verdächtigen. Aber Sie wissen ja, dass wir unsere Erkenntnisse normalerweise nicht weitergeben dürfen, aus verfassungsrechtlichen Gründen ...« Er peilte über seine schwarzen Brillenränder hinüber zu Bussung.

Der nickte.

Der Geheimdienstdirektor drückte ein paar Tasten auf seinem Computer. »Also, mit Einverständnis des Staatssekretärs gebe ich Ihnen einen kurzen Überblick über die Mitglieder der Grünen Armee Fraktion, die vor vier Monaten in Hamburg im Umfeld der Roten Flora entstanden ist.«

Er steckte einen Datenstick ein und beamte ein Foto von Speedy auf einen Großbildschirm. »Stefan Ahlers, zwanzig Jahre alt, Gründungsmitglied der Gruppe. Computerexperte mit Kenntnissen über Abhörtechniken. Neunundzwanzig Verfahren wegen Urheberrechtsverletzungen. Sie wissen schon, Raubkopien von Musik und Spielfilmen.«

Ein Klick, und eine Aufnahme von Alex vor einem Hundegehege erschien. »Alexander Wiegold, fünfundzwanzig, arbeitsloser Krankenpfleger. Militanter Tierschützer mit Verbindungen zur Animal Liberation Front in Großbritannien. Verdacht der versuchten Tötung.«

»Versuchte Tötung?«, fragte ein BKA-Mann. »In unseren Akten ist das nicht drin.«

»Vertrauliche Angaben einer Quelle. Danach war er an einem Brandanschlag auf den Leiter eines Tierlabors beteiligt. Allerdings gab es keine Beweise, die für ein Strafverfahren ausreichend gewesen wären.«

Der nächste Klick. Ein Bild von Karsten und Angel auf ihrem Matratzenlager, mit Bewegungsunschärfe.

»Die eindeutige Pose kommentiere ich nicht«, unterbrach er aufkommendes Gelächter, »das ist jedenfalls unser Pärchen. Der Mann mit der Glatze heißt Karsten Görlitz, zweiundzwanzig. Früher Betonbauer und zeitweise rechtsgerichteter Skin, bevor er zur Antifa wechselte. Bei einem Racheakt hat er einen NPD-Mann so verprügelt, dass der mehrere Knochenbrüche erlitt. Was er bei Gesprächen über seine Vergangenheit gern verschweigt ...«

Ein gezielter Blick über den Tisch zum anderen Ende, der einen Moment auf Mondrian haften blieb.

»Und rechts die Dame ist Eva Jörgensen, dänische Staatsbürgerin, einundzwanzig, eher eine labile Natur.«

»Soll was bedeuten?«, fragte die Bundesanwältin etwas unwirsch.

»Sie wurde offenbar von ihrem Vater missbraucht und ist später von ihrer geschiedenen Mutter weggelaufen. War Trebegängerin, bevor sie zu der Hamburger Gruppe stieß. Und dieser Herr hier …«

Er beamte ein Foto von Gandhi auf den Bildschirm.

»… hat eine lange Drogenkarriere hinter sich. Robert Schimpf, schon etwas älter …«

»Neununddreißig«, half ihm ein Assistent, »laut einem forensischen Gutachten schizoid.«

»Sie sehen, meine Damen und Herren, wir haben schon eine hübsche Mischung hier. Ergänzt durch die fünfundzwanzigjährige Edda Kowalke, lesbisch …«

Eine Aufnahme der Stoppelhaarigen beim Gärtnern.

Danach ein verschwommenes Porträt von Lara.

»… und das ist die zweiundzwanzigjährige Lara-Marie Pechstein, früher mal bei Amnesty International, ehe sie sich linksradikalen Atomkraftgegnern anschloss. Dazu kommt noch ein marokkanischer Staatsbürger namens Youssef Zakardi, eine Randfigur, die offenbar erst vor Kurzem zu der Gruppe gestoßen ist.«

Das Foto auf dem Bildschirm zeigte den Bärtigen in einem zerschlissenen hellen Gewand.

»Den Höhepunkt habe ich mir natürlich für den Schluss aufgehoben.« Der Verfassungsschutzdirektor lehnte sich selbstzufrieden zurück, während alle das Bild der Frau vor der Graffito-Faust anstarrten, das Mondrian auch auf seinem Handy hatte. »Ricarda Walde, die Anführerin. Siebenunddreißig Jahre, Vater Chilene, Mutter deutsch, Spitzname Gypsy. Studierte Biologin und eindeutig Wortführerin der Gruppe. Im Gegensatz zu den anderen dort weiß sie, wovon sie spricht.«

Er projizierte ein anderes Bild von Ricarda auf den Bildschirm, auf dem sie jünger aussah und kurze Haare trug. »Hier bei einer Sitzung des Weltklimarats. Dort war sie mal freie Mitarbeiterin.«

Ein weiterer Klick. »Hier mit einem marxistischen Professor, der als Vaterfigur für den extremistischen Nachwuchs galt ...«

»Ullrich Brandtner«, ergänzte Schirra, »er hat sich inzwischen das Leben genommen. Offenbar hat er sich dafür geschämt, dass er die Gruppe inspiriert und beraten hat.«

»Kann aber auch sein, dass er einem Racheakt der GAF zum Opfer gefallen ist, weil es zu einem Streit über Ziele und Methoden kam«, warf ein anderer Verfassungsschützer ein.

Sein Vorgesetzter klickte das nächste Bild an. »Hier sieht man Ricarda Walde auf einem linksradikalen Kongress, der kürzlich in Hamburg stattfand ...«

Erneut ein Tastendruck, und Mondrian hielt die Luft an. Die Aufnahme war leicht verschwommen, aber sie zeigte Ricarda Walde eindeutig mit einem Mann, der ihm sehr ähnelte. In dem Lokal auf dem Schulterblatt.

»... und ein Treffen mit jemandem, den ich schon hier im Raum gesichtet habe.«

Alle Gesichter wandten sich ihm zu. Gelächter.

Auf dem Bild, das bei einer Observation offenbar von einem Tisch in der Nähe geschossen worden war, sah sein Gespräch mit Ricarda fast intim aus. Sie steckten die Köpfe zusammen wie ein vertrautes Paar.

»Man sollte dieser Frau nicht alles glauben, was sie bei ein oder zwei Caipirinhas erzählt«, sagte der Direktor und korrigierte erneut den Sitz seiner Brille, »sie ist eine begnadete Schauspielerin, die andere leicht täuscht. Dazu eine fanatische Aktivistin mit dem kriminellen Potenzial eines Charles Manson, die für ihre Ideologie über Leichen geht. Durch eine Vertrauensperson wissen wir, dass sie Verbindungen zu Extremisten in der Elbmarsch hat.«

»Wo der joggende Atomingenieur umgebracht wurde?«, hakte ein BKA-Fahnder nach.

»Genau. Sie und die anderen haben sich beispielsweise mit der Mutter eines an Leukämie verstorbenen Jungen getroffen. Darüber hinaus besitzen wir gesicherte Erkenntnisse, dass sie mit ihren Mittätern wochenlang über eine Aktion in Gorleben diskutiert hat ...«

»Und wo sind die Unterlagen dazu?«, unterbrach ihn der silberhaarige BKA-Abteilungsleiter. Offenbar hatten die Ermittler bisher keine Protokolle darüber erhalten.

»Ich bedaure, nachrichtendienstliche Mittel«, entgegnete der Geheimdienstchef kühl. »Erkenntnisse, die vor Gericht nicht verwertbar sind. Umso misslicher, dass Ricarda Walde heute Morgen der Polizei entwischt ist.«

»In der Tat eine schwere Panne«, stellte Bussung mit einem alles andere als freundlichen Blick auf die BKA-Leute fest. »Gibt es dafür inzwischen eine Erklärung? Hat sie eine Warnung von jemandem erhalten, der von der Razzia wusste?«

Mondrian merkte, wie Daffner ihn aus den Augenwinkeln musterte. Fast unmerklich schüttelte er den Kopf.

»Die einfache Erklärung lautet, dass sie sich beim Zugriff nicht in dem Objekt aufhielt«, sagte der BKA-Abteilungsleiter ungerührt. »Möglicherweise war sie in der Nähe bei Unterstützern. Aber ich kann den Kollegen vom Verfassungsschutz beruhigen. Wir haben bereits eine Spur, die wir verfolgen.«

»Die führt wohin?«, fragte sein Gegenüber, das Vogelgesicht plötzlich wachsam.

»Das teile ich Ihnen rechtzeitig mit, wenn unsere Zielfahnder Ricarda Walde festgenommen haben«, konterte der kantige BKA-Mann.

»Höchste Priorität«, kommandierte Bussung und stand auf.

Daffner gehörte zu den Ersten, die aus dem Raum flüchteten, um eine Zigarette zu rauchen. »Ruf mich mal an«, raunte er Mondrian im Vorbeigehen zu.

Mondrian blieb noch einen Moment sitzen. Er beobachtete, wie sich der Saal unter dem Gemurmel der Beamten leerte, bis Schirra schließlich zu ihm kam.

»Hübsches Foto, das Sie da von mir haben.«

»Nicht wahr? Und das ist nicht das einzige.« Wieder das Tom-Buhrow-Strahlen.

»Sehen Sie zu, dass es nicht in falsche Hände gerät.« Mit einem Seitenblick auf seine Nachbarin vom Boulevardblatt erhob sich Mondrian.

»Und wann bekommen wir Ihren Text zum Gegenlesen?«, rief Schirra ihm nach, als er schon auf dem Flur war.

Mondrian tat so, als hätte er es nicht gehört, und steuerte auf den Lift zu.

Plötzlich stand Julia Stürmlinger neben ihm am Fahrstuhl. »Wir scheinen denselben Weg zu haben«, sagte sie leichthin, als die verchromte Tür zuglitt. »Aber gemeinerweise haben Sie noch Tage, um ihre Story zu dichten. Ich muss schon heute Nacht einen Aufmacher schreiben.«

»Ich bin mir sicher, dass Sie reichlich Phantasie besitzen«, erwiderte Mondrian.

Sie bekam die Ironie nicht mit. »Haben Sie nicht Lust, einer Kollegin zu helfen?«, fragte sie und versuchte es mit einem Lächeln. »Wir könnten heute Abend noch mal über die Sache reden, besonders über diese Terrorfrau, Regina Walde …«

»Ricarda«, verbesserte er.

»Also dann Ricarda. Es war ja nicht zu übersehen, dass Sie die Dame näher kennen. Sie könnten mir ein bisschen über sie erzählen … bei einem Glas Prosecco oder so … auf meinem Balkon vielleicht …«

Mondrian hatte schon Angebote erhalten, die weniger eindeutig gewesen waren. Und die lila Bluse war immer noch unverschämt durchsichtig.

»Was denn erzählen?«, fragte er, als der Lift in der Tiefgarage ankam.

»Am besten das, was die Leute wirklich interessiert. Wie ist sie denn so … zum Beispiel im Bett?«

»Klasse!«

Julia Stürmlinger fiel der Autoschlüssel aus der Hand. Oder sie tat so. Als sie sich bückte, um ihn aufzuheben, schob sich ihr kurzer Rock noch weiter nach oben. »Auch andere Frauen haben Reize.«

»Aber kein Tattoo von einer Heckler & Koch unter dem Bauchnabel.«

32

Montag, Morgen

```
Betreff: festnahmen
Gesendet: 05.54 uhr

festgenommene auf mehrere haftanstalten verteilt. kontakt
zu verteidigern unterbunden, verhöre laufen.
schlüsselperson: speedy, wegen des bekannten problems.
entscheidend, wie er sich verhalten wird.
```

33

»magazine«, Hamburg

Die anderen Reporter und Redakteure der Task-Force blätterten schon in den Morgenzeitungen, als Mondrian sich neben dem fauchenden Kaffeeautomaten in einen Sessel fallen ließ und die Schlagzeilen überflog.

»Grünes Verbrechernest ausgehoben.«

»Großer Schlag gegen die Öko-Mörder.«

»Ende der Grünen Armee Fraktion?«

Kein Blatt, das nicht mit der Razzia im Schanzenviertel aufgemacht hatte. Großformatige Fotos zeigten den SEK-Einsatz im Morgengrauen. Und auch über die TV-Schirme im fünfzehnten Stock des Media Tower liefen immer wieder dieselben Bilder vom Abtransport der Festgenommenen im Polizeispalier wie in einer Endlosschleife. Danach das Gesicht der Kanzlerin, ernst und entschlossen. Auf allen Sendern erklärte sie, dass der Kampf gegen den Öko-Terror zur »Staatsaufgabe Nummer 1« geworden sei.

»Halt jetzt den Mund«, sagte Bruno Wunder und drehte den Ton weg. Die »magazine«-Leute wollten lieber die frischen Zeitungen fleddern und beugten sich über die Berichte vom Sturm der Terroristenwohnung, News-Junkies auf der Suche nach neuen Kicks.

»Wow, wie im Krieg, richtige Schlachtengemälde«, rief Wunder und las mit martialischer Stimme vor: »Der Angriff kam im Morgengrauen …«

»… und die GSG 9 der Bundespolizei stand in Reserve«, zitierte ein blonder Hüne aus einer anderen Meldung, »sogar das Bundeswehrkrankenhaus wurde für alle Fälle mobilisiert.«

»Und hier steht, dass in der Schanze Ausnahmezustand geherrscht hätte«, ergänzte ein junger Kollege mit Fistelstimme, »weite Teile seien abgesperrt gewesen.«

»Aber unser Jo war dabei!« Nadja »Piranha« Polanski hob ihr Sommersprossengesicht und verzog die schmalen Lippen zu einem schiefen Lächeln.

»Wo?«, fragten mehrere gleichzeitig.

»Hier.« Ihr rot lackierter Fingernagel zeigte auf ein dpa-Foto mit einem Festgenommenen und zwei Polizisten. Im Hintergrund stand Mondrian, selbst im Halbdunkel gut zu erkennen.

Alle starrten auf die Aufnahme.

»Wie hast du das denn geschafft?«, fragte Piranha.

Er meinte, einen Anflug von Neid aus ihrer Stimme herauszuhören.

»Reporterglück«, sagte er kühl, während er das Bild genauer betrachtete. Wenn er sich nicht irrte, war noch ein heller Fleck von Speedys Spucke auf seinem Kinn erkennbar. Aber davon brauchte niemand hier etwas zu wissen.

»Warst du auch mit den Bullen in der Wohnung?«, erkundigte sich Bruno Wunder.

»Null Chance.«

»Immerhin hat Julia Stürmlinger in ihrem Blatt erstaunliche Details von der Durchsuchung beschrieben«, sagte Nadja Polanski, »Baader-Meinhof-Plakate … Götterfigur … Fixerutensilien …«

»Ich kann mir schon denken, woher sie das hat«, erwiderte Mondrian.

»… und hier, noch was echt Scharfes.« Sie las vor: »Die Terror-Queen trägt ein Tattoo mit einer Heckler & Koch im Intimbereich.«

»Woher die das bloß weiß?« Wunder war immer an erotischen Dingen interessiert. »Diese MP hätte ich auch gern mal aus der Nähe betrachtet.«

»Ich auch«, sagte Mondrian und gab sich Mühe, ein Schmunzeln zu unterdrücken.

»Du kannst ja mal die Kollegin nett fragen, wo sie das herhat«, schlug Marc Rolfes vor. Der Task-Force-Leiter hatte hinter ihnen unbemerkt den Raum betreten und einen Augenblick das Gespräch verfolgt. Er kam offenbar aus dem Gym im Tiefgeschoss; jedenfalls sah er frisch geduscht aus und so fit, als hätte er zum Frühstück Anabolika verzehrt.

»*Congratulations*, Jonas, dass du dich an die richtige Bande herangemacht hast!« Sein kumpelhafter Schlag auf Mondrians Schulter war so hart, als gehörte er noch zum Training. »Mit diesem Pfund können wir eine geile Inside-Geschichte hinlegen, die kein anderer hat.«

Der Cop schaute auf seine Uhr und packte ihn am Arm. »Komm mit nach oben in die Konferenz.«

Über zwei Treppen stiegen sie zum Glaskasten in der obersten Etage des Media Tower, wo die übrigen Ressortleiter bereits um den Mahagonitisch vor der Panoramascheibe saßen. Rolfes eilte zu seinem Platz und dirigierte Mondrian auf einen Stuhl in seiner Nähe. Die Gespräche verstummten, als der Chefredakteur hereinkam, den Verlagsgeschäftsführer und den Artdirector im Schlepptau.

»Keine Frage, Terror ist das Top-Thema dieser Woche«, sagte Kai Grosser, noch während er sich in seinen Ledersessel sinken ließ, und fixierte den Task-Force-Leiter. »Wie weit seid ihr mit euren Recherchen? Wie gut sind wir aufgestellt?«

»Sensationell«, sagte Rolfes, und der Stolz war unüberhörbar, »wir haben jede Menge Fotos von den ICE-Opfern und jetzt auch noch Bilder der entführten Anna-Lena, auf Klassenfahrt und bei einem Grillfest in ihrem Garten. Aber noch besser: Wir haben auch die Täter. Der Kollege Mondrian war im Hauptquartier der Grünen Armee Fraktion. Und zwar vor dem SEK.«

Er drehte sich um und schaute Mondrian an. »Er ist der einzige Journalist, der es geschafft hat, einen Kontakt zu der Gruppe aufzubauen, bevor sie verhaftet wurde …«

Anerkennendes Klopfen auf die Tischplatte.

»… und er war viele Stunden mit der Bande zusammen. Deswegen können wir das Innenleben der Gang erzählen.«

»Gebongt. Ich will alles über diese Verbrecher wissen«, sagte Grosser. »Was für Spinner sind das? Worüber haben sie geredet? Wie sah es bei denen unter dem Sofa aus? Welche Drogen haben sie genommen?«

»Wer hat wen gevögelt?«, schlug jemand von hinten vor.

»Und in welcher Position?«, fiel jemand aus der zweiten Reihe ein.

»Schluss jetzt damit.« Grossers sonore Stimme übertönte das aufkommende Getuschel. »Das Porträt dieser Wahnsinnigen muss jedenfalls das Hauptstück des nächsten Hefts werden. Dazu stellen wir die Schicksale der Opfer, eine Analyse der politischen Folgen, vielleicht noch ein Expertengespräch mit einem Psychologen …«

»Wir haben bereits einen Entwurf für den Titel«, unterbrach der Artdirector. Er hielt ein Blatt mit einem Totenkopf auf einem Marihuana-Blatt hoch. In Großbuchstaben stand darauf: »ALARMSTUFE GRÜN«.

»Moment mal.« Alle Köpfe drehten sich zur Leiterin des Moderessorts an der Seite des Tischs. »Ihr habt davon natürlich mehr Ahnung als ich, aber geht das nicht ein bisschen weit, so ein pauschaler Rundschlag? Heizen wir damit nicht Vorurteile gegen alle an, die grün denken? Und machen auch noch Stimmung gegen die grüne Partei?«

»Deine Sympathien für die Ökos kannst du jedenfalls im Augenblick knicken«, sagte Grosser zu Vanessa von der Heyde. Er griente so, dass man ihm die Schadenfreude anmerkte. »Die sind in Blitzumfragen schon abgestürzt.«

»Obwohl sie sich ausdrücklich von der Grünen Armee Fraktion distanziert haben«, sagte Politikchef Riesling, »von allen gewaltsamen Aktionen … mit Ekel und Abscheu … und so weiter«, las er aus einer Presseerklärung vor. »Aber es hilft ihnen nichts. Das Klima im ganzen Land steht auf der Kippe. Gerade kam eine Meldung, dass ein lokaler Grünen-Politiker in Dresden mit einer Eisenstange niedergeschlagen wurde. Verdacht auf Schädelbruch. Da macht sich eine Pogrom-Stimmung breit, die ersten Rufe nach Todesstrafe werden laut.«

»Ich verstehe das Ganze noch nicht richtig«, sagte Vanessa von der Heyde unbeirrt. »Was sind die Motive der Terroristen? Warum tun Grüne so etwas überhaupt? Sie sind doch überall im Aufschwung. Sie sitzen in Regierungen, haben hervorragende Umfragewerte. Die Atomindustrie ist schwer angeschlagen, und die noch laufenden Kernkraftwerke sollen nach und nach abgeschaltet werden. Da ist es doch mehr als kontraproduktiv, wenn durch solche perfiden Anschläge die Stimmung gegen Grün kippt.«

»Das zeigt einzig und allein, wie irrational die Attentäter denken«, antwortete der Politikchef, der wie immer etwas belehrend klang. »Wahrscheinlich genügt der schrittweise Ausstieg den Fundamentalisten nicht. Sie wollen offenbar einen schnellen Endsieg über ihren Lieblingsfeind, die Atomkonzerne. Bloß kann das den moralischen Bankrott für die gesamte Anti-AKW-Bewegung bedeuten.«

»Und wir hauen in dieselbe Kerbe mit unserem Cover? Treten den ganzen Umweltschutz in die Tonne?«, fragte die Modechefin. »Haben wir nicht vor ein paar Monaten erst den Titel ›Grün ist schick‹ gemacht?«

»Das ist jetzt nicht unser Problem, Vanessa.« Der Chefredakteur schaute zum Verlagsleiter und zurück in die Runde. »Unser Problem sind Marktzwänge. Gewinneinbrüche durch den Rückgang der Werbung …«

»Um achtundzwanzig Prozent«, warf Rolf zur Brüggen besorgt nickend ein.

»… weil wichtige Anzeigenkunden von Print zum Internet abwandern. Keiner von euch möchte seinen Job verlieren, und deswegen können wir uns aktuellen Trends nicht entziehen. Alle großen Medien machen die Öko-Terroristen jetzt zum Hauptthema, wie wir aus vertraulichen Quellen wissen. Und die Konkurrenz lacht sich schlapp, wenn wir unseren Vorsprung nicht nutzen.«

»Mondrians Bericht über die Schanzen-Bande kann ein echter Scoop werden«, sagte Rolfes. Die meisten nickten begeistert.

»Tut mir leid, wenn ich noch mal nerve«, sagte die selbstbewusste Modechefin, »ich habe ein weiteres Problem. Ich habe vorhin bei einer Nachrichtenagentur gelesen, das SEK hätte einen Beagle in Notwehr erschossen.«

Allgemeines Gelächter.

»Aber bisher steht nirgendwo etwas über handfeste Beweise, dass die Festgenommenen Mitglieder der Grünen Armee Fraktion sind.«

Der Chefredakteur drehte sich zur Seite und schaute Mondrian an. »Wie siehst du das, Jonas? Was ist das für ein Verein?«

»Also«, sagte Mondrian nach einer kleinen Pause und räusperte sich, »die Gruppe existiert seit etwa vier Monaten. Eine charismatische Anführerin. Etwa zehn Leute plus Dunkelfeld. Alle fanatische Atomkraftgegner und radikal öko. Aber es gehören auch echt schräge Figuren dazu, vom durchgeknallten Tierfreund bis zum Altjunkie. Manche kommen mir vor, als wären sie gerade aus einem Videoclip entsprungen. Ein Teil sind Idealisten, andere Spinner ...«

»Ist das nicht dasselbe?«, fragte Grosser boshaft.

»... und manchmal bin ich mir nicht ganz sicher«, fuhr Mondrian fort, ohne darauf einzugehen, »ob die wirklich das Kaliber für Mord und Folter haben. Im Umfeld gibt es bestimmt Figuren, die nachts Autos abfackeln und Randale machen, wenn die Polizei an der Flora aufmarschiert. Aber andere scheinen mir echt naiv und reichlich verpeilt. Die Kinder der Roten Armee Fraktion hatte ich mir jedenfalls anders vorgestellt.«

»Hast du denn Zweifel, dass sie die Täter sind?«

»Gute Frage. Noch gibt es nicht gerade viele Beweise. Der SEK-Einsatz war eindeutig schlagkräftiger als die Indizien, die das BKA bisher zusammengetragen hat. Ein paar Schuhabdrücke, ein paar Erdbrocken, dazu Blutspuren, die von dem entführten Mädchen stammen sollen. Ich hoffe stark, dass ich von meinem Polizeikontakt mehr bekomme.«

»Und wann?«

»Keine Ahnung. Vielleicht noch heute.«

»Also gut. Sonst gilt die Regel unserer amerikanischen Kollegen: *Forget the facts, push the story!*«

Noch einer von Grossers Lieblingssprüchen, nicht immer nur als Scherz gemeint. »Wir dürfen jetzt nicht päpstlicher sein als der Papst. Alle Medien gehen davon aus, dass die Kommunarden aus dem Schanzenviertel die Killer sind …«

»… und wir müssen nicht die obersten Bedenkenträger der Nation spielen«, assistierte der Cop und blickte mit einer steilen Stirnfalte zur Modechefin hinüber.

Grosser klopfte ungeduldig auf den Tisch und stand auf. »Haut in die Tasten! Ich will das Zeug möglichst schnell lesen.« Mit dem iPhone am Ohr verließ er den Konferenzraum.

Als Mondrian in seinem Büro war, fuhr er den Laptop hoch. Rief ein neues Word-Dokument auf und speicherte es unter »GAF« auf dem Desktop. Oben links blinkte der Cursor auf dem nackten Bildschirm. Und wartete auf das erste Wort.

Eigentlich litt Mondrian nicht unter der Berufskrankheit von Journalisten, der Angst vor dem Anfang, vor der leeren Seite. Normalerweise hatte er den Einstieg für einen Text bereits im Kopf, bevor er die erste Zeile schrieb. Aber diesmal nicht. Unentschlossen, wie er beginnen sollte, starrte er auf die Tastatur vor sich. Und die Tasten starrten erwartungsvoll zurück.

Welche Geschichte sollte er schreiben? Die Geschichte einer skrupellosen politischen Bande, die durchdreht und unvorstellbare Grausamkeiten begeht? Klar, das war es, was alle erwarteten, außer der Modechefin vielleicht. Bloß fehlten dazu noch ein paar Bausteine, außerdem irritierten ihn Gesichter aus der Kommune, die vor seinem inneren Auge erschienen und so wenig in dieses Bild passten. Je länger er darüber nachgrübelte, desto klarer wurde ihm, dass er dringend mehr Informationen brauchte. Daffner. Warum meldete sich der Kommissar nicht?

Seit gestern Abend hatte er versucht, ihn zu erreichen. Schließlich hatte Daffner schon in Berlin signalisiert, dass es etwas zu besprechen gebe. Immer wieder hatte Mondrian sein Handy und die Festnetznummer im BKA angewählt. Niemand hatte abgenommen, auch auf die Bitte um Rückruf hatte Daffner nicht reagiert. Das war sonst nicht seine Art. Mondrian kannte ihn lange genug, um zu ahnen, dass etwas passiert sein musste.

Noch einmal sprach er auf die Mailbox. Jetzt konnte er bloß noch warten. Der Cursor blinkte weiter, als wollte er ihm demonstrieren, wie die Zeit verstrich. Unruhig stand Mondrian auf, schaute aus dem Fenster in die Wolken, die über die Stadt zogen. Er überlegte, ob er zur Cafeteria spazieren und sich ein extra süßes Stück Kuchen gegen die Schreibblockade holen sollte.

Oder er würde sich eine andere Süßigkeit gönnen. Einen dieser alten Supertramp-Songs, die noch immer einen Ehrenplatz in seinen Dateien hatten.

»Dreamer« vielleicht.

Oder gleich den Schädel gegen die Wand hauen. Dorthin, wo es schon mehrere Flecken gab.

Ehe er sich entschieden hatte, schreckte er hoch. Das Telefon klingelte. Aber es war nicht Daffner, sondern Rolfes.

»Komm doch mal rüber«, sagte er schroff.

In seinem Büro trug der Cop immer noch das finstere Gesicht, das er schon am Ende der Konferenz aufgesetzt hatte.

»Das war nicht gerade hilfreich, was du über die dünne Beweislage gesagt hast«, nörgelte er. »Wir müssen aufpassen, dass wir nicht unsere eigene Geschichte abschießen. Eben hat Grosser angerufen. Wir sollen zu ihm hochkommen.«

»Warum?«

»Ich fürchte, er will mehr Einzelheiten wissen. Hast du was von deinem Mann im BKA gehört?«

»Nichts«, antwortete Mondrian.

Der Cop runzelte die Stirn, während sie zur Chefredaktion eilten.

»Ich erreiche ihn nicht«, sagte Mondrian, »und ich habe das Gefühl, dass da irgendwas stinkt.«

»Scheiße«, sagte Rolfes.

Als sie sich der Chefredaktion näherten, machten sie sich auf eine mürrische Miene gefasst. Grosser war gefürchtet für seine cholerischen Ausbrüche, wenn etwas nicht nach seinen Wünschen ging.

Stattdessen trat er ihnen bestens gelaunt entgegen. »Was schaut ihr so finster? Ein alter Bekannter von mir hat eben angerufen, ein Rechtsanwalt. Er vertritt einen der Festgenommenen.«

Er machte eine kleine Pause, um sie einen Augenblick zappeln zu lassen. Dann fuhr er fort: »Sein Mandant hat ein Geständnis abgelegt.«

Mit einem triumphierenden Grinsen gab er Mondrian einen Zettel mit einer Adresse. »Der Anwalt erwartet dich um sechzehn Uhr in seiner Kanzlei.«

34

Anwaltskanzlei, Eimsbüttel

Das Haus lag in Hamburg-Eimsbüttel, zurückgesetzt in einer ruhigen Seitenstraße. Mit dem abblätternden verblassten Anstrich an der Stuckfassade und dem verwilderten Vorgarten sah es leicht heruntergekommen aus. Am Zaun waren klapprige Fahrräder angekettet; neben dem bogenförmigen Portal befand sich ein unauffälliges Messingschild, auf dem nur »Anwaltskanzlei« stand. Mondrian klingelte. Einen Augenblick später schnarrte der Summer an der Tür.

Im Treppenhaus empfing ihn eine Dunkelheit, an die er sich erst gewöhnen musste. Als er die Stufen auf dem abgetretenen Teppich hochstieg, kam er an der Praxis einer Psychiaterin und an einem kleinen Verlag vorbei. Im Stockwerk darüber öffnete sich eine verzierte Glastür zu den Kanzleiräumen. Gedimmte Strahler warfen ihr Licht auf Ebenholzregale mit Bänden der »Neuen Juristischen Wochenschrift« und Sammlungen von Gerichtsentscheidungen, in deren Rücken goldene Jahreszahlen geprägt waren.

»Der Herr Rechtsanwalt empfängt um diese Zeit noch keine Mandanten.« Die junge Anwaltsgehilfin, schwarzes Kostüm und weiße Bluse, machte ein Gesicht, als wollte sie ihn gleich wieder wegschicken. »In welcher Sache sind Sie hier?«

Mondrian zögerte einen Augenblick. Er wusste nicht einmal,

wen von den Festgenommenen der Anwalt betreute. Er entschied sich für die unverfänglichste Lösung. »Wegen der Razzia im Schanzenviertel.«

»Nehmen Sie bitte dort drüben Platz.«

Er versank fast in dem braunen Polstersessel im Nebenzimmer. In dem fensterlosen Raum mit dunkel gestrichenen Wänden stand eine Madonnenfigur aus Marmor, von Punktstrahlern beleuchtet wie in einem Museum. Hinter einer ornamentierten Schiebetür erklang ein Piano. Bach, vermutete Mondrian, der als Kind selbst Klavier gespielt hatte. Später war ihm das Üben endloser Läufe zu mühselig geworden, und er hatte den Unterricht geschmissen. Aber jetzt hörten sich die regelmäßigen Tonkaskaden angenehm an, wie perlende Wasserfälle. Mit einem Crescendo erreichten sie das wuchtige Finale. Ein Moment Pause, und die Schiebetür ging auf.

Dr. Carlo Zambrotta, das merkte man spätestens jetzt, war ein Mann der Inszenierung. Der Mittvierziger, leicht übergewichtig, trug eine Stirnlocke, die ihm nicht zufällig das Aussehen eines Dirigenten gab. In seinem teuren italienischen Anzug und dem frisch gebügelten Hemd wirkte er, als hätte er sich für einen Bühnenauftritt gekleidet.

»Wären Sie lieber Pianist geworden?«, scherzte Mondrian, als ihm der Anwalt überschwänglich wie einem alten Freund die Hand schüttelte.

»Aber ja! Bloß lebt man leider nicht vom Spielen allein, sondern auch vom Brot. ›Panem et circenses‹, das wussten schon meine römischen Vorfahren«, antwortete Zambrotta, offenbar stolz, seine italienische Herkunft so elegant eingeführt zu haben. »Das Piano ist nur mein Hobby. Das Brot muss ich als Anwalt verdienen, mit der Schattenseite des Lebens.«

Mit einer lässigen Geste bedeutete er Mondrian, in der Sitzecke seines Büros Platz zu nehmen. Auf dem antiken Tisch stand eine Leselampe, die warmes Licht nach unten strahlte.

»Woher kennen Sie eigentlich meinen Boss?«, fragte Mondrian beiläufig.

»Ach, eine uralte Geschichte. Ich bin ihm mal im Strafjustizgebäude begegnet, als ich eine Rotlichtgröße aus St. Pauli verteidigt habe. Er hat für seine Zeitung über den Prozess berichtet. Später habe ich ihm gelegentlich diskret Informationen über den Kiez gegeben. Mehrere meiner Mandanten sind aus dieser Szene, verstehen Sie?«

Mondrian verstand. Obwohl er nicht sicher war, ob ein Anwalt einfach mal so über seine Mandanten plaudern sollte.

»Und wen vertreten Sie jetzt aus der Gruppe im Schanzenviertel?«, fragte er.

»Stefan Ahlers. Speedy, wie er sich nennt.«

»Ziemlich anderes Milieu. Wie ist der denn zu Ihnen gekommen?«

»Ursprünglich durch Urheberrechtsverfahren. Illegale Kopien aus dem Internet. Ich habe mehrfach Leute aus dem Chaos Computer Club vertreten, und eines Tages ist auch Stefan Ahlers bei mir aufgelaufen. Dann kamen noch Ermittlungen wegen Drogen dazu.«

»Amphetamine?«

»*Sì!* Diese üblen Aufputschpillen, die er immer nimmt. Daher auch sein Spitzname. Das Rauschgiftverfahren haben wir gegen eine Geldbuße vom Tisch gekriegt, nachdem er alles zugegeben hatte.«

»Und jetzt hat er wieder ein Geständnis abgelegt?«, fragte Mondrian, leisen Zweifel in der Stimme. »Obwohl in seiner WG stapelweise Broschüren der Roten Hilfe rumlagen? Mit der dringenden Empfehlung, die Klappe zu halten, wenn man verhaftet worden ist?«

»Ja, leider hat er Aussagen gemacht«, seufzte Zambrotta, »und er scheint der Einzige der Festgenommenen zu sein, der geredet und die Vorwürfe bestätigt hat. Soweit ich bisher weiß.«

»Haben Sie ihn schon besucht? Haben Sie mit ihm gesprochen?«

»Nein, das war eben das Problem.« Zambrotta verlagerte sein Gewicht und schlug die Hosenbeine mit den perfekten Bügelfalten übereinander. »Ich war gestern zunächst nicht erreichbar, aber nachdem meine Kanzlei die Nachricht von der Festnahme bekommen hatte, bin ich zum Untersuchungsgefängnis gefahren. Die Kontrollen dauerten ungewöhnlich lange, und als ich sie endlich hinter mir hatte, hieß es, er sei nicht mehr da. Ausgeflogen mit einem Helikopter. Aus Sicherheitsgründen, wie man mir sagte. Angeblich auf Betreiben des Innenministeriums.«

»Aber als Verteidiger müssten Sie doch sofort Zugang zu ihm bekommen.«

»Theoretisch ja.« In einer Geste der Hilflosigkeit hob Zambrotta die Arme und ließ sie dann wieder sinken. »In der Realität sieht das oft anders aus. In diesem Fall habe ich nur das Protokoll der Anhörung zugefaxt bekommen, nachdem sie bereits gelaufen war.«

»Wann?«

»Am Abend nach der Festnahme. Sie begann um einundzwanzig Uhr fünfzig, steht im Protokoll. Und dass Stefan Ahlers ordnungsgemäß über sein Recht zu schweigen belehrt worden sei. Aber er hat unterschrieben, dass er aussagen will.«

Zambrotta zog einen Stapel Papiere zu sich und drehte ihn so, dass Mondrian einen Blick auf das oberste Blatt werfen konnte. Unter der Überschrift »Beschuldigtenvernehmung« und der Bemerkung »Vorgeführt« befand sich eine Stelle mit einem handschriftlichen Kürzel.

»Seine Unterschrift?«, fragte Mondrian.

Zambrotta nickte. »Ein bisschen krakelig. Kein Wunder, unter diesen Umständen. Aber der Schriftzug stimmt überein mit demjenigen am Schluss der Vernehmung, nach Mitternacht, wo er alles noch mal bestätigt hat.«

»Was bestätigt hat?«

»Dass es die Leute aus seiner Kommune waren, die die Anschläge begangen haben.«

Zambrotta schob den Papierstapel zu Mondrian hinüber. »Hier, siebzehn Seiten, sehen Sie selbst.«

Mondrian griff sich das oberste Blatt und begann zu lesen, was unter Speedys persönlichen Angaben stand.

Ich will umfassend und wahrheitsgemäß aussagen.
Zur Sache:
Ich räume ein, dass ich Mitglied der Grünen Armee Fraktion bin. Die Gruppe hat sich vor etwa vier Monaten im Schan-

zenviertel gebildet. Sie entstand durch Gespräche in linken Buchläden und in der Roten Flora, wo die meisten von uns verkehren. Gründungsmitglieder waren Ricarda Walde, Edda Kowalke, Alexander Wiegold und ich. Wir kannten uns von verschiedenen Öko-Initiativen. Die anderen sind später dazugestoßen. Wir alle sind der festen Überzeugung, dass die bisherige Umweltpolitik völlig versagt hat und dass die Atomkraft sofort gestoppt werden muss. Den Ausstiegsbeschluss der Regierung halten wir für eine Irreführung der Öffentlichkeit. Deswegen haben wir auf einem konspirativen Treffen mit Gleichgesinnten beschlossen, radikale Aktionen zu machen, um die Bevölkerung aufzurütteln. Von Anfang an bestand Einigkeit, dass dabei Gewalt eingesetzt werden muss.
Auf Vorhalt:
Es ist richtig, dass wir uns an der Roten Armee Fraktion orientiert haben. Wir haben in der Wohngemeinschaft Kommandoerklärungen und andere Schriften dieser Gruppe immer wieder studiert. Nicht alle stimmten mit deren Zielen überein, aber dennoch haben wir entschieden, unser Logo nach dem Vorbild der RAF zu gestalten. Ich selbst habe es an meinem Computer konzipiert.

Mondrian musste tief Luft holen. Für einen Moment dachte er daran, wie Speedy nach der »Feldbefreiung« die Buchstaben GAF an das Häuschen gesprüht hatte. Er griff zu einem weiteren Blatt.

Auf Frage:
Nach längeren Diskussionen kamen wir überein, zuerst eine Aktion gegen die GKSS in Geesthacht zu machen. Die Anlage ist nach unserer Überzeugung dafür verantwortlich, dass mehrere Kinder in der Elbmarsch an Krebs erkrankt sind. Das geht aus Unterlagen einer dort lebenden Mutter hervor, die wir mehrfach getroffen haben. Anschließend haben wir die Gewohnheiten eines leitenden Ingenieurs ausspioniert …

»Pardon.« Mit einer raschen Handbewegung nahm der Rechtsanwalt Mondrian das Protokoll aus der Hand. »Wir haben die geschäftliche Seite noch gar nicht besprochen. Ich meine die Modalitäten, unter denen ich Ihnen eine Kopie des Protokolls überlasse. Streng vertraulich, versteht sich.«

»Ich bin mir sicher«, sagte Mondrian diplomatisch, »dass wir eine Lösung finden.«

»Über welche, ähm, finanzielle Größenordnung reden wir? Machen Sie einen Vorschlag.«

»Das würde ich gern meinem Chefredakteur überlassen. Er wird mit Ihnen bestimmt eine zufriedenstellende Vereinbarung treffen, falls wir das Material gebrauchen können.«

»Sie werden verstehen, dass ich das Protokoll vorher nicht aus der Hand geben kann.«

»Und Sie werden verstehen, dass wir nicht die Katze im Sack kaufen können. Sie müssen mir schon etwas mehr zeigen.«

Zambrotta tat so, als müsste er überlegen. Aber Mondrian war sich sicher, dass er sich vorher alles genau zurechtgelegt hatte.

»Na gut«, sagte Zambrotta schließlich scheinbar resignierend, »dann lasse ich Sie noch ein paar Kostproben lesen.«

Er schob Blatt sieben der Vernehmung über den Tisch.

Mondrian überflog die Sätze unter der Überschrift »Komplex ICE«.

Zwei Wochen vor dem Anschlag haben wir die Fahrzeiten der Züge erkundet. Von unauffälligen Spaziergängen wussten wir, dass es über dem Landrückentunnel Forstarbeiten gab. Wir beschlossen, gefällte Baumstämme zum nördlichen Eingang zu transportieren, um sie dann zu einem Prellbock aufzutürmen.

Auf Frage:

Wir wussten, dass wir das nicht alleine schaffen konnten, zumindest nicht im Intervall zwischen zwei Zügen. Deshalb haben wir uns Helfer ausgesucht. Wir besitzen ein Netz von Unterstützern, das über Hamburg hinausgeht, mit Verbindungen bis ins Wendland …«

»Und hier vielleicht, die Seite dreizehn«, unterbrach der Anwalt erneut und ließ Mondrian einen Blick auf ein Blatt werfen, auf dem »Komplex Gorleben« stand.

... Gerade weil weitere Castor-Transporte anstehen, wollten wir unbedingt auch in Gorleben eine Aktion machen. Wir wussten, dass in dem Ort Manager der Atomanlagen wohnen, und haben gezielt nach ihren Angehörigen Ausschau gehalten. Wir wollten so den wunden Punkt dieser Leute treffen, die unserer Meinung nach seit dreißig Jahren über die Interessen der örtlichen Bevölkerung hinweggehen. Nachdem wir das Mädchen mehrfach auf ihrem Weg zum Reitstall beobachtet hatten, immer am Sonnabend, kamen wir überein, sie zu entführen und zu narkotisieren. Robert Schimpf, sein Spitzname ist Gandhi, hat dazu eine Spritze mit Heroin vorbereitet ...

»Und das ist der Schluss«, drängte Zambrotta. Er hielt Mondrian die letzte Seite hin.

Weitere Angaben, auch zu unseren Unterstützern, werde ich später machen. Ich bin jetzt erschöpft und bitte um eine Unterbrechung der Vernehmung. Ich erkläre ausdrücklich, dass ich damit einverstanden war, in eine andere Haftanstalt verlegt zu werden. Sollten die Mitbeschuldigten von meiner Aussagebereitschaft erfahren, muss ich um mein Leben fürchten.
Selbst gelesen, genehmigt und unterschrieben.

Darunter Speedys gekritzelter Schriftzug, die Namen zweier BKA-Beamter und der Vermerk, dass die Vernehmung um zwei Uhr sieben geschlossen wurde.

»Starker Tobak, was?« Zambrotta nahm das Protokoll und legte es zurück auf seinen Schreibtisch.

Mondrian nickte. Er hatte das Gefühl, dass er erst einmal an die Luft musste. Durchatmen. Seine Gedanken sortieren, die Purzelbaum schlugen.

Mit einer jovialen Geste geleitete ihn Zambrotta zur Tür. »Sie sollten sich *prestissimo* entscheiden, ob Sie Interesse an den Papieren haben. Sonst müsste ich wohl mit Ihrer Konkurrenz Kontakt aufnehmen.«

Mondrian hörte wieder Klaviermusik, als er sich verabschiedet hatte und das Treppenhaus hinunterstieg. Diesmal noch beschwingter als vorher, in Dur. Offenbar hatte Dr. Carlo Zambrotta kein Problem damit, Aussagen eines Mandanten hinter dessen Rücken weiterzugeben, während der im Knast saß.

Auf der Straße schaltete Mondrian sein Handy ein.

»Und?« Die Spannung in der Stimme des Cops war nicht zu überhören.

»Ein Knaller.« Mondrian berichtete, was er gelesen hatte. »Ein umfassendes Geständnis, schwarz auf weiß.«

»Dann kaufen wir das Zeug also so schnell wie möglich?«

»Sollten wir wohl. Zambrotta droht schon, mit der Konkurrenz zu dealen. Aber ...«

»Was, aber?«

»... das Ganze klingt eigentlich fast zu schön, um wahr zu sein. Ich habe den Jungen anders erlebt, der würde niemals so reden.«

»Natürlich nicht. Du weißt doch, dass solche Aussagen immer in Bullendeutsch wiedergegeben werden.«

»Trotzdem. Es hört sich so perfekt an, dass es mich irgendwie misstrauisch macht.«

»Was soll das denn jetzt wieder heißen?«, fragte Rolfes genervt. »Ich dachte, du dichtest jetzt endlich los.«

Mondrian zögerte.

Dann hatte er einen Entschluss gefasst.

»Ich glaube das nur, wenn Speedy es selbst noch mal bestätigt. Und wenn er mir noch mal ins Gesicht spuckt. Ich versuche, den Jungen so schnell wie möglich im Knast zu besuchen.«

Er hörte Rolfes' Flüche nicht mehr, weil er die Verbindung schon unterbrochen hatte, als er in seinen Wagen einstieg.

Und er sah auch nicht den Schatten, der von hinten kam und die Beifahrertür aufriss.

35

Niendorf, Hamburg

»Fahr los!«

Mondrian war zu überrascht, um zu reagieren.

»Fahr schon los, du Wichser!«, kommandierte Jean-Claude Chevalier, der sich auf den Nebensitz geworfen hatte und die Tür zuschlug.

Obwohl er sich die langen Haare zu einem dünnen Zopf gebunden hatte und seine schmalen Augen hinter einer überdimensionalen Sonnenbrille verbarg, erkannte Mondrian den Franzosen sofort wieder.

»Ich bin nicht das Taxi für Knastausbrecher«, sagte er, als die Schrecksekunde vorbei war. »Sofort raus!«

Wut stieg in ihm hoch. Hass auf den Kerl, der mit Ricarda Walde am Ohlsdorfer Friedhof einfach sein Auto gekapert hatte. Auf den Möchtegern-Piraten, der dann Hand in Hand mit ihr abgehauen war. Er merkte, wie sich sein Kopf zornesrot färbte. Und spürte etwas rechts am Körper, hart und spitz.

»Gib Gas, Mann«, befahl Chevalier, und als Mondrian immer noch nicht gehorchte, drückte er fester.

Aus den Augenwinkeln sah Mondrian Metall glänzen. Dann fühlte er an seiner Flanke einen überwältigenden Schmerz. Einen Stich, der seinen Widerstand brach.

»Du kannst dir aussuchen, wohin wir fahren«, sagte Chevalier gönnerhaft, nachdem Mondrian tief eingeatmet hatte und den Wagen mit zusammengepressten Zähnen startete. »Bloß weg von diesem Gewühl, hier glotzen zu viele Leute. Am besten fährst du raus aus der Stadt. Wir müssen ein paar Takte reden.«

Das Signal zum Anschnallen meldete sich.

»Leg dir wenigstens den Gurt um«, sagte Mondrian, während er seinen Verschluss einklinkte. Aber das Depp-Double schien sich nicht an dem penetranten Ton zu stören.

»Komm ja nicht auf die Idee, um Hilfe zu rufen oder andere Zeichen zu geben«, sagte Chevalier, »ich hab nicht viel zu verlieren. Du vielleicht mehr.«

Mondrian fragte sich, ob das nasse Gefühl unter dem Hemd von seinem Blut stammte. Aber er wagte nicht, nach unten zu schauen, und bog auf eine Hauptstraße, ohne festes Ziel. Er steuerte nach Norden und beschloss, den Anweisungen Chevaliers vorerst zu folgen. Dessen schweißnasses Gesicht sah nicht so aus, als könnte man mit ihm lange argumentieren.

Cool down, dachte Mondrian und versuchte, Zeit zu gewinnen.

»Wie hast du mich eigentlich gefunden?«, fragte er an einer roten Ampel.

»Durch Zambrotta«, antwortete Chevalier. Offenbar war er so stolz auf sich selbst, dass er das loswerden musste. »Es war nicht gerade schwierig, von ihm deinen Termin in der Kanzlei zu erfahren. Aber dass du das gleich weißt: Die Fragen stelle ich hier, und du antwortest. Also, wo ist sie?«

»Wer?«

»Gypsy natürlich.«

»Keine Ahnung«, antwortete Mondrian überrascht. »Ich dachte, sie sei bei dir.«

»Ist sie aber nicht. Sonst wäre ich nicht hier.«

»Sie ist doch mit dir abgezogen.«

»Und später verschwunden.«

»Seit diesem Vormittag habe ich sie jedenfalls nicht mehr gesehen.«

»Das kannst du sonst wem erzählen«, stieß Chevalier hervor. »Meinst du, ich hab auf dich gewartet, um mir so einen Scheiß anzuhören?«

Mondrian scherte aus, um den Wagen vor ihm zu überholen, und ging dann wieder auf die rechte Spur, immer auf der Suche nach einer Idee, wie er sich aus seiner Gefangenschaft befreien konnte.

Aber der Druck des Messers ließ nicht nach. »Also los, überleg schon. Wo kann sie stecken?«

»Woher soll ich das wissen? Wenn ich's täte, wäre ich auch ein Stück weiter.«

»Du hast dich doch bei ihr eingeschlichen, um Infos über unsere Aktionen zu bekommen.«

Mondrian wurde hellhörig. »Welche Aktionen?«, fragte er, während sie sich langsam dem Niendorfer Gehege näherten.

Chevalier ignorierte seine Frage. »Du hast ihr Kohle gegeben, damit sie über die Bewegung quatscht.«

»Hat sie das behauptet?«, fragte Mondrian ungläubig über das Gurt-Warnsignal hinweg, das jetzt permanent tönte.

»Das macht die rechte Schweinepresse doch immer so. Ihr kauft die Leute, um hinterher Kübel von Dreck über uns auszuschütten.«

»Ich habe Ricarda keinen einzigen Cent angeboten.«

»Du hast sie sogar gefickt, um sie auszuhorchen. Um sie zu benutzen.«

»Was für ein Schwachsinn.« Mondrian stöhnte auf. Die Messerspitze hatte sich tiefer gebohrt. »*Sie* hat mich benutzt, um einen Idioten zu haben, der ihr bei deiner Flucht hilft. Der Mann, den du niedergestochen hast, liegt übrigens immer noch auf der Intensivstation, falls dich das überhaupt kratzt.«

»Und wenn schon, Schließer bleibt Schließer, obwohl der ausnahmsweise kein komplettes Arschloch war. Wer sich diesen Job aussucht und sein Geld damit verdient, dass er andere einsperrt, ist eben auf der falschen Seite. Genau wie du. Du gehörst auch diesem System an, das die Menschen unterdrückt und verblödet, damit sie der Industrie aus der Hand fressen. Aber diese Maschine zerlegt sich gerade selbst, und das könnt ihr nicht stoppen. Da könnt ihr noch so viele Bullen schicken. In die Schanze. Ins Wendland. In die *banlieues*.«

Der Alarmton wurde immer nerviger und begann, dem schrillen Stakkato des Franzosen Konkurrenz zu machen.

Was für ein hochmütiger Kotzbrocken, dachte Mondrian, während sich sein Nebenmann im Beifahrersitz aufrichtete, nach vorn rutschte und ihn anschrie: »*Merde*, jetzt red schon, wo ist die Schlampe? Wo hast du sie versteckt? Du hast noch zehn Sekunden!«

Das Messer bohrte sich nun nicht mehr in Mondrians Seite, die Klinge lag an seinem Hals. Drückte gegen die Kehle. Nahm ihm die Luft.

Ein Schnitt, und er würde nur noch röcheln.

Aber Chevalier schnitt nicht, er hob den Arm und schlug Mondrian mit dem Knauf des Messers voll auf den Mund. Die Unterlippe platzte. Mondrian spürte etwas Warmes im Mund.

Der Franzose holte erneut aus und brüllte: »Spuck es endlich aus!«

Im selben Moment sah Mondrian vor sich einen Baum an der rechten Straßenseite auftauchen. Nur noch wenige Meter. Ohne zu überlegen, riss er das Steuer herum und hielt direkt auf ihn zu.

Der Wagen krachte gegen den Stamm. Holz splitterte, die Airbags explodierten. Jean-Claude Chevalier, nicht angeschnallt, wurde wie von einer riesigen Boxerfaust getroffen und gegen die Rücklehne geschleudert. Das Messer entglitt ihm, die Sonnenbrille flog gegen die Decke.

Sekundenbruchteile später traf ihn Mondrians rechte Handkante so hart im Gesicht, dass sein Nasenbein knackte. Das trockene Geräusch war selbst zwischen dem Zischen des absterbenden Motors zu hören. Als die Maschine stillstand, war auch das Stöhnen des Mannes deutlich zu vernehmen, der zusammengesackt auf dem Beifahrersitz lag.

Mondrian hatte einen Augenblick Angst, dass er zu fest zugeschlagen hatte. Aber nur einen kleinen Augenblick. Zwar waren die Augen des Franzosen geschlossen, aber er atmete regelmäßig. Mondrian stieg aus, zog den Bewusstlosen aus dem Wagen und legte ihn in stabiler Seitenlage neben den Baum.

»*Au revoir*, Schweinebacke«, murmelte er, als er den eingebeulten Wagen wieder startete. Er war immer schon ein Fan von »Stirb langsam«-Filmen gewesen, aus unerfindlichen Gründen, und hatte sich bislang aufrichtig dafür geschämt. Doch nie hätte er gedacht, dass er Bruce Willis einmal live zitieren und dabei eine gewisse Genugtuung empfinden würde. Aber schließlich musste sich jemand, der wie ein Depp aussah, nicht unbedingt wie einer benehmen.

Wenigstens bewegte sich der Wagen noch, ein Wunder. Mit verzogener Motorhaube, jaulendem Fahrwerk und einem Christbaum von Fehlermeldungen auf den elektronischen Armaturen rollte er langsam zurück Richtung Innenstadt, um eine Werkstatt anzusteuern. Offenbar hatte niemand die Szene beobachtet, jedenfalls hatte kein Auto in der Nähe angehalten.

Von der nächsten Telefonzelle aus rief er die 112 und meldete eine hilflose Person am Straßenrand.

36

Justizvollzugsanstalt, Schwalmstadt

Paradeplatz. Schon bei dem Namen hatte er innerlich gezuckt, als er die Adresse in das Navi des Mietwagens eingetippt hatte. Klang nach Drill und Kaserne. Damit hatte Mondrian nie etwas zu tun haben wollen, schon in jungen Jahren nicht, als er noch im geteilten Berlin gelebt hatte, ohne Wehrpflicht. Stattdessen war er lieber in die Ferne gezogen, nach Südfrankreich, auf entlegene griechische Inseln, an die wilden Strände Portugals, mit Christin …

Er verscheuchte die Gedanken an sie, hielt vor einem festungsartigen Gemäuer und blickte sich um. Strenge Fassaden, vergitterte Fenster, schiefergraue Dächer, umgeben von meterhohen Mauern, auf denen rasiermesserscharfer Stacheldraht verlief. Bewaffnete Posten in Türmen bewachten das verwinkelte Gebäude, das einmal als Jagdschloss eines Landgrafen errichtet worden war und dann als preußisches Zuchthaus diente.

Mondrian trat auf die Pforte in der roten Steinmauer zu und schob seinen Personalausweis durch eine Klappe in der Panzerglaskabine, wo ihn ein Uniformierter entgegennahm.

Rechtsanwalt Zambrotta war hocherfreut gewesen, als er mit Grosser am Vorabend den Handel über die Protokolle perfekt gemacht hatte. Kein Problem, Mondrian könne seinen Mandanten natürlich besuchen. Am frühen Morgen hatte Zambrotta ein Fax mit der Ankündigung an die Justizvollzugsanstalt im hessischen Schwalmstadt geschickt. Dorthin war Stefan Ahlers alias Speedy kurzfristig verlegt worden, obwohl das Gefängnis nicht für Untersuchungshäftlinge, sondern für Lebenslängliche und andere Langstrafer bestimmt war. Höchste Sicherheitsstufe. RAF-Mann Rolf Clemens Wagner hatte hier viele Jahre gesessen. Sein Mandant, war Zambrotta mitgeteilt worden, sei in die Festung überstellt worden, weil man ihn dort besser abschirmen könne. Das war, so hieß es, sogar sein eigener Wunsch gewesen.

Wie musste Speedy sich jetzt fühlen, dachte Mondrian, ein Computerbesessener ohne Computer und ohne seine kleinen weißen Helfer, die Pillen, die er sonst ständig einwarf?

Es dauerte fünf Minuten, bis die schwere Stahltür am Eingang zur Seite fuhr. Mondrian wurde in einen Vorraum eingelassen, in dem ein Metalldetektor wie auf einem Flughafen stand. Er musste seine Taschen leeren und langsam durch den elektronischen Rahmen laufen. Kein Signal schlug Alarm. Sein Handy war schon einkassiert, und auch den Wagenschlüssel hatte er abgeben müssen. Während ein Wachhabender ihn anschließend zusätzlich von oben bis unten abtastete, telefonierten andere in der Panzerglaskabine. Offenbar mussten noch aufwendige Vorbereitungen getroffen werden, um Speedy von seiner Zelle in einen Besuchsraum zu bringen.

»... wohl noch Beamte aus Berlin da ...«, war einer der Satzfetzen, die Mondrian aufschnappte, dann: »... Station blockiert ...?«

»Tut mir leid, Sie müssen sich noch einen Moment gedulden«, sagte einer der Uniformierten mit desinteressiertem Blick. Er zückte einen überdimensionalen Schlüssel aus dem schweren Bund, das an seinem Ledergürtel klapperte, und öffnete eine Gittertür. Nachdem er Mondrian durchgeleitet hatte, schloss er sie hinter sich ab und führte ihn in einen fensterlosen Raum, der nach Putzmitteln roch. Auf den blanken Bodenfliesen standen drei Stühle um einen zerkratzten Tisch. Wortlos ging der Beamte hinaus und ließ die Tür hinter sich zufallen. Mondrian war allein in der Gruft.

Er ließ sich auf einen der Holzstühle sinken und lauschte den Geräuschen, die von außen in den Besuchsraum drangen. Immer wieder hallten Schritte durch den Flur, manchmal auch ferne Kommandos, die aus anderen Flügeln oder vom Hof kommen mussten und nicht zu verstehen waren. Scheppernd ratterte ein Gefährt vorbei, das er für einen Essenswagen oder eine Karre mit Werkzeugen hielt. Dann senkte sich wieder Stille über den Raum mit seinen mächtigen lichtlosen Mauern. Lange Minuten verstrichen, in denen Mondrian darüber nachdachte, wie Speedy ihm wohl gegenübertreten würde. Immer noch rotzfrech wie bei der Razzia? Kleinlaut, weil er dem Druck der Verhörs nicht standgehalten hatte? Gebrochen, nachdem alles vorbei war? Oder vielleicht sogar triumphierend, weil er jetzt die Rolle des Kronzeugen bekam?

Eine jaulende Sirene riss ihn aus seinem Grübeln. Kurz danach war das Gepolter schwerer Stiefel zu hören, offenbar Wachleute, die an seinem Raum vorbeirannten, den hallenden Flur hinunter.

»Feuer!«, brüllte jemand, ein anderer rief nach einem Löschtrupp, und aus dem Hof kam aufgeregtes Geschrei.

Vorsichtig öffnete Mondrian die Tür, und als er niemanden sah, lief er den Gang entlang in Richtung der Unruhe. Er lugte um eine Ecke und sah in ein paar Metern Entfernung die Überwachungszentrale des Gefängnisses, einen Kommandostand voller Monitore, von dem aus der Blick in die sternförmig angeordneten Trakte ging. Hektische Stimmen drangen heraus.

»Wo kommt der Qualm her, verdammt noch mal?«

»E-Station, drüben …«

»Zelle fünf wahrscheinlich.«

»Ist denn der Rauchmelder nicht angesprungen?«

»Doch, ich dachte, das wäre Fehlalarm! Wie zweimal im letzten Monat. Den hab ich erst mal weggedrückt.«

»Verfluchte Scheiße. Und was ist jetzt im E-Bau los?«

»Die meisten Zellen sind geräumt.«

»Der Flur oben ist blockiert … total verqualmt … kein Zugang …«, stieß ein Beamter hervor, der keuchend angelaufen kam.

»Atemschutz klarmachen und rein!«, brüllte der Dienstleiter. »Was zeigt das Videobild?«

»Zelle fünf schwarz, nichts zu sehen von diesem Ahlers«, hörte Mondrian, ehe ihn plötzlich ein Beamter entdeckte und den Leiter am Arm anstieß. Der trat mit hochrotem Kopf auf ihn zu.

»Was haben Sie hier verloren?«, fuhr er ihn an. »Sind Sie der angekündigte Reporter?«

»Wo ist Stefan Ahlers?«, fragte Mondrian, ohne zu antworten, und versuchte, einen Blick auf den Bildschirm zu erhaschen.

Mehrere Uniformierte verstellten ihm die Sicht.

»Das werden Sie später vom Justizministerium erfahren«, blaffte der Leiter. »Jetzt verlassen Sie augenblicklich die Anstalt, sonst lasse ich Sie abführen.«

»Wo ist der Mann, den ich besuchen will? Ich habe ein Recht, zu wissen, was mit ihm passiert ist«, erwiderte Mondrian scharf.

»Und wir haben hier einen Notfall. Raus!« Er gab zwei Beamten ein Zeichen, und sie packten Mondrian an den Armen.

Wütend riss er sich los und schubste sie zur Seite. »Nehmen Sie Ihre Hände weg! Ich kann allein laufen.«

Mondrian ging zu der Gittertür zurück, wo ihn schon ein Beamter erwartete. Er war so aufgewühlt, dass er geradewegs aus der Anstalt stürmen wollte.

»Hier, Ihre Sachen«, rief ihm ein Uniformierter in der Panzerglaskabine nach und reichte ihm Ausweis, Handy und Schlüssel, bevor die schwere Stahltür wieder auffuhr.

Draußen schlug ihm schmerzende Helligkeit entgegen. Er hielt sich eine Hand über die Augen und sank benommen auf eine Bank.

Zu irreal, was er da gerade erlebt hatte. Was war mit Speedy geschehen? War er in der Zelle gewesen, die jetzt schwarz war?

Mechanisch schaltete er das Mobiltelefon ein, und eine Minute später meldete sich eine SMS.

»Müssen uns treffen. Wann kannst du in Frankfurt sein?«

Kein Absender, unbekannte Nummer. Aber Mondrian war sich sicher, dass die Nachricht nur von Daffner sein konnte. Hatte der Kommissar sein Handy gewechselt?

Er schaute auf die Uhr, tippte »12« ein und »Wo?«.

»Sambuca« war die Antwort.

Mondrian brauchte bloß einen Gedankenblitz, um den Code zu knacken.

Es gab nur einen einzigen Ort auf der Welt, wo er den italienischen Likör gekostet hatte. Süße Schärfe, bitterer Nachgeschmack.

37

Flughafen, Frankfurt

Es war nach dem Tsunami in Thailand gewesen, eine Laune des Zufalls. Mondrian hatte seine Recherchen fast zum selben Zeitpunkt beendet wie Thomas Daffner seinen Einsatz, und für den Rückflug hatten beide dieselbe Maschine gebucht. Der Start in Bangkok International Airport, eigentlich für Mitternacht geplant, verzögerte sich um mehrere Stunden, und so waren sie nicht gegen sechs Uhr früh in Frankfurt gelandet, sondern erst am späten Vormittag. Erschöpft und übermüdet hatten sie beschlossen, wenigstens noch einen Abschiedstrunk zu nehmen. Sie steuerten das erstbeste Lokal im Terminal 1 an, landeten bei einem Italiener, bestellten zum doppelten Espresso jeder einen Sambuca. Mondrian erinnerte sich genau, wie die Kaffeebohnen in dem süßen Anisschnaps geschmeckt hatten, wenn man sie zerkaute. Bitterer als bitter.

Und jetzt war er wieder zum »Ciao Italia« unterwegs.

Eigentlich hatte er es nicht weit. Er war von Schwalmstadt zum Flughafen in Frankfurt gerast und hatte den Wagen im Parkhaus abgestellt. Von dort waren es über zwei Ebenen des Terminals nur wenige hundert Meter bis zu dem Italiener. Doch Daffner hatte einen Code verwendet, was nur bedeuten konnte, dass das Treffen geheim bleiben musste.

Als Mondrian die Halle durchquerte und mit einer Rolltreppe nach unten fuhr, begann er, nach Auffälligkeiten Ausschau zu halten.

Er tat so, als studiere er die Bestseller in einer Buchhandlung, betrachtete die Auslagen in Modeshops, schlenderte am Meeting-Point vorbei. Keine bekannten Gesichter, keine Gestalten, die sich plötzlich abwendeten.

Um zwei Minuten vor zwölf Uhr betrat er das »Ciao Italia«. Daffner saß schon hinter einer breit aufgeschlagenen Zeitung, die Stirn umwölkter als sonst.

»Sambuca?«, fragte Mondrian. Dabei war ihm selbst nicht nach Alkohol zumute.

»Bloß nicht«, grummelte Daffner, der schon eine halb leere Espressotasse vor sich hatte, »mir ist schlecht genug.« Aus den Augenwinkeln musterte er die umstehenden Tische und die Eingangstür, bis sein Blick auf Mondrians dicke Lippe fiel.

Er erzählte Daffner kurz von der unerfreulichen Begegnung mit dem Franzosen.

»Dieser entsprungene Häftling? Der ist wieder aufgesammelt worden, am Straßenrand, ziemlich lädiert. Hattest du mit dem anonymen Anruf zu tun?«

»Auf Fragen, bei denen ich mich selbst belasten könnte, muss ich nicht antworten, oder?«

Daffner nickte mit einem Anflug von Schmunzeln, wurde aber sofort wieder ernst. »Eigentlich dürfte ich dich gar nicht treffen. Kontaktsperre.«

»Wer hat das denn angeordnet?«, fragte Mondrian.

»Höhere Herren im Amt.«

»Und weshalb?«

»Weil ich im Verdacht stehe, dir Infos gesteckt zu haben. Zum Beispiel über eine bevorstehende Razzia im Schanzenviertel.«

»So ein Quatsch«, Mondrian tippte sich an die Stirn, »das hab ich doch einfach geraten.«

»Eben. Aber es hilft nichts, im Amt kennen manche Herrschaften unsere Connection, und bei einem Abteilungsleiter bin ich in Verschiss geraten. Seit zwei Tagen werde ich das Gefühl nicht los, dass man mich sogar abhört. Meinen Dienstapparat, mein Handy. Deswegen hab ich kurzfristig den Anbieter gewechselt.«

Mondrian wartete, bis der Kellner seine Bestellung aufgenommen hatte und sich wieder entfernte. Dann konnte er die Frage nicht mehr zurückhalten.

»Weißt du, was mit dem Jungen im Knast passiert ist?«

»Stefan Ahlers?« Daffner strich sich über den Oberlippenbart. Dann sagte er: »Gibt es nicht mehr. Nur noch einen verkohlten Leichnam.«

Mondrian fühlte sich einen Moment schwindelig. »Aber wie konnte das in einem Gefängnis passieren?«, fragte er heftig, nachdem er sich wieder gefasst hatte. »In einer überwachten Zelle?«

»Nicht so laut«, mahnte Daffner, während er um sich schaute. Leise fuhr er fort: »Soweit ich bisher gehört habe, war der Junge in einem leeren Stockwerk untergebracht. In einer Spezialzelle. Angekettet auf einer Pritsche, weil er immer wieder ausgeflippt ist. In den Stunden vor dem Brand soll er mehrmals Besuch von auswärtigen Beamten gehabt haben, die ihn verhörten. Danach muss er sich selbst angezündet haben. Das wird jedenfalls behauptet ...«

»Wie soll das denn funktionieren? Mit gefesselten Armen?«

»Die Hände hatten wohl genug Spiel, um ein Feuerzeug zu greifen.«

»Wie kann das durch die Kontrolle kommen? Er ist doch bestimmt durchsucht worden.«

»Keine Ahnung. So ein Ding ist neben der Leiche gefunden worden, das Plastik zerschmolzen. Muss er irgendwie am Körper eingeschmuggelt haben, wird inzwischen vermutet. Jedenfalls ist die ganze Kunststoffmatratze in Flammen aufgegangen ...«

»... und Speedy lag gefesselt darauf ...« Mondrian versuchte, sich das Bild vorzustellen, aber es wollte nicht in sein Gehirn. »Warum, um Himmels willen, sollte er das getan haben?«

»Depressionen? Entzugserscheinungen? Realitätsverlust?« Daffner zog die Schultern hoch. »Wer weiß, welche Gründe demnächst angeführt werden. Die Version für die Medien lautet vorläufig, dass der Unfall rückhaltlos untersucht wird und die Umstände noch nicht aufgeklärt sind.«

»Passt jedenfalls prima«, sagte Mondrian bitter. »So kann Speedy niemandem mehr erzählen, wie es zu seinem Geständnis gekommen ist. Was hältst du denn davon?«

»Deshalb wollte ich dich ja sprechen. Weil wir mitgekriegt haben, dass ihr euch die Protokolle besorgt.«

»Werden heutzutage schon Anwälte abgehört? Ich dachte, das sei illegal.«

»In diesen Tagen scheint vieles möglich, was bisher undenkbar war.« Daffner ließ seinen Blick über die Gäste an den Nebentischen schweifen. »Ich kann dir jedenfalls nur raten, die Hände davon zu lassen. Ich habe ein mehr als ungutes Gefühl dabei. Wir wissen nicht, wie diese Aussagen zustande gekommen sind.«

»Nicht mal eure Soko?«

»Nein, meine Leute waren bei der Vernehmung nicht dabei. Wir sind ja bloß die Spürhunde, die den Dreck am Tatort aufsammeln dürfen. Allerdings geht im Amt das Gerücht um, dass Stefan Ahlers nicht ganz freiwillig gesungen hat.«

Mondrian wartete, dass Daffner weitersprach.

»Na ja, man wusste aus einem früheren Verfahren, dass der Kleine speedsüchtig ist. Leicht auszurechnen, was passiert, wenn er seine Pillen ein paar Stunden nicht bekommt. Oder noch länger. Man sorgt dafür, dass er seinen Verteidiger nicht sprechen kann. Man fliegt ihn nach Schwalmstadt aus und packt ihn in eine Zelle, in der er keinen Kontakt zu Mitgefangenen aufnehmen kann. Und dann wartet man einfach ...«

»Bis er auf Entzug ist?«

»... und hilft noch ein bisschen nach. Von einem Kollegen, der es wissen muss, hab ich gehört, dass zum Verhör ein spezieller Polizeibeamter eingeflogen wurde. Einer, der weiß, wie man möglichst schmerzhaft Daumen umdreht, ohne dass eine Verletzung zurückbleibt.«

»Wie damals bei dem Frankfurter Kindermörder?« Mondrian musste an Magnus Gäfgen denken, der einen Bankierssohn gekidnappt und umgebracht hatte.

Daffner nickte grimmig. »Bloß dass der schon bei Androhung von Schmerzen eingeknickt ist und verraten hat, wo das Opfer versteckt war, allerdings zu spät. Ich weiß nicht, ob dieser GAF-Bubi tatsächlich gefoltert wurde.«

»Und wer hat seine Vernehmung durchgeführt? Unter dem Protokoll standen die Namen von zwei BKA-Beamten.«

»Ja, zwei junge Kommissare, die sich inzwischen krankgemeldet haben. Aber der Clou ist, dass angeblich noch zwei weitere Herren dabei waren, die nicht im Protokoll auftauchen. Speedys Aussage, flüstert man bei uns, soll in weiten Teilen von ihnen formuliert worden sein.«

Mondrian musste schlucken. »So etwas macht das BKA mit?«

»Wenn, dann nur ein bestimmter Abteilungsleiter. Ich spekuliere bisher bloß, noch weiß ich nichts Genaues. Aber vergiss nicht, dass die Polizei mächtig unter Druck steht. Schon peinlich, dass Ricarda Walde bei der Razzia nicht festgenommen wurde, ausgerechnet die Anführerin der Gruppe. Das gilt als dicke Panne, die bestimmte Leute vielleicht mit einem schnellen Geständnis wiedergutmachen wollen.«

Mondrian massierte sich die Schläfen. »Angenommen, das Geständnis ist tatsächlich manipuliert. Muss man nicht damit rechnen, dass so was auffliegt? Spätestens im Prozess, wenn der Angeklagte vor Gericht erscheint und alles erzählen kann?«

»Falls er dann noch Lust dazu hat. Es gibt ja verschiedene Arten, einen Häftling ruhigzustellen. Schweigegeld zum Beispiel. Oder das Versprechen einer milden Strafe plus neuer Identität. Oder die Drohung mit einem Racheakt durch Mithäftlinge. Bei dem Speed-Jungen hat man möglicherweise eine andere Lösung gewählt.«

Mondrian kniff die Lippen zusammen, wie er es manchmal tat, wenn er sich angestrengt etwas auszumalen versuchte. Die Wunde schmerzte. Er griff nach der Kaffeetasse, die der Kellner inzwischen serviert hatte, und starrte hinüber zu einer Vitrine, ohne die Antipasti darin wirklich wahrzunehmen.

Nachdenklich wandte er sich wieder Daffner zu. »Aber es gibt doch auch objektive Beweismittel, die dem Geständnis entsprechen. Die Spuren aus der durchsuchten Wohnung etwa, von denen bei Bussung die Rede war ...«

»Du meinst diese Erdbrocken aus Geesthacht?« Daffner verzog das Gesicht. »Lagen so deutlich im Flur, dass man fast darüber gestolpert wäre.«

»Und die Schuhe, die ja wohl Abdrücke beim ICE-Tunnel hinterlassen haben?«

»Ebenfalls irgendwie komisch, finde ich, nachdem ich noch mal darüber nachgedacht habe. Wirkten wie hindrapiert. Ich wollte dir im Innenministerium schon sagen, dass mich etwas daran irritiert hat, aber dann bist du mit dieser lila Titten-Tussi abgezogen …«

»Nur bis in die Tiefgarage, falls du es genauer wissen willst.«

Daffner sah Mondrian misstrauisch an, ohne dessen Bemerkung zu kommentieren, und fuhr fort: »Außerdem sehen diese Treter nicht so aus, als hätte jemand damit Baumstämme durch den Wald geschleppt. Wenige Schmutzanhaftungen, weder Schweißspuren noch Hautpartikel.«

»Aber die Blutreste an der Spritze?«

»Die stammen allerdings zweifelsfrei von dem entführten Mädchen. Bloß lag die Spritze im Zimmer von diesem Gandhi ebenfalls wie auf dem Präsentierteller.«

»Und was bedeutet das alles?«

Daffner zögerte, ehe er antwortete. »Das weiß ich noch nicht. Ich wundere mich bloß, dass wir bisher null Mikrospuren der Täter an den Tatwerkzeugen haben. Weder an der Spritze noch im Fluchtfahrzeug oder an dem Schild, das sie dem Mädchen umgehängt haben. Auch nicht an den Baumstämmen im Tunnel oder den Kanistern in Geesthacht. Totale Pleite.«

»Kein Fingerabdruck? Kein Fussel?«

»Rein gar nichts«, seufzte Daffner. »Als würden Profis mitmischen und peinlich darauf achten, dass kein Härchen von ihnen zurückbleibt. Vielleicht blicken wir besser durch, wenn wir Ricarda Walde einkassiert haben.«

»Wo sucht ihr sie denn?«

Daffner zog unwillig die Stirn in Falten.

»Okay«, schob Mondrian rasch hinterher, »die Frage ist vielleicht etwas … direkt.«

»Unverschämt, wolltest du sagen«, muffelte Daffner. »Also gedulde dich wenigstens, bis ich eine geraucht habe.«

Sie winkten den Kellner heran und bezahlten. Dann traten sie vor das Terminal an den Fahrstreifen, wo Taxis Passagiere einluden. Mit unruhigen Fingern zündete Daffner sich eine Zigarette an. Sog den Rauch tief in die Lunge. Vergewisserte sich, dass niemand in der Nähe stand, und wartete, bis eine Maschine startete und der Düsenlärm anschwoll.

»Wir vermuten, dass sie in Thailand ist. Auf einer Insel, die Koh Phangan heißt. Möglicherweise in einer Tauchbasis bei irgendwelchen Öko-Freaks.«

»Woher wisst ihr das?«, fragte Mondrian durch den Jetlärm.

Daffner blinzelte ihn unter seinen buschigen Augenbrauen an. »Unsere IT-Leute haben vor ein paar Tagen einen Trojaner auf ihren Computer geschickt. Damit konnten sie ihren Mailverkehr abfischen. Sie hat an Brandtner noch vor dessen Tod geschrieben, dass sie eine Pause brauche. Später hat sie mit dieser Diving Station auf der Insel Kontakt gehabt, zu der sie offenbar schon länger wollte. Seitdem ist der Mailverkehr tot. Vielleicht war sie während der Razzia bei Freunden. Und die Suche nach ihr hat eine Last-Minute-Entscheidung ausgelöst.«

»Aber wie ist sie durch die Passkontrolle gekommen? Sie ist doch bestimmt zur Fahndung ausgeschrieben. Ich habe vorhin ein Suchplakat mit ihrem Bild gesehen.«

»Das weiß ich nicht. Außerdem habe ich dir schon genug verraten. Du bist jetzt dran.«

Mondrian sah ihn verblüfft an.

»Wenn ich hier schon meinen Job riskiere, kannst du dich wenigstens revanchieren. Unsere Leute sind noch nicht da unten. Elende Formalien. Du musst mir sagen, was du rauskriegst, falls du ihr hinterherfliegst.«

Mondrian nickte. Genau das hatte er gerade überlegt. »Ich glaube, ich muss dringend mit meiner Redaktion reden.«

Ohne ein weiteres Wort trat Daffner seine Kippe aus und tauchte in ein heranrollendes Taxi.

Ein Mann von langen Abschieden ist er nie gewesen, dachte Mondrian, als er sich umdrehte und zurück ins Terminal ging.

In der Abflughalle patrouillierten Bundespolizisten mit Hunden zwischen den Passagieren. Während eine Lautsprecherstimme mahnte, kein Gepäck unbeaufsichtigt zu lassen, zeigte die große Tafel am Flugsteig B immer neue Destinationen an: Sydney, Rom, Rio, Hongkong. Und gleich mehrmals Bangkok.

Mondrian suchte sich eine Ecke abseits des Gedränges und wählte die Nummer von Rolfes.

So ruhig wie möglich sagte er: »Marc, ich fürchte, wir haben ein Problem.«

»Warum?« Rolfes klang gereizt und kurz angebunden.

»Wir können die Geschichte nicht so machen, wie wir sie geplant haben. Die Beweismittel stinken, sagt meine Quelle.«

»Wieso? Wir haben doch das Geständnis. Und wir müssen uns verdammt noch mal beeilen. Inzwischen haben auch andere Medien Wind davon gekriegt.«

»Aber die Aussage des Jungen stimmt vermutlich überhaupt nicht. Wir sollten die Finger davon lassen, warnt mich mein Kontakt. Das sogenannte Geständnis ist allem Anschein nach erpresst. Durch Drohung mit Folter.«

»Na und?«, erwiderte der Cop kühl. »Das muss doch nicht heißen, dass es nicht der Wahrheit entspricht.«

»Aber es ist sehr wahrscheinlich, dass der Junge einfach unterschrieben hat, was ihm vorgelegt wurde, weil er auf Turkey war. Und auch die anderen Beweismittel könnten getürkt sein. Im BKA herrscht Alarmstufe Rot.«

»Und wenn schon. Unser ganzes Heft dreht sich um den grünen Terror. Sollen wir das alles stoppen? Was, bitte schön, sollten wir deiner Meinung nach tun?«

»Mit Ricarda Walde reden.«

Rolfes lachte kurz auf. »Und inzwischen zuschauen, wie uns die Konkurrenz die Story klaut?«

Eine Pause, bis die ärgerliche Stimme aus Hamburg wieder zu hören war, lauter jetzt.

»Mein Gott, Jonas, ich verstehe dich überhaupt nicht mehr. Du könntest gerade der Star in unserem Laden werden! Die nächste Titelstory schreiben! Vielleicht einen tollen Journalistenpreis schießen! Stattdessen meldest du dich mit immer neuen Zweifeln und Bedenken. Sag ehrlich, willst du diese geile Geschichte gar nicht mehr?«

»Wie kommst du denn darauf?«

»Weil du womöglich was mit dieser Gypsy hast. Nadja Polanski läuft hier mit einem Foto über die Flure, das dich beim

Tête-à-Tête mit dieser Dame in einem Lokal zeigt. Außerdem behauptet sie, es gäbe noch ganz andere Aufnahmen von euch. Aus einem Schlafzimmer. Wie man hört, sollen das ziemlich heftige Szenen sein.«

Mondrian erstarrte. War in Ricardas Zimmer eine Überwachungskamera gelaufen, als sie miteinander geschlafen hatten? Eine Welle von Wut überschwemmte ihn. Wut auf den Unbekannten, der ihn offenbar ausspionierte. Hass auf Piranha, die sich anscheinend Observationsmaterial besorgt hatte, woher auch immer. Und Empörung über Rolfes, der ihre Intrigen zuließ.

»Und jetzt glaubst du«, stieß er hervor, als er die Sprache wiedergefunden hatte, »dass ich für die Story verbrannt bin?« Ohne ein weiteres Wort brach er das Gespräch ab.

Zehn Minuten später klingelte ihn der Cop wieder an.

»Entscheidung der Chefredaktion«, sagt Rolfes mit förmlicher Stimme, »Polanski macht jetzt die Titelgeschichte, mit dem Material von Zambrotta. Du bist erst mal draußen. Das hast du dir selbst eingebrockt, tut mir leid.«

Mondrian antwortete nicht.

»Noch Fragen?«, fragte Rolfes.

Mondrian antwortete nicht.

»Hörst du mich? Bist du noch dran?«

»Nein«, sagte Mondrian, »aber ihr solltet aufpassen, dass ihr keinen Fehler macht.«

Kochend vor Zorn drückte er die rote Handytaste. Dann lief er die Schalter der Fluggesellschaften entlang, auf der Suche nach dem nächstbesten Flug nach Thailand. Mit seiner Kreditkarte kaufte er ein Ticket nach Bangkok.

Kurz vor dem Boarding tippte er eine SMS an Rolfes.

»Ich bin dann mal weg.«

38

Dienstag, Abend

Betreff: journalist
Gesendet: 20:35 uhr

reporter in frankfurt airport beobachtet, treffen mit bka-connection. flug mit ziel bangkok gebucht. destination danach unklar. müssen möglichst frühzeitig wissen, was er vorhat. weitere observation? besondere maßnahmen, falls er probleme macht?

39

Koh Phangan, Thailand

Er konnte nicht einschlafen. Die Kabine war längst abgedunkelt, die meisten Passagiere verfolgten im Bordkino den zweiten oder dritten Spielfilm. Andere schmökerten in Büchern, bevor sie die Leselampe löschten und sich unter einer Decke verkrochen. Ein silbriger Mondschimmer lag auf den Tragflächen des Jumbos, der in zehntausend Metern Höhe durch die Nacht glitt.

Mondrian starrte auf den kleinen Monitor vor ihm, der eine Landkarte mit der Position des Flugzeugs zeigte. Eigentlich liebte er es, die Welt von oben zu sehen, Länder bloß Farbflecke, Städte nur Punkte. Namen wie Odessa, Baku oder Alma-Ata, die nach Gewürzen klangen, nach Karawanen und Geheimnissen. Er stellte seine Lehne zurück und versuchte, sich zu entspannen. Sehnte sich danach, in jenen seligen Zustand zu gleiten, in dem der Kopf völlig leer ist. Aber zu viele Gedanken, unterbrochen von immer wieder aufschäumender Wut, lärmten in seinem Hirn.

Welches Spiel war in der Redaktion gelaufen? Woher hatte Nadja Polanski die Observationsfotos bekommen, um ihn abzuschießen? Von Julia Stürmlinger, der Boulevardjournalistin, die offensichtlich intime Verbindungen zum Innenministerium pflegte? Und welche Geschichte würde Piranha wohl zusammenphantasieren? Ein Horrormärchen über die »Killer von der Schanzen-Gang«?

Zornig stellte er sich vor, wie sie das gekaufte Geständnis fledderte, ein rothaariger Vampir, der daraus pikante und blutige Details saugte. Dabei kannte sie die Typen aus der WG überhaupt nicht. Doch wenn er ehrlich war, musste er sich eingestehen, dass Angel & Co. auch ihm noch ein Rätsel waren. Radikale Weltverbesserer, das gewiss, gut für zerstochene Autoreifen, zerstörte Castor-Gleise und demolierte Tierkäfige. Aber auch fähig, über Leichen zu gehen? Waren es Menschen, die hinter einer lächelnden »Atomkraft? Nein danke«-Maske etwas anderes verbargen? Kalte Brutalität?

Weit weg, irgendwo in einer deutschen Sektionshalle, lag jetzt Speedys verkohlter Leichnam. War er mit Drogen vom Staat ruhiggestellt worden, damit er seine Freunde belastete? War alles komplett erfunden und erlogen, was in den Protokollen stand? Oder stimmte es teilweise, und er hatte sich als Kronzeuge freikaufen wollen? Gut möglich, dass die Vernehmer ihm einen Deal angeboten hatten, wenn er über die »Terrorzentrale« auspackte. Mondrians Zweifel an seiner Aussage waren seit der Begegnung mit Daffner gewachsen, und seine Vermutungen schwankten hin und her.

Je öfter er sich in Gedanken in die Wohnung der Kommune zurückbeamte, je mehr er sein Gedächtnis marterte, ob er etwas Entscheidendes übersehen oder überhört hatte, desto klarer wurde ihm, dass er das Geheimnis nur durch eine Person lüften konnte. Ricarda Walde. Sie war die Schlüsselfigur der Gruppe. Wie war sie der Razzia entgangen? Und wo hielt sie sich jetzt gerade auf?

Während er sich den schmerzenden Nacken knetete, betrachtete er den Monitor mit der bunten Landkarte. Der Golf von Thailand sah tiefblau und ziemlich groß aus. Ein ideales Revier, um unterzutauchen.

Als die Stewardess vorbeikam, bat er sie um ein Glas Rotwein und trank langsam mehrere Schlucke. Schmeckte dem Aroma nach, schwarze Johannisbeere und Pfeffer. Wartete auf die Schwere des Alkohols. Manchmal wünschte er sich das: einen Schalter im Hirn, mit dem er den Rechner in seinem Schädel einfach herunterfahren konnte. Ein Nirwana auf Zeit.

Mit einer müden Bewegung schob er das Rollo vor der Fensterluke ein paar Zentimeter nach oben. Blinzelte aus halb geöffneten Augen nach draußen. Entdeckte unten im Mondschein die Gipfel des Himalaja, eingebettet in Wolken. Aber woher kam jetzt dieses Rauschen da draußen, das wie ein Sturm aus Eiskristallen klang? Er meinte, weißes Gestöber zu sehen, dann vorüberfliegende Metallteile wie von einem silbernen ICE. Auf dem Korridor kam eine dralle Frau in einer durchsichtigen lila Bluse vorbei, die ein Schild mit drei Buchstaben um den Hals trug, während Gandhi ihr kichernd mit einer Spritze hinterherlief und Grosser und Nadja Polanski stehend applaudierten, und im selben Moment sackte der Fahrstuhl im Media Tower durch, explodierte, riss alle mit in die Tiefe …

Schweißnass schrak Mondrian hoch. Es dauerte mehrere Sekunden, bis er aus seinem Alptraum zurück war und sich der Jet fing. Offenbar waren sie in heftige Turbulenzen geraten, der Flieger sackte immer wieder ab. Er spürte das Vibrieren der riesigen Maschine, wenn sie den tiefsten Punkt erreichte und wieder nach oben katapultiert wurde. Benommen schaute er aus dem Fenster und sah Monsunwolken, die sich im frühen Tageslicht zu schwarzen Gebirgen türmten. Er rieb sich die Augen. Wie lange hatte der wirre Traum gedauert? Der Monitor zeigte, dass sie schon über Myanmar nach Südosten flogen. Nicht mehr weit bis Bangkok.

Die Sonne hatte ihren höchsten Punkt schon überschritten, als er sich der Insel näherte. Das Speedboot hielt in einer Gischtwolke direkt auf Koh Phangan zu. Mondrian suchte sich einen Weg durch dösende Traveller und Rucksackberge, die auf dem Deck lagen, und trat nach vorn an den Bug. Mit einer Hand beschattete er die Augen, um Ausschau zu halten. Je dichter sie an die Insel kamen, desto deutlicher zeichneten sich ihre Kalkfelsen ab, bizarre helle Türme im tiefblauen Ozean. Und Dschungel, ein undurchdringliches grünes Tarnkleid über Hügeln und Bergen. Dort irgendwo musste Ricarda Walde sein, wenn Daffner recht hatte.

Als er in dem kleinen Ankunftshafen nach der Diving Station fragte, erntete er nur Thai-Lächeln. Kein Transport heute mehr, Mister. In wenigen Stunden war »Full Moon Party«. Ausnahmezustand.

Kurz entschlossen mischte sich Mondrian in den Strom aufgekratzter Backpacker, die mit Minibussen auf einer holprigen Straße nach Südosten rumpelten. Vielleicht würde ja auch Ricarda zu dem Strand kommen, zu dem offenbar jeder unterwegs war.

Als er aus dem klapprigen Gefährt stieg, stellte er fest, dass der weiße Sand schon vor Sonnenuntergang von erwartungsvollen Ravern besetzt war. Skandinavisch klingende Mädchen lagerten zwischen Alt-Hippies mit kalifornischem Slang, laute Australier kühlten ihren Sonnenbrand, indem sie Bier on the Rocks schlürften, grazile Chinesinnen blitzten sich unentwegt gegenseitig mit ihren Digitalkameras. Eine partysüchtige Karawane schob sich durch eine Gasse mit Bars und Girlanden, bis die Musik mit einem Donnerschlag begann.

Ein Dutzend Soundsysteme, schätzte Mondrian, pumpten ihre Schallwellen in die schwüle Nachtluft. Aus mannshohen Boxen pulsierten hypnotische Klänge und waberten über die sandige Arena, die wie ein Amphitheater von Felsen eingefasst war. Nach wenigen Minuten wiegten sich die ersten Besucher zwischen angestrahlten Palmen und knallbunten Lampions im Takt, dann begannen einige zu tanzen. Bald war der Strand eine Menge wogender Leiber, über der ein fahler Ball am Himmel aufzog.

Mondrian blinzelte hinaus zu der glitzernden Spur, die der Mond auf die Wellen tupfte. Einen Moment sinnierte er, ob er das Spektakel nicht einfach von einem Logenplatz aus genießen sollte, abschalten, seinen rastlosen Gedanken eine Pause gönnen. Doch dann richtete er sich auf und gab seinem müden Körper einen Ruck. Er drängte sich in das schwitzende Getümmel, um nach Ricarda Ausschau zu halten. Er wusste, dass sie gern tanzte. Vielleicht hatte sie sich in dieses Chaos gestürzt?

Entschlossen bahnte er sich einen Weg durch die lärmende Masse, traf auf halb nackte Mädchen mit leuchtenden Bodypaintings, junge Surfer mit salzwassergebleichten Locken und gereifte Bohemiens mit schütteren Zöpfen. Mühsam umkurvte er Tische, an denen Thai-Frauen Süßspeisen anboten, und Pulks von Travellern, die lieber Ecstasypillen einwarfen. Minutenlang bestaunte er eine Gruppe Jongleure, die brennende Keulen durch die Luft wirbelten. Nach mehreren Streifzügen durch die Menge war ihm fast schwindelig, er wollte aufgeben. Am nächsten Tag die Tauchstation suchen. Da entdeckte er sie. Gypsy. Tanzend im Sand.

Von Weitem sah es fast so aus, als würde sie gegen einen imaginären Gegner fechten. Sie bewegte ihre Arme im Rhythmus nach vorn und nach hinten. Tänzelte, wippte, machte immer wieder einen spielerischen Ausfallschritt. Wie in Trance bog sie ihren Körper hin und her, als wollte sie einem Angriff ausweichen, und wirbelte um die eigene Achse, die Hände über den Kopf gestreckt.

»… some dance to remember
some dance to forget …«

Ricardas Haare flogen, während sie den Eagles-Song »Hotel California« mitsang, den der DJ unter die Rave-Musik gemischt hatte. Ihr Blick ging nach oben in den Nachthimmel. Und dann zu Mondrian, als hätte sie seine Augen auf ihrer Haut gespürt.

Sie brauchte lange, um ihn im Schein der Fackeln zu erkennen. Ihr Blick kam von weit her, und es dauerte eine Weile, bis sie ihn erkannte, ungläubiges Erstaunen im Gesicht. Sie löste sich aus der Gruppe von Tänzern, trat langsam auf ihn zu. So nah, dass er den Zuckerrohrschnaps in ihrem Atem riechen konnte.

Dann gab sie ihm einen Kuss auf den Mund, und seine Wunde brannte.

»Du hier, bei diesem Rummel?«, rief er ihr durch die wummernden Bässe zu.

»Wie hast du mich gefunden?«

»Diesmal nicht mit dem Handy-Foto. Sondern mit einem Trojaner.« Er musste fast schreien, damit sie ihn hören konnte.

Aber sie hatte ihn offenbar nicht verstanden, zog die schmalen Augenbrauen in die Höhe.

»Die Polizei hat dir einen kleinen Spion auf den Computer gespielt«, sagte er in ihr Ohr, »der hat deine Reisepläne verraten.«

»Also arbeitest du doch mit den Bullen zusammen.« Ein Schatten von Enttäuschung flog über ihr Gesicht.

»Mit einem«, antwortete er, »dem ich vertrauen kann. Er hat mir erzählt, wie Speedy im Gefängnis verbrannt ist.«

»Ja, ich weiß, dass er tot ist.« In ihre Augen trat ein nasser Schimmer.

»Und du weißt auch, dass er vorher ein Geständnis unterzeichnet hat?«

»Ach, das überrascht mich überhaupt nicht, dieses angebliche Geständnis.« Sie machte eine wegwerfende Handbewegung und zog ihn aus dem Lärm der Boxen zu einer Chill-out-Zone am Rand des Strands.

Zwei Dealer bestürmten sie mit allen möglichen Pillen und unterboten sich in ihren Preisen.

»Speedy hätte es hier gefallen«, sagte sie bitter, während sie die Männer wegscheuchte. »Er konnte nicht ohne Aufputschmittel leben. Glaubte er jedenfalls. Er hat uns immer gesagt, dass er jeden Mist unterschreibt, wenn er mal von den Bullen geschnappt werden würde und die Tabletten nicht mehr hätte.«

»Aber es geht hier nicht um Mist, sondern um Mord«, sagte Mondrian heftig und schüttelte den Kopf. »Er hat unterschrieben, dass ihr die Grüne Armee Fraktion seid. Dass ihr die Anschläge begangen habt.«

»Dann muss er total auf Entzug gewesen sein. Und nie und nimmer hat er sich selbst angezündet, wie es jetzt im Netz steht. Dazu wäre er viel zu feige gewesen. Das ist eine dreckige Lüge. Genau wie die ganze Geschichte, die ihm in den Mund gelegt wurde.«

Mondrian schob sie zu einer Strandbar, wo gerade ein Bambustisch frei wurde.

»Wieder Caipirinha?«, fragte er, als ein Thai-Kellner herantrat.

»Ja, aber diesmal nicht Virgin«, sagte sie. »Ich denke, dass du eine Menge Fragen hast.«

»Und ich brauche offene Antworten. Ich bin selbst in der Klemme.«

Sie sah zu Boden. »Okay, ich muss mich erst mal entschuldigen.« Ihre Finger zitterten, als sie sich eine Zigarette anzündete. »Es war ein Riesenfehler. Die Sache mit Jean-Claude.« Sie paffte eine Rauchwolke in die Nachtluft. »Ich weiß, dass man das schwer verzeihen kann. Aber ich möchte es wenigstens erklären.«

Mondrian sagte nichts, wartete, dass sie weitersprach.

»Ich kannte ihn schon länger, von den G-8-Protesten in Heiligendamm. Damals war er mit französischen Aktivisten nach Deutschland gekommen, die sich ›Unsichtbares Komitee‹ nannten. Wir haben einiges zusammen gemacht, bis er in den Knast musste.«

»Der Brandanschlag mit der verletzten Frau?«

Ricarda nickte. »Das wollte ich gar nicht so genau wissen. Wir haben während der Haft Kontakt gehalten, und ich habe ihn ein paarmal besucht. Bis er mich irgendwann gedrängt hat, ihm bei seiner Flucht zu helfen. Er hat mir den Tag geschrieben, den genauen Ort auf dem Friedhof, dass er mich kurz vorher anrufen würde.«

»Und du hast einen Blödmann gefunden, der euch fährt.« Mondrian nahm einen Schluck von seinem eiskalten Bier.

»Ich wusste nicht, dass er den Bewacher niederstechen wollte. Nicht mal, dass er ein Messer bei sich haben würde.«

»Dachtest du, dass der Beamte einfach Tschüs sagt?«

»Ich glaubte, er würde ihn nur niederschlagen. So genau habe ich mir das vorher nicht ausgemalt. Ich sollte einfach in der Nähe warten und stand ein Stück weg, als es passierte. Jedenfalls war es eine Sauerei von mir, dich dafür einzuspannen.«

»Und dann einfach abzuhauen mit diesem Arschloch. Ich habe dich gesucht und wollte mit dir reden, aber du warst nicht in eurer Wohnung.«

»Nein. Wir haben uns bald nach seiner Flucht über die Sache mit dem Messer gestritten und dann erst mal getrennt. Später bin ich zu den Zwillingen. Bei denen war gerade Brandtner zu Besuch.«

»War der eigentlich so was wie euer Guru?«

Sie überlegte einen Moment, als ob sie nach innen schaute. »Ja, wenn man so will. Ich habe ihn bewundert, weil er Probleme auf den Punkt bringen konnte wie kein Zweiter. Wir haben stundenlang mit ihm diskutiert.«

»Hattet ihr Streit an diesem Abend?«

»Nein, wie kommst du darauf? Wir hatten öfter unterschiedliche Positionen, aber ich habe ihm immer vertraut.«

»Wusstest du, dass er Verbindungen zur Innenbehörde hatte?«

»Wie bitte?« Mit einem Ruck richtete sie sich auf.

»Dass er nach eurem Treffen dorthin gefahren ist? Ich wollte ihn deshalb zur Rede stellen. Allerdings hat er sich, kurz bevor er mich zu Hause empfangen wollte, eine Plastiktüte über den Kopf gezogen. Merkwürdig, nicht?«

Sie schaute ihn entgeistert an.

»Du glaubst, dass es kein Selbstmord war?«

»Ich glaube noch gar nichts«, wehrte Mondrian ab, »ich frage mich bloß einige Dinge. Zum Beispiel, ob es stimmt, dass ihr Verbindungen zu Aktivisten aus der Elbmarsch hattet, wo der GKSS-Ingenieur umgebracht wurde.«

»Wer behauptet das?«

»Der Verfassungsschutz.«

»Aha, der Verfassungsschutz.« Sie nippte an ihrem Drink und verzog den Mund, als ob er furchtbar sauer schmecken würde.

»Ja, sicher hatten wir einen Draht dorthin, warum nicht?«, sagte sie dann. »Findest du es erstaunlich, wenn Atomgegner wie wir Kontakte zu Strahlenopfern suchen? Wir haben eine Mutter zu uns eingeladen, die ihren Sohn durch Blutkrebs verloren hat.«

»Jan?«

»Ja, so hieß er. Die Frau hatte eine Menge Rachephantasien, auch religiöses Zeug, aber überhaupt keine konkreten Vorstellungen, was ihre Bürgerinitiative unternehmen könnte. Wir haben mit ihr ein paarmal über eine bundesweite Kampagne gegen Niedrigstrahlung gesprochen, aber dann wollte ihre Gruppe nicht mitmachen. Leider. Mehr war da nicht.«

»Doch. Jede Menge Material über die GKSS in eurer Wohnung.«

»Das hast du also entdeckt mit deinen Röntgenaugen«, sagte sie irritiert.

»Ich hätte sogar gern mal reingeschaut.«

»Das hättest du ruhig tun können. Es sind wissenschaftliche Broschüren. Ist es verdächtig, wenn man der Nuklearforschung auf die Finger schaut?«

»Nein, aber wenn dann später Erdbrocken vom Tatort im Flur gefunden werden.«

»Von welchem Tatort?«

»Dem bei Geesthacht. Und hinter eurer Tür lag Waldboden von der Anschlagsstelle.«

»Sagt das auch der Verfassungsschutz?«

»Nein, diesmal ist es das BKA.«

»Das kann nicht wahr sein«, sagte Ricarda ungläubig und schüttelte den Kopf.

»Und außerdem ist bei euch ein Paar Schuhe gefunden worden.«

»Ein Paar? Da war ein ganzer Haufen.«

»Ein ganz besonderes Paar, dessen Sohlen Abdrücke am ICE-Tunnel hinterlassen haben.«

»Obwohl wir gar nicht in dieser Gegend waren? Das müsste sich sogar durch Zeugen beweisen lassen.« Sie stutzte einen Moment und fuhr dann fort: »Komisch ist allerdings, dass da zuletzt ein neues Paar rumlag ...«

»Von wem?«

»Keine Ahnung. Eigentlich wusste niemand so recht, wem es gehörte, wenn ich jetzt darüber nachdenke.« Sie zuckte mit den Schultern.

Mondrian nahm seine Bierflasche aus dem Eiskübel, goss sich ein und überlegte.

»Es gibt noch weitere Merkwürdigkeiten. Ihr habt auch über eine Aktion in Gorleben gesprochen, hat mir Gandhi erzählt ...«

»Natürlich, immer wieder. Das ist das Lieblingsthema aller Anti-AKW-Gruppen!«

»... und wenige Tage später wird dort die Tochter eines Atommanagers gekidnappt.«

»Ja und?«

»Dann findet sich Blut von dem Mädchen an einer Spritze in Gandhis Zimmer.«

Ricarda sah ihn aus weit geöffneten Augen an.

»Wirklich?« Sie schüttelte den Kopf und suchte nach Worten. »Dazu … dazu kann ich nichts sagen. An dem Tag, als das Mädchen entführt wurde, war ich gar nicht mehr in Deutschland.«

»Du warst nicht mehr da?«, fragte Mondrian verblüfft.

»Am Morgen nach Brandtners Tod bin ich nach Thailand geflogen. Die Nachricht von der Entführung habe ich auf dem Flughafen vor dem Einchecken gehört. Die Daten kannst du auf dem Ticket und dem Passstempel sehen, wenn du mir nicht glaubst.«

»Aber warum bis du überhaupt abgehauen?«, fragte Mondrian, während er versuchte, seine Gedanken zu sortieren.

»Weil ich nach der Aktion auf dem Friedhof gelesen habe, dass der Wärter lebensgefährlich verletzt wurde. Weil ich Angst bekam, ich könnte als Helferin gesucht werden. Und weil ich dich in diese Scheiße verwickelt hatte. Außerdem war Jean-Claude nicht mehr derselbe wie vor dem Knast.«

»Hast du ihm gesagt, ich hätte dir Geld für Informationen gegeben? Ich hätte mit dir geschlafen, um dich auszuhorchen?«

Sie schüttelte den Kopf.

»Und weißt du, dass er von dir jetzt als Schlampe spricht?«

Sie lachte bitter auf und sagte: »Ich habe schnell festgestellt, was für ein Macho er geworden ist. Und die Aktion mit dem halb toten Beamten hat mich ins Grübeln gebracht. Schließlich war da auch noch Brandtner, der von einer konterrevolutionären Situation sprach …«

»Was sollte das bedeuten?«

»Das hat er an diesem Abend nicht mehr gesagt. Ich wollte jedenfalls Abstand gewinnen, auf die Escape-Taste drücken, damit ich über ein paar Dinge nachdenken kann.«

Sie schüttelte den Kopf, als ob sie einen Spuk loswerden wollte, während die Rhythmen drüben immer noch über den Strand wummerten.

»Und dann habe ich hier im Netz von der Razzia und von den

Anschuldigungen gelesen und fand das so absurd, so unwirklich. Kannst du dir ausmalen, dass der klapprige Gandhi schwere Baumstämme in einen Tunnel schleppt? Dass Angel mit ihren fünfzig Kilo einen kräftigen Jogger umhaut und anzündet? Dass Alex ein Mädchen in einen Käfig sperrt? Mein Gott, wir sind doch nicht so was wie die *family* von Charles Manson. Öko-Killer stelle ich mir anders vor.«

»Ich mir auch«, stimmte Mondrian zu. »Aber warum hat Speedy neben dem Kartoffelfeld ›GAF‹ an die Mauer gesprüht?«

»Ach, das war doch purer Quatsch, Provokation. Manche in der Gruppe sind noch wie Kinder, die wollen spielen. Hast du im Ernst geglaubt, dass wir Menschen umbringen und foltern könnten?«

»Ihr habt weiß Gott genug Verdachtsmomente geliefert.«

»Hast du das einer Frau zugetraut, mit der du geschlafen hast?« Sie bohrte ihren Blick in seinen.

Er lehnte sich zurück. »Willst du eine ehrliche Antwort?«

Ein Nicken.

»Ich war mir nicht immer sicher.«

Er konnte ihren Gesichtsausdruck nicht deuten, weil sie die Haare nach vorn über die Wangen strich. Aber er ahnte, dass sie spürte, was er nicht gesagt hatte: Seine Gedanken tobten immer noch hin und her.

Sie schwieg und schaute über das Getümmel am Strand, wo gerade Feuerwerkskörper explodierten.

»Ich brauche jetzt ein bisschen Stille. Wenn du willst, komm mit.« Sie trank ihre Caipirinha aus und stand auf.

»Wieso bist du gerade hierher?«, fragte er, als sie auf einen Fischer zuging, dessen Boot startbereit im flachen Wasser dümpelte.

Sie antwortete nicht.

Das schmale Boot legte ab und durchschnitt ein paar schäumende Wellenkronen, ehe es ruhigeres Wasser erreichte. Je weiter sie sich vom Haad Rin Beach entfernten, desto mehr verebbte die Musik. Die pulsierenden Bässe wurden überlagert vom gleichmäßigen Tuckern des Motors, der das offene Schiff durch den schwarzen Ozean schob. Sie fuhren an der Küste entlang, in Sichtweite der Baumkonturen. Nach einer halben Stunde bog der Fischer in eine von Bergen eingefasste Bucht. Sie verengte sich an einer Stelle wie ein Flaschenhals, um dann wieder breiter zu werden. Auf dem Strand, ein heller Fleck vor dunklen Felswänden, empfing sie ein Schild mit der Leuchtschrift »Shangri-la«.

Durch knietiefes lauwarmes Wasser wateten sie ins Trockene. Im Schein einer Lichterkette war ein größeres Gebäude zu erkennen, daneben Hütten aus geflochtenen Blättern. Das Areal schien wie ausgestorben, und nachdem das Longtailboot wieder um eine Felsnase gebogen war, konnte man nur noch das Zirpen der Zikaden hören.

Ricarda führte Mondrian zu einer Hütte und zündete darin eine Öllampe an. Auf dem blanken Boden lag eine Matte, darüber hing ein Moskitonetz. Sie verschwand einen Moment und kam mit einem gefüllten Glas zurück.

Klirrende Eiswürfel, Orangensaft, Grenadine, ein Schuss Scharfes.

»Tequila Sunrise?«, fragte er, nachdem er gekostet hatte.

Sie nickte. »Dein Downer.«

»Und deiner?«

»Mir ist jetzt nicht danach.«

Sie versuchte sich gar nicht erst an einem Lächeln. Ohne ein weiteres Wort verschwand sie in der Dunkelheit.

40

Shangri-la, Golf von Thailand

Es war schon hell, als er aufwachte und durch die Ritzen der Hüttenwände aus geflochtenen Palmblättern nach draußen schaute. Vor der windschiefen Tür, die sich mit einem Knarren öffnete, lag eine Jasminblüte. Menschen jeder Hautfarbe, alle mit einem gelben Armband, bevölkerten den Strand. Manche waren in leuchtend orangefarbene Tücher gehüllt, buddhistischen Mönchen ähnlich, andere trugen bloß Badesachen, Flipflops und Sonnenbrillen, dazu mal ein Batikhemd oder eine umgedrehte Baseballkappe. Ein paar Gäste saßen auf der Terrasse eines Restaurants unter einem Dach aus Bambusstäben.

Mondrian entschloss sich, seinen Tag ausnahmsweise mit schwarzem Kaffee zu starten. Als er auf das Hauptgebäude zusteuerte, stellte er fest, dass ein steiler Felsen die Bucht in einem Halbkreis umschloss. Er sah keine Straße. Offenbar war das »Shangri-la« nur über das Meer erreichbar, Nachrichten kamen über eine Satellitenschüssel oder über den Kabelstrang durch den Dschungel.

An einem alten Banyan-Baum voller Luftwurzeln baumelten nicht nur heilige Tücher, sondern auch Bilder von Göttern, die hier verehrt wurden. Laotse und Einstein, Shiva und Mandela, Jesus und Madonna. Als Mondrian in die luftige Halle trat, lief dort gerade »Hey Joe«. Als hätte Ricarda den alten Jimi-Hendrix-Song für ihn bestellt.

Sie saß an einem Tisch und winkte ihm aufgekratzt zu, wirkte wie verwandelt. War sie in der vergangenen Nacht sauer auf ihn gewesen? Enttäuscht? Einfach nur erschöpft? Sicher schien ihm bloß, dass er kaum je einen Menschen getroffen hatte, der ihm so viele Rätsel aufgab. Jetzt schleckte sie lustvoll an Mango- und Litschi-Stücken, während ihr gegenüber ein Endsechziger im Collegeshirt skeptisch in einem Müsli stocherte. Die Haare auf seinem mächtigen Schädel, nur noch ein Halbkranz, waren lang und schütter, die Stirnglatze glänzte verbrannt.

»Sind Sie der schlimme Journalist, von dem Gypsy erzählt hat?«, nuschelte er in einem breiten, kaum verständlichen Amerikanisch, während Ricarda schmunzelte.

»Ich weiß nicht, was Ricarda von mir erzählt hat«, antwortete Mondrian und setzte sich an den Tisch, »aber ja, schlimm bin ich.«

»Warum schreiben Sie nicht die Wahrheit?«

»Welche Wahrheit?«

»Dass Sie demnächst einen nassen Arsch kriegen, wenn Sie hier sitzen. Weil dann alles durch die polare Eisschmelze überspült ist.«

Mondrian beschloss, sich erst einmal mit ein paar Schluck Kaffee zu stärken, ehe er in den Kampf zog. Das war auch nötig, denn sein Gegenüber legte gleich nach.

»Sie müssen den Leuten endlich klarmachen, dass die Erde in fünfzig Jahren nicht mehr so ist, wie wir sie kennen. Der Klimawandel überholt gerade die düstersten Prognosen, die wir Meteorologen jemals gemacht haben.«

Der Mann schaute hinaus aufs Meer. »Fast zwanzig Jahre lang war ich Klimaforscher bei der NASA. Ich habe mit meinen Kollegen gerechnet und gerechnet, die Computermodelle verfeinert. Es kommt immer das Gleiche heraus: Der Treibhauseffekt verstärkt sich selbst, er wird unbeherrschbar, selbst wenn wir noch mal vierhundert beschissene Kernkraftwerke bauen. Wissen Sie, was meine letzte Hoffnung ist?«

Er blickte Mondrian herausfordernd an.

»Dass ich einen verdammten Fehler gemacht habe. Dass ich irgendetwas Wichtiges in den Wettersystemen übersehen habe. Glauben Sie mir, ich sage das als Wissenschaftler nicht gern. Aber Sie sollten nicht zu viel darauf setzen, dass ich mich irre.«

Er kratzte sich abblätternde Haut vom Schädel. »Aber zum Glück gibt es ja Leute in Ihrem Land, die mit allen Mitteln gegen diese Apokalypse kämpfen.«

»Meinen Sie die Grüne Armee Fraktion? Die bewirkt eher das Gegenteil von dem, was sie erreichen will. Aber der Spuk scheint vorüber.«

»Seien Sie sich nicht so sicher.« Der Mann starrte in die flirrende Luft. »Die Geschichte ist nie zu Ende. Der Widerstand ist breiter, als viele denken. International. Die Verhafteten könnten Freunde haben, die nicht tatenlos zusehen.«

»Was soll das heißen? Woran denken Sie?«

Aber der frühere NASA-Mann wünschte nur noch einen »schönen Tag« und stand auf, um in seinen Badelatschen zu einem abgetrennten Bereich zu schlurfen. Die Frauen und Männer, die dort an Computern saßen, hatten fast etwas Militärisches. Aber vielleicht lag es auch nur daran, dass zwei von ihnen Outdoor-Hemden mit Tarnmuster trugen, ein anderer eine olivgrüne Kappe. An einem Board stand kaum leserlich mit Filzstift etwas mit »Front«.

»Wer ist der Kerl?«, fragte Mondrian.

»Der Halbgott hier. Manche nennen ihn auch General.« Ricarda blickte dem merkwürdigen Meteorologen nach. »Er war mal ein hohes Tier bei der amerikanischen Weltraumbehörde. Jetzt hat er ein paar alternative Öko-Forscher hierhergeholt, die woanders ausgestiegen sind. Und einen Schwarm Groupies.«

»Gehörst du auch dazu? Hast du eine Vorliebe für ältere Herren?«, frotzelte er.

»Nur wenn sie noch nicht so klapprig sind wie du«, konterte sie, »also mach dir keine Hoffnungen. Vielleicht solltest du deinen heißen Kopf erst mal abkühlen.«

Der Sand brannte so heiß an den Fußsohlen, dass man über den Strand zum Meer rennen musste.

Als er sich das Hemd abstreifte, entdeckte sie an seiner rechten Körperseite das große Pflaster.

»Was ist das denn?«

»Eine Stichwunde. Von deinem französischen Freund.«

»Exfreund«, sagte sie, bevor sie ins Wasser sprang.

Er folgte ihr, und eine angenehme Kühle strich seine Schläfen entlang, als er untertauchte. Das Salz biss in den Augen, aber er hielt sie offen, weil er alles sehen wollte, den ockerfarbenen Grund, den olivgrünen Tang, die blau-gelb leuchtenden Fische. Je weiter sie rausschwammen, desto dunkler färbte sich der Ozean, bis der Boden nicht mehr zu erkennen war.

An den Felsen vor der Bucht steuerte Ricarda auf eine dunkle Öffnung zu, die er nachts nicht bemerkt hatte. Sie glitt in einen Tunnel, der sich verengte und nach einer Biegung zu enden schien. Dort tauchte sie und verschwand unter der Oberfläche. Mondrian versuchte, ihr zu folgen. Aber nach ein paar Metern war es rundum nur noch schwarz. Mit wachsender Panik spürte er, wie ihm die Luft ausging. Als er völlig die Orientierung verloren hatte, spürte er plötzlich einen festen Griff. Ihre Lippen pressten sich auf seine, und ihr Mund öffnete sich für einen Moment, um ihm ihren Atem einzuhauchen. Dann zog sie ihn hoch zu einer hellen Stelle. Prustend erreichte er die Wasseroberfläche und rettete sich auf einen Sandflecken, hinter sich eine schallend lachende Gypsy.

»Was war das denn für eine Aktion?«, fragte er keuchend und spuckte einen Rest Salzwasser aus. »Gibt es eigentlich irgendjemanden, der aus dir schlau wird?«

»Hoffentlich nicht«, antwortete sie.

Er rieb sich die brennenden Augen und blickte auf. Sie befanden sich an einem menschenleeren Ort, einer Art Krater. An den Kalkfelsen, die den Sandfleck völlig umschlossen, wucherte Dschungel. Den winzigen Strand konnte man nur erreichen, indem man durch den Tunnel tauchte und dann nach oben schwamm. Ricarda schüttelte Wasser aus ihrer Mähne. Wie selbstverständlich streifte sie ihren Bikini ab und legte sich mit geschlossenen Augen in den feuchten Sand.

Mondrian musterte ihren nackten Körper, den er noch nie bei Helligkeit gesehen hatte. Sie sah nicht so makellos aus wie die Katalog-Models, die manchmal das Cover des »magazine« zierten. Aber sie hatte eine eigene Schönheit, jene Schönheit, die ein starkes Selbstbewusstsein verleiht. Er ließ seinen Blick über sie wandern, bis er plötzlich stutzte. Ein paar Zentimeter über ihrer Scham verlief eine schräge Narbe.

»Von einem Raubfisch?«, fragte er, während er mit der Fingerspitze sanft darumstrich.

»Nein. Von einem anderen Tier. Einem Mann. Vor sechs Jahren hat mich ein betrunkener Vergewaltiger mit einer zerschlagenen Schnapsflasche überfallen. Weiter ist er nicht gekommen. Aber dieses Andenken habe ich behalten.«

Sie drehte sich zu ihm und blinzelte ihn an. »Und was ist mit deiner Narbe?«

»Die von dem Franzosen? *Ça va.*«

»Nein, die meine ich nicht. Die andere.«

Er schaute sie fragend an.

»Meinst du, dass man die nicht bemerkt, nur weil sie unsichtbar ist?«

Als er nicht antwortete, fuhr sie fort: »Du gibst dir Mühe, zu verstecken, dass dich irgendwas tief verletzt hat. Aber man kann leicht ahnen, dass du das in dich hineinfrisst. Nicht schwer zu erraten, was es sein könnte. Du redest nie über eine Frau, und du trägst keinen Ehering.«

Mondrian kniff die Augen zusammen.

Nach einer Pause sagte er: »So ein Ding hab ich auch nicht getragen, als ich noch mit Christin zusammengelebt habe. Brauchen wir nicht, haben wir immer behauptet. Ich war mir sicher, dass wir einfach so tausend Jahre zusammen sind. Und ich bin erst aufgewacht, als sie auszog. Sie wollte nicht mit 'nem Typen die Wohnung teilen, der nie da ist, weil er gerade mal wieder eine tolle Geschichte recherchiert.«

Er starrte nach oben in das Tropenblau.

»Es gab nicht mal einen Knall. Keine fliegenden Fetzen, keine hässlichen Szenen. Sie hat alles dagelassen, unsere Fotoalben, die CD-Sammlung. Nur die Kinder hat sie mitgenommen, Kathy und Rob.«

Er grub seine Finger in den Sand und wartete, dass der Kloß in seinem Hals kleiner wurde.

»Seitdem habe ich noch mehr Zeit für diesen Traumberuf«, fuhr er fort, »und was Frauen angeht, bin ich ziemlich zurückhaltend geworden.«

»Ich hab schon gemerkt, dass du total schüchtern bist«, sagte sie mit einer Prise Ironie, »aber das muss ja nicht ewig so bleiben.«

Langsam streckte sie eine Hand zu ihm aus und strich ihm so über die Wimpern, dass er die Augen schließen musste.

Er hielt den Atem an, als er spürte, wie ihre Finger weiterwanderten. Über die kratzigen Wangen, die Brustwarzen, den Bauch mit dem kleinen Tümpel im Nabel weiter nach unten. Sie streifte seine nasse Badehose ab und drehte sich zu ihm. Als er ihre weichen Rundungen auf sich fühlte, die harten Spitzen, zog er ihren Kopf zu seinem herunter. Die Münder aufeinandergepresst, Arme und Beine verschlungen, rollten sie sich im Sand, bis sie nach drei Drehungen auf dem Rücken lag. Dann leckte er so langsam, als wollte er die Zeit anhalten, das Salz von ihrem Hals. Wanderte mit der Zunge durch Dünen bis zu einer buschigen Oase. Wieder nach oben zu ihren Lippen.

Die Sandkörner klebten auf der Haut, als sie miteinander verschmolzen, aber keiner von beiden spürte den Schmerz.

Irgendwann öffnete er die Augen und sah, wie ihre Lider zitterten. Ein winzige Ewigkeit lang.

»Du denkst immer nur an das eine«, sagte sie, als die Zeit zurückgekehrt war und ihr Atem wieder ruhig ging.

»Mhm?«, machte er träge und schaute einem Schmetterling hinterher, der von einer Hibiskusblüte abhob.

Sie räkelte sich im Sand und lachte. »An deine Geschichte.«

Ehe er protestieren konnte, fuhr sie fort: »Ich merke, dass du schon wieder woanders bist.«

»Ja, verflucht noch mal, ich kriege das nicht aus dem Kopf. Der Dreck im Flur, diese Schuhe, das muss dich doch auch ins Grübeln bringen. Hast du gar keine Idee dazu?«

Sie schwieg eine Weile. Zuckte mit den Schultern. Konnte sie ihm nicht weiterhelfen? Oder wollte sie nicht mehr preisgeben?

Schließlich stand sie auf und spülte sich den Sand vom Körper. Bevor sie wieder in den Tunnel tauchten, sagte sie: »Heute Morgen ist eine Mail von Youssef gekommen. Wenn du die liest, verstehst du vielleicht mehr.«

41

St. Georg, Hamburg

»salam ricarda, diese worte sind für dich bestimmt und nur für dich ...«

Mondrian las die Zeilen jetzt schon zum dritten Mal. Er saß in einem türkischen Kaffeehaus in Hamburg-St. Georg, vor sich die E-Mail, die Ricarda von Youssef bekommen hatte, und nippte an einem Mokka. Dem vierten.

»... du wunderst dich sicher über diese nachricht. wenn du sie liest bin ich vielleicht nicht mehr in deutschland. es gibt bestimmte gründe dass ich dein land verlassen muss. die polizei hat mich bei der razzia mitgenommen. sie haben mich geschlagen und in eine zelle geworfen. aber seit einer stunde bin ich wieder frei. du fragst warum ...«

Ja, Youssef, rätselte Mondrian wieder, was ist da gelaufen? Weshalb bist du als Einziger der Verhafteten auf freiem Fuß?

»... ich möchte es dir sagen, auch wenn es mir schwerfällt. aber ich musste einen zettel unterschreiben. dass ich nie darüber rede. sie haben mir gesagt dass ich sonst viele jahre ins gefängnis muss ...«

Was war das für ein »Zettel«? Und wer waren »sie«?

»... dabei war ich dir so dankbar als du mich von der strasse zu euch geholt hast. ihr wart für mich wie eine familie. und ich habe die pflanzen im paradies geliebt wie meine kinder. ich hätte ewig dort bleiben können. aber dann habe ich dinge getan für die ich mich immer schämen werde ...«

Welche Dinge? Wofür musst du dich schämen?

»... in den nächsten tagen werde ich zurück nach marokko geflogen. ich werde jeden tag in die moschee gehen und Allah meine sünden beichten. ich werde Ihn jeden tag um verzeihung bitten. vergebt auch ihr mir, euer bruder youssef.«

»Welche Moschee könnte er meinen?«, hatte Mondrian gefragt, nachdem Ricarda ihm im »Shangri-la« die Mail ausgedruckt und gegeben hatte.

»Er hat immer von St. Georg gesprochen, wenn er am Freitagnachmittag zum Beten ging. Ich glaube, dort hatte er auch ein paar Bekannte.«

Und jetzt saß Mondrian hier im Hamburger Bahnhofsviertel, nach einem kurzen Abschied und einem langen Flug, und hielt sich mit einer Überdosis Mokka wach, während draußen auf dem Steindamm ein buntes Völkergemisch aus Afghanen, Türken und Schwarzafrikanern vorbeizog, und hoffte darauf, dass Youssef noch nicht weg war. Dass er auch an diesem Freitag zum Gottesdienst gehen würde. Ungeduldig schaute er auf die Uhr.

Noch fünfundzwanzig Minuten bis zum Abendgebet.

Er stand auf, schlenderte die Straße entlang, durch Kebabdüfte und Pulks von dunkelhäutigen Gestrandeten, die vor Billighotels herumstanden, bog an Erotikshops und Spielhallen vorbei in die Böckmannstraße ein. Schon von Weitem sah er das grün-weiße Minarett an einem Haus, dessen Fassade mit einer prunkvollen Moschee bemalt war. Im Inneren, das wusste er von einem früheren Besuch, war das Gotteshaus schlichter. Auf mehreren Etagen gab es Gebetsräume, die mit grünblauen Kacheln und Koransuren verziert waren, darunter den großen Andachtsraum für Männer im ersten Stock, der mehrere hundert Gläubige fasste. Mondrian ging zu einem Geschäftshaus gegenüber und drückte sich durch ein offen stehendes Tor in den Hof.

Aus wenigen Metern Entfernung konnte er von dort aus den Eingang der Moschee im Auge behalten, zu der nun immer mehr Menschen strömten. Ganze Familien mit Frauen mit Kopftüchern und herausgeputzten Kindern drängten in das Gebäude, auf der Straße fuhren voluminöse Autos mit Geschäftsleuten im Anzug vor. Mondrian beobachtete die Ankömmlinge, suchte in der Menge nach Youssefs Gesicht, glich die Züge der Bärtigen mit dem Bild ab, das er in seiner Erinnerung gespeichert hatte, Minute um Minute. Vergeblich. Er konnte den Mann aus Ricardas Wohnung nicht entdecken. Ob er schon nicht mehr in Deutschland war? Oder heute in eine andere Moschee ging?

Unruhig verfolgte er, wie ein paar Nachzügler ankamen; durch die offen stehenden Fenster im Obergeschoss konnte er hören, dass der Prediger mit seinen Rezitationen begann. Als Nicht-Muslim durfte er den Gebetsraum nicht betreten. Deshalb beschloss er, das Ende des Gottesdiensts abzuwarten. Eine zweite Chance. Aber auch als die Besucher wieder auf die Straße strömten, war Youssef nicht dabei.

Mit einem leisen Fluch betrat er das Gebäude und stieg an einem Friseurladen vorbei das gekachelte Treppenhaus hoch. Die Andachtshalle war bereits leer, nur ein alter Mann mit geschlossenen Augen kauerte noch auf dem rot-grünen Teppich. Enttäuscht kehrte Mondrian um, wollte wenigstens noch einen süßen Tee in dem Halal-Restaurant im Erdgeschoss nehmen. Und dort, zwischen bärtigen Männern mit Kaftanen und Jeans und Turnschuhen, sah er eine Gestalt an einem Tisch, die ihm bekannt vorkam. Erst den Rücken, dann das Profil. Dann schaute Youssef mit aufgerissenen Augen zu ihm hoch.

»Schöne Grüße von Gypsy«, sagte Mondrian, »sie hat deine Botschaft bekommen. Sie sagt, wir sollten mal reden.«

Youssef schob seinen Suppenteller zur Seite und wollte aufstehen. Mondrian legte eine Hand auf seine Schulter.

»Ganz ruhig, ich tu dir nichts. Und es braucht auch niemand zu wissen, dass du diesen Zettel unterschrieben hast. Und dass du nicht die Klappe gehalten, sondern Ricarda davon berichtet hast.«

Mondrian schaute sich zwischen den Gästen um, die Tabletts mit dampfenden Köfte durch das Lokal balancierten, und sagte dann: »Hier ist nicht der richtige Platz für das, was wir zu besprechen haben. Such dir einen Ort aus, wo wir in Ruhe ein paar Dinge klären können.«

Youssef schien mit sich zu kämpfen. Lange sagte er nichts.

Dann hörte Mondrian ein leises »Komm mit«.

Youssef erhob sich, trat auf die Straße und ging wortlos voran zu einem verfallenden Haus, das nur wenige hundert Meter entfernt lag. Dort klingelte er an einer Wohnung, die offenbar einem anderen Marokkaner gehörte. Sie begrüßten sich in ihrer Sprache, und nachdem sie die Schuhe abgelegt hatten, führte der Mann Youssef und Mondrian in ein abgewohntes Zimmer.

Eine verschleierte Frau, nur die müden Augen unbedeckt, brachte ihnen Tee mit frischen Minzblättern und entfernte sich geräuschlos wieder. Dann waren sie allein.

Sie tranken schweigend, und eine Weile war nur das Piepsen eines Vogels in einem Käfig unter der Decke zu hören. Irgendwann lastete die Stille so auf Youssef, dass er sich räusperte.

»Also ... was soll ich erzählen ... wo soll ich anfangen ...«, begann er stockend.

»Du bist nach Deutschland gekommen, um zu studieren, oder?«, ermunterte ihn Mondrian. »Aber du hast keine Aufenthaltserlaubnis erhalten.«

»... und vor zwei Monaten oder so bin ich in der S-Bahn kontrolliert worden, in Hamburg. Ich bin schwarzgefahren. Ich hatte kein Geld.«

»Und keine gültigen Papiere«, ergänzte Mondrian.

»Ja. Deshalb brachten mich die Männer zur Polizei. Dort

musste ich warten, zwei Stunden, drei Stunden, allein in einer Zelle. Dann kam ein neuer Mann. Er sagte, du sollst gleich abgeschoben werden. Aber ich kann dir helfen. Du kannst sogar studieren. Aber du musst etwas für mich tun.«

»War der Mann ein Polizist?«

»Das hat er nicht gesagt. Er hatte keine Uniform. Er sagte nur, dass er Hans Müller heißt und von der Behörde kommt.«

»Von welcher Behörde? Dem Ausländeramt?«

»Das habe ich ihn auch gefragt, weil er so viel über mich wusste. Aber er hat nur den Kopf geschüttelt und gesagt, dass niemand was von unserem Gespräch wissen darf. Und dass niemand etwas davon erfahren darf, wenn wir zusammenarbeiten.«

»Warum? Hat er einen Grund genannt?«

»Das könnte gefährlich für mich sein, hat er gesagt. Die Leute, bei denen ich wohne, würden das bestimmt nicht gut finden.«

»Warst du damals schon bei Ricarda untergekommen?«

Youssef nickte. »Sie hatte mich in dem Lokal gesehen, wo ich Geschirr gespült habe, und in ihre WG mitgenommen. Über die Leute dort sollte ich dem Mann Informationen geben.«

»Und wie sollte das funktionieren?«

»Ich musste ihm versprechen, dass ich jede Woche zu einer Wohnung in Altona komme. Dort musste ich ihm dann alles erzählen. Über die WG, was die diskutieren, welche Aktionen die planen. Er hat gefragt, wer oft in der Roten Flora ist, wer was gegen Atom macht, gegen Castor-Transporte, gegen die Bundeswehr. Er wollte sogar wissen, wer Drogen nimmt und wer mit wem schläft ...«

Youssef schaute verlegen nach unten und begann zu schwitzen. Mit belegter Stimme sagte er zögernd: »Ich dachte, ich habe keine Wahl.«

»Hat er dir Geld gegeben?«, fragte Mondrian, als er nicht weitersprach.

»Ja, etwas«, antwortete Youssef, nachdem er tief Luft geholt hatte. »Ich hab Gypsy und den anderen erzählt, dass ich einen neuen Job in einem anderen Lokal habe. Ein bisschen deale. Damit sie nicht misstrauisch werden. Dabei stimmte das gar nicht. Ich hab mich bloß um den Garten auf dem Dachboden gekümmert.«

»Wusste der Mann von den Marihuana-Pflanzen?«

»Ja, es war sogar seine Idee, ein bisschen Gras anzubauen. Ich hab dann Speedy gefragt, ob er mir kleine Pflanzen besorgen kann.«

»Seine Idee? Hat er auch was von der Ernte haben wollen?«

Zum ersten Mal huschte ein Lächeln über Youssefs Gesicht. Er schüttelte den Kopf und nahm von dem Gebäck, das die Frau hereingebracht hatte. Der Zuckerguss blieb zwischen seinen Zähnen kleben. Er nahm einen Schluck Minztee und wischte sich dann die Schweißtropfen von der Stirn.

»Gleich zu Anfang hat der Mann gesagt, ich soll ihn Hans nennen. Nach einer Weile habe ich ihn gefragt, wann ich die Papiere für das Studium bekomme. Hans hat gesagt, dass er noch nicht zufrieden mit mir ist. Dass ich noch mehr tun müsste. Und er hat mir drei Geräte mitgebracht.«

»Was für Geräte?«, fragte Mondrian. »Wie sahen die aus?«

»Winzig. So klein.« Youssef zeigte die Größe eines Daumennagels. »Die sollte ich in den Zimmern anbringen. Irgendwo in einer Ecke. Oder in einer Lampe. Jedenfalls ein bisschen versteckt. Und er hat mir erklärt, ich solle keine Angst haben, dass mir was passiert, sie können damit alles hören und sehen.«

»Also Wanzen? Minispione?«.

Youssef nickte. »Ja, wahrscheinlich, ich weiß nicht, wie so was heißt. Und ich wusste nicht, was ich tun sollte. Ich bin zu einem Imam gegangen und habe ihn gefragt. Er hat geantwortet, die Muslime in Deutschland müssen mit den Behörden zusammenarbeiten. Also hab ich die Geräte in der Wohnung angebracht. In dem großen Zimmer an einer Lampe. Und da, wo du am ersten Abend gesessen hast, oben am Regal. Und auch bei Gypsy, das wollte Hans extra so haben.«

Na prima, dachte Mondrian. Dann waren die intimen Bilder aus der Nacht mit Ricarda wahrscheinlich so entstanden. Jetzt bekam auch er eine feuchte Stirn.

»Und dann?«, fragte er.

Youssef sagte nichts.

»Das war doch nicht alles. Was ist danach passiert?«, bohrte Mondrian weiter.

Youssef vergrub sein Gesicht in den Händen und begann zu schluchzen.

Mondrian fuhr sich über die Schläfen. Sein Kopf fing an zu schmerzen. Er spürte genau, dass noch mehr passiert war. Etwas, über das Youssef nicht reden mochte. Nicht reden konnte, weil er die Scham nicht ertrug.

»Was war da noch, Youssef?«, fragte er leise.

Nur noch ein Wimmern.

Mondrian wusste, es war aussichtslos. Er würde den Marokkaner nicht wieder zum Sprechen bringen. Er beobachtete, wie eine fette Fliege um die nackte Glühbirne schwirrte. Manchmal prallte sie dagegen und versengte sich die Flügel. Schließlich stürzte sie zappelnd auf den Boden.

Nach einer Weile hob Youssef den Kopf und flüsterte: »Was passiert jetzt mit den anderen? Mit Angel, mit Edda, mit Gandhi …?«

»Das hängt auch von dir ab«, sagte Mondrian kühl. »Du unterschreibst jetzt eine Erklärung, in der haarklein steht, was du für Hans Müller gemacht hast. Damit ich wenigstens was in der Hand habe, wenn du nach Marokko weggeschafft wirst.«

Mondrian schrieb Punkt für Punkt auf, was er erfahren hatte. Youssef schien fast erleichtert, als er die eidesstattliche Erklärung unterzeichnete, die Mondrian als Beweismittel verwenden konnte.

Durch das geöffnete Fenster war orientalische Musik zu hören, manchmal unterbrochen von den Sirenen der Polizeiwagen, die vom Revier am Steindamm starteten.

»Noch etwas«, sagte Mondrian, während er aufstand. »Hattest du bei Hans eigentlich einen besonderen Namen? Einen Decknamen?«

»Ja, zuerst hat er mich Faisal genannt, einfach so. Aber dann kam er mal mit einem Mann zu einem Treffen, der dauernd so komisch lachte. Hinterher hat er gesagt, ab heute heißt du anders.«

»Und wie?«

»Fanal. Und dann hat auch Hans gelacht.«

42

Freitag, Nacht

```
Betreff: FW: V-Person
Empfangen: 23:02 uhr

— weitergeleitete nachricht —
v-person muss so schnell wie möglich abgeschoben werden.
abreise darf sich nicht weiter verzögern. erhebliche
gefährdung der gesamten operation. möglicherweise kontakt
zu reporter, noch unbestätigt. journalist laut veranstalter
bei polizeikongress unter presse akkreditiert.
```

43

Polizeikongress, Berlin

Die meisten Gäste waren schon vorgefahren, fast alle standesgemäß in schwarzen Limousinen. Der EU-Kommissar für Justiz, Freiheit und Sicherheit. Der Europol-Präsident und der Präsident der europäischen Grenzschutzagentur Frontex. Minister und Botschaftsangehörige. Zwischen uniformierten Polizeiführern, Generälen der Bundeswehr im grauen Rock und Feuerwehrleuten drängte ein Heer von Zivilisten in das Berliner Congress Center am Alexanderplatz. Der Europäische Polizeikongress war das jährliche Spitzentreffen der Sicherheitsbehörden aus dem In- und Ausland mit über tausend Besuchern. Neben Beamten strömten auch Industrievertreter und Journalisten an Infoständen vorbei in das helle Foyer.

Mondrian beeilte sich, die Metalldetektoren am Eingang zu passieren und die geschwungenen Treppen zum großen Kuppelsaal hochzusteigen.

Denn gerade traf der Mann ein, wegen dem er gekommen

war. Von Motorrädern eskortiert rollte Dr. Frieder Bussung in seinem Dienstwagen vor.

Der Staatssekretär des Bundesinnenministeriums sollte die Eröffnungsansprache halten. Und sein Ministerium war es, dem das Bundesamt für Verfassungsschutz unterstand. Was wusste er von Geheimdienstaktionen rund um die Grüne Armee Fraktion? Welche Lauschangriffe hatte es gegeben? Wer hatte den marokkanischen V-Mann eingesetzt? Mondrian wollte versuchen, Bussung zur Rede zu stellen. Vielleicht konnte er ihn in einer besonderen Situation mit ein paar Fragen überraschen. Jetzt stieg der drahtige Mann in der Versammlungshalle mit energischen Schritten die Stufen zum Podium hoch, um hinter dem Rednerpult in Stellung zu gehen, von Europafahnen und Nationalflaggen flankiert.

»Gerade die letzten Tage, meine Damen und Herren, haben uns auf bestürzende Weise gezeigt, dass wir das Thema Terror neu denken müssen.« Bussung ließ seinen Blick über die Menge streifen. »Die Anschläge der Grünen Armee Fraktion haben zwei Dinge zweifelsfrei bewiesen. Erstens: Diejenigen, die jetzt noch gegen Kernkraft kämpfen und sich angeblich dem Schutz von Umwelt und Natur verschrieben haben, scheuen sich nicht, Leben zu vernichten. Sie verfolgen ihre Ziele mit größtmöglicher Brutalität, obwohl die Gesellschaft unter manchen Verwerfungen einen breiten Konsens in der Atomfrage gefunden hat. Das zeigt mit aller Klarheit, wie weltfremd und intolerant ihre Ideologie ist, ja, lassen Sie mich das in aller Deutlichkeit sagen, wie irrational! Und wir müssen uns fragen, ob nicht noch andere Motive dahinterstehen …«

Während er zuhörte, sah sich Mondrian unauffällig um. Gebannt hingen die Augenpaare an dem Redner, der gleich doppelt im abgedunkelten Kuppelsaal präsent war: Von Scheinwerfern angestrahlt stand er am Pult; gleichzeitig wurde sein überlebensgroßes Bild auf eine Videowand hinter der Bühne übertragen, als wäre er ein Popstar in einer Event-Arena oder ein Boxer im Ring. Immer wieder richtete er sich zur vollen Größe auf, jeder Zentimeter ein Staatsmann, und eine Nahaufnahme zeigte, wie er sich mit den Fingern über die gegelten Haare strich, als hätte er das vor dem Spiegel geübt.

»Zweitens«, fuhr Bussung fort, »haben die jüngsten Anschläge offengelegt, dass wir gegen diese Eskalation unzureichend gerüstet sind. Jeder verantwortliche Politiker, meine Damen und Herren, muss sich heute die Frage stellen: Hätten wir die Grüne Armee Fraktion rechtzeitig stoppen können? Hätten wir den schrecklichen Tod vieler Menschen verhindern können, wenn unsere Sicherheitsbehörden effizientere Mittel besäßen? Sie wissen, wovon ich spreche: vom Umfeld der Roten Flora zum Beispiel. Brauchen wir nicht bessere Kontrollmöglichkeiten in gewissen Bevölkerungsgruppen? Erweiterte Befugnisse zur Rasterfahndung und Internetüberwachung? Ja, auch mehr Videokameras an den großen Straßen, Plätzen und Bahnstrecken, überall im öffentlichen Raum?«

Vereinzeltes Klatschen setzte ein, und der Staatssekretär hob seine Stimme.

»Ich weiß nur zu gut, dass es Vorbehalte gegen diese Instrumente gibt. Aber neue Bedrohungen, Kolleginnen und Kollegen, erfordern neue Instrumente. Wir müssen endlich eine moderne Abhörzentrale wie die amerikanische NSA schaffen. Wir müssen das BKA zu einem deutschen FBI ausbauen. Es ist höchste Zeit, das auszusprechen, was nicht jeder gern hört: Wir brauchen eine andere Sicherheitsarchitektur für Deutschland – ohne Tabus!«

Klatschen unterbrach ihn und schwoll zu einem allgemeinen Applaus an.

»Denn wer garantiert uns«, setzte er mit leiserer Stimme nach, »dass uns nicht noch weit größere Herausforderungen bevorstehen? Gestern hatten wir die RAF, heute haben wir die Öko-Verbrecher, und morgen bedrohen uns vielleicht Warlords und kriminelle Gruppen aus zusammengebrochenen Staaten, die in die Mitte Europas vorstoßen. Ich spreche von Szenarien, die sich die meisten Bürger draußen im Land noch gar nicht vorstellen können. Aber ich rede nicht von einer fernen Zukunft …«

Er hob bedeutungsvoll ein Blatt Papier.

»… und einige von Ihnen werden es schon erfahren haben: Vor etwa einer Stunde ist die Erklärung einer bisher unbekannten Gruppe eingegangen, die mit einer schwimmenden Bombe im Hamburger Hafen droht. Sie nennt sich ›Green Front International‹ und kündigt eine Explosion an, falls wir die inhaftierten Mitglieder der Grünen Armee Fraktion nicht in ein Land ihrer Wahl ausfliegen. Sie behauptet, dass ein Container mit Tonnen Ammoniumnitrat auf einem Frachter versteckt unterwegs in die Hansestadt ist.«

Es war totenstill in der Halle, als Bussung einem Assistenten ein Zeichen gab und Google Earth auf der Videowand erschien. Das Bild wurde herangezoomt, bis der Hamburger Hafen von oben zu sehen war.

»Natürlich können wir den Wahrheitsgehalt der Drohung bisher nicht verifizieren. Aber bei aller Skepsis: Wir haben Anlass, besorgt zu sein. Nach ersten Recherchen wissen wir, dass 1947 ein Frachter mit diesem Stoff im Hafen von Texas City explodiert ist. Es gab fünfhunderteinundachtzig Tote, über fünftausend Verletzte, die Explosion schleuderte mehr als sechstausend Tonnen Stahl mit Überschallgeschwindigkeit in die Luft. Und wir wissen auch …«, er zeigte mit einem Lichtmarker auf einen Punkt in der Hafen-City, »… dass das Kreuzfahrtschiff Queen Mary 2 in den nächsten Tagen hier am Cruise Center erwartet wird. Es soll von Tausenden von Schaulustigen empfangen werden. Und der Drohbrief enthält eine Frist von achtundvierzig Stunden.«

Ein Raunen ging durch die Reihen, bis Bussung mit einer Handbewegung Ruhe forderte.

»Kolleginnen und Kollegen, dies ist eine Bedrohung, die bisher in diesem Land undenkbar war. Wir dürfen nicht abwarten, bis fanatische Überzeugungstäter das Herz einer Nation treffen, wie es 2001 mit dem World Trade Center in New York passiert ist. Wir müssen uns dagegen mit allen Mitteln rüsten, auch wenn sie manchmal einschneidend und schmerzhaft sind. Wir brauchen einen wehrhaften Staat, und für manche Fälle – das sage ich ganz offen, besonders den Politikern hier im Saal und auch den Fernsehzuschauern draußen – benötigt die Regierung in Zukunft Sondervollmachten. Ja, zum Beispiel auch die Ermächtigung, die Bundeswehr im Inland einzusetzen und bestimmte Personen zu internieren, selbst wenn noch kein konkreter Verdacht gegen sie vorliegt. Wir müssen dem Terror endlich kompromisslos den Krieg erklären!«

Bussungs Stimme war immer schärfer und lauter geworden, bis er sich nun zum Schluss verbeugte. »Ich danke Ihnen, meine Damen und Herren.«

Die Zuhörer erhoben sich und klatschten minutenlang.

Mondrian hätte fast nicht bemerkt, dass sein Handy vibrierte.

Eine SMS von Daffners neuer Nummer?

»Unten. Sofort.«

Mondrian drängte sich aus dem Saal und eilte an Werbeständen von Waffen- und Elektronikfirmen vorbei ins Tiefgeschoss. Er entdeckte Daffner, der aber wartete nicht, um ihn zu begrüßen, sondern verschwand nach dem ersten Blickkontakt in einem menschenleeren Gang. Mondrian folgte ihm in einen kahlen Raum, in dem nur Kabelstränge und metallene Lüftungsschächte an der Decke hingen. Das ferne Stimmengewirr von oben verstummte, als sie die Tür hinter sich schlossen.

»Bist du offiziell hier?«, fragte Mondrian.

»Ja. Besser, keiner sieht uns. Was hältst du davon?« Daffner reichte Mondrian eine Kopie des neuen Drohbriefs.

»Klingt wie bestellt«, antwortete Mondrian. »Jedenfalls wenn man dem Terror den totalen Krieg erklären will.«

»Erzähl schon«, drängte Daffner, »was hast du bei deiner Zigeunerin erfahren?«

Mondrian berichtete, was Ricarda über Speedys Angst vor dem Entzug gesagt hatte. Dass sie Brandtner noch am Abend vor seinem Tod getroffen habe. Dass sie am nächsten Morgen nach Thailand aufgebrochen und bei dem Gorleben-Anschlag gar nicht mehr in Deutschland gewesen sei.

»Und was hat sie zu dem Dreck hinter der Tür und den Schuhen gesagt?«

»Sie hat sich darüber gewundert. Konnte sich aber keinen Reim darauf machen. Eine mögliche Erklärung habe ich gefunden, als ich zurück in Hamburg war, bei Youssef.«

»Dem Marokkaner, der abgeschoben werden soll?«

»Ja. Er hat mir gebeichtet, dass er die Kommune bespitzelt hat, und ich bin mir sicher, dass er mir nicht alles gesagt hat. Er ist von einem Mann beauftragt worden, der sich Hans Müller nannte. Schon mal gehört?

»Nein, aber das heißt natürlich nichts.« Daffner pfiff durch die Zähne. »Verflucht noch mal, das Ganze stinkt danach, dass der Verfassungsschutz seine Hände tief da drin hat.«

»Aber warum bloß?«

»Keine Ahnung. Aber das würde natürlich auch erklären, warum die Geheimdienstleute im Ministerium so gemauert haben und partout nichts über ihre Quellen sagen wollten. Ich fürchte, da ist ein größeres Ding im Gange, als wir anfangs geahnt haben. Aber es könnte sein, dass das Spiel sich zu drehen anfängt.«

»Was soll das heißen?«

Daffners Kiefer mahlten auf einem Kaugummi herum, um den Nikotinhunger zu betäuben. »Vielleicht haben einige Leute zu hoch gepokert, und wir haben die besseren Karten in der Hinterhand.«

»Wer ist das, wir?« Mondrian zog die Augenbrauen hoch.

»Ein paar Leute im BKA. Es hat eine Art Machtkampf hinter den Kulissen stattgefunden. Der Abteilungsleiter, der die Festnahmen und Speedys Vernehmung verantwortet hat, ist kaltgestellt. Ein anderer hat die Leitung der Ermittlungen übernommen. Und gleich ein paar Fragen gestellt, die sich aufdrängen. Zum Beispiel: Wer waren die beiden Herren, die außer unseren Beamten bei dem sogenannten Geständnis dabei waren? Woher kamen sie, von welcher Dienststelle?«

»Und was habt ihr herausgefunden?«

»Noch nichts Definitives, weil da in Berlin gemauert wird.«

»Falls der Geheimdienst wirklich beteiligt ist«, sagte Mondrian, »könnte er in so einem heißen Fall überhaupt ohne Rückendeckung von höherer Seite operieren?«

»Schwer vorstellbar. Deswegen sind drei Leute von uns gestern Abend auf dem kleinen Dienstweg mal ins Ministerium reinspaziert. Computerspezialisten. Sie haben behauptet, sie wollten den Weg der Bekenner-Mail checken, die nach dem ICE-Anschlag dort einging. Sie müssten an den Server ran, damit sie vielleicht eine elektronische Spur zu den Tätern verfolgen könnten.«

»Das ist doch technisch aussichtslos«, wandte Mondrian ein.

»Schon klar, aber das wusste keiner der Beamten, die noch da waren. Und als unsere IT-Tüftler erst mal im Rechenzentrum waren, haben sie sich gewundert.«

Vor der Tür waren Schritte zu hören. Daffner wartete, bis sie sich entfernt hatten.

»Sie haben festgestellt, dass die Bekenner-Mail zum ICE-Anschlag schon um vierzehn Uhr fünfzehn einging.«

»So früh? Das Attentat war doch erst ein paar Minuten vorher?«

»Eben. Normalerweise warten Terroristen mit ihren Bekenntnissen zu Anschlägen, bis sich der Rauch verzieht.«

»Natürlich könnten Helfer eine vorbereitete Erklärung verschickt haben«, wandte Mondrian ein.

»Ohne dass sie schon wussten, was vor Ort wirklich passiert war? Welche Auswirkungen die Aktion hatte? Ob es Festnahmen gab? Ich finde das Ganze schon merkwürdig.« Daffner spuckte seinen Kaugummi in eine Ecke des bunkerartigen Raums.

Mondrian atmete tief durch. »Was könnte das bedeuten?«, fragte er. »Dass jemand im Ministerium direkt die Hände im Spiel hat? Konnten eure Spezialisten denn klären, wie die Mail zu Bussung gelangt ist?«

»Keine Chance. An seinen PC sind wir bisher nicht rangekommen.« Daffner kratzte sich am Kopf. »Aber du könntest mal versuchen, ihn aus der Reserve zu locken.«

»Das hatte ich gerade vor. Mal sehen, wie er reagiert.«

Vorsichtig öffnete Mondrian die Tür, um sich zu vergewissern, dass niemand mehr draußen stand. Dann verließ er den Raum und ging zurück zum Foyer.

Offenbar war gerade eine Pause bei den Vorträgen; vor dem Saal umlagerten die Gäste, Gläser mit Erfrischungsgetränken in den Händen, zahlreiche Industriestände. Manche Firmen präsentierten Softwaretools für die kriminalistische Arbeit, andere priesen die neuesten digitalen Fingerabdruckscanner an. Auch elektrische Schockwaffen wurden gezeigt, dazu Nachtsichtgeräte für Spezialkräfte und unbemannte Drohnen zum Einsatz über Menschenansammlungen. Ein Aussteller warb für Mikrochips, die man unter der Haut implantieren konnte, für Abrechnungszwecke zum Beispiel; die ersten Erfahrungen bei Discobesuchern, versicherte eine Werbebroschüre, seien sensationell.

Mondrian schlängelte sich durch das Gedränge, bis er schließlich die hochaufgeschossene Gestalt Bussungs erspähte. Der Staatssekretär stand an einer Infobox, umringt von seinem Pressestab und Journalisten, und ließ sich die biometrische Rasterfahndung demonstrieren. Aus dem Menschenstrom in der Halle konnte automatisch eine Person herausgepickt werden, indem eine Videokamera sie erfasste und ein Rechner ihre Gesichtszüge mit gespeicherten Fotos abglich, etwa aus einer Passdatei. Sobald der Computer eine Übereinstimmung feststellte, gab er ein Signal.

»Phantastisch«, lobte der Staatssekretär, als die Kamera ihn selbst scannte und der Computer lautlos einen Treffer meldete. Mondrian drängte sich durch die Traube seiner Begleiter zu ihm vor.

»Wann kommt denn nun Ihr Artikel über die Grüne Armee Fraktion?«, fragte Bussung, als er ihn wahrnahm. Offenbar erinnerte er sich daran, dass der Journalist vom »magazine« bei der Lagebesprechung im Ministerium dabei gewesen war.

»Ich muss noch mal mit Ihnen reden«, sagte Mondrian. »Es gibt noch ein paar offene Fragen.«

»Selbstverständlich.« Ein joviales Lächeln, das gleich wieder verflog. »Wenn es mein Terminkalender zulässt.«

»Sie sollten sich dafür schon Zeit nehmen. Auch in Ihrem Interesse.«

»So? Die übliche Journalistendrohung.« Bussung trat, die Stirn unwillig in Falten gezogen, von der Infobox weg und ging mit Mondrian ein paar Schritte zur Seite.

»Worum geht es?«

»Zum Beispiel um Wanzen.«

Keine Reaktion.

»Um V-Männer, die die angebliche Grüne Armee Fraktion monatelang bespitzelt haben.«

Keine Reaktion.

»Um Dreckklumpen und andere Beweise, die den Verdächtigen untergejubelt worden sind«, pokerte Mondrian weiter.

»Wollen Sie mich verarschen?«

Als wollte er ein lästiges Insekt verscheuchen, strich sich Bussung über die gegelten Haare, dann zeigte er zu seiner Assistentin, die ein paar Schritte entfernt stand.

»Also gut, wenn es denn sein muss. Ort und Zeit erfahren Sie von ihr.«

Die Frau hinter Bussung war Mondrian schon früher aufgefallen. Gerade deswegen, weil sie keine besonderen Merkmale besaß. Mittelgroß, mit naturblondem Haar und zurückhaltend gestreiftem Kostüm, gehörte Claudia Böhme zu den Menschen, die sich gern in der zweiten Reihe hielten. Das dezente Make-up in ihrem alterslosen Gesicht und ihre sparsamen Gesten verrieten, dass sie darauf verzichtete, das Leben als ständige Castingshow zu betrachten. Umso effektiver hatte Bussungs Presseassistentin seinen Auftritt vor den Medien am ICE-Tunnel organisiert.

Und auch jetzt, beim Polizeikongress, bewegte sie sich so unauffällig wie selbstverständlich in Bussungs Schatten. Kein Zweifel, dass sie zum inneren Kreis um den Spitzenbeamten gehörte. Vielleicht eine Möglichkeit, dachte Mondrian, näher an ihn heranzukommen und zu erfahren, was sich hinter der glatten Fassade verbarg. Wusste er von »Hans Müller« und den Observationen im Schanzenviertel? Und vielleicht noch mehr?

Mondrian beobachtete, wie Claudia Böhme mit Bussung und dessen Tross das Tagungsgebäude am Alexanderplatz verließ, und wartete bis zum Nachmittag. Dann fuhr er nach Moabit zum Innenministerium und fragte am Empfang, ob sie im Haus sei. Er hatte Glück, nach einer kurzen Rückfrage wurde er zu ihrem Raum in der Pressestelle geführt. Sie schaute etwas unwirsch von einem großen Tisch mit halb leeren Kaffeetassen und Papierstapeln auf, als er nach einem Klopfen eintrat.

»Sorry, dass ich Sie überfalle«, sagte er mit einem verbindlichen Lächeln, »aber es wird eng für das Gespräch, das mir Herr Bussung zugesagt hat. Die Redaktion wartet auf Nachricht von mir.«

Kein Anzeichen, dass sie die Lüge durchschaute.

»Der Staatssekretär ist außer Haus«, erwiderte sie, »es wird dauern, bis er Zeit für ein Treffen hat. Möglicherweise erst in den nächsten Tagen.«

»Vielleicht könnten Sie mir dann schon ein paar Dokumente geben, damit ich mich besser vorbereiten kann.«

»Was meinen Sie? Welche Dokumente?«

Er schaute sie direkt an und sagte dann langsam: »Daten, wie sie gestern Abend schon das BKA hier im Haus kopiert hat. Zum Beispiel darüber, wie die angeblichen Mitglieder der GAF vom Verfassungsschutz observiert wurden. Geben Sie mir ein paar Unterlagen, damit ich mir ein eigenes Bild machen kann, was in Sachen Grüne Armee Fraktion wirklich gelaufen ist.«

»Soll das ein Witz sein?« Vor Empörung überschlug sich fast ihre Stimme. »Ich habe keine Ahnung, wovon Sie sprechen.« Ihr Mund wurde schmaler, und winzige Schweißtropfen traten auf ihre Stirn.

Mondrian wandte sich langsam um und musterte ausgiebig die Kinderzeichnungen, die an die Wand gepinnt waren. Sonne, Mond und Sterne, in krakeligen Linien.

»Hübsch. Von Ihren Kleinen?«

»Was wollen Sie?« Ihre Stimme vibrierte noch immer, aber in die Wut mischte sich jetzt auch ein Anflug von Angst, während sie ihn unsicher ansah.

Er hasste diese Nummer. Aber er musste das jetzt probieren. Zu viel stand auf dem Spiel.

»Ich will Sie aus dieser Sache raushalten, Frau Böhme«, sagte er, während er weiter die Kinderzeichnungen betrachtete, »bloß erzählen Sie mir nicht, dass Sie nichts von dem mitbekommen haben, was hier läuft. Verfassungsschutzerkenntnisse aus Lauschangriffen. Ein verhafteter Marokkaner, der schnell außer Landes soll. Und das Geständnis eines drogensüchtigen Beschuldigten, der kurz danach zufällig verbrennt.«

Es drehte sich wieder zu ihr um und fixierte sie. »Wäre es nicht schade für Sie und Ihre Kinder, wenn Sie in diesem Zusammenhang im ›magazine‹ auftauchen? Wenn Sie in etwas hineingezogen werden, was Sie gar nicht zu verantworten haben?«

»Sie wollen mich also erpressen?«, stieß sie kaum hörbar hervor.

Aber Mondrian sah, dass sie mit sich rang.

»Ich will, dass Sie mir einen kleinen Gefallen tun.«

Sie schloss die Tür. »Was verlangen Sie von mir?«

Er hielt ihr einen Datenstick hin. »Kopien von Bussungs Rechner. Sie haben Zugang dazu. Gehen Sie in sein Büro, wenn er nicht da ist, und besorgen Sie mir ein paar Dokumente. Vor allem Mails.«

»Aussichtslos.« Claudia Böhme schüttelte heftig den Kopf. »So einfach ist das nicht, an seinen Computer im Büro ranzukommen. Außerdem ist der Rechner durch ein Passwort gesichert, und die Dateien sind verschlüsselt.«

»Schade. Wirklich.« Mondrian seufzte und blickte noch mal zu den Kinderbildern. »Fällt Ihnen gar nichts ein? Irgendetwas, das mir weiterhelfen könnte?«

Sie schluckte und schaute aus dem Fenster. »Und Sie halten mich aus allem raus?«

Er nickte.

Sie schien sich einen Ruck zu geben.

»Bussung hat unmittelbar nach dem Kongress telefoniert. Ich habe durch eine offene Tür aufgeschnappt, dass man sich unbedingt treffen müsse. Dann habe ich etwas von einer Operation und Fanal gehört.«

»Operation Fanal?«

»Ja, könnte sein. Aber glauben Sie mir, ich weiß nichts Näheres darüber. Ich weiß bloß, dass er nach Süddeutschland aufgebrochen ist.«

»Wohin?«

Sie hatte ihren Widerstand aufgegeben. »Zu einem Treffen in Berchtesgaden. Morgen Mittag, Hotel Interconti, Obersalzberg.«

Mondrian wandte sich zum Gehen. »Dieses Gespräch hat nie stattgefunden, Frau Böhme. Aber geben Sie mir sofort Bescheid, wenn Ihr Boss einen Termin für mich hat.«

44

Montag, Nachmittag

```
Betreff: sondertreffen
Gesendet: 17.03 uhr

achtung, eilt. reporter hatte offenbar kontakt zu quelle.
informationslage unklar. außergewöhnliches treffen morgen,
üblicher ort, 12 uhr. über weiteres vorgehen wird dort
entschieden, mehrere optionen möglich, auch finale lösung.
ende dieser verbindung. unverzüglich alle dokumente löschen.
```

45

Hotel Interconti, Berchtesgaden

Steil und gewunden war die Straße, die durch Tannenhänge und Wolkenfetzen zum Obersalzberg führte. Mondrian kletterte mit seinem Wagen auf tausend Meter Höhe, aber er nahm sich keine Zeit für einen Blick auf den Watzmann gegenüber oder hinunter ins Berchtesgadener Tal. So schnell wie möglich wollte er das Luxushotel erreichen, dessen halbkreisförmige Bauten auf einer Kuppe thronten, umgeben von weiten Kleewiesen. Um nicht aufzufallen, stellte er sein Auto auf einem Parkplatz ein Stück weiter unten ab und mischte sich unter amerikanische Touristen, die von Hitlers Lieblingsberg schwärmten, *»what a wonderful place«*.

Ohne lästige Fragen passierte er im Pulk der Amerikaner die Rezeption und schlenderte in die Lounge, wo ein Feuer im Kamin knisterte und eine Vinothek erste Gäste anlockte. Das Hotel, aus chinesischem Stein erbaut, strahlte mit seinen dunklen Hölzern und rot gestrichenen Wänden eine vornehme Großzügigkeit aus.

Von einem schweren Ledersessel aus beobachtete Mondrian, wie nach einer Weile draußen BMW- und Mercedes-Limousinen vorfuhren und die Insassen durchs Foyer eilten, Anspannung in den Gesichtern. Bussung war nicht auf den ersten Blick zu erkennen, weil er sich einen Hut in die Stirn geschoben hatte. Mondrian folgte den Männern über eine breite Treppe ins Untergeschoss, wo sich mehrere Tagungsräume befanden. Er sah gerade noch, wie sich die Tür von »Ludwig Ganghofer« schloss.

Mit einem freundlichen Lächeln nickte er der Serviererin zu, die einen Wagen voller Flaschen durch den Flur schob. Dann bestaunte er, ganz interessierter Hotelgast, die Vasen mit Trockengestecken, die Vitrinen mit Schmuck, die Skulpturen an den Wänden. Auch in die Speisekarte des Restaurants »Le Ciel« warf er einen ausgedehnten Blick. Es dauerte eine Dreiviertelstunde, bis er am Rand seines Gesichtsfelds wahrnahm, wie ein Mann mit beginnender Glatze aus dem Tagungsraum kam und sich auf den Weg zu den Toiletten machte. Mondrian brauchte das Tom-Buhrow-Lächeln nicht zu sehen, um schon von Weitem Schirra zu erkennen. Er musste vor ihm eingetroffen sein; unter den Ankömmlingen hatte er ihn nicht ausmachen können.

Lautlos schlüpfte er hinter dem Verfassungsschützer in das gediegene WC. Sah ihn vor einem Becken an der Hose hantieren. Trat von hinten an ihn heran und presste beide Hände auf seinen Mund.

»Ein Schrei, eine falsche Bewegung, und Sie sind erledigt, Schirra«, zischte Mondrian leise. »Machen Sie sich nur nicht in die Hose, ich bring Sie nicht um. Aber ich kann Sie fertigmachen, wenn ich schreibe, dass Sie bei dieser Sache dabei sind.«

Er spürte, wie Schirra den Kopf senkte, um sein Einverständnis zu signalisieren.

Langsam lockerte Mondrian seinen Griff. »Sie haben nur eine Chance, und ich habe nicht viel Zeit. Geben Sie mir Ihr Handy.«

Nervös fingerte Schirra sein Telefon aus der Sakkotasche. Mondrian tippte seine eigene Nummer ein.

»Sie werden jetzt Folgendes tun: Sie gehen ganz normal zurück zu Ihrer feinen Gesellschaft und platzieren das Ding so, dass es die Gespräche im Raum mitbekommt, die Ruftaste eingeschaltet.«

Schirra japste nach Luft. »Und wenn …«

»Kein Wenn. Und denken Sie nicht mal eine Sekunde darüber nach, Alarm zu schlagen. Ich bin in einer halben Minute weg. Wenn ich nicht in fünf Minuten Ihr Handy höre, rufe ich die Redaktion an. Dann ist es aus mit Ihrer Karriere, mit Ihrem schönen Beamtenleben. Hab ich mich klar genug ausgedrückt?«

Schirras Dauergrinsen war einer verkniffenen Miene gewichen, als er nickte und das Handy wieder in die Tasche steckte. Mondrian verfolgte, wie er zum Tagungszimmer zurückschlich und leise im »Ganghofer« verschwand. Sofort danach hastete Mondrian zum Ausgang des Hotels und rannte zu seinem Wagen. Startete. Raste talwärts, sein Telefon auf Empfang.

Knistern und Rauschen.

Ein Geräusch, als würde das sendende Gerät irgendwohin gelegt und weitergeschoben, vielleicht über eine Tischplatte.

Dann Stimmen, brüchig, manchmal verzerrt, aber immer wieder gut zu verstehen.

»… neue Entwicklung eingetreten, auf die wir reagieren müssen. Es war von Anfang an klar, dass es Risiken geben würde«, sagte ein Mann mit bayerischem Akzent, »aber noch ist ja, wenn ich den Kollegen Bussung richtig verstehe, die Situation unter Kontrolle. Wir dürfen jetzt nicht alles in Frage stellen.«

»Im Gegenteil«, antwortete eine andere Stimme, die sich nach Ruhrgebiet anhörte, »die Operation war bisher ein voller Erfolg, meine ich. Ein Erfolg, auf den wir stolz sein können. Wir haben die politische Landschaft verändert … haben unsere Gegner auf ihrem eigenen Feld geschlagen … unser Ziel erreicht. Die Anti-Atom-Bewegung hat ihre ethische Glaubwürdigkeit verloren … massiv Sympathisanten eingebüßt … zeigen eindeutig die Umfragewerte. Die Öko-Bewegung insgesamt hat einen Rückschlag erhalten … in Jahren nicht erholen wird.«

»Moment«, warf ein Mann in schwäbischem Tonfall aufgeregt ein, »… gilt sicher für die Radikalen. Aber fällt das auch auf die grünen Politiker zurück, die uns überall bedrängen?«

»… war von Anfang an unser Masterplan«, wieder die erste Stimme, »und er hat funktioniert. Wir haben die Kernenergie nach vorn geschoben, aber die ganze grüne Richtung in Verruf gebracht. Öko ist unten durch, ums mal salopp zu sagen, die Idee als solche ist diskreditiert.«

»Aber um welchen Preis?«, unterbrach ihn der Schwabe. »Das muss ich noch mal hinterfragen. Anfangs war von begrenzten Verlusten die Rede. Von vielen Toten haben wir nie gesprochen, jedenfalls nicht in meinem Beisein …«

»… wasch mir den Pelz, aber mach mich nicht nass?«, sagte der aus dem Ruhrgebiet. »Wir haben nie verschwiegen, dass es eine schmutzige Operation sein wird. Sonst hätte sie gar nicht funktioniert. Deswegen haben wir externe Kräfte eingesetzt. Wir dürfen uns jetzt nicht irritieren lassen. Zumal die Medien ja bisher blendend mitziehen. Wir haben doch eine prima Presse …«

Undeutlich war Gelächter zu hören.

»Bis auf die eine Ausnahme, die jetzt Ärger machen könnte.« Das war Bussung. »… nicht die Nerven verlieren, auch wenn das BKA im Mailverkehr schnüffeln sollte … gehe davon aus, dass alles gelöscht ist …«

Die Stimmen wurden undeutlicher, die Unterbrechungen größer.

Dann ein hartes Geräusch und nur noch Rauschen. War Schirras Handy heruntergefallen? Entdeckt?

Die Verbindung schien abgebrochen. Und Mondrian wagte nicht, zurückzurufen.

Inzwischen war eine SMS von Claudia Böhme eingetroffen.

»Treffen mit Staatssekretär heute Nacht, 02.00 Uhr, Hamburg, Hafen CTA.«

Als er Böhmes Nummer probierte, hörte er nur: »Der Teilnehmer ist zurzeit nicht erreichbar.«

46

Container Terminal, Hamburg

Er war schon nach Mitternacht, als sich Mondrian auf der Autobahn dem Süden Hamburgs mit seinen Hafenbecken und Fleeten näherte. Hinter Dunstschwaden war die Millionenstadt nur eine Ahnung aus milchigem Licht. Die Scheibenwischer schoben einen Film aus hauchfeinen Tröpfchen zur Seite, während er sich in ein Labyrinth von Asphaltbändern einfädelte, die sich um Kohlehalden und Schuppen wanden. Zwischen zwei Lastwagen eingekeilt, die ihm bedrohlich nahe rückten, suchte er sich über Rampen und Kehren seinen Weg zum Container Terminal Altenwerder. Er war fast auf die Minute pünktlich, als er an der Einfahrt zum CTA hielt.

»Warum gerade hier?«, fragte Mondrian den Mann, der ihn am Tor in Empfang nahm.

»Weil es hier demnächst spannend werden könnte«, antwortete der Mann, der sich als Wustrow vorstellte. Er war Mondrian aus der Presseabteilung des Ministeriums nicht bekannt, sah eher durchtrainiert wie ein Personenschützer aus.

»Frau Böhme ist unpässlich«, sagte Wustrow, »doch der Herr Staatssekretär freut sich schon auf Sie. Er hat Sie hierhergebeten, weil wir eine heiße Spur haben. Sie wissen schon, die Sache mit dem explosiven Container. Von einem Verbindungsbeamten im Ausland ist ein Hinweis gekommen, dass die Box bald im CTA eintreffen könnte. Und der Staatssekretär möchte Ihnen die Chance geben, bei den Ermittlungen vor Ort zu sein.«

Mondrian stutzte. Falls Bussung hier tatsächlich seine Schwimmende-Bombe-Show fortsetzen wollte, hätte er nicht nur ihn geladen, sondern die ganze Medienmeute. Doch am Haupttor des riesigen Areals stand kein einziger Wagen mit Satellitenschüssel oder Sender-Aufschrift. Davor stauten sich nur Containertrucks mit röhrenden Motoren, während in der Nähe eine Diesellok Dutzende von ratternden Waggons vorbeizog. Das Innere des kilometergroßen Terminals, von gelben Scheinwerfern auf hohen Masten beleuchtet, schien menschenleer.

Misstrauisch betrachtete er die Berge von Metallkisten, suchte die endlosen Reihen nach Arbeitern ab, sah aber nur Kräne mit roten Alarmlichtern, die hin- und herfuhren, um weitere Container zu stapeln. Er versuchte, das flaue Gefühl im Magen zu ignorieren, und folgte Wustrow zu einem Leitstand, der wie der Tower eines Flughafens aussah.

Drinnen empfing ihn das scharfe Profil Bussungs, von einem Bildschirm in bläuliches Licht getaucht.

Mondrian brauchte einen Moment, ehe er sich in der dunklen Warte orientiert hatte. Ein Dutzend Männer saß vor Monitoren mit den Stauplänen einlaufender Schiffe. Auf den Schaubildern mit Tausenden bunter Kästchen, jedes ein Container, konnten sie die Herkunft und den Transportweg aller Boxen zurückverfolgen; das elektronische Puzzle verriet auch den aktuellen Stellplatz an Bord.

»Hier, die Kiste könnte es sein.« Einer der Männer beugte sich zu seinem Bildschirm vor und zeigte auf ein rotes Viereck zwischen einem Haufen anderer Kästchen. Er schaute hoch zu Bussung, der von Wustrow und weiteren Begleitern flankiert war. »Falls die Informationen, die mir Ihre Leute über die verdächtige Box gegeben haben, richtig sind.«

»Welches Schiff?«, fragte der Staatssekretär knapp.

»›MS Kowloon‹. Heimathafen Hongkong, letzter Port Rotterdam, fünftausendsiebenhundert Stellplätze. Macht demnächst da unten fest.«

»Dann wollen wir uns das mal ansehen.« Bussung fasste Mondrian am Arm und zog ihn aus dem Raum.

»Haben Sie überhaupt keine Angst?«, fragte Mondrian, als der Staatssekretär mit energischen Schritten über den riesigen Vorplatz lief und auf den Kai zusteuerte. Dort gab es einen freien Liegeplatz zwischen mehreren Frachtern, die von riesigen Kranbrücken mit Containern beladen wurden.

»Angst wovor? Vor einer Explosion? Kaum. Solange der Container noch im Schiff liegt, mitten unter anderen Boxen, kann er keinen besonderen Schaden anrichten, versichern meine Spezialisten.«

»Nein. Ich meine Angst davor, dass alles auffliegt.«

Bussungs Augen verengten sich. »Was wollen Sie damit sagen?«

»Dieser Ammonium-Container. Der Drohbrief der Green Front, die Bekennerschreiben der GAF. Alles erfunden und gefälscht.«

Bussung blieb stehen und fixierte Mondrian.

»Was reden Sie da für einen Unsinn?«

»Das Ganze ist nichts anderes als eine gigantische Täuschung.«

»Ist die Phantasie mit Ihnen durchgegangen?«

»Durchaus nicht, im Gegenteil. Meine Phantasie hat nicht ausgereicht, mir das alles vorzustellen. Mordanschläge mit falschen Spuren. Indizien, die anderen untergeschoben werden. Ein umgedrehter Professor und ein V-Mann, der erpresst wird.«

»Sind Sie unter die Verschwörungstheoretiker gegangen?« Falls Bussung anfing, nervös zu werden, verbarg er das gut. Seine Stimme blieb kühl wie die brackige Nachtluft über dem Hafenbecken, während im Dunst langsam die Positionslichter der »Kowloon« unter der Köhlbrandbrücke auftauchten. »Woher haben Sie denn dieses verrückte Zeug?«

»Das spielt jetzt keine Rolle. Gehen Sie einfach davon aus, dass ich Dokumente darüber habe. Zum Beispiel die Aussage eines Zeugen, der mitgemacht hat.«

»Meinen Sie diesen Kameltreiber?«, brach es aus Bussung hervor, während er sich wieder in Bewegung setzte. »Dass ich nicht lache.«

»Schön, dass Sie wissen, von wem ich rede. Und lächerlich ist er offenbar nicht. Sonst würde man nicht so viel Wert darauf legen, ihn außer Landes zu schaffen. Damit er nicht mehr auspacken kann.«

»Das behauptet er möglicherweise. So wie er wohl noch viele andere Geschichten auftischt.«

»Allerdings. Von Geldzahlungen für Informationen ...«

»Wäre ja dann genau wie bei Ihnen«, höhnte Bussung.

»... von einer Haschischplantage, die auf eine Idee seines Kontaktmanns zurückgeht ...«

»Blühende Phantasie.«

»… und von falschen Beweismitteln, die er in die Wohnung gepflanzt hat«, bluffte Mondrian.

»Märchen aus Tausendundeiner Nacht. Mal im Ernst, denken Sie, dass irgendjemand einem afrikanischen Illegalen glaubt? Wollen Sie darauf etwa eine Story bauen?«

Bussung lachte auf und spuckte ins Wasser. Sie standen jetzt vor der freien Stelle am Kai, wo die »Kowloon« zwischen zwei anderen Frachtern anlegte. Zwei Schlepper drehten den Koloss behutsam im Hafenbecken und bugsierten ihn näher heran.

Während sich der schwimmende Stahlberg vor ihnen in den Nachthimmel schob, sagte Mondrian: »Zugegeben, vielleicht sähe alles anders aus, wenn Youssef für immer von der Bildfläche verschwunden wäre, so wie Speedy. Doch jetzt ist es zu spät. Ich besitze eine eidesstattliche Erklärung von ihm. Darin beschreibt er Wort für Wort seine Rolle. Die Anwerbung durch den Verfassungsschutz. Die konspirativen Treffen. Die Gespräche mit Hans Müller. Oder sagen wir, mit dem Mann, der sich so nannte.«

»Und wenn es so gewesen wäre: Wir sprechen hier von einer Szene, die schwerste Straftaten begeht.«

»Schwerste Straftaten? Meinen Sie das Ausreißen von Gen-Kartoffeln?«

Bussung verzog die Lippen zu einem halben Lächeln. »Bei dieser Aktion soll ja sogar ein Journalist mitgemacht haben, dem deswegen noch ein Verfahren droht.«

»Nur zu. Von mir aus kann alles vor Gericht kommen. Dann könnte man gleich noch ein paar Leute mehr vorladen, die dort die Wahrheit sagen müssen, wenn sie vernommen werden. Einen freundlichen Hamburger Verfassungsschützer etwa, der eine Menge erzählen kann. Und es gibt noch einen weiteren, völlig unbestechlichen Zeugen in dieser ganzen Sache. Eine absolut seriöse Quelle.«

»Wen denn?« Zum ersten Mal war bei Bussung eine Spur Nervosität zu bemerken.

»Sie.«

»Ich?« Das Gesicht des hageren Mannes lag fast völlig im Dunkeln. Dennoch war das Weiß in seinen überraschten Augen zu sehen.

»Ja. Alles, was Sie in Ihrem Computer darüber festgehalten haben, ist Beweismaterial erster Klasse.«

»Netter Versuch, mich aufs Kreuz zu legen, Mondrian«, konterte Bussung mit einem gekünstelten Lächeln, »aber in meinen Rechner kommt niemand rein. Abgesehen davon, dass dort nichts zu finden ist.«

»Weil Sie glauben, alles verschlüsselt und gelöscht zu haben? Sie wissen doch, dass Computer ein Gedächtnis wie ein Elefant besitzen. Und die BKA-Experten sind weit vorgedrungen, als sie den Server im Ministerium untersucht haben. Sie sind auf Dokumente gestoßen, die eine Menge verraten.«

»So, was denn?«

»Zum Beispiel dass die ganze Aktion ›Operation Fanal‹ hieß.«

Der Staatssekretär schwieg. Offenbar überlegte er fieberhaft, welche Dateien den Codenamen enthalten haben konnten und wo sie gespeichert waren.

Mondrian wusste, dass er jetzt weiterpokern musste.

»Aus dem Material, das ich inzwischen besitze, geht eindeutig hervor, dass der Verfassungsschutz die Kommune im Schanzenviertel über Wochen ausgespäht hat. Dass Ricarda Walde von Beginn an Zielperson Nummer eins war und Brandtner als ihr Mentor geführt wurde. Dass die Operation in engster Zusammenarbeit mit Schirra vom Hamburger Landesamt lief ...«

Er merkte, wie ihm die Munition ausging. Hatte sie gereicht?

Obwohl Bussung sich Mühe gab, seine Züge zu beherrschen, zuckten seine Mundwinkel für einen Moment. Die Anspannung war ihm anzusehen, als er zögernd sagte: »Okay, nehmen wir einen Moment an, es wäre so, wie Sie sagen. Was wäre so schlimm daran, wenn unsere Dienste die radikale Szene infiltrieren? Wenn sie Gefährder frühzeitig ausschalten? Sie waren doch selbst in der Wohnung, wie wir wissen ...«

»... und das Gefährlichste dort waren die Beagles und die dicken Grastüten«, unterbrach ihn Mondrian. »Die Bewohner sind vielleicht Öko-Fanatiker, aber keine Terroristen. Die Grüne Armee Fraktion existiert überhaupt nicht. Sie ist eine Erfindung des Geheimdiensts. Der hat die Gruppe erst geschaffen, aufgrund Ihrer Idee!«

»Meine Idee soll das gewesen sein?«

»Ja, Sie sind der Mann, ohne den nichts läuft bei den Sicherheitsbehörden. Sie sind der Mann, der die Fäden im Hintergrund gezogen hat. Und gestern haben Sie sich mit Ihren Mitwissern getroffen, um über das weitere Vorgehen zu beraten. Mit einem Herrn aus dem Ruhrgebiet zum Beispiel, mit einem aus Bayern, mit einem Schwaben. In einem Hotel auf dem Obersalzberg.«

Mondrian sah Bussung direkt in die Augen. Eigentlich erwartete er, dass der Staatssekretär alles leugnen würde. Stattdessen wandte sich Bussung ab und starrte in den Sprühregen, der durch die gelben Lichtkegel zog. Er zog sein Handy hervor und drückte mehrere Tasten. Offenbar ein vereinbartes Signal. Wenige Augenblicke später näherte sich ein Geländewagen mit ausgeschalteten Scheinwerfern, aus dem drei Männer stiegen. Sie bauten sich fünfzehn Meter entfernt auf, massige Gestalten in dunklen Anzügen. Der Stoff wölbte sich an der Stelle, wo man ein Waffenholster vermuten konnte. Sie sagten kein Wort, aber ihre Haltung ließ kaum Zweifel zu, dass sie nur auf Bussungs Kommando warteten.

»Nun gut«, sagte der Staatssekretär hochmütig, »wenn Sie schon so viel zu wissen glauben, dann sollten Ihnen auch die Gründe für die Aktion einleuchten.«

Mondrian schüttelte den Kopf. »Warum, um Himmels willen, haben Sie ausgerechnet der Anti-Atom-Bewegung solche Anschläge in die Schuhe geschoben, wo doch die Abschaltung der Meiler beschlossene Sache ist?«

»Genau deswegen, verstehen Sie das nicht? Diese Bewegung steht kurz vor einem endgültigen Sieg. Vor einem fatalen Triumph über eine Technologie, bei der Deutschland weltweit an der Spitze liegt. Wegen einer Flutwelle in Japan, am anderen Ende der Erde, opfern wir modernste Meiler, die sicherer sind als alle anderen auf diesem Planeten. Wir vernichten Milliardenwerte und riskieren den Wohlstand unseres Landes, weil eine Horde von Spinnern seit Jahrzehnten Schmutzkampagnen anzettelt und nach Fukushima völlig Amok gelaufen ist …«

»Hören Sie auf«, ging Mondrian dazwischen, »selbst die Konservativen sind doch inzwischen für den Ausstieg.«

»Eben. Ein historischer Fehler, den wir rückgängig machen werden. Warten Sie ab! Im Moment hat die Regierung dem Druck der Straße nachgegeben und ihr Fähnlein in den Wind gehängt. Und die Radikalen wittern Morgenluft, sie wollen sogar den sofortigen Stopp für alle Meiler. Ein Wahnsinn, den wir mit allen Mitteln verhindern müssen, mit allen!« Bussungs Blick flackerte, als er Mondrian ansah.

»Aber warum greifen Sie dann die Grünen insgesamt an? Was ist an ihnen so gefährlich?«

Das Jaulen einer Alarmsirene übertönte sie. Eine Kranbrücke rollte auf Schienen heran, sodass sie zur Seite treten mussten. Das Zweitausend-Tonnen-Gefährt begann mit dem Entladen des Frachters und hievte auch gleich wieder neue Container an Bord. Stahlwinden heulten, ein Greifer senkte sich herab, packte eine Box an vier Ecken und hob sie wie einen Spielzeugklotz hoch. Der dumpfe Knall beim Absetzen mischte sich mit den Geräuschen der Kräne, die andere Schiffe ausluden oder Metallkisten an Bord setzten, zu einem metallischen Konzert.

»Hören Sie diesen Klang?«, fragte Bussung, den Kopf leicht geneigt, als würde er einer Sinfonie lauschen. »Das ist meine Antwort auf Ihre Frage. Wenn die Grünen sich weiter durchsetzen und die Macht erobern, wird hier Friedhofsstille einkehren. Sie sind das eigentliche Problem, nicht die Atomkraftgegner, die von Zeit zu Zeit Oberwasser haben. Sie sind von Natur aus Feinde von Industrie und Technik.«

Er zeigte stromabwärts, Richtung Finkenwerder. »Erinnern Sie sich an die Kämpfe um Airbus, ein paar Kilometer weiter? Es waren Grüne, die den Bau des Riesen-Airbus verhindern wollten. Wegen ein paar Apfelbäumchen.«

Zornig trat er gegen einen Poller. »Es sind Grüne, die neue Kohlekraftwerke sabotieren, selbst wenn sie mit teuren Filtern ausgerüstet werden.«

Er hob die Stimme, um den Lärm zu übertönen. »Und Grüne sind es, die unsere Autoindustrie mit ihrer Abgas-Phobie, mit City-Mauten und Tempolimits knebeln möchten. Wenn sich ihre Ideen durchsetzen, wird unsere Wirtschaft abgewürgt, der Motor allen Wachstums bleibt stehen.«

»Aber grüne Politiker sitzen längst in Parlamenten und Regierungen«, sagte Mondrian, »und die Lichter sind bisher nicht ausgegangen.«

»Sicher, die Realos. Die haben die Wirklichkeit akzeptiert und sind in der Mitte der Gesellschaft angekommen. Doch die Basis mit ihren utopistischen Vorstellungen, mit ihrem hysterischen Geschrei nach Verzicht, die ist und bleibt brandgefährlich. Besonders wenn sie sich mit den Wutbürgern verbindet wie bei Stuttgart 21, sodass jede Veränderung blockiert wird. Gegen diese Front kriegen Sie kein Großprojekt mehr durch, und der Fortschritt stirbt.«

»Das ist doch absurd. Es sind gerade grüne Technologien, die uns voranbringen. Der Bau von Windrädern. Photovoltaik. Solarstrom aus der Sahara.«

»Ach was, Spielereien!« Bussung fuhr sich ärgerlich durch die Haare, die inzwischen nass am Kopf klebten. »Unfinanzierbar. Dazu sollen wir noch Hunderte von Milliarden für den Klimaschutz in der Dritten Welt zum Fenster rauswerfen, während unser Land selbst katastrophal verschuldet ist. Und immer mehr Menschen sind so naiv, den Öko-Spinnern ihre Weltuntergangsphantasien abzunehmen.«

»Immerhin Szenarien des Weltklimarats«, entgegnete Mondrian, »Forschungen Tausender Experten!«

»Sehen Sie denn nicht, dass das eine Verschwörung bestimmter Wissenschaftler gegen unsere Form von Zivilisation ist? Die Grünen sind die Totengräber unserer Industriegesellschaft, und wissen Sie was?«

Bussung wartete gar nicht erst auf eine Antwort.

»Vielen geht es gar nicht um den Umweltschutz. Die führen doch einen Stellvertreterkrieg. In Wirklichkeit träumen sie von einer Art Kommunismus. Höchste Zeit, ihnen den Heiligenschein vom Kopf zu reißen.«

»Durch tödliche Attentate?«

»So bedauerlich es ist, rationale Argumente zählen für die Masse nicht. Man muss sie bei den Emotionen packen, das wissen Sie von den Medien doch am besten. Diese Operation, so unschön einzelne Auswirkungen sein mögen, hat der grünen Bewegung schwerste psychologische Schäden zugefügt. Eine Hypothek, von der sie sich hoffentlich nicht mehr erholt. Und natürlich …«

Bussung wartete einen Augenblick, bis der Krach von der Containerbrücke neben ihnen wieder abschwoll.

»… natürlich war das alles nicht meine einsame Entscheidung. Zum Glück gibt es in dieser Republik Persönlichkeiten, die unser Wirtschaftssystem und unsere Werte verteidigen, auch in schwierigen Zeiten. Vor einem Jahr hat sich ein Kreis aus der Elite Deutschlands gebildet, der sich ›D 22‹ nennt.«

»Eine Art Loge? Wie die italienische ›P 2‹, in der Berlusconi angeblich Mitglied war?«

»Wenn Sie so wollen. Ein Dutzend hervorragender Köpfe, die überzeugt sind, dass wir gerade jetzt einen starken Staat brauchen. Einen wehrhaften Staat, der sich nicht von seinen Gegnern auf der Nase herumtanzen lässt.«

»Und wer gehört zu dieser erlesenen Gesellschaft?«, fragte Mondrian, während die Muskelmänner ein Stück näher rückten.

»Von mir werden Sie keine Namen erfahren. Gehen Sie davon aus, dass ein paar Männer aus den oberen Etagen von Industrie und Politik dazugehören, besonders aus der Energiewirtschaft. Vor einem Jahr haben wir auf einer Berghütte an einem Kamin gesessen und beschlossen, dass man etwas unternehmen muss, um den Vormarsch der Ökologen zu stoppen. Erst wurde über eine Anzeigenkampagne nachgedacht, dann über die Drohung mit Firmenschließungen. Bis wir darauf gekommen sind, dass eine indirekte Operation viel wirksamer wäre, um das Image der Grünen zu ruinieren.«

»Und da hatte niemand Bedenken?«

»Doch, natürlich. Wir haben nächtelang diskutiert. Aber dann hat es eine geheime Abstimmung gegeben, und alle haben sich darauf geeinigt, dass die Entscheidung der Mehrheit gilt.«

»Und wer hat draußen die Drecksarbeit gemacht?«

»Nicht unsere Dienste, wie Sie vielleicht glauben. Die wurden bloß zur Beschaffung von Informationen genutzt. Den Rest haben spezielle Kräfte erledigt. Ein privates Unternehmen, das von uns verdeckt angeheuert wurde.«

»So was wie Blackwater oder andere Firmen, die im Irak für die amerikanische Regierung im Einsatz waren?«

»So ähnlich. Eine Sicherheitsgesellschaft, die Sie in keinem Adressbuch und auf keiner Website finden. Mit einem früheren Bundeswehrhauptmann, der in Afghanistan bei der KSK-Truppe war, und einem ehemaligen Söldner, der in Nigeria für Ölfirmen gearbeitet hat. Diese Art von Leuten. Nicht gerade zimperlich.«

Der Aufmarsch der Männer in Schwarz wirkte immer unheimlicher.

»Hören Sie«, sagte Bussung eindringlich und trat einen Schritt näher, »ich will Ihnen nicht drohen. Im Gegenteil, ich möchte Sie für unsere Sache gewinnen. Verzichten Sie auf eine zweifelhafte Enthüllungsgeschichte, die sowieso nach ein paar Tagen verpufft! Treten Sie für Ihren Staat ein und nicht für irgendwelche Fanatiker, die ihn bekämpfen. Kommen Sie auf unsere Seite, vielleicht mal zu einer Kaminrunde, wir können Ihnen einiges bieten ...«

»Glauben Sie im Ernst, dass ich mich verkaufe?«, unterbrach ihn Mondrian.

»Wir könnten eine perfekte Win-win-Situation haben!« Bussung legte ihm vertraulich die Hand auf die Schulter. »Sie bekommen Kontakte und hochkarätige Informationen, von denen andere Journalisten nur träumen können. Oder Sie wechseln zu uns in eine Unternehmenskommunikation, da gibt es hochdotierte Posten ...«

»Nach einem Anschlag mit siebzehn Toten?«, rief Mondrian aufgebracht.

»Zugegeben, bei dem ICE, da ist sicherlich etwas ...«, Bussung knetete die Hände und suchte nach einem passenden Wort, »... entgleist, könnte man sagen. Eigentlich sollte das nur ein kleinerer Unfall werden. Wie vor Jahren, als ein Zug im selben Tunnel in eine Schafherde gerast ist. Offenbar wurde beim Bau der Barrikade etwas übertrieben.«

»Etwas übertrieben, nennen Sie das?« Mondrian ballte die Hände in den Taschen. »Und was ist mit dem toten Atomingenieur und dem traumatisierten Mädchen?«

»Sicher, bedauerliche Opfer. Kollateralschäden. So würde man das in einem Krieg wohl nennen. Und, verdammt noch mal, wir sind in einer neuen Form von Krieg!«

Bussungs Stimme, immer heiserer geworden, wurde vom Quietschen einer Stahlwinde verschluckt. Im Halbdunkel sah Mondrian, wie das Gesicht des Staatssekretärs zu einer Fratze gerann, unwirklicher als die Masken an seiner Wand.

»Sie müssen verrückt geworden sein, wenn Sie glauben, dass ich diesen Wahnsinn decke.« Angewidert schüttelte er den Kopf und trat zwei Schritte zurück. »Es ist höchste Zeit, dass dieses Komplott enthüllt wird, ehe es noch mehr Tote gibt.«

»Nun ja, schade«, sagte Bussung nach kurzem Zögern. Er sah fast so aus, als sei er wirklich enttäuscht. »Sie hatten die Wahl, aber ich habe befürchtet, dass Sie nicht der richtige Mann für uns sind. Auch wenn wir Sie extra an die ganze Sache herangeführt haben.«

Herangeführt? Vor Mondrians innerem Auge blitzte der Termin beim Hamburger Verfassungsschutz auf. Die Szene, als Schirra ihn absichtlich den Aktenvermerk hatte lesen lassen. Das Handy-Foto von Ricarda Walde.

»Sie hatten eine riesige Chance, aber Sie haben sie vermasselt.« Bussungs Ton wurde härter, genau wie seine Miene. »Und Sie glauben doch nicht, dass ich einfach warte, bis Sie in Ihrem Scheißblatt schreiben, was ich Ihnen anvertraut habe. Sehen Sie diese Maschinen hier?«

Er drehte sich zu den rollenden Ungetümen mit mannshohen Reifen um, die entladene Container von den Brücken zu den Stellplätzen beförderten. Wie von Geisterhand bewegten sich die unbemannten Fahrzeuge über das menschenleere Areal, fuhren plötzliche Kurven, wichen sich im letzten Moment gegenseitig aus.

»Großartig, diese computergesteuerten Kerle. Aber nicht ganz ungefährlich. Damit kann leicht mal ein Unfall passieren, besonders in einer Nacht wie dieser.« Bussung wandte sich ab und schlug den Kragen hoch. »Fahren Sie zur Hölle. Und schöne Grüße an Ricarda Walde. Sie werden sich demnächst sehen!«

Mondrian entging nicht die winzige Bewegung, als Bussung einen Daumen senkte und zu seinen Begleitern schaute. Für einen endlos scheinenden Moment erstarrte er. Dann jagte eine heißkalte Welle der Angst durch seinen Körper. In Panik blickte er um sich. Suchte eine Lücke zwischen den Männern, die näher kamen. Drehte sich um. Sah den einzigen Fluchtweg, der ihm blieb.

Er rannte los. Wäre fast gestolpert, als ein unbemannter Transporter seine Bahn kreuzte. Hetzte hinter ihm her, holte ihn ein und konnte aufspringen. Das verschaffte ihm einen Vorsprung vor den Männern, die inzwischen auch losgesprintet waren. Doch nach hundert Metern rutschten seine Finger an dem nassen Stahl ab, und er stürzte der Länge nach auf den Asphalt. Aus den Augenwinkeln sah er das nächste Ungetüm auf sich zukommen, warf sich zur Seite, spürte einen Luftzug. Das tonnenschwere Gerät hatte ihn nur um Zentimeter verfehlt.

Mit aufgerissenen Händen lag er bäuchlings in einer Pfütze, aber ihm blieben nicht einmal Sekunden, um zu Atem zu kommen. Zwei Muskelmänner spurteten auf ihn zu. Er stemmte sich hoch und lief, so schnell er konnte, zu einem weiteren Fahrzeug, um dahinter zu verschwinden. Aber es fuhr eine jähe Kurve und ließ ihn ohne Schutz stehen. Hektisch schaute er um sich. Kein Helfer in Sicht, der Tower zu weit weg, um dorthin zu flüchten, alle Richtungen zur Landseite von den schwarzen Jägern verstellt.

Ihm blieb nur noch ein Ausweg. Er wandte sich wieder zum Wasser und hastete, nach Luft ringend, zurück zur Kaimauer. Vielleicht konnte er die Containerbrücke bei der »Kowloon« erreichen und sich darauf retten. Als er auf den Kran zusprintete, hörte er auf einmal einen Knall. Nicht das dumpfe Poltern eines Containers, sondern einen trockenen Laut, wie einen Peitschenschlag. Und das Flirren einer Kugel, die auf Metall getroffen war. Der Querschläger musste vor ihm von einem Pfeiler abgeprallt sein.

Sobald er den Fuß der Containerbrücke mit ihren großen Rädern erreicht hatte, warf er sich dahinter. Er beobachtete, wie einer der Männer stehen blieb und erneut auf ihn anlegte. Geduckt wartete er, bis der Schuss abgefeuert war, dann kletterte er keuchend die Leiter zur Ladeplattform hoch. Er wusste, dass die

Metallstreben dort nicht viel Deckung boten, aber er konnte nur noch nach oben flüchten. Die Verfolger kamen immer näher. Sie ereichten die ersten Sprossen der Leiter. Weitere Querschläger schwirrten um ihn herum.

Als direkt vor ihm ein Container von einem Greifer gepackt wurde, um auf die »Kowloon« versetzt zu werden, hechtete er hinterher. Bekam eine Strebe an der Box zu fassen. Schoss mit ihr über ein Dutzend Meter hoch, als sie in die Luft gehievt wurde. An die Metallkiste geklammert, schwebte er unter dem Ausleger der Brücke über die Kaimauer, hinaus über die Gangway des Frachters, über die ganze Breite des Schiffs bis zur äußeren Bordwand. Von tief unten starrte ihn der Schiffsbauch an, als der Greifer den Container abzusenken begann. Kein Zweifel, er würde im Laderaum zerquetscht werden, wenn er an der Stahlkiste hängend dort landete.

Die Winden heulten lauter, der Aufprall kam näher. Gleichzeitig krachten Schüsse. Er holte mit den Beinen Schwung und katapultierte sich hinaus ins Dunkle, in Richtung Wasser.

Der Fall schien endlos.

Der Aufprall war so hart, als müssten alle Knochen brechen.

In Sekunden sog sich seine Kleidung voll, er sank.

Verzweifelt wollte er nach Luft schnappen und schluckte brackiges Schwarz. Für einen wundervollen Moment sah er das Flackern in Ricardas Augen. Dann umgab ihn nur noch nasse Finsternis.

47

Hafen, Hamburg

Erst ganz schwach, dann langsam stärker spürte er, wie von weit her eine furchtbare Kälte in ihm hochkroch. Er wusste nicht, wie lange er bewusstlos gewesen war, aber offenbar war das sein Körper, der da so unkontrolliert zitterte.

»Mensch, du hast es aber spannend gemacht«, sagte eine vertraute Stimme ganz nahe.

Er schlug die Augen auf und sah Thomas Daffner über sich gebeugt, das Gesicht in flackerndes Blaulicht getaucht. Sanitäter schoben ihn auf einer Trage in einen Rettungswagen, der an der Kaimauer stand.

»Wie habt ihr mich da rausbekommen?« Seine Lippen fühlten sich starr an, und es machte ihm Mühe, zu sprechen.

Daffner hockte sich neben ihn und wrang Mondrians tropfende Jacke aus. »Ich hab vorsorglich zwei Taucher von der GSG 9 mobilisiert, weil ich mir schon dachte, dass es ein nasser Einsatz werden könnte.«

Das T-Shirt klebte so fest am Körper, dass zwei Helfer Mühe hatten, es ihm über den Kopf zu ziehen.

»Hat es wenigstens funktioniert? Habt ihr alles mitgehört?« Mondrian riss sich die Haftstreifen von der Haut, mit denen Mikrofone, Kabel und ein Sender befestigt waren.

»Und ob!« Daffner wischte die feuchten Apparate ab, packte sie ein und reichte Mondrian eine Decke. »Dein Boxenstopp bei uns in Wiesbaden hat sich gelohnt. Wir hatten schon nach der Hälfte der Zeit genug Zeug, um Bussung dranzukriegen. Aber wir waren noch zu weit weg für den Zugriff. Du hättest früher abbrechen sollen. So ein Quatsch, dieses Risiko einzugehen.«

»Mhm.« Mondrian war zu kraftlos, um zu widersprechen.

»Was, wenn die Taucher dich nicht erwischt hätten?«

Mondrian trank einen Schluck heißen Kaffee. Seine blauen Lippen schafften ein leichtes Grinsen.

»Tja, als Journalist würde ich sagen, dann hätte ich den Fall tot recherchiert.«

Es war noch ziemlich dunkel, als er gegen vier Uhr den Media Tower erreichte. Der hohe Glaskasten lag fast unbeleuchtet in der schlafenden Hafen-City, und am Empfang traf er nur einen einsamen Pförtner an, der müde hinter einer Phalanx von Monitoren saß. Der Mann blickte flüchtig auf, als Mondrian mit seiner Chipkarte das Drehkreuz am Eingang entriegelte und zu den Aufzügen ging.

Im fünfzehnten Stock schloss er seinen Raum auf und schaltete den Laptop ein. Kein klingelndes Telefon. Keine hektischen Konferenzen. Keine Kollegen, die auf der Jagd nach dem neuesten Flurfunk durch die Gänge strichen. Er war ganz allein mit ein paar Mördern, zwei Cracksüchtigen und einem Rocker, die ihm über die Schulter schauten: Fotos von früheren Reportagen, an die Wand hinter ihm geklemmt. Sonst gab es fast nichts in seinem Zimmer, was den Blick festhielt, nicht mal eine Topfpflanze, die etwas Grün in das Grau brachte. Auch auf dem Tisch vor ihm lagen außer dem unvermeidlichen Terminkalender und Kathys buntem Adressbuch nur wenige Stifte und Papiere. Seine Strategie, den Kopf frei zu halten. Für manche eine Macke, aber damit konnte er leben. Er wollte nichts vor sich haben, was ihn ablenkte, sondern eine Tabula rasa, wenn der Moment kam, einen neuen Text zu beginnen. So wie jetzt, als er ein leeres Dokument aufmachte und sofort die ersten Zeilen schrieb.

»Dies ist die Geschichte eines Staatsfeinds«, tippte er mit wunden Händen, »er heißt nicht ›Grüne Armee Fraktion‹, trägt kein Kapuzenshirt und keine Sturmhaube. Er kleidet sich in elegante Anzüge, ist auf dem Parkett der Macht zu Hause und kommt abends auf dem Fernsehschirm in unsere Wohnzimmer. Aber er ist Teil einer tödlichen Verschwörung, die an einem Kamin in einer Berghütte begann, in einer exklusiven Runde von Herren, die keinen Wert darauf legten, dass ihnen jemand zuhört …«

Mondrian achtete nicht auf seine schmerzenden Finger. Er gab sich auch keine Mühe, kunstvolle Sätze zu schmieden. Er wollte eine einfache Geschichte über die Wahrheit erzählen. Die Wahrheit, dass sich hinter einer Wahrheit oft eine andere verbarg. Wie verstörend einfach es war, die Menschen in die Irre zu führen, wenn sie bloß die eigenen Erwartungen und Vorurteile bestätigt haben wollten. Wie leicht der Staat mit dem Gewicht seiner Macht die gesamte Medienmaschine manipulieren konnte, das »magazine« inbegriffen. Und wie er selbst geschwankt hatte, bis er herausfand, was hinter der Maske steckte: eine wahnwitzige Operation mit bezahlten Killern, um einen politischen Rufmord zu inszenieren.

Während draußen die Dämmerung die Stadt in ein milchiges Zwielicht hüllte, erzählte Mondrian von der Wohngemeinschaft im Schanzenviertel. Vom überdrehten Speedy und der naiven Angel, vom kranken Gandhi und einer zornigen Ricarda Walde, die mit ihrer kämpferischen Pose zuerst ins Visier des Verfassungsschutzes geraten war. Er schilderte, wie die Gruppe mit kühler Berechnung zum Zielobjekt eines Komplotts aufgebaut worden war, dem merkwürdig gegensätzliche Figuren angehört hatten: ein zwielichtiger Professor, ein V-Mann, der jetzt seinen Gott um Vergebung bat, und ein Staatssekretär, der zum Diener des Teufels geworden war.

Was hatte Bussung angetrieben? Wie sah das Innere dieses Mannes aus, der von abgründigem Hass auf grüne Ideen und dazu von Überwachungswahn erfüllt war? Das schien am schwersten zu beantworten, als Mondrian Zeile für Zeile versuchte, sich ihm zu nähern. Im Netz gab es eine Menge Fotos von Bussung. Der Fitnessfanatiker auf dem Rennrad. Der Asket am Arbeitsplatz. Der Aufsteiger in der Regierung. Warum war er nie mit einem Lächeln zu sehen?

Nach zwei Stunden stand Mondrian erschöpft auf und ging zur Pantry, um sich Tee zu brühen. Diesmal nahm er zwei Beutel für einen Becher. Und ein Extrastück Zucker. Bitter nötig, dachte er, als er sich im Toilettenraum im Spiegel betrachtete. Die Augen unter den zerwühlten Brauen lagen noch tiefer als sonst in den Höhlen, die Falten hatten sich weiter in die Wangen gegraben, und auch der Stoppelbart war nicht schöner geworden. Er schmiss sich eine Handvoll Wasser ins Gesicht und strich die Haare aus der Stirn, die noch vom Hafendreck verklebt waren.

Nachdem er sich wieder an den Computer gesetzt und festgestellt hatte, dass selbst lauwarmer Bürotee besser schmeckte als kaltes Elbwasser, suchte er im Netz nach einem Schlüssel zu dem Mann, der seine Killer auf ihn gehetzt hatte. Aber als Privatperson schien Bussung ein fast unbeschriebenes Blatt zu sein. Selbst in der Online-Datenbank des »magazine« mit Hunderten von Quellen fand Mondrian keine Homestorys. Nirgendwo Berichte über eine Frau, eine Beziehung oder Kinder.

Null Klatsch oder Affären. Einzig ein vager Hinweis auf einer dubiosen Website, dass er als Student zeitweise einem christlichen Orden angehört habe und danach in einer psychiatrischen Klinik behandelt worden sei. Dazu existierten keinerlei Belege, aber immerhin war das ein Ansatz für weitere Recherchen. Viel Arbeit in den nächsten Tagen, fürchtete Mondrian, rieb sich die Augen und gähnte. Nur der Schock der letzten Stunden hielt ihn noch wach.

Es war kurz nach sieben Uhr, als er die letzten Zeilen für heute eintippte. Draußen riss der Himmel auf, und das dunstige Grau machte Platz für ein paar blaue Flecken. Er trat ans Fenster und schaute nach unten. Eigentlich hätte sich jetzt die gewaltige »Queen Mary 2« die Elbe hinaufschieben sollen. Aber die Hafen-City, wo sonst immer Horden von Schaulustigen das majestätische Kreuzfahrtschiff begrüßten, wirkte wie ausgestorben. Das Cruise Center, an dem der Gigant eigentlich hatte anlegen sollen, schien menschenleer, als wäre es wegen eines gefährlichen Virus unter Quarantäne. Offenbar hatte man das Schiff zu einem Ausweichplatz gelotst.

Soweit er aus dem Media Tower sehen konnte, waren Straßenzüge am Hafen abgeriegelt, und Mannschaftswagen mit Bereitschaftspolizisten fuhren auf, um das Sperrgebiet abzusichern. Bussungs Drohung mit der »Green Front« und der schwimmenden Bombe schien zu funktionieren. Die Angst vor dem Terror hielt die Elbmetropole im Griff.

Noch.

Mondrian drückte ein letztes Mal die Speichertaste, griff zum Telefon und wählte Marc Rolfes' Nummer.

»Wer ist da?«, stöhnte der Cop schlaftrunken.

»Diesmal habe ich dir einen Weckruf geschickt«, sagte Mondrian so munter, wie er konnte, »per E-Mail. Einen Text über Terroristen. Schau einfach mal rein.«

Es dauerte genau einundzwanzig Minuten, bis der Ressortleiter zurückrief. »Mann, so eine Scheißgeschichte.«

»Mhm«, machte Mondrian nur. »Soll ich sie woanders anbieten?«

»Nein, natürlich nicht! Ich meine, Scheißgeschichte für uns, dass Nadja Polanski im letzten Heft über die Leute in der Schanze das Gegenteil geschrieben hat.«

»Mhm«, machte Mondrian wieder, »ich hab euch gewarnt.«

»Ein paar Leute aus der Redaktion werden sich wohl bei dir entschuldigen müssen«, sagte Rolfes kleinlaut, »ich inklusive.«

»Das kann warten. Aber die Geschichte muss raus. Die Nachricht von Bussungs Festnahme läuft uns weg, wenn wir nicht schnell damit erscheinen.«

»Schon kapiert. *Online first.* Klick mal in ein paar Minuten unsere Homepage an. Da wirst du deine Story finden, Buchstabe für Buchstabe. Ich hab schon alles zum Sitemacher geschickt.«

»Hättest du nicht erst mal Grosser fragen müssen? Soweit ich mich erinnere, ist er der Chefredakteur.«

»Mal abwarten, wie lange noch.« Mondrian hörte, wie Rolfes eilig ein Getränk schlürfte. »Bin schon unterwegs in die Redaktion. Wenn heute was in Hamburg explodiert, wird es deine Story sein.«

Mondrian war überrascht, dass er kein Triumphgefühl empfand, als er den Hörer auflegte und sich zurücklehnte. Vielleicht würde das später kommen. Im Augenblick spürte er eher, wie sich dumpfe Benommenheit über ihn stülpte, als würde ein Bergsteiger auf dem Gipfel von einer Wolke eingehüllt. Vielleicht hatte ihn das erfasst, was ihm ein Banker nach dem Hype eines Börsengangs als »Post-closing-Blues« beschrieben hatte, diese feine Melancholie, wenn alles vorbei ist. Wahrscheinlich stürzte sein Adrenalinspiegel gerade auf ein Allzeittief.

Als er seine Augen kaum noch offen halten konnte, schreckten ihn plötzlich die Gedanken an Bussungs letzte Worte im Hafen hoch. Hatte der Staatssekretär nicht gesagt, dass er Ricarda Walde schön grüßen solle, bevor er seine Killer auf ihn losließ? Was hatte das zu bedeuten gehabt?

Unruhig holte er ihre Hotmail-Adresse hervor, die er aus Koh Phangan mitgebracht hatte. Der Zettel war aufgeweicht, aber noch lesbar. Er konnte probieren, sie per Chat zu erreichen. Ohne viel Hoffnung schickte er ihr eine Kontaktanfrage.

Nicht einmal fünf Minuten später war sie mit einem Smiley online.

glück gehabt. du hättest mich fast nicht mehr erwischt.

echt schön, dich wieder zu treffen. wenn auch nur in dieser elektronischen kiste.

besser als in einer holzkiste.

wieso? was ist passiert?

hatte einen tauchunfall, in 55 metern tiefe. plötzlich keinen sauerstoff mehr. musste viel zu schnell wieder hoch.

warum?

jemand muss an meiner Ausrüstung gefummelt haben. das atemgerät war beschädigt.

wer könnte das gewesen sein?

hier sind eine weile lang zwei merkwürdige fremde rumgeschlichen. dann plötzlich abgehauen.

erinnert mich verflucht an rainbow warrior, auckland. und wie geht es dir jetzt?

ganz okay, nach fünf stunden in der dekompressionskammer.

Mondrian atmete tief durch. Die Erleichterung machte endgültig der Erschöpfung Platz. Er musste sich konzentrieren, um überhaupt noch die richtigen Tasten zu treffen.

hatte auch tauchunfall. und habe das hier geschrieben.

Er klickte ihr seine Geschichte rüber und tippte noch:

du hast mir gefehlt, ricarda. mail mir ein neues foto von dir. habe nur dieses verbrecherbild auf dem handy.

musst du dir schon persönlich abholen. Wieder ein Smiley.

später. muss jetzt erst mal in den ruhezustand.

Er fuhr den Laptop herunter und ging in das Zimmer von Bruno Wunder. Dort bahnte er sich einen Weg durch das Chaos aus Zeitungsstapeln, Notizzetteln, Bücherhaufen und halb leeren Wasserflaschen.

Bis zu der schwarzen Liege.

Er merkte nicht mehr, dass Wunder vergessen hatte, das Radio abzustellen. Hörte nicht, wie ein Nachrichtensprecher verkündete: »Bei den Ermittlungen zu den Terroranschlägen der Grünen Armee Fraktion hat es eine überraschende Wende gegeben. Wie das Bundeskriminalamt soeben bestätigte, wurde heute Morgen ein Staatssekretär aus dem Bundesinnenministerium festgenommen ...«

Er war längst weggeschlummert und fuhr in einem Paternoster. Mit Ricarda in den Armen. Wieder und wieder über den höchsten Punkt hinweg.

Im Traum wusste er, dass es ein Traum war, und er hielt einfach die Reload-Taste gedrückt.

48

Verfassungsschutz, Hamburg

Irgendwann kommt man wieder runter, sagte er sich, als der Paternoster über die höchste Stelle rumpelte. Zum ersten Mal in seinem Leben fuhr Mondrian wirklich über den Scheitelpunkt.

Im dritten Stock stieg er aus. Frank Schirra nahm ihn mit bleichem Gesicht in Empfang und führte ihn in sein Zimmer. Das Foto vom Christopher-Street-Day war verschwunden, ebenso wie das Tom-Buhrow-Lächeln.

»Danke, dass Sie mich rausgelassen haben aus Ihrer Geschichte«, sagte er tonlos.

»Ist mir nicht leichtgefallen.« Mondrian fühlte sich immer noch so, als hätte er drei Nächte durchgeschrieben. »Aber das war die Gegenleistung für Ihre Kooperation. Super Geschäft für Sie, oder?«

»Bleibt es dabei?«, fragte Schirra unsicher.

»Glauben Sie, meine Meinung wechselt täglich wie der Kurs eines Zockerpapiers?«

»Wissen andere in Ihrer Redaktion von mir?«, hakte Schirra nach. »Von meiner Rolle in dieser ... Affäre?«

»Nein. Ich halte mich an das, was ich verspreche. Da bin ich reichlich altmodisch. Obwohl Ihre Liveübertragung aus dem ›Ganghofer‹ ja schnell endete. Warum eigentlich?«

»Mein Nebenmann fand es sonderbar, wie ich mein Handy

auf den Tisch geschoben habe. Er hat immer wieder misstrauisch draufgeschaut, bis ich es lieber zusammen mit einer Tasse weggezogen habe, um es verschwinden zu lassen.«

»Und wer war Ihr Nebenmann?«

»Ein Manager eines süddeutschen Autoherstellers. Top-Etage. Verbindungen zur Rüstungsindustrie.«

»Und die anderen in der illustren Runde?«

»Ein hohes Tier von einer großen Bank in Frankfurt. Mehrere Herren von Energiekonzernen, die Anteile an Atomkraftwerken besitzen. Dazu ein pensionierter General und ein Werftenvertreter aus Norddeutschland.«

»Wer war der Schwabe, der wenigstens nachträglich Skrupel bekommen hat?«

»Einer von zwei Spitzenleuten aus Elektronikfirmen. Haben auf Staatsaufträge von den Sicherheitsbehörden gehofft, bei denen es um Milliarden geht.«

In einem Aktendeckel schob er Mondrian einen Stapel Papiere zu, den dieser sofort wegsteckte.

»Und Bussung«, schloss Schirra, »haben Sie ja selbst zur Genüge erlebt.«

»Allerdings, das reicht erst mal. Aber fanden Sie ihn bei Ihren Zusammenkünften nicht manchmal auch merkwürdig? Ein bisschen crazy?«

»Nein, überhaupt nicht. Ich habe selten einen Menschen erlebt, der so zielbewusst und effizient ist. Wahrscheinlich ist er in seiner Zelle längst dabei, seine Verteidigungsstrategie zu entwerfen.«

»Wird ihm kaum helfen. Von der Runde auf dem Obersalzberg gibt es leider keinen Mitschnitt, aber mein Gespräch mit ihm im Hafen hat das BKA voll aufgezeichnet. Und was passiert mit Ihnen?«

Zum ersten Mal während des Gesprächs schlich sich wieder ein Grinsen in das Mondgesicht. »Möglicherweise werde ich bald befördert. Steht routinemäßig an.«

»Na, dann herzlichen Glückwunsch«, antwortete Mondrian sarkastisch. »Wenn Sie das genießen können, während andere jetzt im Grab liegen … Zum Beispiel Speedy, der von Ihren Leuten umgebracht worden ist.«

»Das stimmt nicht! Da sind Sie auf dem falschen Trip. Den hat ein Schließer aus Schwalmstadt auf dem Gewissen, der ihn aus Hass auf die Grüne Armee Fraktion angezündet hat.«

»Und Professor Brandtner?«

»Wurde von einem Spezialisten dieser Söldnerfirma erstickt, der gerade in Hamburg war. Sonderauftrag Bussungs, nachdem man das Telefon Brandtners abgehört hatte und fürchtete, dass er Ihnen was über sein doppeltes Spiel erzählen würde. Er hatte ja seit Langem nicht nur Verbindungen zu radikalen Linken, sondern auch zu den Sicherheitsbehörden. Seine Szene-Kenntnisse haben uns bei der Anbahnung der ganzen Operation durchaus genutzt. Aber er hat zuletzt Skrupel bekommen und wollte möglicherweise aussteigen.«

»Wusste er von den untergeschobenen Beweisen?«

»Nein, das hat Hans Müller allein mit dem Marokkaner geregelt. Der hat den Dreck sauber in der Wohnung deponiert.«

»Hat er sich nicht gesträubt?«

»Doch. Aber wir haben ihm klargemacht, dass er schon zu tief drinsteckt, um noch auszusteigen.«

Mondrian schüttelte den Kopf und überlegte einen Moment. Dann stellte er die Frage, die er sich für den Schluss aufgehoben hatte.

»Warum haben Sie mich eigentlich damals den Aktenvermerk über Ricarda Walde lesen lassen?«

Schirra lehnte sich zurück und fixierte einen imaginären Punkt an der Decke. »Ja, das war vielleicht mein größter Fehler«, sagte er seufzend. »Wir hatten überlegt, wie wir die Medien für unsere Zwecke einspannen könnten. Und Ihr Magazin schien uns, neben anderen Publikationen, besonders geeignet, um das Bild einer brutalen Terrorgruppe zu produzieren. Das konnte unsere Message nur noch besser rüberbringen. Dann haben Sie bei mir angerufen, wohl eher zufällig. Und wir dachten: Das ist jetzt unser Mann.«

Mondrian verzog das Gesicht. »Vielen Dank für das Kompliment!«

49

»magazine«, Hamburg

Diesmal war es noch voller als sonst. Die gesamte Redaktion, erwartungsvoll und ungeduldig, drängte in den Konferenzraum, und schon fünf Minuten vor Beginn waren alle Plätze hoch oben im Media Tower besetzt. Wer jetzt noch kam, musste sich stehend an die Wand quetschen oder wie in einem überfüllten Uni-Hörsaal auf dem Boden kauern. Nur ein Sessel war frei geblieben, an der Stirnseite des großen Tisches. Der von Chefredakteur Grosser. Um Punkt zehn Uhr betrat Verlagsleiter Rolf zur Brüggen den Raum und nahm darin Platz.

»Moin, meine Damen und Herren.«

Der gedrungene Mann mit dem gewellten braunen Haar war berüchtigt dafür, dass er Grausamkeiten mit ausgesuchter Höflichkeit verkünden konnte. Niemand wunderte sich, als er verbindlich lächelnd sagte: »Auch diesmal haben wir einen Mord der Woche. Chefredakteur Kai Grosser ist von seinen Pflichten entbunden. Ab sofort.«

Ein Raunen ging durch den überfüllten Raum.

»Bevor Sie über die unfassbaren politischen Ereignisse sprechen, die uns alle schockieren, lassen Sie mich eines sagen: Das letzte Heft mit der Geschichte über die Öko-Terroristen war für den Verlag ein GAU«, fuhr er mit erhobener Stimme fort, »und ich spreche nicht nur von den Kosten. Denn natürlich mussten wir einige hunderttausend Hefte, die noch an den Kiosken lagen, zurückholen und einstampfen. Schlimmer ist der Imageverlust, der durch den stümperhaften Bericht über die sogenannte ›Grüne Armee Fraktion‹ entstanden ist. Diese journalistische Katastrophe wird uns auf unabsehbare Zeit belasten, und wir werden lange brauchen, um das Vertrauen der Leser zurückzugewinnen. Deshalb waren ein radikaler Schnitt und ein Neuanfang nötig …«

Als Unruhe aufkam, hob er die Hände.

»Moment, Kolleginnen und Kollegen, ich weiß, dass Sie gespannt sind, wer das Blatt in Zukunft führen wird. Eine Entscheidung ist noch nicht gefallen. Aber bis auf Weiteres vertraut der Vorstand einer der wenigen Personen in diesem Raum, die vor dem fatalen Schnellschuss gewarnt haben.«

Er blickte zu Modechefin Vanessa von der Heyde.

»Muss ich mir das wirklich antun?«, fragte sie seufzend, als sie die erste Überraschung überwunden hatte.

Die Antwort war eine Welle von anerkennendem Klopfen auf den Konferenztisch, auf Stuhllehnen, auf Wände und Panoramascheiben.

Die Wangen der Modechefin, mit dezentem Rouge geschminkt, färbten sich ein bisschen röter.

»Am besten sofort, wir haben keinen Tag zu verlieren«, sagte der Verlagsleiter, stand auf und räumte seinen Platz vorn am Tisch.

»Also okay, ich kapituliere.« Vanessa von der Heyde, heute im hellen Strenesse-Kostüm, stand auf und wechselte in den Chefsessel. »Aber ich möchte die Blumen gleich weitergeben an den Mann, der da hinten sitzt und durch seine Enthüllung ein politisches Erdbeben ausgelöst hat.«

Alle Augen richteten sich auf Mondrian. Erneutes Klopfen mündete in lauten Beifall.

»Hat jemand von euch überhaupt schon begriffen, was da in den letzten Tagen passiert ist?«, fragte Vanessa von der Heyde, nachdem das Klatschen verebbt war. »Oder hat das nur mich verstört?«

»Ich glaube, das Ganze ist zu monströs, um es sich wirklich vorzustellen«, sagte der Kulturchef nach einem Augenblick Stille. »Wir werden noch länger brauchen, um die wahre Dimension zu sehen.«

»Vielleicht sind wir durch die Verschwörungstheorien zu 9/11 auch schon so abgestumpft, dass wir uns den Staat als Schurken gar nicht mehr vorstellen können«, sagte der Wissenschaftsleiter.

»Aber warum hat unser Hauptstadtbüro in Berlin überhaupt nichts mitbekommen?«, fragte Vanessa von der Heyde. »Die sind doch so nah dran an Politik und Wirtschaft.«

»Eben deswegen«, antwortete Politikchef Riesling. »Wahrscheinlich haben sie zu wenig Abstand von der Macht.«

»Wenigstens sind wir durch die Online-Geschichte von Jonas jetzt ganz vorn«, sagte die neue Chefredakteurin und wandte ihren Blick von Mondrian zu Rolfes. »Wie sieht es denn inzwischen aus in diesem Sumpf, Marc? Ich will zunächst mal ein Update zu der Affäre, damit wir das nächste Heft planen können.«

»Fangen wir mit dem großen Drahtzieher an«, antwortete der Cop hastig. Man merkte ihm an, dass er seinen Fehler bei dem GAU wieder ausbügeln wollte. »Bussung sitzt in U-Haft, verschanzt hinter drei Staranwälten. Die haben ihm geraten, erst mal die Klappe zu halten. Also offiziell keine Informationen. Aber über befreundete Ärzte wird Bruno Wunder demnächst ein Psycho-Gutachten bekommen, das mal in einer Klinik über ihn erstellt worden ist.«

»Nicht über mich«, erklärte der Krauskopf aus der zweiten Reihe unter Gelächter, »damit das klar ist, ich selbst war nicht zur Behandlung in dieser Anstalt, sondern Bussung ist dort mal sechs Wochen stationär untergebracht worden, angeblich wegen psychotischer Schübe, in den frühen neunziger Jahren. Er ist als Einzelkind aufgewachsen, in einem offenbar extrem rigiden Elternhaus ...«

»Schon klar, schwere Kindheit«, warf jemand aus einer Ecke dazwischen.

»... und vom Kommunismus direkt zum christlichen Fundamentalismus gewechselt. Er hat Meditationen mit Nahrungsentzug mitgemacht, war zeitweise wohl bei einer radikalen Sekte.«

»Wie konnte er dann Staatssekretär im Innenministerium werden?«, fragte Vanessa von der Heyde.

»Das müssen wir den Minister fragen«, schlug Riesling vor, »beziehungsweise den Ex-Minister. Er hat die politische Verantwortung übernommen und seinen Rücktritt eingereicht. Und in der Wirtschaft geht bei einigen Unternehmen das große Zittern um, dass demnächst der Staatsanwalt mit einem Haftbefehl vor der Tür steht, falls Bussung auspackt und seine Freunde ans Messer liefert ...«

»... oder wenn das BKA seinen Computer zum Sprechen bringt«, ergänzte Mondrian aus der zweiten Reihe. »Bussung hat zwar kurz vor Schluss eine Menge Dokumente gelöscht, aber im

BKA gibt es Tüftler, die sogar zerstörte Festplatten rekonstruieren. Jetzt sind sie dabei, Mails zu entschlüsseln, die er während der Operation mit seinen Gesinnungsgenossen ausgetauscht hat. Ziemlich kryptisches Zeug, soweit ich bisher gehört habe. Doch ich habe inzwischen noch andere Unterlagen bekommen, mit denen wir die ›D 22‹-Leute enttarnen können.«

»Woher?«, wollte Riesling wissen.

»Tut mir leid, kann ich nicht sagen. Nur so viel: Außer Grünen-Hassern aus Finanz- und Energiekonzernen waren auch Manager aus der IT-Branche dabei, die auf Großaufträge für Überwachungstechnik spekulierten und schon Euro-Zeichen in den Augen hatten. Für die gab es Milliarden Gründe, Hysterie vor Terrorismus zu schüren.«

»Und was ist mit den Geheimdienstlern, die mitgemacht haben? Bleiben die ungeschoren wie in den USA, wo die Regierung kriminelle CIA-Agenten deckt?«, fragte der junge Auslandschef.

»Sicher nicht, gegen ein paar Verfassungsschützer laufen schon Verfahren«, antwortete Mondrian, ohne Schirra zu erwähnen, »und das BKA ist auch hinter den Killern der Privatfirma her, die das Ganze ausgeführt haben. Allerdings haben sich mehrere in dem Chaos bei Bussungs Festnahme absetzen können. Wir bleiben jedenfalls an den Ermittlern dran …«

»… und sind mit allen Leuten draußen, um ein großes Stück über die Hintergründe zu stemmen«, versprach der Cop beflissen.

»Versteht sich von selbst. Das sind wir unseren Lesern auch schuldig.« Vanessa von der Heyde erhob sich. »Jonas, komm doch nachher noch mal in mein Büro.«

Mondrian wartete eine Weile, bis sich der Trubel im Konferenzsaal gelegt hatte und alle wieder in ihre Büros zurückgekehrt waren. Während die Task-Force im fünfzehnten Stock Kriegsrat hielt, schlenderte er gemächlich zum Büro der Modechefin. Als er vor ihrem Zimmer stand, flog plötzlich die Tür auf.

Nadja Polanski stürzte heraus, das Sommersprossengesicht beinahe so rot wie die Haare, die Augen feucht, der Eyeliner verschmiert. Offenbar hatte sie gerade einen heftigen Wortwechsel hinter sich. Die dicke Luft in dem Raum, wie elektrisch aufgeladen, war fast noch mit Händen zu greifen, als sie mit giftigem Blick an Mondrian vorbeizischte. Am Ende des Flurs knallte eine Tür.

»Komm nur rein«, sagte Vanessa von der Heyde lächelnd, »leider musste ich gerade jemanden feuern. Das macht weiß Gott keinen Spaß. Aber jetzt brennt die Luft nicht mehr.«

So lässig, als hätte sie gerade ein Shooting hinter sich, lehnte die grazile Frau mit dem brünetten Seidenhaar an einer verchromten Säule. »Lass Rolfes mit seiner Truppe die Hintermänner des Skandals jagen, Jonas. Der hat sowieso Glück, dass er noch auf seinem Stuhl sitzt. Schließlich war er mit verantwortlich für unsere Blamage.«

Der Blick aus ihren blauen Augen wurde eindringlicher. »Ich will, dass du was anderes versuchst.«

»Nämlich?«

»Ein Porträt von dieser angeblichen Terror-Queen, von Ricarda Walde. Sie ist doch bestimmt eine besondere Frau, oder?«

»Bestimmt.« Mondrian konnte sich ein Grinsen nicht verkneifen, während er sich auf die Schreibtischkante setzte. »Bloß wird sie nicht mitspielen, sondern zicken. Du weißt ja, wie besondere Frauen sind.«

»Ach was, halt die Klappe und versuch es einfach. Du hast sie doch schon mal rumgekriegt, hab ich gehört. Es soll sogar Fotos davon geben. Nicht gerade beste Qualität, aber ziemlich scharf.« Schmunzelnd strich sie ihr Kostüm glatt und sah ihn herausfordernd an. »Zur Not müssen wir eben ein Bild aus dieser Serie nehmen.«

»So weit kommt's noch«, protestierte er. »Du willst mich also erpressen?«

»Genau. Und jetzt hau ab. Ich möchte dich hier eine Weile nicht mehr sehen.«

Mondrian zog den Mund schief, als hätte er gerade einen Faustschlag ans Kinn bekommen. »Okay, ich werfe das Handtuch.«

Als er sich zum Gehen wandte, sagte sie: »Und noch was.«

Sie kam auf ihn zu und drückte ihm einen Kuss, der nach teurem Parfüm duftete, auf die stoppelige Wange. »Danke, dass du so ein Querkopf geblieben bist.«

Mit leichten Schritten ging Mondrian zurück in sein Zimmer, betrachtete das Bild von Ricarda auf seinem Handy und löschte es. Ja, er würde sich ein neues holen.

Er klickte Google Earth auf dem Computer an.

Gab »Koh Phangan« ein.

Drückte die Enter-Taste.

Als der Globus sich zu drehen begann, flog er mit und fing an, einen seiner alten Pink-Floyd-Songs zu summen.

»How I wish
how I wish you were here,
we're just two lost souls,
swimming in a fish bowl …«

Dieses Licht.

Er schloss die Augen und sah vor sich, wie die Sonnenstrahlen beim »Shangri-la« in den Ozean tauchten.

Dieses Glitzern im grünblauen Wasser.

Um seine Lippen spielte ein leichtes Lächeln.

Schimmerte so geheimnisvoll, als käme es aus weiter Ferne, aus einer fremden Galaxie.

Nachwort

Die meisten Schauplätze dieses Buchs sind real, ich kenne sie von eigenen Recherchen. Allerdings sollte ich erwähnen, dass der Atomreaktor in der vorzüglichen Forschungsanlage GKSS inzwischen stillgelegt ist. Und besonders muss ich betonen, dass das »magazine« keinerlei Ähnlichkeit hat mit dem Magazin »stern«, bei dem ich seit vielen Jahren Reporter bin. Alle Figuren sind ausschließlich meiner finsteren Phantasie entsprungen, alle Vorgänge fiktiv.

Denn die Realität, diese Erfahrung mache ich immer wieder, übersteigt oft meine Vorstellungskraft.

Dank

Ich danke allen, die wissentlich oder unwissentlich zu diesem Buch beigetragen haben. Es wäre nicht entstanden ohne die informativen Gespräche mit einem freundlichen und kompetenten Mann im Hamburger Landesamt für Verfassungsschutz, mit fachkundigen Beamten des Bundeskriminalamts, mit kritischen Klimawissenschaftlern und zahlreichen Anti-Atom-Aktivisten, die ich für ihren Einsatz und ihr Engagement bewundere.

Manuel, Mara und Jan haben mir durch unbestechliche Lektüre des Manuskripts und wertvolle Anregungen geholfen, Kerstin Herrnkind ist nie müde geworden, mich anzutreiben und zu ermutigen, Barbara Stang hat mir kluge Ratschläge gegeben. Ein besonderer Dank geht an meine Lektorin Stefanie Rahnfeld, die mit gnadenloser Sorgfalt Fehler aufgespürt und den Text mit spielerischer Leichtigkeit verbessert hat. Und Hanne, mein Engel in der Wirklichkeit, hat mich noch mehr umsorgt als sonst, während ich mit erfundenen Öko-Freaks und wahnsinnigen staatlichen Halunken im Krieg lag.